Kate Atkinson

Ein Sommernachtsspiel

ROMAN

*Aus dem Englischen von
Anette Grube*

★

Diana Verlag
München Zürich

Titel der Originalausgabe: Human Croquet
Originalverlag: Transworld Publishers Ltd. (Doubleday), London

Copyright © 1997 by Kate Atkinson
Copyright © 1998 der deutschsprachigen Ausgabe
by Diana Verlag AG, München und Zürich
Umschlaggestaltung: Zero Werbeagentur, München
Satz: Filmsatz Schröter GmbH, München
Druck und Bindung: Franz Spiegel Buch GmbH, Ulm
Printed in Germany

Die Verwertung des Textes, auch auszugsweise,
ist ohne Zustimmung des Verlages urheber-
rechtswidrig und strafbar.

ISBN 3-8284-0016-7

Für meine Mutter
Myra Christina Keech

Diese lachende und grüne Welt, die er sieht,
Das Wasser, die Wiese, den Baum, der sich wiegt,
Gleitender Vogelflug und blaues Himmelsgewölbe.

Ode an den Frühling von 1814, LEIGH HUNT

ANFANG

Die Straßen der Bäume

*N*ennen Sie mich Isobel. (So heiße ich.) Das ist meine Geschichte. Wo soll ich anfangen?

✶

Vor dem Anfang ist die Leere, und die Leere zählt weder zur Zeit noch zum Raum und ist deswegen jenseits unserer Vorstellungskraft.

✶

Aus nichts kann nichts werden, außer es handelt sich um den Anfang der Welt. So beginnt es, mit dem Wort, und das Wort ist Leben. Die Leere wird durch einen gigantischen Feuerwerkskörper verwandelt, der die Dämmerung der Zeit und das Erwachen der Phantasie in Gang setzt.

Die ersten Nuklei tauchen auf – Wasserstoff und Helium –, ein paar Millionen Jahre später gefolgt von ihren Atomen und, wieder Millionen Jahre später, von ihren molekularen Formen. Äonen vergehen. Im Weltraum kondensieren die Gaswolken zu Galaxien und Sternen, darunter unsere Sonne. 1650 stellt Erzbischof James Ussher in seinen *Annalen der Welt* die Rechnung auf, daß Gott Himmel und Erde am Abend des 22. Oktobers 4004 v. Chr., einem Samstag, erschaffen hat. Andere machen weniger präzise Angaben und datieren das Ereignis zirka viereinhalb Milliarden Jahre zurück.

*

Dann wachsen Bäume. In den warmen, feuchten Sümpfen des Karbons wiegen sich Wälder aus riesigen Farnen. Die ersten Koniferen tauchen auf, und die großen Kohlelager entstehen. Wo immer man hinsieht, werden Fliegen in Tropfen aus Bernstein eingeschlossen – es sind die Tränen der Schwestern des armen Phaethon, die der Kummer in Schwarzpappeln *(populus nigra)* verwandelte. Die Blüten treibenden und breitblättrigen Bäume erscheinen zum erstenmal auf der Bildfläche, und schließlich kriechen die Bäume aus den Sümpfen auf das trockene Land.

Hier, wo diese Geschichte spielt (im rauhen Norden), hier war einst Wald, ein Meer von Wald, der große Wald von Lythe. Uralter Wald, ein undurchdringliches Dickicht aus Gemeiner Kiefer, Birke und Espe, Feldulme und Bergulme, Gemeiner Haselnuß, Eiche und Stechpalme, der Wald, der einst England bedeckte und der es eines Tages, wenn man es sich selbst überließe, vielleicht erneut bedecken würde. Lange Zeit gehört die Welt einzig dem Wald.

*

Wusch. Werkzeuge aus Stein und Flint läuteten das Ende vom Anfang ein, den Anfang vom Ende. Die Alchimie von Kupfer und Zinn schuf neue Äxte aus Bronze, die noch mehr Bäume von der Erdoberfläche rasierten. Dann kam das Eisen (der große Zerstörer), und die Eisenäxte fällten den Wald schneller, als er nachwachsen konnte, und die eisernen Pflugscharen ackerten das Land um, das einst Wald gewesen war.

Die Holzfäller schlugen und kappten und fällten Eschen und Buchen, Eichen, Weißbuchen und Dornengestrüpp. Die Bergleute bauten ab und schmolzen ein, während die Köhler hohe Meiler errichteten. Bald schon konnte man kaum mehr ungestört durch den Wald gehen wegen all der Zimmerleute, die Buchenholz suchten, wegen der Holzschuhmacher, der Faßbinder und der Weidenflechter. Wildschweine wühlten im Boden, Hausschweine schnüffelten, Gänse schnatterten, und Wölfe heulten, und das Wild erschrak an jeder Biegung des Weges. *Wusch!* Aus Bäumen wurden andere Dinge – Holzschuhe, Traubenpressen, Fuhrwerke und Werkzeuge, Häuser und Möbel. Die englischen Wälder segelten über die Weltmeere und entdeckten neue Länder voll Wildnis und mehr Wäldern, die darauf warteten, gefällt zu werden.

Aber mitten im tiefsten Wald war ein unergründliches Geheimnis verborgen. Als der Wald abgeholzt wurde, wo blieb da das Geheimnis? Manche sagen, es habe Feen im Wald gegeben – ärgerliche, schlechtgelaunte Geschöpfe (Evas ungewaschene Töchter), vom Mondlicht nicht wohlgelitten, die vorsätzlich auf dem wilden Thymian herumlungerten und wütend auf die unberechtigt eindringenden Äxte horchten. Wohin gingen sie, als der Wald nicht mehr existierte? Und was war mit den Wölfen? Was geschah mit ihnen? (Nur weil man etwas nicht sehen kann, heißt das noch lange nicht, daß es nicht doch da ist.)

*

Wo der Wald schrumpfte, entstand das kleine Dorf Lythe – verstreute Hütten und eine Kirche mit quadratischem Glockenturm. Die Bewohner trugen ihre Eier und Kapaune und gelegentlich ihre Tugend zu Markte nach Glebelands, der nächsten, nur zwei Meilen entfernten Kleinstadt – einem geschäftigen

Marktplatz und einer Brutstätte von Handschuhmachern, Metzgern, Schmieden und Weinhändlern, Gaunern und Gegnern der anglikanischen Kirche.

Etwa um 1580 ritt ein Fremder nach Lythe, ein gewisser Francis Fairfax, von so dunkler schwärzlicher Gesichtsfarbe wie ein Mohr. Francis Fairfax, erst kürzlich von der Königin zum Ritter geschlagen, hatte aus ihrer Hand ein großes Stück Land nördlich des Dorfes erhalten, am Rande dessen, was vom Wald noch übrig war. Dort baute er Fairfax Manor, ein modernes Haus aus verputzten Ziegeln und Holz, das von den nun ihm gehörenden Eichen stammte.

Dieser Francis war Soldat und Abenteurer. Er hatte sogar das große graue Meer überquert und die neu entdeckten Länder und jungfräulichen Territorien mit den dreiköpfigen Ungeheuern und gefiederten Wilden gesehen. Manche sagten, er sei der Spion der Königin, der den Kanal in geheimer Mission so oft überquere wie andere das Grüne Moor von Glebelands.

Manche sagten auch, daß er eine wunderschöne Kindfrau, die ihrerseits bereits ein Kind in sich trage, im Dachgeschoß von Fairfax Manor gefangenhalte. Andere sagten, die Frau im Dachgeschoß sei nicht seine Kindfrau, sondern seine verrückte Frau. Es ging überdies das Gerücht, daß in seinem Dachgeschoß lauter tote Frauen an Fleischerhaken hingen. Es gab sogar welche, die behaupteten (was noch unwahrscheinlicher ist), daß er der Liebhaber der Königin sei und die große Gloriana ihm heimlich ein Kind geboren habe, das in Fairfax Manor aufwachse. Selbstverständlich im Dachgeschoß.

Tatsache und kein Gerücht ist, daß sich die Königin während ihrer Flucht vor dem Ausbruch der Pest in London, irgendwann im Sommer 1582, in Fairfax Manor aufhielt und dabei beobachtet wurde, wie sie die buttergelben Quitten und die blühenden Mispelsträucher bewunderte und sich an der Ausbeute einer herrlichen frühmorgendlichen Jagd gütlich tat.

Fairfax Manor war berühmt für seine aufregenden Hetzjagden auf Rotwild, die Weichheit seiner mit Gänsedaunen gefüllten Matratzen, das exzellente Essen, den Einfallsreichtum seiner Lustbarkeiten. Sir Francis wurde ein namhafter Gönner von Dichtern und aufstrebenden Stückeschreibern. Manche sagen, daß sogar Shakespeare eine Zeitlang in Fairfax Manor weilte. Es wäre eine Erklärung für die berühmten fehlenden Jahre in seiner Biographie. Eifrige Anhänger dieser Erklärung – es gibt mehrere Erklärungen, und die meisten sind verrückt – führen als Beweis die Initialen »WS« an, die in die Rinde der großen »Lady Oak« eingeritzt und für scharfe Augen bis heute erkennbar sind. Gegner dieser Theorie wenden ein, daß ein weiteres Mitglied des Fairfax-Haushaltes dieselben Initialen aufwies, nämlich der Hauslehrer von Sir Francis' Sohn, ein gewisser Walter Stukesly.

Vielleicht war Master Stukesly der Autor jenes grandiosen Maskenspiels *(Die Maske des Adonis)*, das Sir Francis zum Zeitvertreib der Königin aufführen ließ, als diese im Hochsommer Lythe besuchte. Man kann sich ausmalen, wie die Aufführung vonstatten ging, mit dem mächtigen Wald als Hintergrund, den Lampen in den Bäumen und der aufwendigen Bühnentechnik, die für diese tragische Geschichte aufgeboten wurde, und man sieht es vor sich, wie der jugendliche Adonis in den Armen der Venus, dargestellt von einem Knaben, unter der Lady Oak – einer jungen, gutgewachsenen Eiche, ziemlich genauso alt wie Francis Fairfax, die einst mitten im tiefsten Wald gestanden hatte und nun dessen Eingang bewachte – verschied.

Nicht lange, nachdem die Königin aus Lythe abgereist war, erschien zum erstenmal Francis' Frau auf der Bildfläche, eine richtige Frau aus Fleisch und Blut, die nicht im Dachgeschoß gefangengehalten wurde, aber trotzdem ein rätselhaftes Geschöpf war, dessen Auftauchen und Verschwinden unter dem Schleier eines Geheimnisses verborgen lagen. Sie stand, so wurde gemunkelt, eines unwirtlichen, sturmgepeitschten Abends vor der Tür von Fairfax Manor, trug weder Schuhe noch Strümpfe, noch Unterrock, war mit nichts weiter bekleidet als mit ihrer seidenweichen Haut – und doch war kein Tropfen Regen an ihr und kein rotes Haar auf ihrem Kopf vom Wind verweht.

Sie komme, sagte sie, aus einem noch rauheren Norden, und ihr Name sei Mary (wie der der gefürchteten kaledonischen Königin höchstpersönlich). Sie bestand nicht darauf, nackt zu bleiben, und ließ zu, daß ein eifriger Sir Francis sie in Seide und Pelze und Samt kleidete und mit Juwelen behängte. Am Morgen ihres Hochzeitstages schenkte Sir Francis ihr das berühmte Fairfax-Kleinod – nach dem sowohl Metalldetektoren als auch Historiker seit langem suchen –, glaubhaft dokumentiert in Sir Thomas A'hearnes berühmten *Reisen durch England*, jedoch seit fast vierhundert Jahren nicht mehr gesehen. (Um es der Vollständigkeit halber zu erwähnen: ein rautenförmiges goldenes Medaillon, besetzt mit Smaragden und Perlen, das, wenn man es öffnet, den Blick freigibt auf eine Totentanz-Miniatur, von der manche annehmen, Nicholas Hilliard habe sie als Hommage an seinen Mentor Holbein gemalt.)

Die Lieblingsfarbe der frischvermählten Lady Fairfax war Grün – Rock und Unterröcke sowie Mieder waren so grün wie das Dickicht, das das Wild vor dem Jäger verbirgt. Nur ihr Hemd aus Kambrik war weiß – diese Information verbreitete die Hebamme, die aus Glebelands geholt wurde zur Entbindung von Fairfax' erstgeborenem Kind. Einzigem Kind. Es handele sich, so berichtete sie, als sie in die Stadt zurückkehrte, um ein vollkommen normales Baby (einen Jungen), aber Sir Francis sei ein Irrer, der darauf bestanden habe, daß der armen Hebamme in jedem Raum außer dem Zimmer der Niederkunft die Augen verbunden wurden, und sie habe schwören lassen, Stillschweigen zu bewahren über das, was sie in dieser Nacht alles sehen würde. Was immer die arme Frau gesehen hatte, es blieb ihr Geheimnis, denn sie wurde praktischerweise vom Blitz erschlagen, als sie eben einen Humpen Bier hob, um auf das Wohl des Babys zu trinken.

Lady Fairfax, so wurde berichtet, hatte die seltsame Vorliebe, in den Wald zu spazieren, gewandet in grünen Damast und grüne Seide, ihr Jagdhund Finn ihr einziger Begleiter. Manchmal saß sie unter dem grünen Schutzschild der Lady Oak und sang ein unerträglich liebliches Lied über ihre Heimat, wie eine Ruth zwischen fremdem Grün. Öfter als einmal erschrak Sir Francis' Wildhüter halb zu Tode, weil er sie, als sie in einem grünen Aufblitzen vor ihm Reißaus nahm, mit einem furchtsamen Hirschen verwechselte. Was wäre, wenn er eines Tages einen Pfeil in ihren makellosen grünen Busen schießen würde?

Dann verschwand sie – so plötzlich und geheimnisumwittert, wie sie einst aufgetaucht war. Sir Francis kehrte eines Tages von der Jagd zurück, mit einem schönen dicken Reh, dem er ins Herz geschossen hatte, und sie war nicht mehr da. Eine Küchenmagd, ein dummes Mädchen, behauptete, sie hätte gesehen, wie Lady Fairfax unter der Lady Oak verschwand, immer mehr verblaßte, bis ihr grünes Brokatkleid nicht mehr vom Grün der Umgebung zu unterscheiden war. Während Lady Fairfax immer blasser wurde, so das Mädchen, belegte sie die Fairfaxes, dahingegangene wie zukünftige, mit einem schrecklichen Fluch, und ihre ungeheuerlichen Schreie hallten noch wider, als sie längst nicht mehr zu sehen war. Die Köchin schlug dem Mädchen ob seiner phantastischen Vorstellungen mit einem Suppennapf auf den Kopf.

Francis Fairfax erfüllte alle Verpflichtungen eines verfluchten Mannes – 1605 verbrannte er in seinem eigenen Bett, und mit ihm ging nahezu sein gesamter Haushalt zugrunde. William, sein Sohn, wurde von Dienstboten gerettet und wuchs zu einem kränklichen jungen Mann heran, der gerade lange genug lebte, um seinesgleichen zu zeugen.

Die Fairfaxes gaben die verkohlten Überreste von Fairfax Manor auf und zogen nach Glebelands, wo es mit ihnen bergab ging. Fairfax Manor zerfiel zu Staub, die schöne Parklandschaft überließ sich der Natur, und nach ein paar Jahren sah keiner mehr, daß sie jemals existiert hatte.

Während der nächsten hundert Jahre wurde das Land parzelliert und versteigert. Im achtzehnten Jahrhundert verlor ein Fairfax, Thomas, das letzte Stück Land im Zusammenhang mit Spekulationsgeschäften der South Sea Company, und die Fairfaxes waren so gut wie vergessen – abgesehen von Lady Mary, die gelegentlich gesichtet wurde, grün gekleidet, untröstlich und schwermütig, und bisweilen trug sie um der besseren Wirkung willen ihren Kopf unter dem Arm.

Der Wald wurde nach und nach gefällt, der Rest während des Napoleonischen Kriegs, um Schlachtschiffe daraus zu bauen. Als das neunzehnte Jahrhundert so richtig in die Gänge kam, war von dem einst unermeßlichen Forest of Lythe nichts weiter übrig als ein großes Waldstück namens Boscrambe Woods, dreißig Meilen nördlich von Glebelands, und – knapp jenseits der Grenze von Lythe – die Lady Oak.

Im Jahr 1840 war Glebelands eine große Industriestadt, in der die Maschinen brummten und ratterten und Fabrikschlote schwarze Wolken aus zweifelhaften Chemikalien in den Himmel über den verstopften Straßen der Elendsviertel ausstießen. Der Besitzer einer dieser Fabriken, Samuel Fairfax, Philanthrop und Hersteller von Argandbrennern, wendete kurzzeitig die Familiengeschicke wieder zum Besseren, indem er es sich zur Aufgabe machte, die gesamte Stadt mit Gaslampen zu illuminieren.

Die Fairfaxes waren in der Lage, ein großes Stadthaus zu erwerben mit allem, was dazugehört – Dienstboten und eine Kutsche und Kredit in jedem Laden. Die Fairfax-Frauen trugen Kleider aus französischem Samt und Nottingham-Spitze und redeten den ganzen Tag Unsinn, während Samuel Fairfax davon träumte, das Stück Land zurückzukaufen, auf dem einst Fairfax Manor gestanden hatte, und einen Park daraus zu machen, in dem die Bewohner von Glebelands ihre rußigen Lungen lüften und ihre gebrechlichen Glieder stärken konnten. Er hoffte, sich damit ein mit Leben erfülltes Denkmal zu setzen – *Fairfax Park*, murmelte er glücklich, während er Entwürfe für das massive schmiedeeiserne Eingangstor betrachtete, aber als er auf eine extrem dem Rokoko verhaftete Zeichnung (»Restauration«) deutete, hörte sein Herz auf zu schlagen, und er fiel kopfüber auf das Buch mit den Vorschlägen. Der Park wurde nie angelegt.

Auf Gaslampen folgten elektrische Lampen, die Fairfaxes verpaßten den Anschluß an die neue Technologie und wurden langsam ärmer, bis 1880 ein Joseph Fairfax, Enkel von Samuel, gewahr wurde, wo die Zukunft lag, und das verbliebene Vermögen der Familie in den Einzelhandel investierte – in einen kleinen Laden in einer Nebenstraße, in dem er Lebensmittel und auch Alkohol verkaufte. Das Geschäft florierte im Lauf der Zeit, und zehn Jahre später zogen »Fairfax & Sohn – lizenzierte Lebensmittelhändler« in die Hauptstraße.

Joseph Fairfax hatte einen Sohn und keine Töchter. Der Sohn, Leonard, machte einem Mädchen namens Charlotte Tait, Tochter eines kleinen Emailwarenfabrikanten, den Hof und gewann sie zur Frau. Die Taits waren strenggläubige Nonkonformisten, und Charlotte war sich nicht zu gut, wenn nötig im Laden auszuhelfen, doch bald erwartete sie ihr ältestes Kind, ein häßliches Mädchen, das Madge genannt wurde.

Unterdessen warteten die Dorfbewohner von Lythe darauf, daß Glebelands über die verbliebenen paar Wiesen auf sie zukroch und sie sich einverleibte. Während sie warteten, fand ein Krieg statt, in dem drei Viertel der jungen Männer von Lythe ihr Leben ließen (drei, um genau zu sein), und als sich der Krieg seinem Ende näherte, nahm kaum jemand daran Anstoß, daß ein örtlicher Bauunternehmer den größten Teil des Dorfes und das Land, auf dem Fairfax Manor gestanden hatte, kaufte.

Der Bauunternehmer, ein kleiner Mann namens Maurice Smith, hatte eine Vision, träumte den Traum eines großen Baumeisters – eine Gartenstadt, eine Anlage moderner, komfortabler Häuser für die dienstbotenlose Nachkriegswelt der Kleinfamilien. Ganze Straßenzüge voll Ein- und Zweifamilienhäuser mit einem hübschen kleinen Vorgarten und einem großen Garten hinter dem Haus, in dem Kinder spielen, Väter Gemüse und Rosen züchten, Mütter den Kinderwagen mit Baby abstellen und nachmittags mit ihren ach so feinen Freundinnen Tee trinken konnten. Auf dem Land, auf dem einst Sir Francis mit seinem Haushalt lebte, da baute Maurice Smith seine Straßen voller Häuser. Häuser im Pseudo-Tudor-Stil und mit Kieselsteinverputz, Häuser mit Flügelfenstern und Veranden und gekachelten Eingangshallen. Häuser mit drei oder vier Schlafzimmern und modernsten sanitären Installationen, Waschbecken aus Porzellan und effizienten Heißwasserboilern, kühlen, luftigen Speisekammern und emaillierten Gasherden.

Straßen mit breiten Bürgersteigen und Bäumen, massenhaft Bäumen – ein Baldachin aus Bäumen über dem Pflaster, ein grüner Umhang um die Häuser und ihre glücklichen Bewohner. Bäume, die Freude bereiteten, denen man dabei zusehen konnte, wie sie Knospen und frische Blätter trieben, wie sie ihre grünen Finger über Straßen und Häuser streckten, wie sie ihre schützenden laubtragenden Arme über die Menschen breiteten, die in den Häusern wohnten. Für jede Straße andere Bäume – Eschenstraße, Kastanienallee, Stechpalmenweg, Weißdorngasse, Eichenstraße, Lorbeerhügel, Ebereschenstraße, Platanenstraße, Weidenweg. Der Wald aus Bäumen war im Lauf der Zeit zu einer Wildnis von Straßen geworden.

Aber nachts, in der Stille der toten Stunden, wenn man genau hinhörte, konnte man sich vorstellen, wie die Wölfe heulten.

Die Lady Oak, einsam und uralt, wuchs weiter auf der Wiese hinter dem Knick, den Weißdorngasse und Kastanienallee bildeten. Schwachstellen im Baum waren mit Zement gefüllt worden, und alte eiserne Krücken stützten seine müden Glieder, aber im Sommer war seine Blätterkrone nach wie vor grün und dicht genug zum Brüten, und in der Dämmerung flogen die Vögel krächzend in seine ausgebreiteten Äste.

Am Ende der Weißdorngasse stand das erste Haus des großen Baumeisters – Arden –, das er als Musterhaus erbaut hatte, auf den längst zerfallenen Fundamenten von Fairfax Manor. In Arden gab es schöne Parkettböden und Wandvertäfelungen aus heller Eiche, eine kunstvoll handgezimmerte Eichentreppe mit Knäufen in Eichelform, und seine skurrilen Türmchen waren mit runden blauen Schindeln aus Wales gedeckt, die übereinanderlappten wie die Schuppen eines Drachen.

Der Baumeister hatte das Haus eigentlich für sich selbst gedacht, aber Leonard Fairfax bot ihm einen so guten Preis, daß er es nicht über sich brachte, abzulehnen. Und so kehrte die Fairfax-Familie, ohne es zu wissen, auf ihren angestammten Grund und Boden zurück.

*

Charlotte Fairfax hatte (auch wenn es schwer vorstellbar ist) nach Madge noch zwei weitere Kinder auf die Welt gebracht, in der Reihenfolge – Vinny (Lavinia) und Gordon (»Mein Baby!«). Gordon war sehr viel jünger, ein Nachzügler (»Was für eine Überraschung!«). Als sie Arden bezogen, war Madge bereits mit einem ehebrecherischen Bankangestellten verheiratet und lebte in Mirfield, und Vinny war eine erwachsene Frau von zwanzig Jahren, Gordon dagegen war noch ein kleiner Junge. Charlotte verdankte Gordon ein neues Gefühl. Nachts schlich sie in sein neues kleines Zimmer unter dem Dachfirst, betrachtete sein schlafendes Gesicht im sanften Schein der Nachtlampe und war überrascht angesichts der überwältigenden Liebe, die sie für ihn empfand.

Aber die Zeit vergeht bereits wie im Flug, bald wird Eliza auftauchen und alles kaputtmachen. Eliza wird meine Mutter sein. Ich bin Isobel Fairfax, ich bin das A und das O des Erzählers (ich bin allwissend), und ich kenne den Anfang und das Ende. Der Anfang ist das Wort, und das Ende ist Schweigen. Und dazwischen liegen alle Geschichten. Diese ist von mir.

GEGENWART

Etwas Sonderbares

*I*sobel. Glockenläuten. Isabella Tarantella – ein wahnsinniger Tanz. Ich bin wahnsinnig, also bin ich. Wahnsinnig. Bin ich? Belle, Bella, Best, und wo bleibt der Rest? Bella Belle, doppelt ausländisch für schön. Aber ich bin keine Ausländerin. Bin ich schön? Nein, offenbar nicht. Meine menschliche Geographie ist außergewöhnlich. Ich bin so groß wie England. Meine Hände sind so uferlos wie die Seen des Lake District, mein Bauch ist so gewaltig wie das Sumpfland des Dartmoor, und meine Brüste erheben sich wie die Hügel des Peak District. Mein Rückgrat ist wie die Bergkette der Pennines, mein Mund der Mallyan Spout. Mein Haar fließt bis in die Mündung des Humber und überschwemmt sie, und meine Nase ist eine weiße Klippe von Dover. Mit anderen Worten, ich bin ein großes Mädchen.

In den Straßen der Bäume herrscht eine merkwürdige Stimmung, allerdings kann ich nicht sagen, worin genau sie besteht. Ich liege auf meinem Bett und starre hinauf zu meinem Dachgeschoßfenster, in dem außer einem frühmorgendlichen Himmel nichts zu sehen ist, eine leere blaue Seite, ein noch nicht kartographierter Tag, der darauf wartet, gefüllt zu werden. Es ist der erste Tag im April, und es ist mein Geburtstag, mein sechzehnter – der mythische, der legendäre. Traditionellerweise das

Alter, in dem einen zum erstenmal die Spindel sticht und die ersten Verehrer vorbeischauen und sich plötzlich jede Menge anderer sexueller Symbolik auftut, aber ich bin noch nicht einmal von einem Mann geküßt worden, es sei denn, man zählt meinen Vater mit, Gordon, der seine traurigen väterlichen Küsse wie kribbelnde kleine Insekten auf meiner Backe hinterläßt.

Mein Geburtstag wurde angekündigt von etwas Sonderbarem – von einer Art Geist (stumm und unsichtbar), der einen Geruch verströmt und wie ein aromatischer Schatten an mir haftet. Zuerst dachte ich, es wäre nichts weiter als der Duft von nassem Weißdorn. An und für sich ist das schon ein überaus tristes Parfum, aber der Weißdorn brachte einen merkwürdigen muffigen Geruch mit sich, der sich nicht auf die Weißdorngasse beschränkt, sondern mir überallhin folgt. Er geht die Straße mit mir entlang und begleitet mich in anderer Leute Häuser (und verläßt sie mit mir wieder, er ist einfach nicht abzuschütteln). Er schwebt hinter mir die Schulflure entlang und setzt sich im Bus neben mich – der Sitz bleibt leer, gleichgültig, wie überfüllt der Bus ist.

Es ist der Duft der Äpfel vom letzten Jahr und der Geruch uralter aufgeschlagener Bücher, mit einer Grundnote von verwelkten nassen Rosenblüten. Es ist das Destillat der Einsamkeit, ein unglaublich trauriger Geruch, die Essenz aus Schwermut und unterdrückten Seufzern. Wäre es ein kommerziell vertriebenes Parfum, würde es niemand kaufen. Man stelle sich vor, man bekäme an hell erleuchteten Parfumständen Proben angeboten – »Haben Sie schon einmal Melancholie probiert, gnädige Frau?« – und würde dann den Rest des Tages mit dem unangenehmen Gefühl herumlaufen, jemand hätte einem einen kalten Kieselstein Elend im Bauch deponiert.

»Da, neben meiner linken Schulter«, sage ich zu Audrey (meiner Freundin), und Audrey holt tief Luft und sagt: »Nein.«

»Nichts?«

»Nichts.« Audrey (zudem meine Nachbarin) schüttelt den

Kopf. Charles (mein Bruder) verzieht den Mund zu einer lächerlichen Schnauze und schnüffelt wie ein Trüffelschwein. »Nein, das bildest du dir ein«, sagt er und wendet sich ab, um schnell sein Gesicht zu verbergen, das plötzlich aussieht wie das eines traurigen Hundes.

Armer Charles, er ist zwei Jahre älter als ich, aber ich bin bereits achtzehn Zentimeter größer als er. Barfuß bin ich fast einen Meter achtzig groß. Eine riesige englische Eiche *(quercus robustus)*. Mein Rumpf ein Stamm, meine Füße Pfahlwurzeln, und meine Zehen graben sich wie bleiche kleine Maulwürfe durch die dunkle Erde. Mein Kopf eine Krone aus Laub, die dem Licht entgegenwächst. Was, wenn das so weitergeht? Ich werde durch die Troposphäre und die Stratosphäre schießen, hinein in die Unermeßlichkeit des Alls, wo ich ein Diadem aus den Plejaden und einen aus der Milchstraße gesponnenen Schal tragen werde. Ojemine, wie Mrs. Baxter (Audreys Mutter) sagen würde.

Jetzt bin ich einen Meter fünfundsiebzig und wachse jedes Jahr über zwei Zentimeter – wenn das wirklich so weitergeht, werde ich mit zwanzig über einen Meter achtzig sein. »Mit vierzig« – ich zähle es an den Fingern ab – »bin ich dann ungefähr zwei Meter vierzig groß.«

»Ojemine«, sagt Mrs. Baxter und runzelt die Stirn, während sie es sich vorzustellen versucht.

»Mit siebzig«, berechne ich düster, »bin ich über drei Meter dreißig. Ich werde eine Jahrmarktsattraktion sein.« Das Riesenmädchen aus Glebelands. »Du bist jetzt eine wirkliche Frau«, sagt Mrs. Baxter und überwacht meine Wolkenkratzer-Statistiken. Im Gegensatz zu was? Zu einer unwirklichen Frau? Meine Mutter (Eliza) ist eine unwirkliche Frau, verschwunden und nahezu vergessen, sie entschlüpfte den Fesseln der Realität an dem Tag, an dem sie in einen Wald ging und nie wieder zurückkehrte.

»Du bist ein großes Mädchen.« Mr. Rice (der Untermieter) wirft mir schmutzige Blicke zu, als wir uns in der Eßzimmertür aneinander vorbeiquetschen. Mr. Rice ist Handelsreisender, und wir können nur hoffen, daß er eines nahen Tages in ein riesiges Insekt verwandelt aufwacht.

Es ist eine Schande, daß Charles bei einer so unheldenhaften Größe steckengeblieben ist. Er behauptet, daß er schon eins dreiundsechzig groß war, aber das letzte Mal, als er sich gemessen hat, was er häufig tut, kam er nur noch auf eins einundsechzig. »Ich schrumpfe«, berichtet er todunglücklich. Vielleicht schrumpft er tatsächlich, während ich weiterwachse (nichts kann mich aufhalten). Vielleicht verbindet uns ein unheimliches Gesetz geschwisterlicher Physik, und wir befinden uns an den zwei Enden eines linearen elastischen Universums, in dem der eine schrumpfen muß, solange die andere immer größer wird. »Er ist ein richtiger kleiner Arsch«, sagt Vinny (unsere Tante) etwas prägnanter.

Charles ist so häßlich wie ein Zwerg aus einem Märchenbuch. Seine Arme sind zu lang für seinen faßförmigen Rumpf, sein Hals ist zu kurz für seinen großen Kopf, er sieht aus wie ein übermäßig gewachsener Homunkulus. Leider sind seine (einst wunderschönen) kupferfarbenen Locken rot und drahtig geworden, sein sommersprossiges Gesicht ist mit Narben und Kratern überzogen wie ein Planet, auf dem es kein Leben gibt, und sein großer Adamsapfel hüpft auf und ab wie ein Apfel der Sorte Cox' Orange an Halloween. Es ist ein Jammer, daß ich nicht ein paar meiner Zentimeter transplantieren kann, ich habe schließlich mehr, als ich brauche.

Mädchen fühlen sich zu Charles nicht hingezogen, und bislang ist es ihm nicht gelungen, auch nur eine dazu zu bewegen, mit ihm auszugehen. »Wahrscheinlich werde ich als Jungfrau sterben«, sagt er niedergeschlagen. Armer Charles, auch er ist noch nie geküßt worden. Eine Lösung wäre vermutlich, wenn wir uns gegenseitig küssen würden, aber die Vorstellung von Inzest – wiewohl ziemlich attraktiv im englischen Renaissance-Drama – entbehrt in heimatlichen Gefilden jeglicher Anziehungskraft. »Ich meine Inzest«, sage ich zu Audrey, »schwer vorstellbar, oder?«

»Ja?« sagt sie, und ihre traurigen Taubenaugen starren auf einen Punkt irgendwo im Weltraum, so daß sie aussieht wie eine Heilige, die gleich den Märtyrertod sterben wird. Auch sie ist eine Ungeküßte – ihr Vater, Mr. Baxter (der Direktor der örtlichen Grundschule) läßt keinen Jungen in Audreys Nähe. Mr. Baxter hat trotz heftiger Proteste seitens Mrs. Baxter beschlossen, daß Audrey nie erwachsen werden soll. Falls Audrey frauliche Kurven und weibliche Schliche entwickeln sollte, wird sie Mr. Baxter wahrscheinlich ganz oben in einem sehr hohen Turm einsperren. Und falls Jungen diese fraulichen Kurven und weiblichen Schliche bemerken sollten, dann kann man getrost darauf wetten, daß Mr. Baxter sie umbringen wird; er wird sie einen nach dem anderen herunterpflücken, wenn sie versuchen, die Höhen des Ligusters von Sithean zu erklimmen und den langen rotgoldenen Strang von Audreys wunderschönem Haar hinaufzuklettern.

»Sithean« ist der Name des Baxterschen Hauses. »Shi-änn«, erklärt Mrs. Baxter mit ihrem hübschen weichen Akzent, sei ein schottisches Wort. Mrs. Baxter war einst die Tochter eines Pfarrers der Kirche von Schottland und wuchs in Perthshire (»Peerrthsheier«) auf, wodurch sich zweifellos ihr Akzent erklärt. Mrs. Baxter ist so nett wie ihr Akzent, und Mr. Baxter ist so häßlich wie der dünne dunkle Schnurrbart auf seiner Oberlippe und so mißmutig wie die stinkende Pfeife, die er raucht, oder, wie Mrs. Baxter es ausdrückt, »wie ein verrußter Kamin«. Mr. Baxter, groß und hager, ist der Sohn eines Bergarbeiters, und in seiner Stimme schwingt immer noch eine Spur Kohlenstaub mit, trotz seiner Schildpattbrille und seiner Tweedjacken mit Lederflicken auf den Ellbogen. Wenn man sein Alter nicht kennt, ist er schwer zu schätzen. Mrs. Baxter allerdings weiß, wie alt er ist, und sie würde sich auch schwertun, es zu vergessen, denn Mr. Baxter legt Wert darauf, sie häufig daran zu erinnern (»Denk dran, Moira – *ich bin älter als du*, und ich weiß mehr«). Sowohl Audrey als auch Mrs. Baxter nennen Mr. Baxter »Daddy«. Als sie in seine Klasse ging, mußte Audrey ihn »Mr. Baxter« nennen, und wenn sie es vergaß und ihn »Daddy« nannte, mußte sie für den Rest der Stunde in der Ecke stehen. Keine von beiden nennt ihn bei seinem Vornamen, »Peter«.

Armer Charles. Ich bin überzeugt, daß alles für ihn besser liefe, wenn er größer wäre. »Wieso – bei dir läuft doch auch nicht alles glatt«, entgegnet er gereizt. Manchmal erwische ich mich dabei, daß ich unmögliche Dinge denke – wie zum Beispiel: Wenn wir unsere Mutter noch hätten, wäre Charles größer.

»War unsere Mutter groß?« fragt Charles Vinny. Vinny ist so alt wie das Jahrhundert (sechzig), aber nicht so optimistisch. Unsere Tante Vinny ist die Schwester unseres Vaters, nicht die unserer Mutter. Unsere Mutter hatte offenbar keine Verwandten – obwohl sie einst welche gehabt haben muß, außer sie wäre wie Helena von Troja aus einem Ei geschlüpft, aber dann hätte Leda auf dem Nest sitzen müssen, stimmt's? Unser Vater, Gordon, ist groß, aber Eliza? Vinny verzieht das Gesicht in dem theatralischen Versuch, sich zu erinnern, aber alles, was sie sieht, ist verschwommen. Einzelne Merkmale kann sie hervorkramen – das schwarze Haar, die etwas schiefe Nase, die schlanken Knöchel –, aber der zusammengesetzten Eliza fehlt jegliche Substanz. »Kann mich nicht erinnern«, sagt sie wegwerfend, wie gewöhnlich.

»Ich glaube, sie war sehr groß«, sagt Charles und vergißt dabei vielleicht, wie klein er selbst noch war, als er sie zum letztenmal gesehen hat. »Bist du sicher, daß sie nicht rothaarig war?« fügt er hoffnungsvoll hinzu.

»Niemand war rothaarig«, sagt Vinny bestimmt.

»Irgend jemand muß rothaarig gewesen sein.«

Elizas Abwesenheit hat unser Leben geprägt. Sie ist »mit ihrem Verehrer auf und davon«, wie Vinny es ausdrückt, und aus irgendeinem Grund hat sie vergessen, uns mitzunehmen. Vielleicht in einem Anfall von Zerstreutheit, vielleicht wollte sie zurückkommen und hat den Weg nicht gefunden. Es sind schon seltsamere Dinge geschehen; zum Beispiel verschwand unser Vater, nachdem unsere Mutter verschwunden war, und als er sieben Jahre später wieder auftauchte, führte er Gedächtnisschwund als Entschuldigung an. »Urlaub wegen schlechten Betragens«, erklärt die essigsaure Vinny kryptisch.

Fast unser ganzes Leben lang haben wir auf das Geräusch ihrer Schritte auf dem Weg, ihres Schlüssels im Türschloß gewartet, darauf, daß sie wieder in unser Leben tritt *(Ich bin wieder da, Liebling!)*, als wäre nichts geschehen. Es wäre nicht das erste Mal. »Anna Fellows aus Cambridge, Massachusetts«, so berichtet Charles (in diesen Dingen ist er Experte), »ist 1879 aus dem Haus gegangen und zwanzig Jahre später zurückgekommen, als wäre nichts geschehen.«

Wenn meine Mutter zurückkehren würde, käme sie dann nicht rechtzeitig zu meinem sechzehnten Geburtstag (der zufällig heute ist)?

Es ist, als ob Eliza nie existiert hätte, es gibt keine Überreste von ihrem Leben – keine Fotos, keine Briefe, keine Andenken –, alle Dinge, die Menschen in der Realität verankern, sind verschwunden. Die Erinnerungen an sie sind wie die Schatten eines Traums, quälend und unerreichbar. Mit Gordon, »unserem Dad«, der Person, von der man erwarten könnte, daß sie sich am besten an Eliza erinnert, kann man sich überhaupt nicht über sie unterhalten, das Thema läßt ihn verstummen.

»Sie muß den Kopf verloren haben, daß sie zwei so schnukkelige Kinder verlassen hat«, meint Mrs. Baxter milde. (Mrs. Baxter findet alle Kinder schnuckelig.) Vinny bestätigt häufig, daß unsere Mutter des öfteren tatsächlich »den Kopf verloren« hat. Im Gegensatz zu »den Kopf finden«? Vielleicht bedeutet

»den Kopf verlieren«, daß der Kopf nicht mehr am Körper befestigt ist? Vielleicht ist sie tot und wandert mit dem Kopf unter dem Arm wie ein Varieté-Gespenst durch die Astralsphären und tauscht mit der Grünen Lady Freundlichkeiten aus. Wenn wir nur irgendwelche mütterlichen Andenken hätten, irgendwelche Indizien, um zu beweisen, daß sie einst existierte – zum Beispiel etwas Handschriftliches. Wie würden wir doch über die langweiligste, prosaischste Mitteilung nachgrübeln – *Bis heute Mittag!* oder *Vergiß nicht, Brot zu kaufen* – und versuchen, ihre Persönlichkeit zu dechiffrieren, ihre überwältigende Liebe zu ihren Kindern, und nach der kryptischen, verschlüsselten Botschaft suchen, die erklären würde, warum sie uns verlassen mußte. Aber sie hat uns nicht einen einzigen Buchstaben des Alphabets hinterlassen, aus dem wir sie rekonstruieren könnten, und so müssen wir sie aus der Leere erschaffen, aus luftigem Nichts und aus dem Wind über dem Wasser.

»Sie war keine Heilige, eure Mum«, sagt Debbie und reduziert Eliza auf ihr eigenes trockenes Vokabular. Eliza (oder zumindest die *Vorstellung* von Eliza) ist keine gutmütige Person, nicht »unsere Mum«. Da sie unsichtbar ist, ist sie erhaben und unnahbar geworden – die Jungfrau Maria und die Königin von Saba, die Himmelskönigin und die Königin der Nacht in einer Person, die Herrscherin in unserem unsichtbaren, imaginären Universum (Zuhause). »Zumindest nach dem zu urteilen, was euer Dad sagt«, behauptet Debbie selbstgefällig. Aber was sagt »unser Dad«? Zu uns kein Wort, soviel steht fest.

Wer ist Debbie? Sie ist die dicke, glanzlose Person, mit der »unser Dad« vor vier Jahren beschloß, »unsere Mum« zu ersetzen. Während seiner siebenjährigen Reise auf den Wassern der Lethe (in seinem Fall die Nordinsel Neuseelands) vergaß Gordon Eliza vollkommen (ganz zu schweigen von uns) und kehrte mit einer ganz anderen Frau zurück. Die Debbie-Frau mit dauergewellten braunen Locken, kurzen schweinchenhaften Wimpern und Stummelfingern, die in abgekauten Nägeln enden. Die Puppen-Frau mit dem runden Gesicht und den Augen von der Farbe schmutzigen Geschirrspülwassers und einer Stimme, aus der die flachen Sümpfe Essex' sprechen, umspült von einem leichten antipodischen Quengeln. Die Kindfrau, die nur ein paar Jahre älter ist als wir. Aus ihrer Wiege gerissen von Gordon, laut Vinny, die die Erzfeindin der Debbie-Frau ist. »Tut so, als wäre ich eure große Schwester«, sagte Debbie, als sie ankam. Jetzt hat sie eine andere Tonart angeschlagen, ich glaube, am liebsten wäre sie überhaupt nicht mit uns verwandt.

Wie konnte Gordon seine eigenen Kinder vergessen? Seine Frau? Hat er während der verlorenen Jahre auf der Unterseite der Welt die heimtückische Aufforderung Abenazaars gehört (»Tausche neue Frauen gegen alte!«) und unsere Mutter gegen die Debbie-Frau eingetauscht? Womöglich liegt der Schatz, der Eliza war (größer als des Königs Lösegeld), auch jetzt noch irgendwo in einer düsteren Höhle und wartet darauf, daß wir sie finden und befreien.

Wir wissen nicht, was für Geschichten Gordon für Debbie in Neuseeland gesponnen hat, aber jedenfalls scheint er sie auf die Realität seines Lebens hier nicht sehr gut vorbereitet zu haben. »Das sind also deine Kleinen, Gordon?« sagte sie mit ungläubiger Miene, als Gordon sie uns vorstellte. Wahrscheinlich hatte sie zwei bezaubernde kleine Püppchen erwartet, die hoch erfreut wären, aus ihrem mutterlosen Zustand erlöst zu werden. Gordon schien nicht daran gedacht zu haben, daß wir in den sieben vergangenen Jahren zu Untergrund-Kindern geworden waren und an einem dunklen Ort lebten, an dem die Sonne niemals schien.

Gott weiß, wie sie sich Arden vorgestellt hatte – Manderley, eine hübsche Doppelhaushälfte in der Vorstadt, vielleicht sogar ein kleines Schloß, in dem die Luft süß duftete –, jedenfalls gewiß nicht wie dieses trostlose Pseudo-Tudor-Museum. Und was Vinny anbelangte – »Hallo, Tantchen V«, sagte Debbie, streckte die Hand aus und packte damit Vinnys Klaue, »es ist so toll, dich endlich kennenzulernen.« Und »Tantchen Vs« Gesicht bekam beinahe Risse. »Tantchen V? Tantchen V?« hörten wir sie später murmeln, »ich bin niemandes verdammtes Tantchen«, wobei sie offensichtlich vergaß, daß sie *unser* verdammtes Tantchen war.

Mein Bruder Charles beendete die Schule, ohne daß seine Lehrer irgendwelche Talente bei ihm entdeckt hätten. Jetzt arbeitet er in der Elektro-Abteilung von Temple's, Glebelands einzigartigem Kaufhaus, das erbaut wurde, um die großen Londoner Kaufhäuser auszustechen, und sich einst einer kleinen arkadischen Idylle auf seinem Dach rühmte, komplett mit grünem Rasen, rauschenden Bächen und einer Herde grasender Kühe. Das war natürlich vor langer Zeit, in geradezu mythischen Zeiten (1902), und Charles muß sich mit einer banaleren Umgebung zufriedengeben, mit einer bunten Mischung aus Staubsaugern, Handrührgeräten und Musiktruhen. Charles scheint über sein Leben weder besonders glücklich noch unglücklich zu sein. Ich glaube, die meiste Zeit verbringt er mit Tagträumen. Er ist die Sorte Junge – ich kann mir Charles beim besten Willen nicht als Mann vorstellen –, die daran glaubt, daß unverhofft und *jederzeit* etwas unglaublich Aufregendes passieren kann, was sein Leben ein für allemal verändern wird. So wie fast jeder das tut. »Meinst du nicht auch, daß demnächst irgendwas« – während er nach den Worten sucht, die seine Empfindung wiedergeben, springen ihm fast die Augen aus dem Kopf – »daß demnächst irgendwas *passieren* wird?«

»Nein«, lüge ich, denn es hat keinen Zweck, ihn auch noch zu bestärken.

»Bei Temple's vertreibe ich mir nur die Zeit«, gibt Charles als Erklärung für sein bemerkenswert ereignisloses äußeres Leben ab. (Ja, aber womit vertreibt er sie? Er sollte aufpassen, eines Tages könnte die Zeit ihn vertreiben. »O ja, zweifellos«, sagt Mrs. Baxter, »damit muß man letztlich rechnen.«)

Charles hat zudem seine Hobbys – nichts so Gewöhnliches wie Briefmarkensammeln oder Vögelbeobachten, die Art von Beschäftigungen, die andere Vorstadtjugendliche ausfüllen – nein, er ist besessen von den ungelösten Geheimnissen der Welt, von Außerirdischen und fliegenden Untertassen, von untergegangenen Zivilisationen, Parallelwelten und Zeitreisen. Er interessiert sich für das Leben in anderen Dimensionen, wünscht sich nichts so sehr, als daß noch eine andere Welt als die unsrige existieren möge. Vielleicht weil sein Leben in der unsrigen so unbefriedigend ist. »Irgendwo da draußen sind sie«, sagt er und blickt sehnsüchtig in den nächtlichen Himmel. (»Wenn sie nur einen Funken Verstand haben, dann bleiben sie auch dort«, schnaubt Vinny.)

Mysteriöse Fälle von Verschwinden sind seine Spezialität – er dokumentiert sie zwanghaft in linierten Heften, Seite um Seite katalogisiert er in seiner kindlichen runden Handschrift die Verschwundenen – angefangen bei Schiffen und Leuchtturmwächtern bis hin zu ganzen Puritanersiedlungen in der Neuen Welt. »Roanoke«, sagt er, und seine Augen leuchten vor Aufregung, »1587 verschwand eine ganze Puritanersiedlung in Amerika, darunter das erste weiße Kind, das in Amerika geboren wurde.«

»Tja, also, vermutlich weil die Indianer sie umgebracht haben, oder?« sagt Carmen (McDade, meine Freundin), während sie in einem seiner Hefte blättert – Carmen käme nie auf den Gedanken, daß privat und Eigentum in ein und demselben Satz koexistieren können.

Charles sucht nach einem Muster. Die erstaunliche Zahl von verschwundenen Schiffen – die Boote, die ohne Mannschaft auf hoher See trieben, und die Mississippi-Dampfer, die ins Nichts entsegelten – ist nicht auf die Gefahren der See, sondern auf Entführungen durch Außerirdische zurückzuführen. Die Tendenz von Jungen namens Oliver, auf dem Weg zu einem Brunnen, wo sie Wasser holen wollten, zu verschwinden (»Na ja, jedenfalls zwei«, gibt er widerwillig zu); die vielen Farmer in den Südstaaten der USA, die dabei beobachtet wurden, wie sie verschwanden, während sie über eine Wiese gingen – der Schriftsteller Ambrose Bierce, der einen Aufsatz über einen solchen Fall mit dem Titel »Schwierigkeiten beim Überqueren eines Feldes« schrieb (»Und dann *selbst verschwand*, Izzie!«), sind alle Teil einer ungeheuren, nicht-irdischen Verschwörung.

Die Kategorie, die ihn am meisten in Aufregung versetzt – kein Wunder angesichts der Tendenz unserer Eltern, zu verschwinden –, sind die Menschen: das Mädchen aus gutem Haus, das einen Stadtbummel machte, der Mann auf der Straße von Leamington Spa nach Coventry – Leute, die ihrem alltäglichen Leben nachgingen, als sie sich in Luft auflösten.

»Benjamin Bathurst, Orion Williamson, Dorothy Arnold, James Worson« – eine kuriose Litanei ausradierter Menschen – »einfach so!« sagt Charles, schnippt mit den Fingern wie ein schlechter Zauberer und zieht wie in den meisten Gesprächen (ob der Sache angemessen oder nicht) eine sehr, sehr rote Augenbraue hoch wie eine Comic-Figur, wenn sie Überraschung ausdrücken will. Menschen, die von einer unsichtbaren Hand aus ihrem Leben gepflückt wurden. »Dematerialisation, Izzie – es kann jedem passieren«, sagt er begeistert, »jederzeit.« Wohl kaum ein tröstlicher Gedanke. »Dein Bruder spinnt«, sagt Carmen und lutscht so heftig an einem mißgebildeten Pfefferminzbonbon, daß ihre Backen aussehen, als wären sie implodiert, »er sollte zu einem Klapsdoktor gehen.«

Aber die eigentliche Frage lautet doch – wohin begeben sich die Menschen, die sich in Luft auflösen? Sind sie alle an demselben Ort? Wo immer sie sind, es muß dort nur so wimmeln vor Tieren, Kindern, Menschen, Schiffen, Flugzeugen, Amys und Amelias.

»Was, wenn unsere Mutter gar nicht davongelaufen ist?« grübelt Charles, der jetzt am Ende meines Bettes sitzt und hinausstarrt durch das blaue Viereck Fensterhimmel. »Was, wenn sie einfach dematerialisiert wurde?« Ich mache ihn darauf aufmerksam, daß »einfach« hier das falsche Wort sein könnte, aber ich weiß, was er meint – dann hätte sie ihre eigenen Kinder (uns) nicht willentlich im Stich gelassen, und wir müßten uns nicht allein in einer kalten, grausamen Welt durchschlagen. Und so weiter.

»Halt den Mund, Charles.« Ich stecke meinen Kopf unter das Kopfkissen. Aber ich kann ihn immer noch hören.

»Außerirdische«, sagt er bestimmt, »diese Leute wurden alle von Außerirdischen entführt. Und unsere Mutter auch«, fügt er wehmütig hinzu, »das ist es, was ihr zugestoßen ist.«

»Sie wurde von Außerirdischen entführt?«

»Warum denn nicht?« beharrt Charles. »Alles ist möglich.« Aber was ist wahrscheinlicher – eine Mutter, die von Außerirdischen entführt wurde, oder eine Mutter, die mit einem Verehrer davongelaufen ist?

»Eindeutig Außerirdische«, sagt Charles.

Ich setze mich auf und stoße ihn hart in die Rippen, damit er den Mund hält. Es ist schon so lange her (elf Jahre), aber Charles kann Eliza einfach nicht gehen lassen. »Verschwinde, Charles.«

»Nein, nein, nein«, sagt er, und in seinen Augen funkelt so etwas wie Wahnsinn. »Ich hab' was gefunden.«

»Was hast du gefunden?« Es ist erst acht Uhr morgens, und Charles hat noch seinen Schlafanzug an – braunweiß gestreifter Flanell, auf dem Schildchen im Kragen steht »12 Jahre«, er ist nie daraus herausgewachsen. Wenn ihn die Außerirdischen entführen, werden sie dann glauben, was er ihnen erzählt oder was auf dem Schildchen steht? Er scheint vergessen zu haben, daß ich heute Geburtstag habe. »Ich habe heute Geburtstag, Charles.«

»Ja, ja, schau.« Aus seiner gestreiften Brusttasche zieht er etwas, was in ein großes Taschentuch gewickelt ist. »Das hab' ich gefunden«, flüstert er wie in der Kirche, »ganz hinten in einer Schublade.«

»In einer Schublade?« (Es handelt sich demnach nicht um mein Geburtstagsgeschenk.)
»In der Anrichte, ich hab' Tesafilm gesucht.« (Für mein Geburtstagsgeschenk, hoffe ich.) »Schau!« drängt er mich aufgeregt.
»Eine alte Puderdose?« frage ich zweifelnd.
»*Ihre!*« sagt Charles triumphierend. Ich muß nicht nach der Identität von »ihr« fragen. Charles benutzt einen ganz bestimmten Tonfall – ehrfürchtig und mystisch –, wenn er von Eliza spricht.
»Woher willst du das wissen?«
»Da steht's«, sagt er und hält sie mir vors Gesicht. Es ist eine teuer aussehende, altmodische Puderdose – schmal und flach wie eine schwere goldene Scheibe. Der Deckel ist aus hellblauem Email, Palmen aus Perlmutt sind darin eingelegt. Der Verschluß funktioniert und springt sofort auf. Es ist keine Puderquaste darin, und der Spiegel ist mit einem dünnen Puderfilm überzogen, und der Puder selbst – ein kompaktes Hellrosa – ist in der Mitte abgetragen und enthüllt einen silbernen Kreis aus Metall.
»Nichts, was beweist, daß sie ihr gehört hat«, sage ich ärgerlich, und er schnappt sich die Dose und dreht sie um, so daß ein nahezu unsichtbarer Puderschauer auf meine Daunendecke schwebt. »*Schau.*«
Auf der goldenen Unterseite befindet sich eine Gravur aus hauchfein geschliffenen, runden Buchstaben. Ich halte sie gegen das blaue Viereck und entziffere die gestelzte Botschaft:

Meinem Liebling Eliza, anläßlich Deines
dreiundzwanzigsten Geburtstags.
Von Deinem Dich liebenden Mann,
Gordon. 15. März 1943

Einen Augenblick lang fühle ich mich ganz schwach, obwohl ich aufrecht im Bett sitze. Nicht so sehr wegen der Dose oder der Widmung, sondern wegen des rosa Puders – er riecht süß und alt, er riecht nach erwachsenen Frauen, und das ist, ohne die Spur eines Zweifels, die charakteristische Note des trostlosen Duftes der Traurigkeit, *L'Eau de Melancholie*, der mir überallhin auf den Fersen folgt.

»*Ich* jedenfalls«, sagt Charles, »glaube, daß sie ihr gehört hat.« Und er nimmt schlecht gelaunt die Puderdose und geht, ohne mir zum Geburtstag zu gratulieren.

Etwas später steckt Gordon den Kopf zu meiner Zimmertür herein, versucht zu lächeln (aber mein Vater schafft es selbst dann noch, traurig auszusehen), und sagt: »Guten Morgen, Geburtstagskind.« Ich erzähle ihm nichts von der Puderdose, denn es würde ihn nur in noch größeren Trübsinn stürzen und seinem Gedächtnis bezüglich seiner ersten Frau ebensowenig auf die Sprünge helfen wie alles andere. Vielleicht wurde Eliza während seiner sieben Jahre in Neuseeland von Außerirdischen aus seinen Gedächtniszellen radiert? (Unnötig zu erwähnen, daß es sich hierbei um Charles' Theorie handelt.) Schließlich ist er ein Mann, der sogar vergessen hatte, wer er selbst war, ganz zu schweigen von seinen nächsten Verwandten. (»Aber ist es nicht großartig, daß euer Daddy lebt und gesund ist?« sagte Mrs. Baxter. »Also das ist doch –« Mrs. Baxter suchte nach dem richtigen Wort »– das ist doch ein Wunder!«) Aber als er zurückkehrte – so beiläufig durch die Tür hereinspazierte wie Anna Fellows 1899 –, erinnerte er sich haargenau, wer wir alle waren. (»Ist das nicht ein Wunder«, sagte Mrs. Baxter, »daß er sich nach so langer Zeit plötzlich daran erinnert hat, wer er ist?«)

Er reicht mir eine Tasse Tee und sagt, »Ich geb' dir dein Geschenk später«, wobei die Worte mehr Fröhlichkeit zum Ausdruck bringen als der Tonfall, in dem er sie ausspricht (so war es schon immer mit meinem Vater).»Hast du Charles gesehen?« Das ist eine andere Eigenheit meines Vaters: ständig fragt er die Leute nach dem Aufenthaltsort anderer Leute – »Hast du X gesehen?« »Weißt du, wo Y ist?« –, obwohl die Person, nach der er sucht, problemlos in ihrem gewohnten Habitat aufgefunden werden könnte: Vinny in ihrem Sessel, Debbie in der Küche, Charles versunken in einen Bradbury oder Philip K. Dick, Mr. Rice bei Gott weiß was für einer Tätigkeit in seinem Zimmer. Einmal, während der ersten Zeit bei uns, klopfte Debbie gebieterisch an Mr. Rices Tür, Staubtuch und Möbelpolitur in der Hand, und machte auf den Fersen kehrt, als sie sah, was er tat. »Was denn?« fragte Charles wißbegierig, aber Debbie weigerte sich, es zu sagen. »Meine Lippen sind versiegelt.« Wenn man das gleiche nur von ihrer Nase sagen könnte.

Mich findet man gewöhnlich auf meinem Bett liegend vor, wo ich den toten Chatterton nachahme und die Zeit totschlage, indem ich ein Buch nach dem anderen lese (die einzigen verläßlichen anderen Welten, die ich bislang entdeckt habe).

»Ich denke, daß Charles in seinem Zimmer ist«, sage ich zu Gordon, und er macht ein überraschtes Gesicht, als wäre das der letzte Ort, an dem er ihn vermuten würde.

Gordon würde es vielleicht gefallen, wenn Charles mehr aus sich machen würde, aber er sagt nichts. Schließlich ist Gordon ein Mann, der erfolgreich weniger aus sich gemacht hat. Früher einmal war er eine ziemlich andere Person, Erbe unseres persönlichen Einzelhandelsvermögens, dem Lebensmittelgeschäft von Fairfax & Sohn – ein Erbe, das vor langer Zeit durch Sorglosigkeit draufging. Fairfax & Sohn, jetzt heißt es »Maybury's«, wird in diesem Augenblick gerade in Glebelands' ersten Supermarkt verwandelt und wird dann für jemand anders Gewinn abwerfen, nicht für uns. Und davor, bevor er Lebensmittelhändler wurde, war Gordon wieder jemand anders (ebenfalls in mythischen Zeiten – 1941), ein Held – ein Kampfpilot mit Orden und Fotografien, die das beweisen. Einst eine hell strahlende Persönlichkeit, kam er nach seiner siebenjährigen Abwesenheit als verblaßter Mann zurück, eigentlich überhaupt nicht mehr »unser Dad«.

»Vielleicht ist er ja gar nicht wirklich Daddy?« vermutete Charles heimlich, still und leise zu jener Zeit. (Denn es stimmte schon, weder die äußere Erscheinung noch das Innenleben erinnerten an den Mann, der er gewesen war.) Aber wenn es nicht er war, wer war es dann? »Jemand, der *vorgibt*, Daddy zu sein – ein Hochstapler«, erklärte Charles. »Oder wie in *Invasion vom Mars*, wo die Körper der Eltern von Außerirdischen übernommen werden.« Oder vielleicht kam er aus der Parallelwelt. Eine Art »Vater hinter den Spiegeln«.

Natürlich konnte er auch einfach Gordon sein, der nach sieben Jahren Abwesenheit mit einer neuen jungen Frau nach Hause zurückkehrte, und Eliza käme vielleicht nie zurück. Aber diese Version der Realität entsprach nicht unserem Geschmack.

»Er ist von Trübsinn erfüllt, euer Dad, stimmt's?« sagt Carmen unnatürlich poetisch. Zumindest nicht von Wahnsinn oder Hintersinn. Aber wir hätten ihn lieber von Frohsinn erfüllt.

»Von Leichtsinn?« bietet Carmen an. Nein, nicht wirklich.

Malcolm Lovat. Wenn ich mir etwas zum Geburtstag wünschen dürfte, dann ihn. Ihn wünsche ich mir zum Geburtstag und zu Weihnachten und am meisten, ihn will ich mehr als alles andere auf der großen dunklen Welt.

Sogar sein Name verspricht Romantik und Innigkeit (Lovat, nicht Malcolm). Ich kenne ihn zeit meines Lebens, die Lovats wohnen in der Kastanienallee, und er ist zu einem gutaussehenden, großen und kräftigen Jungen herangewachsen, seine Gliedmaßen sind wohlproportioniert – und das ist bei den Jungen im Gymnasium von Glebelands nicht so verbreitet, wie man annehmen möchte.

Die Mädchen vergöttern ihn. Er ist die Sorte Junge, die man

der eigenen Mutter vorstellen kann (so man eine hat), die Sorte Junge, mit der man zum Lover's Leap fahren möchte, damit sich die Autofenster beschlagen – ein Junge für jede Gelegenheit. Niemand erwähnt Malcolm Lovat, ohne darauf hinzuweisen, was für eine großartige Zukunft er vor sich hat, er studiert Medizin am Guy's College, Oxford, und im Augenblick verbringt er die Osterferien zu Hause. »Ich trete in die Fußstapfen meines Vaters«, sagt er und lächelt ein kleines ironisches Lächeln. Sein Vater ist Gynäkologe. »Pervers«, lautet Vinnys Urteil über diese besondere Spezialisierung – sie hatte »Frauengeschichten«, die von Mr. Lovat behandelt wurden –, »welcher Mann will sich denn darauf spezialisieren, seine Hände in Frauen zu stecken? Nur Perverse.« Ich frage mich, was aus Charles und mir werden würde, sollten wir in die Fußstapfen unseres Vaters treten. Vermutlich würden wir uns verirren.

Malcolm wäre gern Gehirnchirurg, was mir genauso pervers vorkommt; welche Person von Verstand will schon die Hände in die *Köpfe* anderer Menschen stecken?

Armer Malcolm, seine Mutter ist eine Menschenfresserin. Seine Eltern sind beide maßlos intolerant und snobistisch, und es scheint ein Wunder, daß sie einen Sohn wie Malcolm haben. Vielleicht doch kein so großes Wunder, denn Malcolm ist adoptiert. Die Lovats waren schon ziemlich alt, als sie ihn adoptierten. »Ich glaub', sie wußten nicht, was sie mit mir machen sollten, als sie mich kriegten«, sagt Malcolm. »Ich habe weder Gin getrunken noch Bridge gespielt.« Mittlerweile hat er beides gelernt.

Leider ist er ein Prinz außerhalb meines Sterns. »Ich weiß nicht, Iz«, sagt er ziemlich niedergeschlagen zu mir, während wir gemeinsam eine Tüte Chips essen. »Will ich überhaupt Arzt werden?« Das Schreckliche ist, daß er mich für eine gute Freundin hält. Er fährt sich mit der Hand durch die dunklen Locken und schiebt sie sich aus der hübschen Stirn. »Du bist ein guter Kumpel, Iz«, sagt er seufzend. Ich bin seine gute Freundin, sein »Kumpel«, sein »Kamerad« – klingt mehr nach Turnverein als nach einem Mitglied des weiblichen Geschlechts und gewiß nicht nach dem Objekt seiner Begierde. Zu viele Jahre bin ich wie ein großes treues Haustier hinter ihm durch die Straßen der Bäume gelatscht, und das hat mich in seinen Augen aller weiblichen Eigenschaften beraubt.

Ich falle in einen unruhigen, leichten morgendlichen Schlaf, es ist Wochenende, und nicht einmal mein Geburtstag bringt mich aus dem Bett. Die Möglichkeit zu schlafen ist zu kostbar. Wir in Arden sind unruhige Schläfer, wir alle hören, wie die Wächter der Nacht von kreischenden Eulen und heulenden Hunden herbeigerufen werden. »Schläfst du noch nicht?« fragt ein zerzauster Gordon mit einem kläglichen Lächeln, wenn wir uns mitten in der Nacht auf der Treppe begegnen. »Noch auf?« fragt Vinny (gereizt, mit Haarnetz und im Bettjäckchen).

Als ich aufwache, ist der Himmel nicht mehr ruhig, dünne weiße Wolken jagen einander über das Fenster, und der Wind rüttelt am Glas. Wird mir an meinem Geburtstag irgend etwas zustoßen? (Abgesehen davon, daß mich die Spindel sticht.) Ich hieve mich widerwillig aus dem Bett.

Selbstverständlich hätte ich das Wochenende mit Eunice verbringen können. »Wie wär's«, fragte sie enthusiastisch, »wenn du mit uns im Wohnwagen nach Cleethorpes fährst? Das wär' doch eine angenehme Art, deinen Geburtstag zu verbringen.«

Die enthusiastische Eunice ist die letzte Person, die ich mir als Freundin *erwählt* hätte, aber selbstverständlich erwählt man sich seine Freundinnen nicht, sie erwählen einen. Eunice kam den ersten Tag in die Realschule und hängte sich an mich wie eine Molluske, und seitdem klebt sie an mir, ungeachtet der Tatsache, daß ich nichts mit ihr gemeinsam habe und eine beträchtliche Menge Zeit mit dem Versuch verbringe, sie loszuwerden. Ich glaube, ich war einfach der erste Mensch, den sie gesehen hat, als sie durchs Schultor kam. (»Vielleicht war sie verhext«, überlegt Audrey. Aber Eunice ist nicht die Sorte Mädchen, der Zauberei etwas anhaben kann, sie ist viel zu vernünftig dafür.)

Sie ist sehr unscheinbar – weiße Söckchen, das Haar auf der Seite gescheitelt und mit einer Haarspange befestigt, eine dicke, schwarz gefaßte Brille. Sie sieht seit fünf Jahren gleich aus, außer daß sie nicht mehr flachbrüstig ist und schwarze Haare auf den Waden hat, als hätte jemand Spinnen die Beine ausgerissen und sie auf Eunices Beine geklebt. Sie ist ein humorloses Mädchen und hat ihr Leben gut organisiert – sie ist eine von denjenigen, die am Abend, bevor sie ins Bett gehen, die Kleider für den nächsten Tag herauslegen und ihre Hausaufgaben machen, sobald sie von der Schule nach Hause kommen. Meine Art der Organisation sieht hingegen so aus, daß ich mich in meiner Schuluniform ins Bett lege.

Eunice weiß *alles* und läßt es einen nie vergessen, so daß man an keinem Briefkasten und an keiner Katze auf der Straße vorbeikann, ohne daß sie einem die Erfindung der Briefmarke oder die Entwicklung der Katze aus dem Säbelzahntiger erläutert. *Klick, klick, klick* macht Eunices Hirn. Es ist anders geordnet – wo mein Hirn zum Beispiel ein Mischmasch aus Kunst und Gedichten und überwältigenden Gefühlen ist und man in meinen mentalen Eintopf ein- und willkürlich mit *Idylls of the King*, dem Untergang der *Titanic* oder dem Tod des Old Yeller wieder auftauchen kann, ist Eunices Hirn einer Präsenzbibliothek nachempfunden – es enthält eine unnötige Menge an Fakten, ein analytisch einwandfreies Suchsystem und einen Informations- und Beratungsschalter, der nie geschlossen hat. *Klick, klick, klick.*

Sie ist bei den Pfadfinderinnen, ihre Uniform ist vor lauter Abzeichen nicht mehr zu sehen, sie unterrichtet in der Sonntagsschule, singt im Schulchor, steht im Tor der Hockeymannschaft der Schule, ist die Schachmeisterin der Schule und strickt gern. Sie möchte Wissenschaftlerin werden und zwei Kinder haben, einen Jungen und ein Mädchen (wahrscheinlich wird sie sie stricken), und einen verantwortungsbewußten Mann mit einer gutbezahlten Stelle.

Ihre Mutter, Mrs. Primrose, sagt immer: »Oh, du hast deine Freundinnen mitgebracht, Eunice!« Jedesmal ist sie aufs neue überrascht, daß Eunice in der Lage ist, Freundschaften zu schließen. Die Primroses leben auf dem Lorbeerhügel, beunruhigend nahe.

»Primrose«, Schlüsselblume, darin sind wir uns alle einig, ist ein sehr hübscher Name, aber es ist ein Jammer, daß er mit »Eunice« gepaart ist – »man hätte sie schließlich auch Lily oder Rose oder Jasmin oder sogar ... Primrose nennen können.«

Diese Bemerkung richte ich, während wir mein Geburtstagsmittagessen, das aus Makkaroni mit Käsesauce besteht, verzehren, an Charles, in dem Versuch, ihn für Eunice als Mädchen zu interessieren und nicht für ihre derzeitige Inkarnation als unschlagbare Langweilerin, und sie basiert auf dem Prinzip, daß zwei Sonderlinge möglicherweise gut zusammenpassen. »Daisy«, fügt Mr. Rice unaufgefordert hinzu, »Iris, Ivy, Cherry ... Ich hab' mal ein Mädchen namens Cherry gekannt«, sagt er schnaubend. »Die war ziemlich in Ordnung ... Poppy, Marigold, Pansy ... [Mr. Rice ist der größte Langweiler auf Erden] ... Hyacinth, Heather –«

»Stechginster, Wurz, Blasentang«, unterbricht ihn Vinny ungeduldig.

»Violet«, sagt Charles träumerisch, »das ist ein schöner Name.«

Mr. Primrose, Eunices Vater, ist tagsüber Aktuar und nachts Akteur (sein Witz). Er leitet eine örtliche Laienschauspielgruppe – die »Lythe Players« – und trägt, um seine künstlerischen Neigungen zu illustrieren, in der Arbeit eine Fliege und zu

Hause eine Krawatte. Ich habe seinen Schmeicheleien widerstanden und bin nicht den »Players« beigetreten, denn sie sind ein windiger Haufen und werden ausgelacht, selbst wenn sie eine Tragödie aufführen. Vor allem, wenn sie eine Tragödie aufführen. Debbie hat sich vor kurzem überreden lassen, mitzumachen, durfte bislang aber nicht auf die Bühne. Es scheint, auch Mr. Primrose hat seine Standards.

Mr. Primrose hat zu seiner Zeit eine ziemlich eindrucksvolle Lady Bracknell abgegeben. »Ach, er probt die ganze Zeit so Zeug«, sagt Eunice. »Neulich hat er Mummys Negligé angehabt.«

Ist das normal? frage ich mich. Aber andererseits, was ist schon normal? Carmens Familie bestimmt nicht – die McDades neigen zu beiläufiger Gewalttätigkeit, so daß sogar die freundlichste Unterhaltung mit ihnen zu Verletzungen führen kann – ein Schlag aufs Ohr, ein Hieb in den Bauch. »Jaa«, sagt Carmen und läßt eine Kaugummiblase platzen, laut wie einen Peitschenhieb, »das ist nicht gerade erbaulich, oder?«

Carmen ist dünn wie ein Bandwurm und hat eine wächserne gelbe Haut, die nahezu transparent ist, so daß man alle blauen Adern sieht, wie im Biologieunterricht auf einem Schaubild des Menschen. Das Schlimmste an ihr sind die Füße – knochig und flach mit gespreizten Zehen und viel zu groß für den Rest ihres Körpers, die Adern darauf wie verknäulte Eisenbahnknotenpunkte. Wenn ihre Füße jetzt, da sie sechzehn ist, schon so sind, wie werden sie erst aussehen, wenn sie eine alte Frau ist? Aber sie ist eigentlich jetzt schon eine alte Frau.

Carmen ist bei der erstbesten Gelegenheit von der Schule abgegangen und ist jetzt mit einem untersetzten Jungen mit dem unwahrscheinlichen Namen Bash verlobt, der leicht als einer ihrer Brüder durchgehen könnte. Ihre Zukunft ist vorgeplant – die Hochzeit, die Kinder, das Haus, der lange Weg ins Alter. »Nicht sehr romantisch, oder?« gebe ich zu bedenken, aber sie sieht mich bloß an, als würde ich eine andere Sprache sprechen, eine, die sie nicht beherrscht. Carmen arbeitet an der Käsetheke der British Home Stores und zwingt mich damit, eine ganze Menge Zeit in den British Home Stores herumzuhängen und so zu tun, als ob ich ein halbes Pfund gefärbten Cheddar bräuchte. Es scheint eigentlich kein schlechter Job zu sein, ich glaube, es würde mir nichts ausmachen, an einer Käsetheke zu arbeiten. Mein Geist wäre frei, zu tun, was immer er wollte – das wäre nichts Besonderes, stimmt schon, aber ich bin gern allein mit meinen Gedanken, ich bin daran gewöhnt. Aber prompt wäre aller Voraussicht nach das Gegenteil der Fall, und statt nach Herzenslust in seinen leeren Räumen umherzuschweifen, wäre mein Geist höchstwahrscheinlich voller Käse. Carmen bestätigt diese Vermutung – insbesondere mit »Rotem Leicester-Käse«, meint sie, als ich sie bitte, ins Detail zu gehen.

Und die arme Audrey, so still und zurückhaltend, so verängstigt von der Präsenz des boshaften Mr. Baxter, daß man manchmal zweimal hinschauen muß, um sich zu vergewissern, daß sie noch da ist. Vielleicht verschwinden Menschen so – nicht plötzlich, wie in Charles unerklärlichen Welten, wo die Menschen auf mysteriöse Weise aus ihrem Leben gepflückt werden, sondern indem sie sich allmählich, Tag für Tag, selbst ausradieren.

Audrey mit ihrem Elfenkörper und ihrem Engelshaar ist nahezu substanzlos, gehört eigentlich überhaupt nicht zur materiellen Welt. »Iß etwas, Audrey, bitte«, drängt Mrs. Baxter ständig, bisweilen läuft sie Audrey mit Teller und Löffel durch das Zimmer nach, um ihr in einem Augenblick der Unachtsamkeit Nahrung zuzuführen. Es würde mich nicht wundern, wenn Mrs. Baxter eines Tages ein kleines Klümpchen Nahrung hervorwürgen und in Audreys Schnabel stopfen würde. Seit Wochen kämpft Audrey gegen einen Bazillus, den sie einfach nicht los wird, und sie tigert durch Sithean, eingewickelt in große Jacken und sackartige Pullover, und sieht elend aus. »Was ist mit Audrey los?« keift Mr. Baxter wiederholt, als wäre sie nur krank geworden, um ihn zu ärgern.

Wir sind alle irgendwie mißgebildet, innerlich oder äußerlich. Carmens Tante Wanda arbeitet in einer Schokoladenfabrik und versorgt die McDades tütenweise mit Mißbildungen, die von der Qualitätskontrolle aussortiert werden. Minztäfelchen mit der falschen Geometrie – Rhomben statt Quadrate; Schokoladenwaffeln, die als Drillinge statt als Zwillinge auf die Welt gekommen sind, und Pfefferminzbonbons, die ihre Löcher verloren haben. Wann immer ich an uns denke – an Carmen, Audrey, Eunice oder mich –, muß ich an Wandas mißgebildete Süßigkeiten denken, Mädchenkörper, die von der Qualitätskontrolle aussortiert wurden.

Warum habe ich keine Freundinnen von nordischer Schönheit – groß und golden und normal? Freundinnen wie Hilary Walsh. Hilary ist die Schulsprecherin des Gymnasiums von Glebelands wie zuvor ihre Schwester Dorothy. Dorothy studiert jetzt an der Universität von Glebelands (gegründet von Edward VI, eine der ältesten im Land). Hilary und Dorothy sind große schlaue Blondinen, die aussehen, als kämen sie gerade aus einer Schweizer Molkerei. Unvorstellbar, daß sie verschwinden könnten. Die Walshs leben in einem riesigen georgianischen Haus in der Stadt. Mr. Walsh gehört irgendein Unternehmen, und Mrs. Walsh ist Friedensrichterin.

Hilary und Dorothy haben einen älteren Bruder, Graham, der ebenfalls an der Glebelands-Universität studiert. Graham verfügt nicht über die arischen Qualitäten seiner Schwestern – er ist kleiner, dünner und dunkler, als hätten Mr. und Mrs. Walsh nur geübt, als sie ihn zeugten.

Gutaussehende Jungen, die Zahnmedizin oder Jura studieren und aussehen wie Mitglieder der Hitlerjugend, umschwärmen Hilary und Dorothy wie Wespen ein Marmeladenglas und sind ganz versessen darauf, ihre biologische Vollkommenheit zu untersuchen. Meine Chancen, jemals so zu sein wie sie, sind gleich null. Neben ihnen bin ich eine Schornsteinfegerin, ein walnußhäutiges Bettlermädchen.

»Was für wahnsinnig schwarzes Haar du hast, Isobel«, bemerkt Hilary eines Tages (es ist ungewöhnlich, daß Hilary überhaupt mit mir spricht) und fährt mit einem Finger über ihre Porzellanwange (»English Rose«). »Und so *dunkle* Augen! Sind deine Eltern Ausländer?«

Im Stall des Bauernhofs jenseits der Weißdorngasse steht Hilarys Pferd, und manchmal sehe ich sie über die Wiese galoppieren, auf der die Lady Oak steht. Im frühmorgendlichen Dunst könnte man sie leicht für einen Zentaur halten, halb Pferd, halb Mädchen.

Jetzt sehe ich sie langsam im Zirkel um die Lady Oak reiten. An den Ästen des Baums hängen dichte Blattknospen wie kleine grüne Juwelen. Für die Druiden war der Baum die Verbindung zwischen Himmel und Erde. Was würde passieren, wenn ich auf die Lady Oak kletterte, würde ich in den Himmel gelangen oder nur auf einen gewöhnlichen Riesen stoßen, der *Fee-fi-fo-fum* schreit, während er mich wieder hinunterjagt?

»April, April«, sagt Debbie (ziemlich unangemessen), als sie mir ein in Geschenkpapier eingewickeltes Paket reicht, und bevor ich die Überraschung auspacken kann, sagt sie: »Eine hübsche Strickjacke von Marks and Sparks.« Wenn ich die in den April Geschickte bin, dann muß Charles, der am ersten März geboren ist, der übergeschnappte Schnapphase sein.

»Danke«, murmele ich etwas schroff. Ich hatte mir einen Hund gewünscht. »Aber wir haben doch schon einen Hund«, plärrt Debbie und deutet auf ihren »Gigi« – einen aprikosenfarbenen Spielzeugpudel, der aussieht, als wäre er an den Rändern leicht gegrillt worden. Kein Wolf würde sich dazu bekennen, zur Evolution dieses Tiers beigetragen zu haben. Mr. Rice, endlich einmal hilfreich, hat mehrmals versucht, Gigi den Garaus zu machen, ihn zu erdrücken, zu erdrosseln, zu zerreißen, aber leider hat es nie funktioniert. (Worin reist Mr. Rice? In Schuhen. Charles hielt das lange Zeit für einen großartigen Witz.) »Um Gottes willen«, sagt Vinny, als Debbie vor ihrer Nase die Reste der wäßrigen Makkaroni mit Käsesauce abräumt. Vinny holt sich ihren Teller zurück. »Du ißt doch gar nichts«, protestiert Debbie.

»Na und?« Vinny grinst höhnisch. (Vinny würde eine gute Jugendliche abgeben.) »Nicht einmal der Hund würde dieses Zeug fressen.« Debbie ist wirklich eine schreckliche Köchin, kaum zu glauben, daß sie eine einjährige Ausbildung als Hauswirtschaftslehrerin in Neuseeland hinter sich hat. Was wäre ein gutes Geburtagsmahl? Gebratener Schwan und Kiebitzbrüstchen, Spargelknospen, Artischockenherzen? Und Nachspeisen, Nachspeisen geformt wie Burgen und geschmückt wie Kurtisanen – übersät mit Nippeln aus Maraschino-Kirschen und verziert mit Sahne-Girlanden aus dem Spritzbeutel. Nicht, daß ich einen Kiebitz essen würde. Geschweige denn einen Schwan.

Was unser Familienleben angeht, so klammert sich Debbie entgegen allen Erwartungen an den strengen Plan, mit dem sie vor vier Jahren zu uns kam und den sie in Steintafeln gemeißelt von Menschen erhielt, die sie »Mum und Dad« nennt. Dad war Hausmeister in einer Schule, und Mum war Hausfrau, und die ganze Familie wanderte aus, als Debbie zehn war. Der Plan sieht vor, daß sie einer in Unordnung geratenen Welt Ordnung aufzwingen muß, und das tut sie mittels fieberhafter Hausarbeit. »Zielt doch jemand den Schlüssel aus ihrem Rücken«, sagt Vinny und seufzt erschöpft. Bald, so denke ich, werden wir Debbie an der Feuerstelle sitzend vorfinden, wo sie Linsen aus der Asche liest.

Arden hat sie fest im Griff. »Dieses Haus«, so beschwert sie sich bei Gordon, »hat ein Eigenleben.« »Möglich«, sagt Gordon seufzend. Das Haus scheint sich gegen sie verschworen zu haben – wenn sie neue Vorhänge kauft, folgt auf dem Fuß eine

Mottenplage, wenn sie Linoleum verlegt, läuft die Waschmaschine aus. Die Kacheln in der Küche kriegen Risse und fallen von der Wand, die Rohre der neuen Zentralheizung klappern und stöhnen und klopfen nachts wie Gespenster. Wenn sie in einem Zimmer sämtliche Möbel poliert, kommen die Staubpartikel in dem Augenblick, in dem sie wieder hinausgeht, aus ihren Verstecken und lassen sich überall nieder und kichern hinter ihren kleinen vorgehaltenen Händen. (Dinge, die wir nicht sehen, müssen wir uns vorstellen.) Der Staub in Arden ist natürlich in Wirklichkeit kein Staub, sondern das Talkum der Toten, eine empfindliche Mixtur, die darauf wartet, neu zusammengesetzt zu werden.

Sie versucht, im Garten Gemüse zu ziehen und produziert statt dessen Karotten mit Alraunwurzeln und grüne Kartoffeln. Grüne und schwarze Blattläuse schwirren durch die Luft wie Heuschrecken, ihre Stangenbohnen sind verkümmert, ihr Kohl ist gelb, ihre Erbsenschoten sind leer, ihr Rasen ist so braun wie verbrannte Heide. Jenseits der Hecke, nebenan in Mrs. Baxters Garten, summen Bienen und wuchern Blumen, reichen die Stangenbohnen bis in den Himmel, und jedes Blumenkohlröschen ist so groß wie ein Baum.

Arme Debbie, sie steht unter dem Fairfax-Fluch, der besagt, daß nie irgend etwas gutgehen oder – um es präziser auszudrücken – alles genau dann schiefgehen wird, wenn es so aussieht, als würde es gutgehen.

»Irgend jemand muß es ja tun«, fährt Debbie Vinny an, als Vinny die Notwendigkeit in Frage stellt, vom Eßtisch aufstehen zu müssen, damit Debbie ihn abwischen kann, »und offensichtlich wirst das nicht du sein.«

»Da kannst du Gift drauf nehmen«, sagt Vinny und weigert sich, aufzustehen, so daß Debbie um sie herumwischen muß, während Vinny auf einer Zigarette kaut und dabei krokusfarbene Zähne entblößt. Von jeher eine heldenhafte *Fumeuse* (Vinny ist mit Nikotin geräuchert), ist sie vor kurzem dazu übergegangen, selbstgedrehte Zigaretten zu rauchen, und hinterläßt jetzt, wo immer sie sich aufhält, Krümel von Golden-Virginia-Tabak. »Das ist ja ekelhaft!« verkündet Debbie jedesmal, wenn sie auf eine von Vinnys Kippen stößt, aus denen alles Leben gesaugt ist. »Das ist ja ekelhaft!« verkündet Debbie, während Vinny die Überreste der Makkaroni mit Käsesauce mit Tabak garniert. »Ekelhaft ist, wer sich ekelhaft benimmt«, murmelt Vinny düster.

»Aber, aber«, sagt Gordon, der stets versucht, den Frieden zu bewahren. Vergeblich. Armer Gordon. Er ist mit dem Verlust des Familienvermögens spielend fertig geworden. »Ich wollte sowieso nie Lebensmittelhändler sein«, sagt er, aber wollte er ein niederer Schreiberling im Stadtplanungsamt von Glebelands sein? »Eine Stelle im öffentlichen Dienst ist nie falsch«, sagte Debbie ermutigend, »Eine gesicherte Rente, regelmäßig Urlaub und womöglich eine Beförderung. Wie bei Dad.« (»Wohin werden Hausmeister befördert?« wunderte sich Charles.) Was hat Gordon getan, während er in Neuseeland war? Er blickt wehmütig drein und lächelt traurig. »Schafzucht.«

Das einzige auf der Welt, was Debbie will, kann sie nicht kriegen. Ein Baby. Sie ist offenbar unfruchtbar (»Verschlossen!« krächzt Vinny.) »Mit meinen Leitern stimmt was nicht«, erklärt Debbie (in weniger biblischen Worten) aller Welt, »Frauengeschichten.« Leitern! Ich stelle mir Debbie als Spielbrett vor – statt Nerven und Venen und Arterien führen Leitern durch ihren ganzen Körper.

»Das ist der Fairfax-Fluch«, sagt Charles gut gelaunt.

Um zu kompensieren, daß sie nicht schwanger wird, wird Debbie immer dicker. Sie sieht aus wie ein großes aufgeschüttetes Kissen auf Beinen. Der Ehering schneidet ihr in den Finger, und an ihrem Hals befindet sich ein Wasserfall von Kinnen. Mit ihrer Unfähigkeit, sich zu reproduzieren, steht sie in starkem Kontrast zum Reich der Katzen in Arden (Vinny ist ihre Königin), das exponentiell anzuwachsen scheint.

Elemanzer, einer aus Vinnys Feliden-Kohorte, wickelt sich unter dem Tisch mit spielerischer Boshaftigkeit um Mr. Rices Knöchel. Mr. Rice versetzt ihm einen schnellen Tritt und grinst mich schräg an. »Süße Sechzehn, was?« sagt er und wischt sich Makkaroni mit Käsesauce von den schmierigen Lippen. Mr. Rice, der Untermieter, der einfach nicht ausziehen will, ist in letzter Zeit nahezu vertraulich mit Vinny geworden – jeden Freitagabend trinken sie ein Glas Madeira zusammen und spielen eine Partie Bésigue. »Du glaubst doch nicht, daß sie eine *körperliche* Beziehung haben, oder?« flüstert Debbie entsetzt Gordon zu, und Gordon lacht laut heraus. »Wenn die Zeiten schlechter werden.«

Mr. Rice schreit leise auf, als die Katze aus Rache ihre Krallen in sein Bein haut, aber er muß den Schrei mit der Serviette ersticken, oder es wird Ärger mit Vinny geben.

*

»Ich backe dir einen Geburtstagkuchen«, sagt Debbie, und aus dem Backrohr dringt ein monströs blubberndes, außer Kontrolle geratenes Geräusch. Die Küche ist für Debbie der bösartigste Raum im Haus, hier steht die Wiege der Chaostheorie – ein fallengelassener Teelöffel in der einen Ecke kann dafür sorgen, daß das Backrohr in Flammen aufgeht und am anderen Ende der Küche, in der Vorratskammer, alles aus den Regalen fällt.

»Wunderbar«, sage ich und flüchte nach Sithean, den Duft der Traurigkeit in meinem Rücken. Im Garten hinter dem Haus komme ich an Gordon vorbei, der in die Betrachtung des großen wuchernden Holunderbaums versunken ist. Er wächst zu nah ans Haus heran. Wenn man heutzutage aus dem Eßzimmerfenster schaut, sieht man nichts außer dem Baum, und er klopft und rüttelt mit den Zweigen am Fenster, als ob er unbedingt hereingelassen werden will. Gordon stützt sich wie ein philosophierender Holzfäller auf eine riesige alte Axt. »Er wird weg müssen«, sagt er trübsinnig. Er sollte vorsichtig sein, man weiß von Hexen, daß sie sich als Holunderbäume verkleiden.

In Sithean begrüßt mich ein angenehmerer Geruch als der des Geburtstagskuchens. »Orangenmarmelade«, sagt Mrs. Baxter und schöpft honigfarbenen Schaum von der süßen Masse, die in ihrem großen Kupfertopf blubbert. Die Marmelade ist von der Farbe goldbraunen Bernsteins und geschmolzener Löwen. »Die allerletzten von den Sevilles«, sagt sie betrübt, als wären die Sevilles eine große aristokratische Familie, die ins Unglück gestürzt wurde. »Rühr ein bißchen im Marmeladentopf«, drängt mich Mrs. Baxter und gibt mir einen langstieligen hölzernen Löffel, »und wünsch dir was. Na los, wünsch dir was, wünsch dir was«, sagt sie wie eine wahnsinnig gute Fee.

»Was immer ich will?«

»Alles.« (Ich wünsche mir natürlich Sex mit Malcolm Lovat.)

»Du könntest eine Party feiern«, sagt Mrs. Baxter, »oder ein Spiel spielen.« Wenn sie könnte, würde uns Mrs. Baxter die ganze Zeit Spiele spielen lassen. Sie besitzt ein Buch – *The Home Entertainer* (das sie sehr gerne mag) – ein Relikt aus ihrer glücklichen Kindheit und ein Buch, das das passende Spiel für jede Gelegenheit offeriert. »Freizeitvergnügen im Haus«, sagt sie und nickt zufrieden, während sie in der Marmelade rührt, eine »Erste-April-Party« vielleicht? »Eine ›Erste-April-Party‹«, liest sie aus dem Buch vor, »ist oft sehr vergnüglich, denn alle mögen es, wenn jemand in den April geschickt wird. Man muß die Gäste jedoch sorgfältig auswählen und darauf achten, daß sie sich untereinander gut verstehen.« Das scheint mir ein guter Rat.

Audrey sitzt gekrümmt am Küchentisch und schreibt in ihrer ordentlichen Handschrift systematisch Etiketten – *Orangenmarmelade – April 60 –*, ihr rotgoldenes Haar bildet einen zarten Heiligenschein um ihren Haaransatz. Sie blickt auf und bedenkt mich mit dem hübschen Melonenschnitz ihres Lächelns, das immer eine Überraschung ist, wie die Sonne, die hinter einer dunklen Wolke hervorkommt. Mrs. Baxter füllt die heiße Marmelade in einem langen goldenen Strahl in glänzende Gläser. Mrs. Baxter ist eine Beerenpflückerin, ihre Vorratskammer ist vollgestopft mit Marmeladen und Gelees und Musen aller Art – Holzapfelmarmelade und Pflaumenmus, Erdbeerkonfitüre und Holunderbeergelee, Hagebuttensirup und Schlehenlikör.

Wenn auf der Welt ewiger Winter herrscht und die Honigwaben im Eis eingeschlossen sind und das Zuckerrohr verwelkt ist, dann wird es zumindest noch Mrs. Baxters Marmelade geben, um uns aufzuheitern.

Ich mache mich mit einem noch warmen Glas Orangenmarmelade auf den Nachhauseweg. (»Marmelade, Marmelade, Marmelade«, beschwert sich Vinny jedesmal, die nichts Süßes mag, »kann sie nichts anderes machen?«

»Glaubt sie etwa, ich könnte keine Orangenmarmelade machen?« sagt Debbie schniefend, als sie ein weiteres Glas erhält, aber niemand ißt Debbies verwunschene Orangenmarmeladen, weil sich, kaum ist sie abgekühlt, grüne Flecken wie lunarer Käse auf der Oberfläche bilden.)

Ich drehe mich um, um Mrs. Baxters Tor zu schließen, und als ich mich erneut umdrehe, passiert plötzlich das Außergewöhnlichste, das man sich vorstellen kann – die vertraute Umgebung ist verschwunden, und statt auf dem Gehsteig stehe ich auf einer Wiese. Die Straßen, die Häuser, die ordentlichen Baumreihen, alles ist verschwunden. Nur die Lady Oak und die Kirche – um die sich eine Gruppe alter Hütten drängt – sind noch da. Es ist der gleiche Ort und auch wieder nicht, wie ist das möglich?

Ich weiß von Charles' paranormalen Studien, daß es ein weitverbreitetes Phänomen ist, plötzlich zu verschwinden, wenn man über eine Wiese geht. Vielleicht ist es das, was mir gerade passiert? Mir ist mit einem Mal schwindlig, als ob sich die Erde schneller drehen würde, und ich verspüre den überwältigenden Wunsch, mich auf den Boden zu legen und mich am Gras festzuhalten, damit ich nicht ins All geschleudert werde. Die andere Möglichkeit ist natürlich, daß ich durch das Gras in den Boden gesaugt werde und mich sieben Jahre lang keiner mehr zu Gesicht bekommt.

Ich bin erleichtert, als ich eine Gestalt sich nähern sehe – ein Mann in einem mit Astrachan besetzten Mantel und mit einer Melone auf dem Kopf. Er sieht merkwürdig, aber harmlos aus, gewiß nicht wie ein Außerirdischer, der mich entführen will. Als er näher kommt, tippt er an seinen Hut und erkundigt sich nach meinem Befinden. In der Hand hält er ein Bündel Papiere – Landkarten und Pläne –, und er winkt mir damit enthusiastisch zu. »Es wird ein wunderbares Jahr werden«, sagt er. »Ein *annus mirabilis*, wie diese sogenannten Gebildeten sagen. Genau hier«, fährt er strahlend fort und stampft fest mit dem Fuß auf dem feuchten Gras auf, wo vor einem Augenblick noch Ardens hohe Weißdornhecke gewachsen ist, »genau hier werde ich ein fabelhaftes Haus bauen.« Und er lacht lauthals, als hätte er einen großartigen Witz gemacht.

Ich finde meine Stimme wieder, die ich für ein paar Minuten verloren hatte. »Und um welches Jahr genau handelt es sich, bitte?«

Er blickt verwundert drein. »Jahr? 1918 natürlich. Was meinen Sie denn, welches Jahr wir haben? Und schon bald«, fährt er fort, »werden hier Häuser stehen. Wo immer Sie hier hinschauen, werden Häuser stehen, junges Fräulein.« Und er geht weiter, noch immer lachend marschiert er Richtung Kirche davon, klettert über eine Mauer und ist verschwunden.

Dann stehen meine Füße wieder auf dem Gehsteig, und die Bäume und Häuser sind wieder am richtigen Platz.

Ich bin verrückt, denke ich. Ich bin verrückt, also denke ich.

Ich bin verrückt, also denke ich, daß ich bin. Hurra und Himmel hilf, wie Mrs. Baxter sagen würde.

»Erstaunlich«, sagt Charles neidisch, als ich ihm davon erzähle, »du mußt eine Zeitreise gemacht haben.« Bei ihm klingt das wie eine ganz normale Begebenheit, wie ein Ausflug ans Meer. Den restlichen Abend über fragt er mich nach den Einzelheiten dieser anderen Welt aus. »Hast du was gerochen? Verfaulte Eier? Atmosphärische Störungen? Ozon?« Nichts von diesen unangenehmen Dingen, erwidere ich gereizt, nur den Duft von grünem Gras und den bittersüßen Geruch des Weißdorns.

Vielleicht war es eine Art kosmischer Aprilscherz? Ich bin gerade mal sechzehn, und schon tropft der Wahnsinn aus mir wie aus einem Sieb.

*

Wie soll ich meinen Geburtstag feiern? In einer vollkommenen Welt (= Phantasie) wäre ich jetzt in den wilden Mooren oberhalb von Glebelands, der Wind würde an meinem Rock und meinem Haar zerren, in leidenschaftlicher Vereinigung eng umschlungen von Malcolm Lovat, aber bedauerlicherweise begreift er nicht, daß wir füreinander bestimmt sind, daß wir, als die Welt neu war, eine Person waren, daß wir jetzt ein entzweigeschnittener Apfel sind, daß mein sechzehnter Geburtstag die ideale Gelegenheit wäre, unser Fleisch erneut zu vereinigen und uns den heftigsten Wonnen hinzugeben. »Im ›Ye Olde Sunne Inne‹ machen sie ein gutes Abendessen«, schlägt Debbie vor, »und sie haben riesige Eisbecher mit Früchten.« *(Das älteste Pub in Glebelands – Hochzeiten und Beerdigungen sind unsere Spezialität. Probieren Sie unsere Schinkensandwiches!)*

Noch immer in einem Zustand surrealen Schocks von meiner Begegnung mit dem Baumeister, votiere ich statt dessen für »The Five Pennies« und Fish and Chips mit Audrey und der unvermeidlichen Eunice, die leider doch nicht nach Cleethorpes gefahren ist. Und nicht zu vergessen, mit meinem unsichtbaren Freund, dem Duft der Traurigkeit.

Auf dem Nachhauseweg bringt der Anblick, der sich uns bietet, als wir in die Weißdorngasse einbiegen, sogar Eunice zum Verstummen, denn plötzlich, ohne jede Vorankündigung, geht der Mond hinter dem Dach von Audreys Haus auf.

Nicht irgendein alter Mond, nicht der gewöhnliche Mond, sondern eine riesige weiße Scheibe wie ein großes Pfefferminzbonbon, nahezu ein Cartoon-Mond, seine lunare Geographie – Meere und Gebirge – von einem kalt leuchtenden Grau, seine keuschen Strahlen tauchen die Straßen der Bäume in ein wärmeres Licht als die Straßenlampen. Wir bleiben wie angenagelt stehen, halb bezaubert, halb entsetzt von diesem magischen Mondaufgang.

Was ist mit dem Mond passiert? Hat er seine Umlaufbahn über Nacht näher zur Erde hin verlagert? Ich spüre, wie die Anziehungskraft des Mondes an meinem Blut zerrt. Es muß irgendeine Art Wunder sein – eine Modifikation ausgerechnet der Naturgesetze? Ich bin erleichtert, daß andere diesen Irrsinn miterleben – ich fühle, wie sich Audrey so fest an meinen Arm klammert, daß sie mich durch den Stoff meines Mantels in die Haut zwickt.

Noch einen Augenblick länger, und wir laufen in den Wald, Pfeil und Bogen in der Hand, Hunde auf den Fersen, überzeugte Jüngerinnen der Diana, aber dann meldet sich die vernünftige Eunice. »Wir erleben hier lediglich eine durch den Mond verursachte Sinnestäuschung – ein Beispiel dafür, wie das Gehirn in der Lage ist, die Welt der Phänomene mißzuinterpretieren.«

»*Was?*«

»Eine durch den Mond verursachte Sinnestäuschung«, wiederholt sie geduldig. »Weil wir so viele Bezugspunkte haben« –

sie fuchtelt mit den Armen herum wie eine verrückte Wissenschaftlerin – »Antennen, Kamine, Dächer, Bäume – sie vermitteln uns eine falsche Vorstellung von Größe und Proportionen. Schaut«, sagt sie, dreht sich um und knickt plötzlich in der Mitte ein wie eine Stoffpuppe, »schaut ihn euch durch eure Beine hindurch an.«

»Seht ihr!« sagt Eunice triumphierend, als wir ihrer lächerlichen Anweisung endlich Folge leisten. »Jetzt schaut er nicht mehr groß aus, stimmt's?« Nein, pflichten wir ihr betrübt bei, tut er nicht.

»Ihr habt die Bezugspunkte verloren, versteht ihr«, fährt sie pedantisch fort, und Audrey überrascht mich, indem sie sagt: »Ach, halt den Mund, Eunice.« Und ich deute hilfsbereit die Straße entlang in die andere Richtung und sage: »Du wohnst dort vorne, falls du es vergessen hast, Eunice.« Wir gehen rasch weiter, und sie muß ihren Nachhauseweg allein fortsetzen. Der Mond rollt weiter den Himmel hinauf und wird dabei kleiner.

Der Mond verwirrt mich. Eunice könnte den ganzen Tag lang lunare Daten ausspucken, und ich würde ihre Bedeutung immer noch nicht verstehen. Ich kann keine Struktur erkennen in den Bahnen, die der Mond über den Himmel zieht – an einem Tag hüpft er aus einem Eck am Himmel hinter Sithean, am nächsten Tag dreht er sich über Boscrambe Woods, und am Tag danach sitzt er auf meiner Schulter und folgt mir die Weißdorngasse entlang. Er nimmt ab und nimmt zu mit freudiger Selbstvergessenheit, in der einen Minute ein schmales Stück Fingernagel, in der nächsten eine Dreiviertelscheibe Zitrone, dann ein dicker Melonenmond. Soviel zu periodischer Regelmäßigkeit.

Ich liege im Bett und blicke hinauf zu meinem Fenster voll Mond. Ich sehe den Mond, und der Mond sieht mich. Er steht hoch am Himmel, zur normalen Größe geschrumpft, frei und ungebunden an die Erde. Ein vollkommen normaler Mond – kein blutroter Mond, kein blauer Mond –, es ist kein alter Mond mit einem neuen im Arm, sondern ein ganz normaler Aprilmond. Gott segne den Mond. Und Gott segne mich. Weit weg, irgendwo in der Ferne, heult ein Hund.

Was ist los?

Der Sommer hat Einzug gehalten in den Straßen der Bäume, erneut ist alles in Grün gewandet. »Wäre es nicht ulkig«, sagt Charles verträumt, »wenn es ein Jahr lang keinen Sommer gäbe? Eine Welt im ewigen Winter?«

*

Ich erwache aus einem unangenehmen Traum, in dem ich einen Hügel hinaufging, eine Jill ohne Jack, um oben einen Eimer mit Wasser aus einem Brunnen zu füllen. Wie wir wissen, sind Ausflüge zum Brunnen mit der Gefahr verbunden, von Außerirdischen gekidnappt zu werden, und deswegen war mein träumendes Selbst überaus erleichtert, als es, oben angekommen, feststellte, daß es noch existierte.

Ich ließ den Eimer in den Brunnen hinunter, hörte, wie er ins Wasser plumpste, und zog ihn wieder herauf. Auf dem Boden des Eimers lag etwas, ich hatte etwas aus dem Wasser gefischt. Ich starrte entsetzt auf die leblose bleiche Erscheinung – ich hatte einen Kopf herausgeholt.

Die Augen des Kopfes waren geschlossen, verliehen ihm eine flüchtige Ähnlichkeit mit Keats' Totenmaske, aber dann schlug der Kopf plötzlich die Augen auf und begann zu sprechen, bewegte langsam die fühllosen Lippen – und ich erkannte die römische Nase, die dunklen Locken, die langen Wimpern –, es war der Kopf von Malcolm Lovat. Er sah mehr aus wie der heruntergefallene Kopf einer Statue denn wie ein echter abgeschlagener Menschenkopf – die Bruchstelle war sauber und gleichmäßig, weder Blutgefäße noch fransige Sehnen schwammen wie Tentakeln im Eimer.

Der Kopf stieß einen gewaltigen Seufzer aus, fixierte mich mit seinem toten Blick und flehte mich an: »Hilf mir.« »Dir helfen?« sagte ich. »Wie?« Aber das Seil glitt mir aus den Händen, und der Eimer fiel klappernd zurück in den Brunnen. Ich spähte hinunter und konnte noch das bleiche Gesicht im Wasser schimmern sehen, die Augen wieder geschlossen, und die Worte »Hilf mir« hallten wider wie kleine Wellen auf dem Wasser, bevor sie verklangen.

Was bedeutet der Traum mit Malcolm Lovat? Und warum taucht nur sein Kopf auf? Weil er früher Haupt-Schulsprecher im Gymnasium von Glebelands war? (Sind Träume so schlicht gestrickt?) Weil ich gestern abend *Isabella oder der Topf mit Basilikum* gelesen habe? Es ist schwer genug, in Arden eine Geranie am Leben zu erhalten, und ich kann mir beim besten Willen nicht vorstellen, einen Kopf zu züchten. Man überlege nur, wieviel Pflege und Aufmerksamkeit ein Kopf brauchen würde – Wärme, Licht, Ansprache, kämmen und bürsten –, es wäre ein ideales Hobby für Debbie. Und mit Basilikum wäre es noch schwieriger angesichts des bösartigen Milieus von Arden.

Ich bin, das weiß ich, ein Kessel voll brodelnder adoleszenter Hormone, und Malcolm Lovat ist die Chiffre für meine Lust, aber Enthauptung? »Freud hätte seine Freude an dem Zeug«, sagt die analytisch veranlagte Eunice, »Köpfe, Brunnen – die ganze unterdrückte Lust und der Penisneid ...« Kaum zu glauben, daß jemand einen *Penis* beneiden sollte. Nicht, daß ich schon viele zu Gesicht gekriegt hätte, abgesehen von Statuen und einem bedauerlichen Blick auf Mr. Rices Anhängsel kann ich mich als Beweismaterial nur an Charles' Anatomie halten, und es ist schon lange her, daß ich davon etwas in natura gesehen habe. »Ich rede doch nur metaphorisch«, erklärt mir Eunice. Tun wir das nicht alle?

Carmen, die einzige von uns, die mit diesem Objekt eingehendere Erfahrungen hat, berichtet, daß man ihn am ehesten mit einem gerupften Truthahn und seinen Innereien vergleichen könnte, aber Carmens Einstellung zu Sex ist von einer solchen Atmosphäre des Ennui umgeben, daß Erbsenzählen im Vergleich dazu als definitiv gefahrvolle Beschäftigung erscheint. »Tja, es ist eine Möglichkeit, sich die Zeit zu vertreiben«, sagte sie gleichgültig. (Wenn man die Zeit vertreibt, was hat man statt dessen? »Weniger Zeit«, sagt Mrs. Baxter traurig.)

»Als in Ornung?« sagt Debbie (ihr üblicher Gruß), als ich schließlich in die Küche hinuntertaumle, um einen Teller Frosties zu essen. Sie meditiert wie eine besorgte Metzgersfrau über einem Küchentisch voll Fleisch – enggeschlossene Reihen Schweinskoteletts, anämische Würstchen, riesige, aus dem Körper großer Säugetiere geschnittene Steaks – ein Tisch, beladen mit totem Fleisch in der Farbe von Gartenwicken. »Wir veranstalten heute abend eine Grillparty«, sagt sie zur Erklärung.

»Eine Grillparty?« Das klingt wie eine Einladung zu einer Katastrophe. Debbies Einladungen sind dazu verdammt, mit schöner Regelmäßigkeit in Enttäuschung und nicht selten in rituellen Demütigungen und sozialen Peinlichkeiten zu enden. Wir haben unzählige Male erlebt, wie »kleine Cocktailpartys«, »geselliges Beisammensein bei Wein und Käse« und »Feste, zu denen jeder was mitbringt« in Katastrophen ausarteten. Aber Debbie ist rücksichtslos, begeistert von der Idee, Kochen al fresco in den Straßen der Bäume wieder einzuführen, wo seit mindestens tausend Jahren keiner ein Steak über offenem Feuer hat verkohlen lassen.

»Für die Nachbarn«, sagt sie optimistisch, während sie ein Tablett mit blassen blutleeren Würstchen mustert. »Ich steck' sie in Brötchen mit Ketchup«, fügt sie hinzu. »Was meinst du?« Von mir aus könnte sie sie in ein Schwein zurückverwandeln, aber ich murmele etwas Ermutigendes, weil sie einen wilden Blick in den Augen hat, als ob jemand den Schlüssel in ihrem Rücken überdreht hätte und sie auf zu hohen Touren laufen würde. Sie beginnt, mit einem Tuch zärtlich Steaks abzuwischen, als handelte es sich um die blutigen Backen abgeschlachteter kleiner Kinder, und sagt: »Ich glaube, es wird nett werden. Es wird bestimmt *irgendwas*.« (Das kann man von vielen Dingen sagen.)

Sie wendet ihre Aufmerksamkeit wieder den Würstchen zu, starrt sie unverwandt an, sieht dann mich an und fragt in mißtrauischem Tonfall: »Meinst du, daß sie sich bewegt haben?«

»Was?«

»Diese Würstchen.«

»Bewegt?«

»Ja«, sagt sie, jetzt etwas zweifelnd. »Ich dachte, sie hätten sich bewegt.«

»*Bewegt?*«

»Ach, egal«, sagt sie rasch. Kein Wunder, daß sich Gordon Sorgen um Debbie macht. Er hat mir das bei mehreren Gelegenheiten zu verstehen gegeben. »Ich mach' mir ein bißchen Sorgen wegen Debs, sie wirkt ein wenig ... verstehst du?«

Ich glaube, er meint verrückt.

Mir wird eine weitere Diskussion über die den Standort wechselnden Würstchen erspart, dank eines Kreischens im Flur, das darauf hinweist, daß Vinny Aufmerksamkeit wünscht.

Vinny ist auf dem Weg zu ihrer Pediküre. Sie verläßt das Haus nur selten, und wenn sie es tut, dann handelt es sich um eine Angelegenheit von großer Wichtigkeit für sie. Sie freut sich lange darauf, einen Blick auf die Außenwelt zu werfen, und wenn sie zurückkommt, beklagt sie sich noch länger über deren Zustand.

»Ich bin nur noch ein Schatten meiner selbst«, verkündet sie und starrt in die dunstige Patina des rostfleckigen Flurspiegels, den zu putzen Debbie vor langer Zeit aufgegeben hat. Vinny war schon immer ein Schatten, und jetzt ist sie der Schatten eines Schattens. Ihre Knochen haben sich in poliertes gelbes Elfenbein verwandelt, ihre Haut ist wie Chagrinleder. Chagrinleder, durchzogen von königsblauen Adern. Warzen wachsen auf ihren Handrücken wie Flechten. Ihr Atem geht keuchend wie der eines Dudelsacks.

Sie holt eine Puderdose aus dem alten Mausoleum von einer Handtasche und verreibt kräftig Puder, der wie Mehl aussieht, auf ihren Backen, überprüft das Ergebnis und sagt, »Meine Frostbeulen bringen mich um«, als befänden sie sich in ihrem Gesicht statt an ihren Füßen. Sie ist für die Außenwelt gekleidet – brauner Gabardinemantel und grauer Filzhut, merkwürdig zerbeult wie alter Teig, auf den lange eingeschlagen wurde. Auf Vinnys Hut steckt eine unpassende Fasanenfeder und bringt eine heitere Unbeschwertheit zum Ausdruck, die irgendwie im Widerspruch zu der Frau darunter steht. Sie nimmt die Hutnadel mit der Perle und steckt sie in den Hut, obwohl es von meinem Standort aus – ich lümmle neben dem Garderobenständer – aussieht, als hätte sie sie soeben durch ihren Kopf gestoßen.

»Grins nicht«, sagt Vinny, die mein Gesicht im Spiegel sieht. »Wenn der Wind die Richtung wechselt, bleibt's dir.« Ich lege den Kopf schief und ziehe eine Grimasse, auf die Charles stolz gewesen wäre. »Du siehst aus wie der Glöckner von Notre-Dame«, sagt Vinny, »nur viel größer.« Und dann sackt sie auf dem harten kleinen Stuhl neben dem Telefontischchen zusammen. »Meine Frostbeulen bringen mich um«, wiederholt sie nachdrücklich.

»Das hast du schon gesagt.«

»Nun, ich sage es noch mal.« Vinny beugt sich knarrend vor und streicht tröstend über einen Schuh. Es sind neue schwarze Schnürschuhe – Hexenschuhe, die Mr. Rice ihr schwungvoll als »Zeichen seiner Wertschätzung« überreicht hat.

»Ich muß bequemere Schuhe anziehen«, sagt Vinny. »Geh und hol mir meine alten braunen Halbschuhe, sie stehen unter meinem Bett. Na los – worauf wartest du noch?«

Hier gibt es Drachen. Vinnys Zimmer riecht nach diversen Dingen – Schulkantinen, kleinen Museen und alten kalten Gruften. Man käme nie auf die Idee, daß es draußen warm und Juni ist. Vinnys Zimmer hat sein eigenes Mikroklima. Ein dünner Nikotinfilm überzieht alle Oberflächen. Ich bahne mir knirschenden Schritts einen Weg über die Kruste aus Kekskrümeln und Zigarettenasche, die den fadenscheinigen Teppich bedeckt. An dem alten Messingbett, in dem einst meine schlafende Großmutter lag (Charlotte Fairfax oder »die Witwe«, wie sie genannt wurde), hängt Vinnys Kleidung – verwesende Unterwäsche und dicke gestopfte Socken, außerdem die meisten ihrer Röcke und Kleider –, obwohl ein höhlenartiger Schrank im Zimmer steht, der groß genug wäre, um ein ganzes Land darin unterzubringen.

Vorsichtig hebe ich den Saum der verblichenen Tagesdecke aus Satin an, der Himmel weiß, was alles seine Heimat unter Vinnys Bett gefunden hat. Staubfusseln – die abgestreifte Haut von Vinnys schlechten Träumen – werden vom Luftzug aufgewirbelt. Am Tag des Jüngsten Gerichts, wenn die Toten wiederauferstehen, wird sich der Staub unter Vinnys Bett, der Legion ist, erheben und ganze Menschenmassen neu bilden. Jede Menge toter Haut, aber keine Schuhe, nur Vinnys ausgefranste Pantoffeln, die eigenartigerweise ordentlich in der fünften Ballettposition, also gekreuzt, dastehen.

Ich stochere halbherzig zwischen dem Schutt und dem Schrott herum, die Vinnys Vorhänge und Teppiche darstellen. Ich ziehe eine der schweren Schranktüren auf, gehe dabei überaus vorsichtig vor, für den Fall, daß die ganze Konstruktion zusammenkracht und mich erschlägt. Vinnys Schrank, der einst der Witwe gehörte, ist eine kuriose Angelegenheit. »Ein Kompendium« betitelt er sich selbst in einer stilisierten Schrift aus einer Zeit irgendwann vor dem Ersten Weltkrieg. »Ein Kompendium für die Dame« sogar, weil es einst ein dazu passendes »Kompendium für den Herrn« gab, das meinem längst vergessenen Großvater gehörte – »meinem heimgegangenen Vater«, wie Vinny sagt, wobei ihr Tonfall eher Abreise als Totsein nahelegt.

Vinnys Schrank hält mit seinem Geschlecht nicht hinter dem Berg – die Fächer sind mit *Wäsche, Schals, Handschuhe, Diverses* etikettiert, auf der Kleiderstange steht *Pelze, Abendkleider, Tageskleider.*

Obwohl jede Menge Kleidung an Vinnys Bett (und auf den Boden) hängt, beherbergt der Schrank einen Wald von Kleidern, Kleider, die ich noch nie an Vinny gesehen habe. Bislang habe ich nur die allerflüchtigsten Blicke in das nach Mottenkugeln stinkende Innere von Vinnys Schrank geworfen, aber jetzt ergreift mich eine seltsame Faszination, und ich kann nicht anders, als die alten Tageskleider aus Crêpe, die schlaff und leblos dahängen, anzufassen und über die muffigen Wollkostüme und enganliegenden, kurzen Jacken zu streichen, die Beweise sind für eine schickere Vinny als die, die in einem staubfarbenen Baumwollkittel und in pelzgefütterten Hausschuhen mit Reißverschluß durch das Haus kriecht. War Vinny irgendwann einmal jung? Schwer vorstellbar.

Ein langer Pelzmantel aus unbestimmten Tieren beharrt darauf, gestreichelt zu werden, und ein Pelzkragen streift bereitwillig meine Fingerspitzen. Der Kragen besteht aus zwei lange toten Füchsen, die sich im Leben nicht kannten, jetzt jedoch so eng miteinander verbunden sind wie siamesische Zwillinge. Aus den dunklen Tiefen des Schrankes spähen ihre kleinen dreieckigen Gesichter heraus, starren mich ihre schwarzen Knopfaugen hoffnungsvoll an, und ihre spitzen kleinen Schnauzen schnüffeln in der muffigen Luft. (Wie verbringen sie ihre Zeit? Träumen sie von gesunden Wäldern?) Ich rette und drapiere sie um meine Schultern, an die sie sich dankbar anschmiegen. Sie schützen mich vor dem Luftzug, der durch das Zimmer wirbelt wie mehrere Schlechtwetterfronten.

Auf dem Boden des Schrankes stehen stapelweise Schachteln – Schuhschachteln wie Katzensärge, grau vor Staub, auf den schmalen Enden Schwarzweißzeichnungen von Schuhen, die Namen haben *(Claribel, Dulcie, Sonia)*, und Hutschachteln, manche aus Leder, andere aus Karton. In den Schuhschachteln befindet sich diverses Schuhwerk – ein Paar cremefarbener Sandalen, fest genug für einen englischen Sommer, ein Paar schwarzer Lacklederschuhe, die es juckt, Charleston zu tanzen. Aber keine Spur von den abgängigen braunen Halbschuhen.

Ein klagendes Kreischen vom Fuß der Treppe zeigt an, daß Vinny ungeduldig wird. In diesem Augenblick entdecke ich ganz hinten auf dem Schrankboden einen verirrten Schuh, einen einzelnen – aber er entspricht eindeutig weder Vinnys Stil noch dem der Witwe. Es ist ein hochhackiger brauner Wildlederschuh, auf dem ein sonderbares Stück verfilzter Pelz klebt, wie ein Stück Fell von einer toten Katze. Innen ist der Schuh mit Schimmelflecken übersät, und in dem kleinen Nest aus totem Pelz glitzert ein Straßstein. Der Flor des Leders ist dunkel und rauh, und der dünne Absatz steht ab wie ein Zahn, der demnächst ausfallen wird.

Der Geruch der Traurigkeit, der hinter mir in Vinnys Zimmer geschwebt ist, wird plötzlich überwältigend, hüllt mich ein wie ein feuchter Umhang, und vor Elend wird mir schlecht.

Vinnys heisere Schreie werden lauter. Muß sie etwa barfuß ins Krankenhaus? Was *mache* ich bloß da oben? Bin ich in den Schrank geklettert und darin *verschwunden*?

Eilig nehme ich den Schuh und schließe die Schranktür, und als ich mich umdrehe, entdecke ich Vinnys Halbschuhe in dem Durcheinander auf ihrem Frisiertisch, ihre Zungen stumm. Vinny hingegen hat ein kritisches Niveau erreicht, und wenn sie noch lauter kreischt, wird sie explodieren.

Charles schnüffelt an der Innenseite des Schuhs wie ein Bluthund, drückt das braune Wildleder an seine Backe, schließt die Augen wie ein Hellseher. »*Ihrer*«, sagt er bestimmt. »Definitiv.«

Vinny ist so wenig hilfreich wie eh und je. »Noch nie gesehen«, sagte sie kalt, aber als ich ihr meinen Fund zeigte, zuckte sie davor zurück, als wäre er aus rotglühendem Eisen. »Trau dich ja nicht und wühl noch einmal in meinen Sachen«, warnte sie mich und stapfte davon.

Wir sind mit Haut und Haaren davon überzeugt, daß der Schuh durch Raum und Zeit gereist ist, um uns etwas zu erzählen. Aber was? Wenn wir sein Gegenstück hätten, würde uns das helfen, die rechte Braut zu finden (»Er paßt, er paßt!«) und sie zurückzubringen, von wo immer sie jetzt ist?

»Nach allem, was wir wissen, kann sie tot sein, Charles.« Da schaut Charles mich an, als wollte er gleich mit dem Schuh auf mich losgehen. »Denkst du denn nie an sie?« fragt er wütend.

Aber es vergeht kein Tag, an dem ich nicht an sie denke. Ich trage Eliza in mir wie eine Schüssel mit Leere. Es gibt nichts, womit ich sie füllen könnte, nur Fragen ohne Antworten. Welches war ihre Lieblingsfarbe? Mochte sie Süßigkeiten? War sie eine gute Tänzerin? Hatte sie Angst vor dem Tod? Habe ich Krankheiten, die ich von ihr geerbt habe? Werde ich wegen ihr eine gerade Naht nähen oder gut Bridge spielen können?

Ich habe kein Vorbild dafür, wie man eine Frau ist – abgesehen von Vinny und Debbie, und die würde niemand als gute Vorbilder bezeichnen. Es gibt Dinge, über die ich nichts weiß – wie man seine Haut pflegt, wie man einen Dankesbrief schreibt –, weil sie nicht da war, um es mir beizubringen. Und wichtigere Dinge – wie man eine gute Ehefrau und Mutter wird. Wie man eine Frau wird. Wenn ich Eliza nur nicht immer wieder erfinden müßte (rabenschwarzes Haar, milchweiße Haut, blutrote Lippen). »Nein, so gut wie nie«, lüge ich Charles leichthin an, »es ist so lange her. Wir müssen mit unserem Leben vorankommen, verstehst du.« (Aber wohin?)

Vielleicht kehrt sie stückchenweise zurück – ein Hauch Parfum, eine Puderdose, ein Schuh. Vielleicht werden wir bald Fingernägel finden und Haare, und dann werden ganze Körperteile auftauchen, und wir können unsere Puzzle-Mutter wieder zusammensetzen.

»Von wem stammt dieser Schuh?« fragt Charles einen zerstreuten Gordon, der damit kämpft, das Holzkohlenfeuer in Gang zu halten. Gordon dreht sich um, sieht den Schuh und nimmt eine seltsame Farbe an, wie roher Teig. »Woher hast du den?« sagt er mit Grabesstimme zu Charles, aber dann stößt uns Debbie aus dem Weg und sagt: »Na los, Gordon, die Gäste kommen gleich, und die Kohlen müssen *glühen*. Was ist los? Dad hat nie Probleme damit gehabt. Was ist das?« fügt sie hinzu und nickt in Richtung des Schuhs. »Schmeiß ihn weg, Charles, er sieht unhygienisch aus.«

Mr. Rice taucht im Garten auf und hält Ausschau nach etwas Eßbarem, aber als er nur rohes Fleisch entdeckt, verschwindet er wieder im Haus. Mr. und Mrs. Baxter machen einen versuchsweisen Auftritt im Garten. Mr. Baxter nimmt nur selten an nachbarschaftlichen Treffen teil. Er wirft einen langen Schatten, auch wenn er nicht in der Sonne steht.

Mr. Baxter hat sich vor kurzem das Haar zu einem militärischen Bürstenhaarschnitt schneiden lassen, und jetzt steht es in ärgerlichen Borsten von seinem Kopf ab. Im Gegensatz dazu ist Mrs. Baxters Haar sanft gewellt und von der Farbe kleiner furchtsamer Säugetiere. Mrs. Baxter hat nichts Harsches. Sie mag neutrale Farben – Auster, Maulwurf, Keks und Haferschrot –, so daß sie bisweilen mit ihrem hübschen chintzigen Wohnzimmer mit den wohlerzogen zurückgebundenen Vorhängen und der ordentlich bestückten Teakvitrine zu verschmelzen scheint. Das ist immerhin besser als Vinny, die Beerdigungsfarben trägt, als ob sie ständig um etwas trauern würde. Um ihr Leben, laut Debbie, die ihrerseits eine eher pastellfarbene Person ist.

Beim unerwarteten Anblick von Mr. Baxter sagt Charles: »Okay, ich ziehe los, ich gehe ins Kino.« Und ehe Debbie sagen kann, »Nein, das tust du nicht«, ist er verschwunden. Armer Charles, nie geht jemand mit ihm irgendwohin. »Er sollte sich einen Hund zulegen«, schlägt Carmen vor – die McDades haben ein ganzes Sortiment von Hunden, für jeden Anlaß einen –, »ein Hund würde überall mit ihm hingehen.« Aber Charles will jemanden, der im Kino in der letzten Reihe neben ihm sitzt, jemandem, mit dem er sich in Cafés verabreden und schaumigen Kaffee trinken und Teekuchen essen kann, und obwohl ein Hund wahrscheinlich durchaus willens wäre, diese Pflichten auf sich zu nehmen, glaube ich, daß Charles eher an ein Mädchen denkt als an einen Hund. (»Hmmm«, sagte Carmen stirnrunzelnd, »das ist natürlich schwieriger.«) Warum wollen Mädchen nicht mit Charles ausgehen – weil er so sonderbar aussieht? Weil er an merkwürdige Dinge glaubt und seltsame Obsessionen hat? Ja. Um es mit einem Wort zu sagen.

Mrs. Baxter, die sich mit der Etikette von etwas so Neuartigem wie einer Grillparty nicht auskennt, hat eine große Tupperware-Schüssel mitgebracht, die sie Debbie jetzt hinhält. »Ich hab' ein winziges bißchen Krautsalat gemacht«, sagt sie hoffnungsvoll lächelnd, »ich dachte, den können Sie vielleicht brauchen.«

»Oder sogar essen«, sagt Mr. Baxter und lächelt sarkastisch, was Mrs. Baxter nervös macht.

Weitere Nachbarn drängen in den Garten, und Debbie wird zunehmend gereizt wegen der nicht glühenden Kohlen. Die Nachbarn sind angemessen beeindruckt von Debbies Grill – »Was ganz was Neumodisches« –, das ungegrillte Fleisch beeindruckt sie allerdings weniger.

Mr. und Mrs. Primrose treffen ein mit Eunice und Richard, Eunices unattraktivem Bruder. Mr. Primrose und Debbie beginnen eine ernsthafte Diskussion über die nächste Produktion der Lythe Players – *Ein Sommernachtstraum*, den sie (»Zum Teufel noch mal«, sagt Mrs. Primrose lachend) am Vorabend der Sommersonnenwende auf der Lady-Oak-Wiese aufführen wollen. Warum am Vorabend der Sommersonnenwende? Warum nicht am Abend der Sommersonnenwende? »Das ist doch egal«, sagt Debbie verächtlich.

Debbie hat endlich eine Sprechrolle, sie spielt Helena, und sie beschwert sich ständig über die Anzahl der Wörter, die sie lernen muß, ganz zu schweigen von der Schwierigkeit dieser Wörter. »Er [gemeint ist Shakespeare] hätte das Ganze meiner Meinung nach viel kürzer machen können, er braucht zwanzig Worte, wo eins reichen würde. Das ist einfach lächerlich. Wörter, Wörter, Wörter.«

Ich lege keinen Wert darauf, mich mit ihr darüber zu streiten oder ihr zu erklären, daß Shakespeare jenseits allen Maßstabs ist. (»Ungewöhnlich für ein Mädchen deines Alters«, sagt Miss Hallam, meine Englischlehrerin, »sich so für den Barden zu begeistern.«) Der »Barde«! Das ist, wie wenn man Eliza »unsere Mum« nennt, die beiden auf das Niveau gewöhnlicher Sterblicher herunterzieht. »Wenn jemand von einem anderen Planeten gekommen ist«, sage ich zu Charles, »dann war es Shakespeare.« Man stelle sich vor, Shakespeare zu begegnen! Aber was würde man dann zu ihm sagen? Was würde man mit ihm *tun*? Man könnte ihm wohl kaum die Geschäfte zeigen. (Oder vielleicht doch?) »Sex mit ihm haben«, sagt Carmen und steckt die Zunge auf leicht obszöne Art in ein Glas mit Saft. »Sex?« frage ich zweifelnd.

»Warum nicht?« Sie zuckt die Achseln. »Wenn du schon die Mühe einer Zeitreise auf dich nimmst.«

Eine Ansammlung hungriger Gäste wendet sich Mrs. Baxters Krautsalat zu und mampft ihn stoisch auf. Gordon liefert einen Teller mit Koteletts, die außen schwarz und innen von einem lebhaften Schiaparelli-Rosa sind. Die Leute nagen höflich die Ränder ab, und Mr. Baxter fällt ein, daß er woanders eine dringende Verabredung hat. »Ist das Pferdefleisch?« fragt Vinny lauthals.

»Die Lovats hast du vermutlich nicht eingeladen?« frage ich Debbie hoffnungsvoll.
»Wen?«
»Die Lovats. Vom Lorbeerhügel. Er ist dein Gynäkologe.« Debbie schaudert es kurz vor Entsetzen. »Warum um alles in der Welt sollte ich ihn einladen? Er würde hier rumstehen, ein Steak essen und wissen, wie ich *innen* ausschaue.« Ein beunruhigender Gedanke. Aber er wäre eine Ausnahme, wenn er ein Steak essen würde, niemand anders tut es.

Konfrontiert mit so vielen »Frauengeschichten«, wie er nun einmal ist (vor allem von so »Frauen« wie Vinny und Debbie), könnte einem Mr. Lovat fast leid tun – aber er ist keine besonders sympathische Person. »Ein kalter Fisch«, lautet Debbies Urteil. »Ein kauziger Fisch«, meint Vinny – es herrscht also ein ungewohnter Konsens zwischen den kriegführenden Parteien, zumindest, was den Fisch anbelangt.

Debbie hat einen Nachtisch gemacht – eine komplizierte breiige Kreation, *Riz Imperial aux Pêches*. »Kalter Reispudding?« fragt Mrs. Primrose zweifelnd. »Mit Pfirsichen aus der Dose?«

Mr. Rice taucht gerade rechtzeitig wieder auf, damit Richard Primrose kichern – ein schreckliches *Gacker-gacker*-Geräusch – und sagen kann: »Mr. Tapioka! Mr. Grießmehl!«

Ich erkläre ihm, das sei ein alter Witz, aber Richard interessiert sich für nichts, was ein Mädchen *sagt*. Jetzt, da ich darüber nachdenke, sieht Mr. Rice mit seiner teigigen Haut und seinen Korinthenaugen tatsächlich wie ein Pudding aus, wie ein pampiger Nierentalgpudding. Richard würde einen erbärmlichen Pudding abgeben. Er ist ein bebrillter, pickliger Jugendlicher im gleichen Alter wie Charles und studiert im ersten Jahr Bauingenieurwesen am Technischen College von Glebelands. Richard und Charles haben mehrere Dinge gemeinsam – sie sind beide übersät mit Aknenarben und, nach dem Rasieren, anfällig für einen roten blutigen Ausschlag. Beide riechen sie leicht nach alten Käserinnen, aber das tun vielleicht alle Jungen (mit Ausnahme von Malcolm Lovat selbstverständlich), und beide verhalten sich auf bizarre Weise unsozial, was sie sowohl den Mädchen als auch ihren männlichen Zeitgenossen entfremdet. Trotz ihrer Ähnlichkeiten hassen sie einander.

Es gibt jedoch auch Dinge, die sie nicht gemeinsam haben. Charles zum Beispiel ist ein menschliches Wesen (obwohl er gern das Gegenteil glauben würde), Richard möglicherweise nicht. Möglicherweise ist er ein schiefgegangenes extraterrestrisches Experiment – die Vorstellung eines Außerirdischen, wie ein Mensch aussehen sollte, zusammengesetzt aus Ersatzteilen, das Geschöpf eines Frankensteins vom Mars.

Physisch ist er das genaue Gegenteil von Charles, dünn und schlaksig wie eine Kletterpflanze, sein Körper hängt von seinen breiten Kleiderbügelschultern wie ein schlecht sitzender Anzug. Hohlwangig wie er ist, sieht sein Gesicht im Profil aus wie ein konkaver Neumond.

Richard versucht wiederholt, heimlich physischen Kontakt mit mir aufzunehmen, indem er verstohlen einen Fuß oder eine Hand vorschnellen läßt und versucht, sie an dem Körperteil von mir zu reiben, den er gerade erwischt. »Verpiß dich, Richard«, sage ich gehässig zu ihm und stolziere davon.

»Und das ist?« fragt mich Mrs. Baxter argwöhnisch und hält einen Fetzen versengten Fleisches hoch.

»Pudel?« offeriere ich hoffnungsvoll.

»Ich glaube, ich muß nach Hause, Liebes«, sagt Mrs. Baxter eilig. »Ich sollte nach Audrey sehen.« Audrey beherbergt noch immer »irgendeinen Bazillus, eine Sommergrippe«, sagt Mrs. Baxter, »wahrscheinlich.« Wann immer sie von Audreys »Bazillus« spricht, stelle ich mir vor, daß Audrey den Wirt spielt für einen gigantischen Marienkäfer oder einen glänzenden irisierenden Käfer. »Was ist mit Audrey *los*?« fragt Eunice, verärgert angesichts eines Geheimnisses, das ihr *Klick-klick-klick*-Gehirn nicht lösen kann.

Ich schlendere untröstlich durch den Garten, den Geruch der Traurigkeit in meinem Schlepptau – die Juni-Hitze hat das April-Parfum nicht tilgen können, und es schwebt zitternd wie eine kaum merkliche Schwingung in der Luft. Sollten Gespenster eigentlich nicht quieken und brabbeln? Was ist es? Wer ist es? Ich spüre seine unsichtbaren Augen auf mir, vielleicht ist es eine Manifestation meiner adoleszenten Energie, ein geheimnisvoller Poltergeist. Wenn statt dessen nur Malcolm Lovat hier wäre und mir nachlaufen würde. Ich möchte nach Carterhaugh, meine Röcke schürzen, mein Jungfernhäutchen verpfänden und mich an den wilden Küsten sexueller Leidenschaft herumtreiben.

»Ich hab' dich heute morgen gesehen«, sagt Eunice, die neben mir aufgetaucht ist, sie hat einen blutigen Fleck Tomatenketchup im Gesicht. »Ziemlich gräßliche Grillparty«, sagt sie fröhlich. »Ich hätte es besser machen können.«

»Wo?«

»Was wo?«

»Wo hast du mich heute morgen gesehen?«

»Bei Woolworth, am Süßigkeitenstand, du hast mich ignoriert, als ich dir zugewunken habe.«

Aber ich war nicht bei Woolworth, weder am Süßigkeitenstand noch sonstwo. Ich habe in meinem Bett gelegen und von Malcolm Lovats Kopf geträumt. »Vielleicht war es dein Double.« Eunice zuckt die Schultern. »Deine Doppelgängerin.« Mein Selbst aus der Parallelwelt? Man stelle sich vor, man biegt um eine Ecke der Welt und stößt auf sich selbst – was für Fragen man stellen könnte! »Kennst du dieses komische Gefühl, Eunice?«

»Komisch?«

»Ja, als ob irgendwas nicht stimmt ...« Aber dann geht der Grill in Flammen auf, und der Himmel öffnet die Schleusen, in dem Versuch, das Feuer zu löschen, und das gesellige Beisammensein findet ein nasses und rußiges Ende.

Ich gehe hinüber zu Audrey, um ihr mitzuteilen, daß sie nicht viel versäumt hat. Mrs. Baxter sitzt am Küchentisch und strickt etwas, was so fragil ist wie ein Spinnennetz, mit einem Muster aus Muscheln und »Nuscheln«.
»Noppen.«
»Es ist wunderschön«, sage ich und betaste seinen schneeweißen Fall. »Ein Schal für das erste Enkelkind meiner Schwester«, sagt Mrs. Baxter. »Erinnerst du dich an Rhona aus Südafrika?« Mrs. Baxter wird immer traurig, wenn die Sprache auf Babys kommt, vielleicht, weil sie selbst mehrere verloren hat. »Macht nichts«, versuche ich, sie zu trösten, »Sie werden auch eines Tages Großmutter werden.« Und Audrey, die am Herd steht und einen nicht zur Jahreszeit passenden, heißen, gesundheitsfördernden Kakao macht, stößt aus Versehen den Milchtopf um, der krachend auf den Boden fällt.

Als ich von Sithean zurückkomme, ist auch Charles wieder da. Er sitzt in einem Liegestuhl zwischen den Ruinen der Grillparty. Der neu gefundene Schuh ist in die Dunkelheit entschwunden. Näher befragt, gesteht Vinny – deren Abfallbeseitigungsmotto lautet: »Was man nicht weggeben kann, wird verbrannt« (und bisweilen auch das, was man weggeben kann) –, ihn gegrillt zu haben.
Ich hole mir einen Liegestuhl und geselle mich im dämmrigen Garten zu Charles. Die Saatkrähen fliegen spät nach Hause, flattern mit zerzausten Flügeln zur Lady Oak, rasen durch die Nacht, *krah-krah-krah*. Vielleicht haben sie Angst, verwandelt zu werden, wenn sie nicht rechtzeitig zum Baum zurückkehren, bevor die Sonne unter dem Horizont versinkt, der wie eine schwarze Untertasse jenseits der Bäume liegt. Vielleicht haben sie Angst davor, Menschen zu werden.
Wie ist es, wenn man als *krah-krähende* Dämmerungskrähe durch die Finsternis der Nacht flattert? Als Amsel hoch über die Kamine und die mit blauen Schindeln gedeckten Dächer in

den Straßen der Bäume fliegt? Die letzte Krähe, eine Nachzüglerin, senkt zum Gruß die Flügel, während sie über unseren Köpfen vorbeizieht. Welchen Anblick bieten wir von der Luft aus? Aus der Vogelperspektive? Einen ziemlich unbedeutenden, vermute ich.

»Eine andere Gestalt annehmen«, sagt Charles verträumt, »das wäre doch interessant, oder?«

»Eine andere Gestalt annehmen?«

»Zu einem Tier werden oder einem Vogel oder so?«

»Was wärst du gerne, Charles?«

Charles, noch immer todunglücklich über den Verlust des Schuhs, zuckt gleichgültig die Achseln und sagt: »Ein Hund vielleicht«, und dann fügt er hastig hinzu, »ein richtiger Hund«, weil er Gigi gesehen hat, der höchst unanständig mitten auf dem Rasen sitzt.

»Vielleicht können Menschen ihre Gestalt replizieren«, sagt Charles nach einer Weile, »und so kriegt man einen Doppelgänger.«

»Ach, halt den Mund, Charles, ich krieg' Kopfschmerzen«, sage ich gereizt. Manchmal sind Charles' Ideen so kompliziert, daß ich es nicht mehr ertrage, darüber nachzudenken.

»Glaubst du, daß die Außerirdischen schon hier sind?« fährt er erbarmungslos fort.

»Hier?« (In den Straßen der Bäume? Um Himmels willen!)

»Auf der Erde. Mitten unter uns.«

Hätten wir es nicht bemerkt? Vielleicht nicht. »Wie sehen sie aus – wie kleine grüne Männchen?«

»Nein – genau wie wir.«

Nur weil man sich als Außenstehender fühlt, erkläre ich Charles, heißt das nicht, daß man *tatsächlich* ein Außerirdischer ist, aber er wendet das Gesicht ab, ist enttäuscht von mir.

Es ist mittlerweile ziemlich dunkel, der ferne Mond bleich, eine weiße Münze hinaufgeworfen in einen Himmel von der

Farbe auswaschbarer Tinte. Die Sterne sind alle da, senden ihre nicht dechiffrierbaren Botschaften. Sternenlicht, sternenhell. Debbie kommt in den Garten und fragt uns, was in aller Welt wir hier im Dunkeln tun, und Charles sagt: »Sternenbaden.« Also wirklich, je schneller er zu seinem Planeten zurückkehrt, um so besser.

Ich liege lange Zeit im Bett und kann nicht einschlafen, obwohl ich hundemüde bin. Wäre es nicht eigenartig, wenn Charles recht hätte? Wenn wir von woanders herkämen, von weit, weit weg, und es nicht wüßten? Vielleicht ist auf unserem Planeten alles viel besser, wie in der Parallelwelt. Auf dem Parallelplaneten.

Ich warte auf das Geräusch von Kieselsteinen, die wie windgepeitschter Schneeregen gegen mein Fenster prasseln. Hätte ich einen Wunsch frei, würde ich mir wünschen, mir würde der Wunsch erfüllt, den ich heute abend wünsche – daß Malcolm Lovat den wilden Wein heraufklettert, der Arden langsam erwürgt, durch mein Schlafzimmerfenster hereinsteigt, und unsere zwei Leiber zu einem verschmelzen. (»Verschmelzen?« sagt Carmen zweifelnd – was Sex anlangt, ist sie ein sehr prosaisches Mädchen.)

Die Katzen morden jeglichen Schlaf, die Wände vibrieren von ihrem motorenhaften Schnurren – *brumm-brumm-brumm*, während sie sich ins Vergessen schnarchen. Die anderen Bewohner von Arden schlafen weniger tief. Ich höre Charles' ruhelose Träume – von silbergekleideten Raumfahrern, die durch das Nichts des Alls waten, von vernieteten Blechraketen, die in staubigen Mondkratern landen, Dinge, die sich Méliès ausgedacht haben könnte. Vinnys Träume, das Geräusch ungeölter Türangeln, sind nicht so gut zu hören, und Gordon träumt überhaupt nicht, aber Debbies Baby-Träume hallen substanzlos durchs Haus – flauschige rosarote Marshmallow-Träume von ausgestopften Hasen und Enten, Strampelanzügen und pummeligen Puttenkörpern.

»Wo ist Charles?« fragt Gordon, als er auf der Treppe an mir vorbeikommt. »Er scheint verschwunden zu sein.« Er strahlt eine gute Laune aus, die nicht zu dieser Bemerkung paßt.

»Wo ist Charles?« ruft mir Debbie vom Eßzimmer aus zu, wo sie die Vorhänge mit der Fugendüse absaugt (sie sieht aus wie ein Ameisenbär). Es ist neun Uhr abends, und vernünftige Menschen liegen dick und breit vor ihren Fernsehgeräten. Wie Vinny, die von ihrem Sessel aus Hughie Green Beschimpfungen an den Kopf wirft.

»Da ist jemand an der Hintertür«, sagt Vinny, als ich mich hinsetze. Sie beugt sich vor und stochert auf brutale Art im Kaminfeuer herum. Wahrscheinlich stellt sie sich vor, den Schürhaken in Mr. Rices Kopf zu stoßen. Mr. Rice ist auf Freiersfüßen unterwegs, und Vinny, die es sich in den Kopf gesetzt hat, daß zwischen ihr und Mr. Rice eine Art »Einverständnis« besteht, ist über die Maßen verärgert. Dieses Einverständnis – oder, besser ausgedrückt, Mißverständnis – rührt von einem beiläufigen Kompliment seitens Mr. Rices her, der gesagt hat, daß Vinny »einem Mann eine wundervolle Ehefrau sein« würde. Er hat damit vielleicht Frankensteins Monster gemeint, aber gewiß nicht sich selbst.

»Da ist jemand an der Hintertür«, wiederholt die Braut von Frankensteins Monster gereizt.

»Ich hab' nichts gehört.«

»Das heißt nicht, daß nicht doch jemand da ist.«

Widerwillig gehe ich nachsehen. Tatsächlich kommt von der Hintertür ein merkwürdiges Kratzgeräusch, und als ich sie öffne, dirigiert ein hoffnungsvolles Jaulen meinen Blick hinunter zu einem großen Hund, der wie eine Sphinx auf der Schwelle liegt. Sobald ich Blickkontakt mit ihm aufgenommen habe, springt er auf und spult routiniert die übliche Hundenummer ab – er legt den Kopf auf gewinnende Weise schief und hebt zur Begrüßung eine Pfote.

Es ist ein großer häßlicher Hund mit einem schmutzig strandfarbenen Fell. Ein Hund ungewisser genetischer Herkunft, eine Spur Terrier, ein uralter Hauch Wolfshund, aber mehr als alles andere sieht er aus wie eine übergroße Ausgabe von Strolch aus *Susi und Strolch*. Er hat kein Halsband um, kein Namensschildchen. Er ist die Quintessenz aller Hunde. Er ist Dog.

Er läßt seine große schwere Pfote kreisen, in dem nachdrücklichen Versuch, sich vorzustellen, deswegen beuge ich mich hinunter, nehme die dargebotene Pfote und blicke in seine schokoladenbraunen Augen. Da ist etwas in seiner Miene ... die tapsigen Pfoten ... die großen Ohren ... der schlechte Haarschnitt ...

»Charles?« flüstere ich versuchsweise, und der Hund spitzt ein schlaffes Ohr und wedelt begeistert mit dem Schwanz.

Ich vermute, eine bessere Schwester hätte ihm ein Hemd aus Nesseln gewebt und es über seinen pelzigen Körper geworfen, damit der Zauber gebrochen würde und er wieder menschliche Gestalt annehmen könnte. Statt dessen füttere ich ihn mit Katzenfutter. Er ist absurderweise dankbar.

»Schau mal«, sage ich zu Gordon, als er in die Küche kommt. »Hast du Debs irgendwo gesehen?« fragt er und kratzt sich am Kopf wie Stan Laurel.

»Nein, aber schau mal – ein Hund, ein armer, verirrter, heimatloser, hungriger, einsamer Hund. Können wir ihn behalten?« Und Gordon, der dreinblickt, als hätte er das Spiel »Verlorene Identität« aus dem *Home Entertainer* gespielt, sagt vage: »Hm, wenn du möchtest.«

Selbstverständlich weiß ich, daß Dog nicht wirklich der verzauberte Charles ist, und außerdem kehrt Charles rechtzeitig zurück, von wo immer er gewesen ist, um mit Gordon Horlicks zu trinken. Weder Vinny noch Debbie reden mit Gordon, da sie gleichzeitig bemerkt haben, daß der widerrechtlich eingedrungene Hund die Abendessensreste in der Küche aufgefressen hat. So wie es aussieht, wird er alles fressen, sogar das, was Debbie gekocht hat.

Kaum haben sich warmes Wetter und Dog eingestellt, macht sich die Flohpopulation von Arden auf, die Herrschaft des Planeten zu übernehmen, ganz zu schweigen davon, daß sie Debbie an den Rand desselbigen treibt. »Er wimmelt ja nur so davon«, sagt Mrs. Baxter und lacht, als ein Floh von Dog auf ihr hübsches weißes Tischtuch springt.

»Eine Menge Aufregung um nichts«, sagt Vinny, fängt fachgerecht einen Floh und zerdrückt den winzigen jetschwarzen Körper mit einem leisen explosiven *Knack* zwischen ihren Fingernägeln. (Ich stelle mir vor, es wäre Richard Primroses Kopf.) Auf der Ebene mikroskopisch kleiner Dinge brodelt das Leben in Arden – Flöhe, Staub, winzige Fruchtfliegen. Und die unsichtbare Welt ist natürlich noch bevölkerter als die sichtbare.

»Vitamine!« sagt Vinny. »Wer braucht die?« »Jeder?« murmele ich. »Moleküle!« sagt Charles. »Wer versteht die?« »Wissenschaftler?« gebe ich zu bedenken. (Nur weil man etwas nicht sehen kann, heißt das noch lange nicht, daß es auch unwichtig ist.)

Vinny ist so dürr und wahrscheinlich so kaltblütig, daß sich kein Floh je die Mühe macht, sie zu beißen. Debbie dagegen – mollig, warmblütig, dünnhäutig – ist ein Festmahl für sie, ein wandelndes Festmahl.

Debbie gibt die Schuld den Katzen (aus ihnen wird eines Tages das Musical *Cats* werden), die immer ein Grund zum Streit zwischen den kriegführenden Herrinnen von Arden sind.

(*Ein Wort zu den Katzen*: In Arden gab es keine Katzen, bis Vinny einzog. Vinny hatte früher ein eigenes Haus, ein schmuddeliges kleines Reihenhaus im Weidenweg, aber als unsere Eltern so unüberlegt verschwanden, mußte sie es aufgeben und zu uns ziehen. Das hat sie uns nie vergeben. Sie brachte die erste

Katze mit, die Stammutter der Arden-Dynastie – Grimalkin, eine blutrünstige, streitlustige graue Katze, mit deren Hilfe wir viele fette Katzen, die mit uns vor dem Kaminfeuer sitzen, gezüchtet haben.)

Debbie ist nicht die einzige, die die Katzen nicht mag. Wenn er sich unbeobachtet wähnt, ist sich Mr. Rice gelegentlich nicht zu schade für einen Tritt katzenwärts, wobei ihm offensichtlich entgangen ist, daß Vinny nach allen Seiten bewegliche Radarsensoren in Ohren und Augen hat.

Elemanzer, Grimalkins jüngste und wildeste Tochter, spürt, wie unbeliebt sie bei unserem Untermieter ist, und tut alles, um ihn zu ärgern. Sie schläft auf seinem Kopfkissen, wenn er weg ist, wartet auf der Treppe, damit er über sie stolpert, und nimmt es sogar auf sich, trächtig zu werden und ihre Jungen in Mr. Rices Sockenschublade zu werfen.

Tagelang amüsieren wir uns hinterher bei der Vorstellung, wie Mr. Rice im trüben Licht der Morgendämmerung in seiner Schublade stöbert, auf der Suche nach blaugrauen Argyle-Socken, und entsetzt aufschreit, als er entdeckt, daß seine Socken lebendig geworden sind – feucht und pelzig in ihrem kleinen Nest zappeln. Und eine sehr, sehr große silbergraue Tabby-Socke wütend ihre mütterlichen Zähne in seine Hand haut.

Als es Sommer wird, ist einer dieser miauenden Socken, ein hübscher Kater namens Vinegar Tom, plötzlich verschwunden, und Vinny ist besessen von dem Gedanken, daß Mr. Rice dabei seine Hand im Spiel hatte.

Debbie und ich, wir sind uns in einem Punkt (und nur in einem) einig, wir können Mr. Rice nicht ausstehen. Wir können es nicht ausstehen, wie er mit halboffenem Mund ißt, und wie er nach dem Essen mit den Zähnen knirscht. Wir können es nicht ausstehen, wie er unmelodisch durch diese Zähne pfeift, wenn sie nicht gerade kauen oder knirschen. Und insbesondere können wir es nicht ausstehen, wie uns dieselben Zähne nachts aus einem Glas im Badezimmerregal angrinsen.

Es widert mich an, dasselbe Bad wie er benutzen zu müssen, nicht nur wegen der Zähne, sondern wegen der überwältigenden Gerüche, die er hinterläßt – nach Rasierschaum und Brylcreme und den unverkennbaren Geruch nach männlichen Exkrementen (auf den hier nicht weiter eingegangen werden soll). Ein-, zweimal bin ich ihm morgens begegnet, als er aus dem Bad kam, mit offenem Bademantel, und etwas Schlaffes, bleich wie ein Pilz, dahinter hervorhüpfte. »*Hoppla*«, sagt Mr. Rice und grinst lüstern. »*Tod eines Handlungsreisenden*«, phantasiere ich düster in Charles' Gegenwart.

»Männer«, murmelt Vinny nachdrücklich. (Vinny war selbst einmal, wenn auch nur kurz, verheiratet.) Es scheint, daß Männer stets in eine von mehreren Kategorien fallen – es gibt die schwachen Väter, die häßlichen Brüder, die bösen Bösewichte, die heroischen Jäger und selbstverständlich die gutaussehenden Prinzen –, und keine Kategorie erscheint mir gänzlich zufriedenstellend.

»Was ist los?« fragt Eunice ungeduldig, als wir, wie gewöhnlich ohne Audrey, von der Schule nach Hause gehen. Ich weiß es nicht, ich habe dieses sonderbare Gefühl – es ist gleichzeitig vertraut und fremd, ein schwindliges, sprudelndes Gefühl, als ob jemand meinen Blutkreislauf mit einem Alka-Seltzer in Schwung gebracht hätte. »Blutkreislauf«, sage ich lallend zu Eunice. Wir nehmen eine Abkürzung, um Zeit zu sparen (aber wohin sollen wir sie tun? Auf die Bank?), und stehen mitten auf der Brücke über dem Kanal, und Eunice blickt beunruhigt über die Brüstung auf das trübe schmutzige Wasser hinunter.

»Vielleicht hast du es mit Brücken«, sagt sie ganz im Ernst, mehr wie Freud als wie Brunel. »Wenn man Angst hat, über eine Brücke zu gehen, heißt das –«

O nein, nicht schon wieder – Eunice ist verschwunden, ebenso die Brücke, aber – Gott sei Dank – gibt es eine andere, kaum mehr als eine Reihe Holzplanken. Der schmale Durchlaß, Green Man's Ginnel, zu dem die Brücke führt, ist noch immer da, aber der Laternenpfahl an seinem Eingang und die Lagerhäuser zu beiden Seiten sind verschwunden, statt dessen stehen dort jetzt primitive Holzhäuser. Vorsichtig wage ich mich durch den Durchlaß und komme auf dem Marktplatz von Glebelands heraus.

Es ist nach wie vor der Marktplatz, soviel ist klar – das Marktkreuz steht da, wo es hingehört, in der Mitte des Platzes, und auf der anderen Seite ist »Ye Olde Sunne Inne«; aber kein Wort verkündet mehr seinen Namen, nur eine Sonne auf einem hölzernen Brett – nicht die derzeitige, ein schreiend gelbes Ding, sondern eine matte altgoldene Sonne. Ich vermute, daß es auch nicht mehr »Ye Olde Sunne Inne« heißt, sondern wahrscheinlich nur noch »Sun Inn«, denn wir befinden uns offensichtlich in den Tagen, als es neu war, da es sich vergleichsweise um eine Bruchbude handelt. So wie es aussieht, das heißt, wenn ich meinen Augen trauen kann, befinden wir uns in Ye Olde Glebelands.

Hölzerne Fuhrwerke rumpeln über das Kopfsteinpflaster, wie im sechzehnten Jahrhundert rufen in Barchent gekleidete Fischhändlerinnen ihre Waren aus. Zwei in Samt gewandete Stutzer stehen eingebildet an der Straßenecke, und als ich mich ihnen nähere, fange ich den Geruch von etwas Ranzigem, Ungewaschenem auf. Werden sie mich ansehen und laut aufschreien? Können sie mich überhaupt sehen? Können sie mich hören?

Bei meiner letzten Zeitreise (so etwas können wir Gott sei Dank nicht oft sagen) schien der Mann, der mir auf der Wiese begegnete, durchaus in der Lage, mit mir zu kommunizieren, aber dieses Paar starrt geradewegs durch mich hindurch, und gleichgültig, wie laut ich schreie und wie hoch ich springe, ich scheine unsichtbar zu sein. Wenn die Naturgesetze auf den Kopf gestellt sind, dann gibt es selbstverständlich keinen Grund, warum etwas von Erfahrung zu Erfahrung konstant bleiben sollte. Jeden Augenblick kann das Chaos ausbrechen. Wahrscheinlich ist es das schon.

Ich stoße die Tür von »The Sun« oder »Ye Sunne« auf, ich kann mir genausogut anschauen, wie es einmal aussah. Es handelt sich schließlich um den Minderjährigen-Treffpunkt von Carmen und mir (wie verworren meine Tempi sind), wir haben viele dämmrige Stunden hier im Nebenzimmer verbracht, wenn wir eigentlich naturwissenschaftlichen Unterricht gehabt hätten. Hätte ich in Physik nur besser aufgepaßt, statt es zu Gunsten von Deutsch abzuwählen. 1960 ist die Eingangstür glänzend hellrot, aber in diesem unbekannten Jahr unseres Herrn ist es ein zweiteiliges, als Stalltür geeignetes Ding aus Holz. Soll ich mich mit »Ich komme aus der Zukunft« vorstellen?

Vielleicht erlebe ich gerade meine ureigenste Form einer durch den Mond verursachten Sinnestäuschung, vielleicht habe ich das falsche Raster von Bezugspunkten und interpretiere die phänomenale Welt falsch?

Es sind nur wenige Personen anwesend, die aussehen wie Statisten aus *Günstling einer Königin*, nur wesentlich abgerissener, als es in Hollywood üblich ist. Sie stieren alle finster in ihre Zinnkrüge, als wüßten sie nicht, daß die Renaissance stattgefunden hat.

Im Dunkeln, in der Ecke einer hohen Sitzgruppe aus Eichenholz, steht ein Mann mit geschlossenen Augen, er ist ziemlich jung, ungefähr Mitte Zwanzig, und ich habe ein merkwürdig vertrautes Gefühl, als ob ich ihn aus der Gegenwart kennen würde – oder aus dem, was in der nahen Vergangenheit meine Gegenwart war, aber jetzt meine Zukunft ist, wenn ich jemals dorthin zurückkehre. Ojemine, ojemine.

Der Mann öffnet die Augen und sieht mich an. Nicht durch mich *hindurch*, wie alle anderen, sondern er sieht mich *an*, und er lächelt, ein schiefes, zynisches Lächeln des Wiedererkennens, und prostet mir mit seinem Krug zu, und ich verspüre den überwältigenden Wunsch, zum ihm hinüberzugehen und mit ihm zu sprechen, weil ich glaube, daß er mich kennt, nicht meine alltägliche, äußerliche Erscheinung, sondern die echte, innere Isobel. Mein wirkliches Ich. Mein wahres Selbst. Aber als ich den ersten Schritt auf ihn zu mache, verschwindet alles, genau wie zuvor.

Das »Ye Olde Sunne Inne« hat noch nicht geöffnet und wirkt verlassen. Ich bin definitiv wieder in der Gegenwart – Bierfilze und ananasförmige Eiswürfelbehälter. Ich verlasse das Nebenzimmer und schlendere durch den Schankraum und die Bar und gelange schließlich durch die Hintertür der Küche in einen Durchgang, in dem Mülltonnen stehen, öffne eine Tür und stehe wieder auf dem Marktplatz. Ich sehe Eunice aus dem Green Man's Ginnel kommen, sie scheint verwirrt, und ich winke ihr von der anderen Seite des Marktplatzes aus zu.

»Wo bist du gewesen?« fragt sie beleidigt, nachdem sie sich durch den Verkehr gekämpft hat. »Gephyrophobie«, sagt sie aus heiterem Himmel.

»Wie bitte?«

»Gephyrophobie – Angst vor Brücken.«

»Genau«, sage ich vage.

»Dromophobie – Angst davor, Straßen zu überqueren? Potamophobie – Angst vor Flüssen? Vielleicht«, sagt Eunice leichthin, »kehrt eine tief in deiner Vergangenheit verwurzelte Angst zurück, um dich heimzusuchen.«

Wovon redet sie? »Wovon redest du, Eunice?«

»Man kann vor allem eine Phobie haben, zum Beispiel vor Feuer – Pyrophobie – oder Insekten – Akaraphobie – oder dem Meer – Thalassophobie.«

Eunicephobie, das ist es, was ich habe. Ich überquere schnell die Straße und springe auf einen Bus, ohne auf seine Nummer zu achten, und lasse Eunice, die sich durch den Verkehr schlängelt, um mir zu folgen, zurück. Ich persönlich habe aus unerfindlichen Gründen einen Riß im Stoff der Zeit entdeckt, bin im freien Fall durch seine Wurmlöcher und Durchlässe gerauscht, und das mit einer Leichtigkeit, als würde ich eine Tür öffnen.

Gibt es andere Menschen, die in die Vergangenheit und wieder herausfallen, ohne es in alltäglichen Unterhaltungen zu erwähnen (was nur normal wäre)? Aber blicken wir der Sache ins Auge, wenn man es genau betrachtet, was ist wahrscheinlicher – ein Bruch im Raum-Zeit-Kontinuum oder eine Art Wahnsinn?

Woraus ist der Stoff der Zeit? Schwarze Seide? Glatter Twill oder rauher Tweed? Oder spitzenartig und hauchzart wie etwas, was Mrs. Baxter stricken würde?

*

Wie kann ich der Wirklichkeit vertrauen, wenn mir die Welt der Phänomene an jeder Ecke einen Streich zu spielen scheint? Man nehme zum Beispiel das Eßzimmer. Eines Tages gehe ich hinein und empfinde die Atmosphäre als ganz anders, als hätte sie sich auf subtile und unerklärliche Art verändert. Es ist, als ob jemand »Was ist los?« aus dem *Home Entertainer* gespielt hätte, bei dem eine Person das Zimmer verläßt, und die anderen einen Stuhl umstellen oder ein Bild umhängen, und er (oder sie, das ist wahrscheinlicher) muß raten, was sich verändert hat, wenn er wieder hereinkommt. So ergeht es mir mit dem Eßzimmer, nur viel stärker, als ob es eigentlich überhaupt nicht unser Eßzimmer wäre. Als ob das Eßzimmer ein Spiegelzimmer wäre, ein Faksimile, ein Eßzimmer, das vorgibt, das Eßzimmer zu sein ... nein, nein, nein, in dieser Richtung liegt der pure Wahnsinn.

Debbie betritt hinter mir das Zimmer. Sie trägt eine in Heimarbeit hergestellte Version eines Tudor-Kostüms, das mich einen Augenblick lang beunruhigt.

»Warum hast du das an?« Ich habe angestrengt versucht, meinen Ausflug die Straße der Erinnerung entlang ins »Ye Olde Sunne« zu vergessen, und jetzt werde ich unangenehm daran erinnert.

Sie blickt auf ihr Kleid hinunter, als hätte sie es nie zuvor gesehen, und starrt mich dann aus ihren kleinen Augen an. »Oh, Kostümprobe«, sagt sie plötzlich, als hätte sie übersetzt, was ich gefragt habe. »Sommerdingsbums.«

Ich könnte ihr sagen, daß sie nicht streng genug riecht, um authentisch zu wirken, aber ich spare mir die Mühe. »Izzie?«

»Hm?«

»Meinst du, daß in diesem Zimmer etwas fehlt?«

»Fehlt?«

»Oder irgend etwas nicht stimmt. Es ist so —«

»Als ob es dasselbe Zimmer wie immer ist, aber doch nicht dasselbe?« Sie starrt mich überrascht an. »Genau! Geht dir es auch so?«

»Nein.«

Vielleicht gibt es einen Gott (wäre *das* nicht erstaunlich), der ein seltsames Spiel mit der Wirklichkeit in den Straßen der Bäume spielt. Oder Götter, im Plural, kommt der Sache noch näher.

»Wo hab' ich nur meinen Kopf, ich muß los«, sagt Debbie und rafft die Röcke.

»Vielleicht verloren?« frage ich.

»Was?«

»Nichts?«

Werde ich jemals dem Wahnsinn entrinnen, der in Arden herrscht?

✯

Der Tag vor der Sommersonnenwende. Der Höhepunkt des Jahres, mehr Tageslicht, als wir sinnvoll verbrauchen können. Im Garten Eden war jeder Tag Mittsommernacht. Wir sollten über Feuer springen oder etwas Magisches tun. Statt dessen sitzen Mrs. Baxter und ich im Garten und trinken Tee, genau wie es der Baumeister wollte. Audrey schmachtet in ihrem Zimmer. Dog liegt im Gras und träumt von Hasen. Mrs. Baxters Schildpattkatze schläft unter einem Rhododendron. In der Mitte des Rasens befindet sich ein Hexenring, das Gras plattgedrückt, als wäre hier in der Nacht ein Miniaturraumschiff gelandet.

Mrs. Baxter hat Limonade selbstgemacht, einen großen Glaskrug voll, und schneidet eine Scheibe nach der anderen von einem rosaroten Kuchen ab, der aussieht wie ein Badeschwamm.

Mrs. Baxter kann erstaunlich viele Variationen von Biskuitkuchen backen, jeder verziert mit einer anderen Dekoration – Schokoladenkuchen mit Schokoladenstreuseln, Zitronenkuchen mit kandierten Zitronenscheiben und Mokkakuchen mit Walnußhälften, die dem Gehirn eines kleinen Nagetiers ähneln. Vinny hat noch nie einen Kuchen gebacken, geschweige denn, daß sie auch nur einen blassen Schimmer davon hat, wie sie zu verzieren sind.

Selbstverständlich ißt Mrs. Baxter jede Menge von ihren eigenen Kuchen, und nachdem sie mehrere Stücke hintereinander verdrückt hat, schlägt sie die Hand vor den Mund und lacht. »Ojemine, bald werde ich *selbst* ein Kuchen sein!« In was für einen Kuchen würde sich Mrs. Baxter verwandeln? In einen Vanillekuchen, der weich und krümelig und mit Buttercreme gefüllt ist.

»Kein Wunder, daß du so verdammt fett bist«, sagt Mr. Baxter regelmäßig zu ihr. Niemand hat je gesehen, daß Mr. Baxter ein Stück Kuchen gegessen hätte. (»Er ist kein Kuchennarr«, sagt Mrs. Baxter betrübt.)

Mrs. Baxter gibt mir immer ein Extrastück Kuchen, in eine Papierserviette eingewickelt, für Charles mit. Jeder, der mich dabei beobachten würde, wie ich von Sithean nach Hause eile, würde annehmen, daß dort eine endlose Geburtstagsparty stattfindet.

Der Sonne zu Ehren ist Mrs. Baxter heute von ihrem üblichen Beige-Spektrum abgewichen und trägt ein leuchtendes rotweiß gestreiftes Sommerkleid, es sieht aus wie eine Markise oder eine Liegestuhlbespannung. Es hat schmale rote Spaghetti-Träger und stellt eine Menge von Mrs. Baxters Fleisch zur Schau – ihre dicken Arme und ihre Ellbogen mit den Grübchen, den wollüstig mütterlichen Einschnitt in ihrem Dekolleté, in dem sich rosa Kuchenkrümel eingenistet haben. Mrs. Baxters Haut hat durch die Gartenarbeit die Farbe von rotbraunem Karamel angenommen, und sie ist mit großen kastanienfarbenen Sommersprossen übersät. Sie sieht aus, als würde sie sich weich anfühlen, und ich muß den Wunsch unterdrücken, in den Abgrund von Mrs. Baxters Busen zu springen und mich dort für immer zu verstecken.

Mrs. Baxter seufzt zufrieden. »Genau richtig, um Krocket mit Menschen zu spielen«, aber sie führt nicht aus, ob sie damit das Wetter oder den Rasen oder die Stimmung meint. »Natürlich«, fährt sie fort, »sind wir jetzt nicht genug Leute.«

Plötzlich taucht Mr. Baxter im Garten auf, wirft wie der Stab einer bösartigen Sonnenuhr seinen bedrohlichen Schatten auf das Teetablett, und Mrs. Baxters Tasse erzittert auf der Untertasse. Mr. Baxter blickt in die Ferne am Spalier mit der Albertine-Rose vorbei zu der grünen Erhebung, die Boscrambe Woods ist.

»Ein Täßchen, Schatz?« fragt Mrs. Baxter und hält eine Tasse mit Untertasse hoch, als ob sie klarmachen will, was sie meint. Mr. Baxter blickt auf sie hinunter, sieht ihren Sonnenhut – ein roter Strohhut, wie ihn Kulis tragen –, runzelt die Stirn und sagt: »Du kommst wohl grad heim von den Reisfeldern.« Und Mrs. Baxter wirft in ihrer Eile, Mr. Baxter ein Täßchen einzugießen, das Milchkännchen um (sie sind eine unglaublich tolpatschige Familie).»Ich Dummerchen«, sagt sie mit einem breiten Lächeln, das nicht von Glück zeugt.»Habt ihr nichts Besseres zu tun?« fragt er und schaut mit hochgezogenen Augenbrauen zum Vogelhäuschen hinüber. Er meint jedoch nicht die Vögel.

Mr. Baxter hat es nicht gern, wenn die Leute untätig sind. Er ist Autodidakt (»Auf diese Weise habe ich die Gosse vermieden«, erklärt er finster) und mag keine Leute, denen »alles auf einem Silberteller serviert wurde«. Vielleicht mag er deswegen auch keinen Kuchen.»Was tust du?« fragt er mich unwirsch.»Ich schlage die Zeit tot, bis zur Aufführung«, brummele ich mit kuchenvollem Mund. (»Ojemine, tu das nicht«, murmelt Mrs. Baxter.)

Mr. Baxter setzt sich ziemlich abrupt auf den Rasen neben den Liegestuhl, in dem ich flegele, und entblößt seine dünnen haarigen Beine oberhalb der grauen Socken. In Arkadien ist er fehl am Platz, er sitzt lieber auf Stühlen mit geraden Lehnen und behält die parallelen Reihen der Pulte im Auge, die sich vor ihm bis in die Unendlichkeit erstrecken.»Auf der Rose sind Blattläuse«, sagt er zu Mrs. Baxter in einem Tonfall, der eher moralische Unredlichkeit nahelegt als Schädlingsbefall.»Du wirst sprühen müssen.« Mrs. Baxter haßt es, zu sprühen. Nie zerdrückt sie Spinnen oder erschlägt Wespen oder *knackt!* Flöhe, sogar Fliegen dürfen ungehindert durch Sithean summen, sobald Mr. Baxter den Rücken kehrt. Mrs. Baxter hat eine Übereinkunft mit kriechendem und fliegendem Getier, sie bringt es nicht um, solange es sie nicht umbringt.

Mr. Baxters Geruch schwebt mit einer Brise warmer Luft zu mir herüber – Rasiercreme und Old Holborn –, und ich versuche, ihn nicht einzuatmen.

»Ich sehe was, was du nicht siehst«, sagt Mrs. Baxter hoffnungsvoll, »und es fängt mit einem T an.« Und Mr. Baxter ruft:»Um Gottes willen, Moira, kann ich denn keinen Augenblick meine Ruhe haben?« Und so finden wir nicht heraus, was das T ist. Vielleicht ist es Theseus, der in diesem Augenblick im harschen Vorstadtsonnenschein über die Wiese schreitet und verkündet, daß die Hochzeitstunde mit Eil' heranrückt. »Oh, sie haben angefangen«, sagt Mrs. Baxter aufgeregt, »ich geh' und hol' Audrey.«

Das Stück ist der Hit, aber in diesem Fall ein sehr schlechter Hit, und ich werde einen nicht existierenden Vorhang vor die *Sommernachtstraum*-Version der Lythe Players ziehen. Sie ist komisch, wo sie lyrisch sein sollte, langweilig, wo sie komisch sein sollte, und es findet sich kein Fünkchen Magie darin. Mr. Primrose, der den Zettel spielt, wird nie ein unhöflicher Rüpel sein, und wenn er bis zum Jüngsten Tag übt, und das Mädchen, das vorgibt, Titania zu sein, Janice Richardson, die im Postamt in der Eschenstraße arbeitet, ist dick und hat eine quiekende Stimme. (Aber wer weiß, vielleicht sind Elfen so.)

Debbie kommt aschfahl nach Hause, und zuerst denke ich, daß es daran liegt, wie grauenhaft sie gespielt hat – sie hätte ihre Rolle genausogut der Souffleuse überlassen können –, aber über einer Tasse Bournvita flüstert sie mir zu: »Der Wald.«
»Der Wald?«
»Der Wald, der Wald«, wiederholt sie; sie klingt wie Poe, der versucht, ein Gedicht zu schreiben, »im Stück«, zischt sie, »in Sommerdingsbums.«
»Ja?« sage ich geduldig.
»Meine Dings.«
»Figur?«
»Ja, meine Figur verirrt sich doch im Wald, oder?« (Die Lady Oak hat den Players tapfer tausend Bäume ersetzt.)
»Und?«
Debbie sieht sich in der Küche um, einen höchst sonderbaren Ausdruck im Gesicht, sie scheint eine Menge Schwierigkeiten zu haben, ihre Gedanken in Worte zu fassen.

»Was ist los?«

Sie senkt die Stimme zu einem so leisen Flüstern, daß ich sie kaum mehr hören kann. »Ich war tatsächlich in einem Wald, ich hatte mich in einem großen verdammten Wald verirrt. Stundenlang«, fügt sie hinzu und beginnt zu weinen. Ich glaube, sie war zu lange in der Sonne. Soll ich ihr von den Rissen und Durchlässen und Wegen der Zeit erzählen? Nein, ich glaube nicht. »Vielleicht solltest du zu einem Psychiater gehen?« schlage ich vorsichtig vor, und sie rennt entsetzt aus dem Zimmer.

Da haben wir es. Wir sind beide so verrückt wie der Hutmacher beim Fünf-Uhr-Tee.

Es ist spät, der Tag vor der Sommersonnenwende ist fast in den Mittsommernachtstag übergegangen. Keine Maus rührt sich im Haus. Ich lasse mir in der Küche ein Glas mit Wasser volllaufen; Leitungswasser in Arden hat immer einen leicht brackigen Geschmack, als ob in der Zisterne langsam etwas verfaulen würde.

Die Küche fühlt sich an, als ob gerade jemand hinausgegangen wäre. Ich stehe auf der Schwelle der Hintertür und nippe an dem Wasser. Meine Haut fühlt sich warm an von der Hitze, die sie in Mrs. Baxters Garten aufgesogen hat. Ich kann die Wärme riechen, die noch vom Boden aufsteigt, und den bittergrünen Geruch der Nesseln. Der schmale Streifen des gelben Mondes hat einen sichelförmigen Schnitt in den Himmel gemacht, und ein Stern hängt an seinem unteren Ende, ein funkelnder Edelstein auf der Wange der Nacht.

Ich vermisse meine Mutter. Der Schmerz, der Eliza ist, kommt aus dem Nirgendwo, preßt mir das Herz zusammen und läßt mich einsam und verlassen zurück. Auf diese Weise trifft sie mich – ich gehe über eine Straße, stehe an einer Bushaltestelle Schlange, befinde mich in einem Laden, und plötzlich, ohne ersichtlichen Grund, sehne ich mich so sehr nach meiner Mutter, daß meine Stimme in Tränen erstickt. Wo ist sie? Warum kommt sie nicht zurück?

Die Uhr an der Kirche von Lythe läutet die Geisterstunde ein. *Krah.* In der Lady Oak rascheln Federn und Blätter.

Unter meinen Füßen graben Maulwürfe und Würmer unsichtbare Tunnel. Eine Fledermaus fliegt durch das Meer der Finsternis. Irgendwo, weit weg, heult ein Hund, und irgend etwas bewegt sich, eine schwarze Gestalt geht über die Wiese. Ich könnte schwören, sie hat keinen Kopf. Aber als ich wieder hinsehe, ist sie verschwunden.

VERGANGENHEIT

Den halben Tag geschlossen

Charlotte und Leonard Fairfax waren Säulen der Gemeinde, wiewohl Leonard 1925 von einem Schlaganfall gestürzt und der Chance beraubt wurde, das Leben in seinem neuen Haus in den Straßen der Bäume zu genießen. Charlotte übernahm das Geschäft, als läge ihr der Handel mit Lebensmitteln und nicht der mit Emailwaren im Blut. Charlotte, die Fairfax-Matriarchin, nahm ihre Witwenschaft mit solch viktorianischer Energie an, daß sie bald von aller Welt Witwe Fairfax genannt wurde.

Die Witwe liebte ihr schönes Heim, das schönste von allen in den Straßen der Bäume. Es hatte fünf Schlafzimmer, einen Garderobenraum im Erdgeschoß, eine große Vorratskammer und luftige Dachgeschoßräume mit extravaganten Giebeln; dort oben hielt die Witwe Vera, ihr häusliches Arbeitstier. Von ihrem Fenster aus hatte Vera einen erstklassigen Blick auf die Lady Oak und auf die dunstigen Hügel jenseits davon, die aussahen wie das Werk eines guten Aquarellisten, und, in der Ferne gerade noch erkennbar, auf den dunkelgrünen Fleck, der Boscrambe Woods war.

Die Witwe liebte ihren großen Garten mit den Obstbäumen und den Büschen, sie liebte die lange Einfahrt vor dem Haus mit dem rosa Kies, und sie liebte den hübschen Wintergarten aus Schmiedeeisen und Glas auf der Rückseite, den der Baumeister nachträglich angebaut hatte und in dem die Witwe Kakteen züchtete.

Die Witwe hatte schöne Dinge. Die Witwe gestaltete Dinge schön (sagten die Leute). Im Frühjahr füllte sie blauweiße Delfter Fayence-Schalen mit Hyazinthen, und an Weihnachten pflanzte sie Weihnachtssterne in Satsuma-Töpfe. Auf ihrem Eichenparkett lagen gute indische Teppiche, und die Kissen steckten in rohseidenen Bezügen mit Borten und Quasten, als würden sie vom Diwan eines Sultans stammen. Und im Salon hing ein kleiner Kronleuchter, George III, mit Schnüren aus Glasperlen und großen birnenförmigen Kristalltropfen, die aussahen wie die Tränen eines Riesen.

Madge war vor langer Zeit geflüchtet und hatte einen ehebrecherischen Bankangestellten in Mirfield geheiratet und ihrerseits drei Kinder in die Welt gesetzt.

Vinny sah aus, als würde sie sich von harten Brotkrusten und trockenen Knochen ernähren und war so sauer wie der Malzessig, den sie halbliterweise aus einem irdenen Krug im Hinterzimmer des Ladens ausschenkte. Die essigsaure Vinny, so alt wie das Jahrhundert, aber nicht ganz so kriegsgebeutelt, als alte Jungfer auf die Welt gekommen, nichtsdestotrotz kurz nach dem Ersten Weltkrieg verheiratet mit einem Mr. Fitzgerald – einem Nichtkriegsteilnehmer und staatlich geprüften Bibliothekar mit manisch-depressiven Tendenzen –, einem Mann erheblich älter als seine altjüngferliche Frau. Vinnys Gefühle angesichts von Mr. Fitzgeralds Tod (aufgrund von Lungenentzündung im Jahr 1926) ließen sich nie zur Gänze klären, wiewohl sie Madge anvertraute, daß sie sich in gewissem Maße erleichtert fühlte, von den ehelichen Pflichten befreit zu sein. Vinny blieb in dem kleinen Häuschen im Weidenweg wohnen, das sie vorübergehend mit Mr. Fitzgerald geteilt hatte.

Hier zumindest konnte sie schalten und walten, wie sie wollte, im Gegensatz zum Lebensmittelladen, den ihre Mutter mit eiserner Hand führte und in dem sie zur bloßen Verkäuferin degradiert war. »Ich könnte eine ebenso gute Geschäftsfrau sein wie Mutter, wenn sie mich nur lassen würde«, schrieb sie an Madge-in-Mirfield, »aber sie überträgt mir keinerlei Verantwortung.« Gordon sollte den Laden übernehmen, und als er die Schule abgeschlossen hatte, mußte er sich auf Geheiß der Witwe eine weiße Lebensmittelhändlerschürze umbinden, und sie war überaus verärgert, als er sich abends aus dem Haus stahl, um Kurse im Technischen College von Glebelands zu besuchen. »Alles, was er wissen muß, befindet sich hier«, sagte die Witwe und deutete sich auf die Stirn, als hätte sie damit mitten ins Schwarze getroffen. Gordon, der sich in der Lebensmittelhändlerschürze unbehaglich fühlte, stand hinter der Theke aus poliertem Mahagoni und wirkte, als würde er in seinem Kopf ein völlig anderes Leben leben.

Dann kam ein weiterer Krieg und veränderte alles. Gordon wurde ein Held, flog in seiner Spitfire über den blauen Himmel Englands. Die Witwe war ungeheuer stolz auf ihren Kampfpilotensohn. »Er ist ihr Augapfel«, schrieb Vinny an Madge-in-Mirfield. »Ein blauäugiger Junge«, schrieb Madge-in-Mirfield zurück. Gordon war nicht blauäugig. Er war grünäugig und gut aussehend.

Eliza umgab ein Geheimnis. Niemand wußte, woher sie kam, obwohl sie behauptete, aus Hampstead zu stammen. Sie sagte *Hempstid*, wie ein Mitglied der königlichen Familie. Sie deutete an, jedoch nicht in einer Weise, daß man sie hätte darauf festnageln können, daß irgendwo blaues Blut, wenn nicht sogar Geld im Hintergrund wäre. »Der verdammte silberne Löffel steckt ihr immer noch im Mund«, sagte Madge zu Vinny, als sie Eliza kennenlernten. Ihr Akzent war in der Tat sonderbar, völlig fehl am Platz in Arden mit seinen gründlich aufpolierten nördlichen Vokalen. Eliza klang, als ob sie irgendwo zwischen einem sehr teuren Internat und einem Bordell gestrandet wäre (oder, um es anders auszudrücken, der Oberschicht angehörte).

Zum erstenmal sah Gordons Familie die nicht gerade errötende Braut anläßlich der Hochzeit. Die Witwe hatte sich eine nette stille Frau für ihren kleinen Sohn erhofft – mausgrau mit braunem Haar und der Fähigkeit, hauszuhalten. Eine nicht zu gebildete junge Frau, deren Ambitionen für den Haufen Fairfax-Enkelkinder, den sie produzieren würde, nicht über die örtliche Schule hinausgingen. Dagegen war Eliza ein – »Vamp«? tat Madge eifrig ihre Meinung kund.

Auf der Hochzeit trug Eliza – so schlank wie eine Weide, so gerade gewachsen wie eine Douglas-Fichte *(pseudotsuga menziesii)* – ein stark tailliertes marineblaues Kostüm, eine weiße Gardenie im Knopfloch und einen kleinen schwarzen Hut aus Federn, der aussah wie das Stirnband einer Ballerina. Der böse schwarze Schwan. Kein Blumenstrauß, nur blutrote Fingernägel. Die Witwe erschauderte entsetzt und deutlich sichtbar.

Mit ihrem langen Haar wie Stahlwolle, das zu einem Knoten verdrahtet war, sah sie eher aus wie eine sizilianische Witwe denn wie eine englische. Ihre Gefühle für diese Hochzeit konnten abgeleitet werden aus der Tatsache, daß sie sich von Kopf bis Fuß in Schwarz gekleidet hatte. Sie schaute genau hin, als Gordon (»Mein Baby!«) den Ehering über den Finger dieses sonderbaren Geschöpfes streifte. Man hätte fast meinen können, daß sie versuchte, durch pure Willensanstrengung Elizas Finger zum Abfallen zu bringen.

An Eliza war etwas Merkwürdiges, darin waren sich alle einig, sogar Gordon, aber niemand konnte es benennen. Als sie im Standesamt hinter ihr stand, wurde Madge von Neid gepackt, als sie bemerkte, wie schlank Elizas Knöchel unterhalb ihres unpatriotisch langen Rockes waren. Wie Vogelknochen. Vinny hätte sie ihr am liebsten gebrochen. Und auch das Genick, wie einen dünnen Stecken. *Schnapp.*

Die Witwe hatte darauf bestanden, den Empfang im Regency Hotel zu bezahlen, für den Fall, daß irgend jemand auf die Idee käme, die Fairfaxes könnten sich keine anständige Hochzeit leisten. Es war klar, daß von Elizas Seite niemand kommen und erst recht nicht zahlen würde. Eliza hatte offenbar keine Verwandten. *Sie sind alle tot, Liebling,* flüsterte sie, tragische, ungeweinte Tränen in den dunklen Augen. Die gleiche Tragödie schien ihre Stimme in Mitleidenschaft gezogen zu haben, sie klang kehlig, mit Spuren von Whisky, Nikotin und Samt darin. Sie war Gordons Schatz, den er zufällig geborgen hatte, Gordon, der Heimaturlaub hatte und sie aus den Ruinen eines zerbombten Gebäudes in London holte, der sogar noch einmal hineinging, um ihren verlorenen Schuh zu retten *(sie waren so teuer, Liebling).*

Mein Held, sagte sie lächelnd, als er sie vorsichtig auf den Gehweg stellte. *Mein Held,* sagte sie, und Gordon war verloren, ertrank in ihren Whisky-Augen. *Das Zeitalter der Ritterlichkeit,* flüsterte die mit Bombenstaub bedeckte Eliza, *ist lebendig und wohlauf. Und heißt?*

»Gordon, Gordon Fairfax.«
Wunderbar.

»Das ging aber schnell, was?« sagte Madges Bankangestellter-und-Ehemann und blinzelte niemanden im besonderen an, und Eliza stürzte sich aus dem Nirgendwo auf ihn und sagte: *Mein Lieber, sind wir jetzt wirklich eine Familie?* **Kaum zu glauben,** und er trat unter einem Wasserfall von *Hempstid*-Vokalen den Rückzug an. »Ganz schön hochnäsig«, sagte Vinny zu Madge.

Eliza hatte dunkles dunkles Haar. Glänzend und gelockt. Schwarz wie eine Krähe, eine Saatkrähe, ein Rabe. »Ein Schuß Negerblut«, raunte Vinny Madge über den Hochzeitskuchen zu. Madge signalisierte mit ihrem Sherryglas Erstaunen und raunte zurück: »Spaghettifresser?« Eliza, die aus hundert Schritten Entfernung von den Lippen ablesen konnte, fand, daß ihre neuen Schwägerinnen wie Fische aussahen. Kabeljau und Heilbutt. »Oberschicht«, sagte Vinny verächtlich, während sie mit Sherry auf Braut und Bräutigam anstießen. »Saftig«, sagte Madges Mann und zog lüstern eine Augenbraue in die Höhe.

Also wirklich, sagte Eliza zum Bräutigam, *man könnte meinen, ich sei ein Stück Hochzeitskuchen*, und Gordon dachte, daß er sie am liebsten aufessen würde. Bis auf den letzten Krümel, damit niemand anders sie jemals haben könnte. Was für ein Hochzeitskuchen? brummelte die Witwe, denn dieser Kuchen war in Kriegszeiten mit Vorkriegsdatteln gebacken, die sie ganz hinten im Lagerraum des Lebensmittelladens gefunden hatten. Ein übereiltes Ereignis, »eine teure Angelegenheit«, sagte die Witwe zu ihren Fischtöchtern, »für ein billiges Ihr-wißt-schon-was.« Warum mußten sie so überstürzt heiraten? »Die Sache stinkt wie ein Fisch«, sagte Vinny-der-Heilbutt. »Verdächtig«, sagte die Witwe. »Höchst verdächtig«, sagte Madge-der-Kabeljau.

Wissen *sie eigentlich, daß Königin Viktoria tot ist?* fragte Eliza ihren frisch angetrauten Mann. »Wahrscheinlich nicht«, sagte er und lachte, aber nervös. Die Witwe und Vinny lebten im Mittelalter. Und es gefiel ihnen dort. Eliza sagte, sie könne nicht entscheiden, was schlimmer wäre, Vinny im Weidenweg oder Madge-in-Mirfield zu sein. Sie lachte laut heraus, als sie das sagte, und alle wandten sich ihr zu und starrten sie an.

Charles wurde im Zug geboren, ein Ereignis, das sich Elizas Launenhaftigkeit verdankte, denn sie beschloß, daß sie einen Ausflug zur Bradford Alhambra machen mußte, wenn jede normale Frau in ihrem Zustand zu Hause sitzen, die Beine hochlegen und ihre Hämorrhoiden und Krampfadern schonen würde.

»Zu früh«, sagte die Witwe und wiegte vorsichtig den winzigen Charles in ihren Armen. »Aber gesund, Gott sei Dank.« Die Großmutterschaft stimmte sie vorübergehend milde, und

sie versuchte, Eliza anzulächeln. Vinny inspizierte Bradford vom Fenster der Neugeborenen-Station aus. So weit war sie noch nie von Zuhause weg gewesen. »Und *groß*«, fügte die Witwe hinzu, bewundernd, sarkastisch und gerührt – alles unbehaglicherweise zur gleichen Zeit. »Stell dir vor«, sagte sie zu Eliza und kniff die Augen zusammen, als der Sarkasmus die Oberhand gewann, »wie er aussehen würde, wenn er die ganzen neun Monate durchgehalten hätte.«
Oh, bitte – nur das nicht! sagte Eliza, erbebte theatralisch und zündete sich eine Zigarette an.
»Ein Flitterwochenbaby«, spekulierte die Witwe, während sie die Wange des Babys streichelte. (»Wessen Flitterwochen? Hm?« schrieb Vinny an Madge-in-Mirfield.) »Ich frage mich, wem er ähnlich sieht?« schrieb Vinny an Gordon. »*Dir* bestimmt nicht, Gordon!« Niemand setzte künstlichere Ausrufezeichen als Vinny! (Niemand schrieb so viele Briefe seit dem Niedergang des Briefromans.)
Er ist ein absoluter Engel, sagte Eliza und: *O Gott, was würde ich nicht für einen Gin geben, Liebling.*

Charles' Ankunft schaffte es sogar in die Zeitungen:

<small>GLEBELANDS-BABY IM ZUG GEBOREN</small>

schrieb die *Glebelands Evening Gazette* besitzergreifend. Auf diese Weise erfuhr die Witwe von ihrem Enkelsohn, denn Eliza hatte es versäumt, ihr eine Nachricht aus dem Krankenhaus zukommen zu lassen, in das sie gebracht wurde, nachdem der Zug endlich in den Bahnhof eingefahren war. »Wenn es um Schlagzeilen geht, kann man sich auf sie verlassen«, rümpfte Löwenmaul Vinny die Nase.
Im Zug geboren. Die Leute rissen sich ein Bein aus, um ihr zu helfen, der Schaffner brachte sie in die erste Klasse, wo sie mehr Platz hatte zum Stöhnen und Ächzen (was sie auf eine sehr damenhafte Art tat, darin waren sich alle einig), und er war

der Meinung, daß die Art, wie sie *Sie sind ein Engel, mein Lieber* sagte, bewies, daß sie sowieso in die erste Klasse gehörte. Was auf Charles' Geburtsurkunde stehen sollte, war schwer zu entscheiden. Er war ein philosophisches Rätsel, wie Zenos Pfeil, ein Paradox im Raum-Zeit-Kontinuum. »Was würdest du sagen, wo er geboren wurde?« fragte Gordon während seines nächsten Heimaturlaubs. *In der ersten Klasse natürlich, Liebling*, erwiderte Eliza.

Leider war Charles ziemlich häßlich. »Hübsch ist, wer sich hübsch benimmt«, erklärte die Witwe, eine Meisterin des verblüffenden Klischees.

Eliza jedoch behauptete (natürlich, denn sie war seine Mutter), daß er das hübscheste Baby der Welt sei. *Charlie is ma darlin* sang sie während des Stillens Charles leise vor, der lange genug mit dem Saugen an ihrer Brust innehielt, um sie zahnlos anzulächeln. »Ein Baby, das gerne lächelt«, sagte die Witwe, die sich nicht sicher war, ob das etwas Schlechtes oder Gutes war. Eliza ließ Charles auf ihrem Schoß hüpfen und küßte seinen Nacken. Vinny entkrampfte ihre Lippen lange genug, um zu sagen: »Du verwöhnst ihn.« *Wie wunderbar für ihn*, sagte Eliza.

Gordon kam endlich auf Urlaub nach Hause und lernte seinen Sohn kennen, der mittlerweile mit Sommersprossen übersät war wie eine Giraffe und dem ein karottenfarbenes Haarbüschel mitten auf dem großen, ansonsten kahlen Kopf sproß. »Rote Haare!« sagte Vinny schadenfroh zu Gordon. »Woher er die wohl hat?«

»Er ist ein kräftiges kleines Kerlchen«, sagte Gordon und ignorierte seine Schwester. Er hatte sich bereits in seinen rothaarigen Sohn verliebt. »Er sieht dir überhaupt nicht ähnlich«, beharrte Vinny, während Gordon Charles auf den Schultern durchs Haus trug. »Eliza sieht er ebensowenig ähnlich«, sagte Gordon, und das stimmte.

Dann mußte Gordon zurück und über den grauen Himmel des Kontinents fliegen. »Man könnte meinen«, höhnte Vinny, »daß er ganz allein gegen die Luftwaffe kämpft.« »Nerven aus Stahl«, sagte die Witwe. Ein Mann aus Eisen. *Ein Herz aus Gold*, sagte Eliza und lachte ihr sprudelndes Lachen, vor dem sich alle ein wenig fürchteten. Vor dem Ende seines Urlaubs hatte Gordon ein weiteres Kind gezeugt *(ein Unfall, Liebling!)*.

»Du wirst doch auf Eliza aufpassen?« sagte Gordon zu seiner Mutter, bevor er aufbrach. »Wie denn nicht?« entgegnete sie, ihre Syntax so steif wie ihr Rücken. »Wir leben schließlich unter demselben Dach.« Im feuchten, dampfigen Badezimmer mußte sich die Witwe durch den Wald von Elizas Strümpfen kämpfen, die überall hingen, und sie fragte sich, ob das wohl auch zur ihren Pflichten gehörte. Und noch etwas, dachte die Witwe, woher hatte sie diese Strümpfe? Eliza hatte immer alles – Strümpfe, Parfum, Schokolade –, was tat sie, um diese Dinge zu bekommen? Das hätte die Witwe gern gewußt.

»Zumindest dieses Kind wird nicht unterwegs geboren werden«, sagte die Witwe zu Eliza. Die Witwe war besorgt, daß Eliza womöglich einfallen könnte, das türkische Bad in Harrogate aufzusuchen oder einen Tagesausflug nach Leeds zu machen. Eliza lächelte rätselhaft.

»Verdammte Mona Lisa«, sagte Vinny laut zu sich selbst, während sie im Hinterzimmer des Lebensmittelladens Zigaretten zum Mittagessen rauchte.

Eliza schlenderte in den Laden, so schwanger wie ein geblähtes Segel. Sie setzte sich auf den Thonetstuhl, der für erschöpfte Kunden reserviert war und neben den roten, goldenen und schwarzen Teedosen mit den verblaßten Bildern japanischer Frauen stand, die so groß waren, daß sich ein kleines Kind darin hätte verstecken können. Eliza hob Charles auf ihre Knie und saugte an seinen Fingern, an einem nach dem anderen. Vinny wand sich vor Ekel. *Er bringt mich zum Lachen*, sagte sie, und als ob sie es beweisen wollte, lachte sie ihr lächerliches Lachen. Eine Menge Dinge brachten Eliza zum Lachen, und nur wenige davon erheiterten die Witwe und Vinny.

Die Witwe fuhr auf der Suche nach Staub mit den Fingern über die schwarzen Flaschen mit Amontillado, überprüfte die Butterportionen (geformt wie Disteln und Kronen), den Schinkenschneider und das Käsemesser und gab mit solcher Vehemenz Einnahmen in die riesige Registrierkasse aus Messing ein, die so groß war wie eine kleine Orgel, daß sie auf der massiven Mahagonitheke wackelte. Sie stand da, gerade wie ein Bügelbrett und nahezu so dünn. Ihre Haut so blaß, daß es blasser nicht mehr ging, wie weißes Papier, das hundertmal geknickt und gefaltet worden war. *Die alte Hexe.* Die alte Hexe mit ihrer scharfen Zunge und ihrem Altweiberhaar von der Farbe von Eisen und Asche. Eliza sang, um ihre Gedanken zu verbergen, denn niemand würde hören, was in ihrem Kopf vorging, nicht einmal Gordon. Gerade Gordon nicht.

Elizas Bauch war rund wie eine Trommel. Sie stellte Charles auf den Boden. Von innen wurde gegen die Trommel geschlagen. Vinny sah, wie etwas gegen die Trommelbespannung stieß – eine Hand oder ein Fuß –, und versuchte, nicht hinzusehen, aber ihr Blick wurde immer wieder von diesem unsichtbaren Baby angezogen. *Es versucht zu entkommen*, sagte Eliza und nahm die teure Puderdose, die Gordon ihr gekauft hatte – blaues Email mit Palmen aus Perlmutt –, aus der Handtasche neben ihren Füßen und trug mehr Lippenstift auf. Sie rieb die Lippen aneinander, die so rot waren wie frisches Blut und Mohn, und öffnete sie, sehr zu Vinnys und der Witwe Empörung, mit einem schmatzenden Geräusch. Sie hatte einen komischen Hut auf, mit vielen spitzen Winkeln wie ein kubistisches Gemälde.

Ich gehe aus, sagte sie und stand so schnell und so unbeholfen auf, daß der Thonetstuhl umfiel und auf den Holzboden des Ladens knallte. »Wohin?« fragte die Witwe und zählte Geld, machte kleine Häufchen aus Münzen auf der Theke. *Einfach aus*, sagte Eliza und zündete sich eine Zigarette an, an der sie heftig zog. Zu Charles sagte sie: *Liebling, du bleibst hier bei Tantchen Vinny und Oma Fairfax.* Und »Tantchen Vinny« und »Oma Fairfax« starrten diese Person an, die sich in ihr Leben gedrängt hatte, und wünschten, daß der Krieg zu Ende wäre und Gordon heimkommen und sich mit ihr irgendwo weit, weit weg niederlassen würde. Auf dem Mond zum Beispiel.

Das Baby wurde drei Wochen zu früh geboren, und Eliza tat so erstaunt, wie es alle anderen waren. Die Witwe, entschlossen, sich nicht ein zweites Mal überraschen zu lassen, stand bereits auf Kriegsfuß mit ihr.

Im Kamin lag Feuerholz bereit (es waren vernieselte Frühlingstage), und die Witwe hatte das Bett gemacht mit ausgekochten und gebleichten Laken. Eine Gummimatte und ein Nachttopf waren diskret unter dem Bett verstaut, und eine ganze Armee von Waschschüsseln und Wasserkrügen waren abkommandiert, um im Fall der natalen Krise anzutreten.

Witwenhafte Intuition veranlaßte sie, den Wintergarten, wo sie ihren Kakteen gehuldigt hatte, zu verlassen, und sie fand Eliza auf der Treppe vor, wie sie sich, vor Schmerz vornübergebeugt, an einem Eichelknauf festklammerte. Eliza trug Mantel, Hut und Handtasche und bestand darauf, spazierenzugehen. »Unsinn«, sagte die Witwe, die eine Irre erkannte, wenn sie eine sah, und erst recht eine Irre in einem fortgeschrittenen Stadium der Wehen, und sie führte Eliza, die sich dagegen wehrte, entschlossen die Treppe hinauf in das zweitbeste Schlafzimmer. »Xanthippe«, zischte die Witwe leise. Sie ließ Eliza auf dem Bett sitzend zurück und ging, um unerläßliche Kessel aufzustellen. Als sie zurückkehrte, war die Schlafzimmertür abgeschlossen, und gleichgültig wie sehr sie daran rüttelte und dagegen hämmerte, schrie und schmeichelte, der Eintritt ins Entbindungszimmer blieb ihr verwehrt. Vinny wurde herbeizitiert, ebenso die Lumpenmagd Vera und der Mann, der der Witwe im Garten half. Ihm gelang es schließlich, die Tür einzutreten, allerdings erst nach einigem aufmunternden Gekreisch seitens der Witwe. Sie sahen sich einer friedvollen Szene gegenüber. Eliza lag im Bett, noch immer in Straßenkleidung, und hielt etwas Kleines, Neues und Blutiges im Arm, eingewickelt in einen Kopfkissenbezug. Sie lächelte die Witwe und Vinny triumphierend an: *Eure neue Enkeltochter.* Als die Witwe das Baby endlich in Händen hielt, bemerkte sie, daß die Nabelschnur bereits durchtrennt war. Ein Schauder des Entsetzens durchfuhr wie unsichtbare Elektrizität ihren flachen Körper. »*Durchgebissen*«, flüsterte sie Vinny zu, und Vinny mußte mit vor den Mund gehaltener Hand ins Badezimmer laufen.

Und so wurde Isobel in den Straßen der Bäume geboren, in den Wirren kurz vor der Mitte des zwanzigsten Jahrhunderts, in einem Land, das Krieg führte, auf der durchgelegenen Roßhaarmatratze im zweitbesten Schlafzimmer von Arden, ihr erster Atemzug parfümiert mit dem säuerlichen Aroma frischen Weißdorns.

Am nächsten Morgen betrat die Witwe das zweitbeste Schlafzimmer, andächtig eine Tasse Tee für Eliza in der Hand, und fand Eliza, Charles und das Baby in einem unordentlichen Haufen in der Mitte des durchgelegenen Bettes vor. Die Witwe stellte Tasse und Untertasse auf dem Nachttisch ab. Elizas teure Unterwäsche lag verstreut im Schlafzimmer herum, federleichte Kleidungsstücke aus Seide und Spitze, die der Witwe Ekel verursachten. Charles schnarchte leise, seine Stirn feucht vom Schlaf. Eliza rollte sich auf die Seite, entblößte dabei einen nackten Arm, rund und schlank, wachte jedoch nicht auf. Einen Augenblick lang hatte die Witwe die besorgniserregende Vision, ihr Sohn würde ebenfalls in diesem Bett liegen, seine sauberen heldenhaften Gliedmaßen in halbnackter Hurerei verhakt. Sie verspürte plötzlich den Wunsch, den Nachttopf unter dem Bett hervorzuholen und Eliza damit auf den Kopf zu schlagen. Oder besser noch, dachte sie, während sie Elizas weißen Hals betrachtete, sie mit einem ihrer Schwarzmarktstrümpfe zu erwürgen.

»Wie die Tiere«, sagte die Witwe und schnitt mit dem Käsemesser mitten durch einen großen Cheddar-Käse, »alle im selben Bett, und sie fast nackt. Wie werden sie aufwachsen? Sie wird das Baby ersticken. Zu meiner Zeit sind wir mit Kindern anders umgegangen.« Vinny stellte sich Elizas milchgeschwellte Brüste vor, roch ihren Duft – Parfum und Nikotin – und zog eine Grimasse.

Die Witwe spähte durch die Laubsägearbeit an der Krippe aus Rosenholz. »Ja«, sagte sie mit ungewohnter Zuneigung in der Stimme, und Eliza strich die blaue Babydecke mit den aufgestickten Hasen glatt, blau für Charles. »Gordons Tochter«, sagte die Witwe mit mehr Überzeugung als je zuvor, »Gordons Sohn.«

»Sie hat deine Augen«, fügte die Witwe großzügig hinzu.

»Sie kommt ganz nach dir«, sagte Vinny überhaupt nicht bezaubert. *Ich wünsche ihr*, sagte Eliza leise, *daß sie blühen und wachsen wird.* »Was für ein alberner Wunsch«, sagte Vinny.

Schaut, sagte Eliza leise und zog das Tuch zurück, das den rußfarbenen Kopf bedeckte, *ist sie nicht vollkommen?* Vinny verzog das Gesicht.

»Wie willst du sie nennen?« fragte die Witwe. Eliza ignorierte sie. »Du könntest sie Charlotte nennen«, ließ die Witwe nicht locker, »das ist wirklich ein schöner Name.«

Ja, aber es ist deiner, schnurrte Eliza und streichelte die Ohrmuschel des Babys. *Ihre Ohren sind Blütenblätter*, sagte sie, *und ihre Lippen kleine rosa Blumen, und ihre Haut ist aus Lilien und Nelken, und ihre Zähne –*

»Sie hat doch noch gar keine Zähne, also wirklich!« fuhr Vinny dazwischen.
Sie ist eine kleine Maiknospe. Ein neues Blatt. Ich könnte sie Maiblüte nennen. Eliza lachte ihr glucksendes Lachen, das allen an die Nerven ging.
»Das wirst du verdammt noch mal nicht tun«, sagte die Witwe.
Rock-a-bye-baby, sang Eliza, *on the tree top*, und flüsterte den Namen des Babys in sein Blütenblattohr. *Is-o-bel*, Glockenläuten. *Isobel Fairfax.* Jetzt konnte das Leben des Babys beginnen. *When the bough breaks, the cradle will fall.*
»Isobel?« schnaubte die höchst unlustige Witwe, aber dann fiel ihr nichts mehr ein.

Liebling, schrieb Eliza an Gordon, *Du kommst besser bald nach Hause, oder ich werde Deine verdammte Familie umbringen.*

★

Das Leben im Danach war nicht so glücklich, wie es hätte sein sollen. Das Leben war in der Tat *verdammt langweilig*, zischte Eliza bei jeder Gelegenheit Gordon zu, *wir müssen hier weg*. Gordon war kein Held mehr, flog nicht mehr über den Himmel, von welcher Farbe auch immer. Er wickelte sich wieder in seine lange weiße Schürze und verwandelte sich in einen Lebensmittelhändler. Eliza war enttäuscht von seiner Metamorphose zum Zivilisten. Unnötig zu erwähnen, daß die Witwe hoch erfreut war.
Ein Lebensmittelhändler, sagte Eliza, als ob das Wort schon widerwärtig wäre. »Was hast du erwartet, daß er tut?« fuhr die Witwe sie an. »Dazu wurde er geboren«, fügte sie großmütig hinzu, als ob Gordon der Thronfolger eines großen Lebensmittelimperiums wäre.

Für Charles war Gordon immer noch ein Held, besonders wenn er ihm Zaubertricks vorführte, die er gelernt hatte, während er müßig darauf wartete, in den Himmel aufzusteigen. Er wußte, wie er Münzen von Charles' Fingern verschwinden lassen und Eier hinter den Ohren der Witwe hervorzaubern konnte. Besonders gut war er darin, etwas verschwinden zu lassen. Wenn er seine Tricks an der Witwe ausprobierte, sagte sie »Oh, Gordon« in dem gleichen Tonfall, in dem Eliza *Oh, Charles* sagte, wenn Charles etwas tat, was sie amüsierte.

Eliza sah zu, wie die Witwe auf dem Rasen hinter dem Haus Laub zusammenharkte. Die Witwe schob wütend Birken-, Platanen- und Apfelbaumblätter zusammen, aber das Laub fiel herab wie Regen, und jedesmal, wenn sie einen Haufen gemacht hatte, blies der Wind ihn wieder auseinander. *Sie könnte genausogut versuchen, die Sterne vom Himmel zu fegen.* »Ich wünschte, sie würde uns einfach damit spielen lassen«, sagte Charles niedergeschlagen, und Eliza lachte. *Spielen? Das Wort gehört nicht zum Vokabular der alten Hexe.*

Charles und Isobel klebten tote Blätter in ein Album, mit einem Klebstoff, der nach Fisch roch *(Vinnys Blut,* erklärte ihnen Eliza). Charles schrieb den Namen des Baums unter jedes Blatt – Platane und Esche, Eiche und Weide. Die Blätter hatten sie vor der Witwe gerettet oder von der Straße aufgehoben, wenn Eliza und Isobel Charles nachmittags von der Schule abholten.

In der Kastanienallee sammelten sie Händevoll stachliger grüner Roßkastanienkapseln, die aussahen wie mittelalterliche Waffen, und Eliza zeigte ihnen, wie man sie schälte, indem sie eine mit einem spitzen roten Fingernagel aufschlitzte und die weiche weiße Haut um die braune Kastanie herum abzog, und sagte: *Du bist die erste Person auf der Welt, die sie sieht.*

Gordon stand in der Tür und lachte. »Das ist wohl nicht ganz das gleiche, wie die Niagara-Fälle zu entdecken, Lizzy«, und erbot sich, Charles mitzunehmen und ihn in der männlichen Aufgabe zu unterweisen, Roßkastanien in Essig einzulegen, denn es handelte sich tatsächlich um mittelalterliche Waffen, aber bevor er sich abwenden konnte, warf ihm Eliza eine Handvoll ungeschälter Kastanien an den Kopf, und Gordon sagte sehr kalt: »Laß uns in diesem Haus zur Abwechslung mal ein bißchen Frieden wahren, ja, Lizzy?«

Als er ihr den Rücken wandte, schnitt Eliza eine Grimasse, und als er weg war, sagte sie: *Frieden, ha! In diesem Haus wird erst Frieden herrschen, wenn die alte Hexe tot ist und in ihrem Sarg und zwei Meter drunten liegt.* »Zwei Meter wo drunten?« fragte Charles. Charles war über und über mit Klebstoff beschmiert, und an seinem Ellbogen klebte ein Blatt. *Na, unter ihrem Bett natürlich*, sagte Eliza leichthin, weil sie Vinny im Flur sah.

»Überall sind Blätter«, beschwerte sich Vinny, als sie das Zimmer betrat. »Im Haus ist es schlimmer als draußen.« Das Laub trieb sie wieder hinaus, und sie ging los, um nachzusehen, wo Vera mit dem Tee blieb, das große Ebereschenblatt mit den roten Beeren, das wie eine merkwürdige botanische Haarspange in ihrem salzgesprenkelten grauen Haar steckte, bemerkte sie nicht.

»Jammer, jammer, jammer«, flüsterte Charles. »Warum mag sie uns nicht?« Charles Lebensaufgabe bestand darin, andere Menschen zum Lachen zu bringen, aber bei Vinny hatte er es mit einem harten Brocken zu tun.

Sie mag niemanden, sie mag nicht einmal sich selbst, sagte Eliza spöttisch.

»Sie wohnt nicht einmal hier«, brummte Charles, aber seine Miene heiterte sich auf, als Vera hereinlatschte mit einem Tablett mit Tee und gebuttertem Toast, Nußschnecken und dem Teekuchen mit Aprikosen der Witwe. *O Gott*, sagte Eliza und inhalierte tief, *Kuchen, Kuchen, verdammter Kuchen, das ist alles, was man in diesem Haus kriegt.*

»Ist doch in Ordnung«, sagte Charles.

Nach dem Tee legte Eliza die dicken Wachsmalstifte und Malbücher für die Kinder auf den Eßtisch. Eliza war eine großzügige Kunstkritikerin, alles, was ihre Kinder malten, war *einfach wunderbar*. Am anderen Ende des Tisches sagte die Witwe etwas Unverständliches. Sie saß da, die Brille auf der Nasenspitze, und wendete Kragen und Manschetten (»Spare in der Zeit, so hast du in der Not«). Eliza sagte zu Isobel, daß sie Künstlerin werden solle, wenn sie erwachsen sei. »Davon kann man sich nichts zu essen kaufen«, sagte die Witwe. »Und paß mit den Wachsmalstiften auf, Charles.«

Eliza erwiderte nichts, aber wenn man nahe genug neben ihr gestanden hätte, hätte man die Voodoo-Worte gehört, die sie ganz leise vor sich hin summte, wie ein Schwarm Bienen. Die Witwe wischte sich die Kuchenkrümel von den knochigen Fingern und stand vom Tisch auf.

Charles beugte sich über seine Zeichnung, runzelte vor Konzentration die Stirn. Er zeichnete unbeholfene idealtypische Häuser – viereckig mit schrägen Dächern und Augen-Fenstern und Mund-Türen. Isobel malte einen Baum mit rot-goldenen Blättern, und als Gordon hereinkam, sagte er: »Oh, Margaret, so wein doch nicht, du Kleine, nur weil entlaubt sind alle Haine.« Und bedachte sie mit seinem zunehmend traurigen Lächeln, und ohne ihn anzusehen, sagte Eliza: *Sie ist wirklich ziemlich gut, nicht wahr?* Und schenkte Isobel ein strahlendes intimes Lächeln, das Gordon nicht mit einschloß.

Gordon lachte und sagte: »Wir sollten mehr haben, man weiß nie, was aus ihnen wird – ein Shakespeare oder ein Leonardo da Vinci.«

»Mehr von was?« fragte Charles, ohne von der Sonne, die er gerade malte – ein großes Auge mit goldenen Speichen –, aufzublicken.

Mehr von nichts, sagte Eliza wegwerfend.

»Babys«, sagte Gordon zu Charles. »Wir sollten noch ein Baby kriegen.«

Eliza schob eine Haarlocke aus Isobels Augen und sagte: *Wozu?* Gordon und Eliza führten jetzt ganze Gespräche vermittelt durch Dritte.

»Weil die Leute eben Kinder kriegen«, sagte Gordon und drehte Charles Zeichnung herum, als ob er sie betrachten würde, was er ganz offensichtlich nicht tat. »Jedenfalls Leute, die sich lieben.« Aber dann muß er unter den Einfluß von Elizas Voodoo geraten sein, weil er plötzlich ebenfalls das Zimmer verließ. In jenen Tagen war es ein ständiges Kommen und Gehen in Arden.

»Woher kommen Babys?« fragte Charles, nachdem er sein Bild mit zwei Vögeln, die wie tanzende Vs über den Himmel flogen, fertiggestellt hatte.

Eliza klappte ihr goldenes Feuerzeug auf und zündete sich eine Zigarette an. *Aus dem Babyladen natürlich.*

Die Herkunft der Babys war eine verwirrende Angelegenheit in Arden. Laut der Witwe wurden sie vom Storch geliefert, in Vinnys Version wurden sie unter Stachelbeersträuchern hinterlegt. Elizas Antwort schien dagegen erheblich vernünftiger. Insbesondere, weil im Garten hinter dem Haus eine ganze Reihe von Stachelbeersträuchern wuchs und noch nie ein Baby unter einem davon gelegen hatte. Und was Störche anbetraf, gab es – laut Gordon – in diesem Land überhaupt keine, und so war nur schwer zu verstehen, wie englische (geschweige denn walisische oder schottische) Kinder überhaupt geboren werden konnten.

Die Witwe kam erneut ins Zimmer und warf einen flüchtigen Blick auf ihre Zeichnungen. »Bäume haben grüne Blätter«, sagte sie zu Isobel, »keine roten.« Als hätte sie noch nie ihre verwitweten Fenster-Augen geöffnet und den Herbst betrachtet.

Kinder, sagte Eliza gereizt, nachdem die Witwe wieder gegangen war, *warum sollte irgend jemand Kinder wollen? Ich wünschte, ich hätte verdammt noch mal nie welche gekriegt*, so ärgerlich, daß ein Wachsmalstift in ihrer Hand zerbrach.

»Aber du *liebst* uns doch, oder?« fragte Charles mit besorgter Miene. Eliza begann zu lachen, es war ein unheimliches, aggressives Geräusch, und sagte: *Guter Gott, natürlich liebe ich euch. Ich wäre längst nicht mehr* **hier**, *wenn es euch nicht gäbe.*

Eliza verbrachte die Herbsttage auf einer Korbliege im Wintergarten, und obwohl es bewölkt war, hatte sie ihre Sonnenbrille auf, als läge sie am Strand; sie las Bücher aus der Bibliothek, trank Whisky und rauchte eine Zigarette nach der anderen, bis blauer Dunst den Wintergarten vernebelte. Die Kakteen der Witwe sahen unglücklich aus. Die Witwe auch.

»Lizzy«, sagte Gordon so vernünftig, überzeugend, schmeichelnd, wie er konnte. Hilflos. »Lizzy, meinst du nicht, daß du im Haus ein bißchen behilflicher sein könntest? Vera muß sich ständig um uns alle kümmern, und meine Mutter tut nichts außer kochen.«

Ich habe die Hände voll mit den Kindern, sagte Eliza, ohne von ihrem Buch aufzublicken. Aber soweit Gordon sehen konnte, hatte sie die Hände voll mit einer Zigarette und einem großen Glas Whisky, und die Kinder rutschten lautstark auf einem Teetablett die Treppe herunter.

An den Herbstabenden, wenn die Kinder im Bett waren, saßen Gordon, Eliza und die Witwe am Feuer im vorderen Zimmer und hörten Radio oder spielten Karten. Die Witwe verdächtigte Eliza des Betrugs, konnte es aber nicht beweisen. (Noch nicht.) Manchmal saß Gordon nur da und starrte ins Feuer, während die Witwe ihre verkratzten Schallplatten auf dem altmodischen aufziehbaren Grammophon abspielte.

Die Witwe machte viel Wirbel um Gordons Abendessen. »Man muß sich um ihn kümmern«, sagte sie spitz zu Eliza, während sie ihm ein Stück vom letztjährigen Weihnachtskuchen abschnitt und ein Windrädchen aus Wensleydale daraufsteckte. *O Gott*, flüsterte Elisa dem George-III-Kronleuchter zu,

sie machen das verdammte Zeug auch noch mit Quark. »Oh, tut mir wirklich leid«, sagte die Witwe mit ihrer vornehmtuerischen Herzogin-aus-dem-Norden-Stimme. »Wolltest *du* auch ein Stück, Eliza?«
Während auf dem alten Grammophon Gigli *Che gelida manina* sang, goß die Witwe Tee in mit Blütenzweigen verzierte Tassen. Eliza trank Tee ohne Milch und Zucker, und jedesmal, wenn die Witwe ihr eine Tasse eingoß, sagte sie: »Oh, ich versteh' nicht, wie du das kannst!« und legte ihr weißes Papiergesicht in Falten.

Gordon, den Mund voller Kuchen, beging den Fehler, seiner Mutter zuliebe einen Scherz darüber zu machen, daß Eliza nie Kuchen backte, und Eliza sah ihn mit halb geöffneten Augen an und sagte: *Nein, aber ich vögle mit dir.* Und Gordons Tee schwappte aus der Tasse auf die Untertasse, und er verschluckte sich an dem alten Weihnachtskuchen und mußte husten. Die Witwe lächelte das heitere, höfliche Lächeln der halb Tauben und sagte: »Wie bitte? Was hat sie gesagt?«

Im November waren die Bäume in den Straßen nahezu kahl, abgesehen von einzelnen Blättern, die hier und dort wie traurige Fahnen flatterten, und Charles fand auf dem Weg von und zur Grundschule in der Eberstraße keine Blätter mehr, die er hätte aufsammeln können. Charles haßte die Schule. Charles haßte die Schule so sehr, daß er morgens sein Frühstück nicht hinunterbrachte.

Was Kinderernährung betraf, war die Philosophie der Witwe simpel – soviel wie möglich bei jeder Gelegenheit. Besondere Aufmerksamkeit widmete sie dem Frühstück, und sie bestand darauf, daß Charles und Isobel Porridge, gekochte oder pochierte Eier, Toast und Orangenmarmelade aßen und einen halben Liter Milch aus riesigen Bechern tranken. *Sie werden platzen wie Ballons*, sagte Eliza, die wie üblich Zigaretten und schwarzen Kaffee frühstückte. »Und *du* wirst zu einem Nichts

schrumpfen«, sagte die Witwe vorwurfsvoll zu ihr, und Charles blickte beunruhigt von seinem Ei auf. Eliza sah dünn aus, aber gewiß konnte sie nicht so dünn werden, daß sie verschwand? Die Witwe putzte Charles die Marmelade vom Mund (ziemlich grob, mit einem alten Waschlappen), steckte ihn in seinen Blazer und setzte ihm seine Mütze auf. Seine dicke Unterlippe begann zu zittern, und er sagte sehr leise in Elizas Richtung: »Ich will nicht in die Schule gehen, Mummy.«
»Sei nicht albern«, sagte die Witwe streng, »alle Kinder müssen in die Schule gehen.« Die Grundschule in der Ebereschenstraße war ein dunkler beengter Ort, an dem es nach nassem Gabardine und Turnschuhen roch und an dem sauertöpfische alte Jungfern unterrichteten, die alle unter demselben Stachelbeerstrauch abgelegt worden sein mußten wie Vinny. Hinter den Ziegelmauern wurde erstaunlich häufig körperliche Gewalt angewendet – Charles brachte Berichte nach Hause von täglichen Prügelstrafen und Stockschlägen, die der Direktor, Mr. Baxter, austeilte (bislang Gott sei Dank nur an andere Jungen). »Er hat ganz recht, wenn er ein strenger Zuchtmeister ist«, sagte die Witwe, während sie ihm erbarmungslos den großen Lederschulranzen um die kleinen Schultern schnallte. »Kleine Jungen sind ungezogen, und sie müssen lernen, wo's langgeht.«

Oh, und große Jungen auch, sagte Eliza in ihrer affektierten gedehnten Sprechweise, zog heftig an ihrer Zigarette und starrte aus zusammengekniffenen Augen Gordon an, der das üppige Frühstück der Witwe aß. *Ich zeige Gordon häufig, wo's langgeht, nicht wahr, Liebling?* Eliza lächelte wie eine Katze in der Sonne, und die Witwe wurde rot wie ihr eingelegter Kohl und sah aus, als hätte sie Eliza am liebsten den Schädel mit der großen Teekanne aus Chrom eingeschlagen , die stets den Mittelpunkt des Tisches bildete. Gordon überhörte stoisch alles, stand auf, nahm ein dreieckiges Stück Toast von seinem nicht leer gegessenen Teller und sagte: »Na los, alter Knabe (die Zeit als Offizier im Krieg hatte sein einst plebejisches Vokabular beeinflußt), ich bring' dich mit dem Auto zur Schule.« Und so war der arme Charles gezwungen, sich ins Unvermeidliche zu fügen, und über seiner gestreiften Mütze braute sich eine Wolke des Verhängnisses zusammen. Als er zu Eliza ging, um sie zum Abschied zu küssen, flüsterte sie wild in sein Ohr: *Erzähl mir, wenn Mr. Baxter dich auch nur mit einem Finger anrührt, und ich reiß' ihm den Kopf ab und zieh' ihm die Lunge aus dem Hals.* Wenn es eine Person auf der Welt gab, die einem noch mehr Angst einjagen konnte als Mr. Baxter, dann war es Eliza.

Weihnachten verschaffte Charles eine zweiwöchige Verschnaufpause, und er verbrachte viele Stunden damit, geduldig und ungeschickt Girlanden aus Papier und Weihnachtsschmuck aus silberfarbenen Milchflaschenverschlüssen zu basteln. *Wunderschön, Liebling*, sagte Eliza und hängte sich eine Kette aus Milchflaschenverschlüssen um, in der irrigen Annahme, Charles hätte ihr eine Halskette gemacht.

Gordon fuhr aufs Land und kam mit einer riesigen Tanne im Kofferraum des großen schwarzen Wagens zurück. An den Wurzeln klebte noch Erde. Eliza strich zärtlich über die Äste, als gehörten sie einem wilden Tier, und sagte, *Riech nur*, und sie atmeten den Duft von Kälte und Harz und etwas noch Geheimnisvollerem ein. Gordon zähmte den Baum, indem er ihn in ein altes, mit Weihnachtspapier umwickeltes Fäßchen stellte und mit kleinen, bunten Laternen behängte.

Eliza machte aus Papiertaschentüchern und Kreppapier kleine Zwerge, die Taschentuchgesichter hatten hastig mit Wachsmalstiften aufgemalte Münder und Augen aus Streichholzköpfen. Mit Armen und Beinen aus Pfeifenreinigern klammerten sie sich verzweifelt an den Baum. *Sie sind süß, nicht wahr?* sagte Eliza, entzückt über ihre Handarbeit, zu jedem, und keiner brachte es übers Herz, ihr zu sagen, wie schrecklich sie waren.

Zu Weihnachten schenkte Gordon Eliza einen viktorianischen Ring aus Gold mit kleinen Smaragden und Diamantensplittern. Eliza hielt ihn sich an die blasse Wange und fragte Charles: *Steht er mir?* Die Witwe warf Eliza unter den schweren Lidern ihrer Habichtsaugen wütende Blicke zu, weil sie daran dachte, wieviel der Ring ihren kleinen Jungen gekostet hatte. Sie überreichte ihr eigenes langweiliges schwiegermütterliches Pflichtgeschenk – Taschentücher mit aufgesticktem Monogramm.

Für Charles hatte Gordon einen Zauberkasten gekauft, für den er viel zu klein war. »In Wirklichkeit hast du den für dich selbst gekauft«, sagte Vinny so stachelig wie Tannennadeln. (Seit Kriegsende war Vinny nicht mehr sie selbst.) *Zauber sie fort, Liebling,* flüsterte Eliza Gordon (hörbar) zu.

Die Witwe schnitt den Weihnachtsbraten an, eine Papierkrone saß schief auf ihrem grauen Haarknoten, und Gordon schlug vor, mit dem französischen Wein auf die Zukunft anzustoßen, und Eliza gab Charles und Isobel ein Glas mit Wasser verdünnten Wein. Die Witwe nippte an der blutroten Flüssigkeit und sagte: »Bei uns ist alles erlaubt, stimmt's?«

Der Sommer zog ins Land und brachte neue Nachbarn mit sich. Die alten Leute, die nebenan in Sherwood gelebt hatten, seit es gebaut worden war, starben nacheinander innerhalb einer Woche, und das Haus wurde an einen Mr. Baxter verkauft. Es war – zu Charles' nicht enden wollendem Entsetzen – *der* Mr. Baxter, der Direktor der Grundschule in der Ebereschenstraße war. Besonders unfair schien es, daß Charles, nachdem er ihm den ganzen Tag über in der Schule aus dem Weg ging, nicht einmal auf seinem eigenen Grund und Boden vor ihm sicher war. Charles war vom Schicksal geschlagen – wann immer er nach einem Ball trat, landete dieser auf Mr. Baxters Seite des Zauns, wann er immer aus voller Lunge schrie, was Charles häufig tat, döste Mr. Baxter in einem Liegestuhl auf der anderen Seite der Ligusterhecke.

Es gab auch eine etwas schüchterne Mrs. Baxter. Sie war jünger als ihr Mann und gemäß mütterlichen Spezifikationen zusammengesetzt – klein und weich, ohne harte Kanten, ganz anders als der knochige Mr. Baxter. Mrs. Baxter benannte das Haus um. Sie ließ den Mann, der für die Witwe Gelegenheitsjobs erledigte, das Messingschild mit der Inschrift »Sherwood« vom Tor abnehmen und statt dessen ein Holzschild anbringen, in das »Sithean« geschnitzt war. »Reine Verschwendung«, fand die Witwe, wobei unklar war, ob sie das Material oder das Geld meinte.

»Schi-änn«, erklärte Mrs. Baxter der Witwe, sei ein schottischer Name. Mrs. Baxter war Schottin und hatte einen hübschen Akzent, in dem Torf und Heide und Häuser aus weichem Sandstein mitschwangen.

Die Baxters hatten eine Tochter – Audrey – im gleichen Alter wie Isobel. Audrey war »ein ängstliches kleines Ding« (laut der Witwe) mit Haar von der Farbe abfallender Ahornblätter und Augen von der Farbe von Taubenflügeln. Mr. Baxter war sehr streng, sowohl mit Audrey als auch mit Mrs. Baxter. *Wie schrecklich doch anderer Leute Familien sind*, sagte Eliza und gähnte.

Die Witwe reagierte nicht gerade enthusiastisch auf Mrs. Baxters nachbarschaftliche Annäherungsversuche – sie glaubte daran, daß man unter sich bleiben sollte. *Wer will schon was mit ihr zu tun haben?* sagte Eliza, die im Badeanzug auf einer Decke im Gras lag, ihre langen schlanken Gliedmaßen so unglaublich blaß, als hätten sie noch nie das Tageslicht gesehen.

Es gab nur wenige Leute, mit denen die Witwe nachbarschaftlichen Umgang wünschte. Die Lovats waren eine der Familien, denen sie den Hof machte (»Bring doch den kleinen Malcolm mit«, sagte sie zu Charles und bestach ihn mit Bonbons). Dem Stand der Mediziner brachte sie einen unnatürlichen Respekt entgegen, und sie hatte nichts gegen Gynäkologen, da sie nie unter Frauengeschichten gelitten hatte.

Eines Tages kam Gordon nach Hause und sagte: »Wie wär's mit Ferien?« Und Eliza sagte: *Nicht mit ihr.* Und so fuhren sie zu viert ans Meer und quartierten sich in einer Pension ein, in der sie jeden Tag von der Besitzerin, die im Flur auf einen kupfernen Gong schlug, zum Abendessen gerufen wurden, und jedesmal machte Gordon denselben Witz über J. Arthur Rank, bis Eliza sagte: *Um Himmels willen, Gordon, hör auf damit!*, und danach machte er den Witz nie wieder.

Gordon mietete einen Strandkorb in der bunten Reihe entlang der Promenade und widmete sich dem Bau spektakulärer Sandburgen. Charles mußte wie ein Baby einen schlappen Sonnenhut aus Baumwollstoff tragen, weil seine Rotschopfhaut so leicht verbrannte. »Gab es in deiner Familie tatsächlich jemanden mit roten Haaren?« fragte Gordon in einem ungewöhnlich abfälligen Tonfall, aber Eliza starrte ihn hinter ihrer undurchdringlichen Sonnenbrille nur an.

Sie vergruben Eliza im Sand. Sie saß unbekümmert da, las ein Buch und blickte gelegentlich über den Rand ihrer Sonnenbrille ihre Kinder an und lächelte. *(Ich bin eure Gefangene!)* Sie hatte einen auffälligen roten rückenfreien Badeanzug an, und die heiße Sonne, die die ganze Woche über schien, verlieh ihrer weißen Haut einen tiefen exotischen Ton.

Abends gingen Eliza und Gordon auf der Promenade spazieren, Eliza trug eins ihrer teuren Kleider. Und wenn sie in ihr Zimmer zurückkehrten, zog Gordon den Reißverschluß ihres Kleides auf, löste ihre Halskette, fuhr mit den Fingern über ihre warme braune Haut und vergrub das Gesicht in ihrem dunklen dunklen Haar, bis sie lachte und sagte: *Tut mir leid, Liebling, aber der Babyladen ist geschlossen.* Und Gordon fragte, warum sie sich mit allen wie eine Schlampe verhielte, nur mit ihm nicht. Und Eliza lachte.

Ich gehe spazieren, sagte Eliza und stand abrupt von ihrem Liegestuhl auf, *traue sich ja keiner, mir nachzugehen*, sagte sie in warnendem Tonfall, als Gordon aufstehen wollte. *Ich ersticke.*

Sie trug ein rotes Baumwollkeid über ihrem roten Badeanzug, und auf einer Seite hatte sie den Rock hochgebunden, so daß die Männer, die pflichtbewußt bei ihren Frauen und Kindern im Sand saßen, verstohlen die Köpfe wandten, um Elizas langsamem zigeunerhaftem Gang den Strand entlang nachzusehen. Irgendwann beugte sie sich hinunter, um etwas aufzuheben und zu betrachten, bevor sie weiterschlenderte.

Sie ging weit, bis sie nur noch eine rote Flamme am Rand des Horizonts war. Als sie umkehrte, war die Sonne nicht mehr heiß, und die Flut leckte an den Sandburgen entlang des Strandes.

»Ich dachte schon, du kämst nie mehr zurück«, sagte Gordon, als Eliza endlich wieder da war. Sie ignorierte ihn, streckte Charles die Hand entgegen, sagte: *Schau, was ich gefunden habe*, und reichte ihm eine große spiralförmige Muschel, die außen rauh, kalkig und weiß war, innen jedoch wie rosa Satin schimmerte. *So sieht ein Babybauch von innen aus*, sagte Eliza, und Gordon sagte: »Um Himmels willen, Lizzy.«

Eliza zündete sich eine Zigarette an und sah zu, wie eine Welle bis zu ihren schmalen braunen Füßen mit den stechpalmenbeerenrot lackierten Zehennägeln kroch.

»Na los, kommt«, sagte Gordon zu Charles und Isobel. »J. Arthur Rank kann uns jeden Augenblick rufen, und wir wollen doch unser Abendessen nicht verpassen, oder?«

Sie stiegen die kieselsteinverputzte Treppe aus Waschbeton zur Promenade hinauf, aber Eliza blieb, wo sie war; die Wellen leckten jetzt an ihren Knöcheln.

»Verdammte Königin Knut«, sagte Gordon, der normalerweise nicht fluchte, »soll sie verdammt noch mal ertrinken.« Aber bei dieser Vorstellung schrie Charles auf, und er lief zurück und zerrte Eliza an der Hand mit sich.

»Du könntest dich mit ihr anfreunden«, sagte Gordon zu Eliza, während sie zu Mrs. Baxter in ihrem Garten hinuntersahen, »sie ist nicht viel älter als du.« Sie standen im Kinderschlafzimmer im Dachgeschoß, aber Charles und Isobel waren nicht da, sie saßen in der Badewanne, beaufsichtigt von der Witwe, die einen U-Boot-Kapitän spielte, so daß Charles' Flotte kleiner Boote sie zerstören konnte. Gordon stand hinter Eliza, seine Arme um ihre Taille, sein Kopf auf ihrer Schulter. Eliza versuchte, seinen Kopf auf ihrer Schulter zu ignorieren, versuchte, nicht zurückzuzucken und ihn wegzustoßen.

Mrs. Baxter attackierte das lange vernachlässigte Gras im Garten von Sithean, lehnte sich mit ihrem ganzen Gewicht auf den Griff des mechanischen Rasenmähers und blieb alle paar Minuten stehen, um die Schneidblätter von den langen nassen Halmen zu säubern. Der Geruch von geschnittenem Gras schwebte in das heiße Zimmer unter dem Dach. »Das sollte sie in ihrem Zustand nicht tun«, sagte Gordon (Mrs. Baxter war schwanger), seine Stirn besorgt in Falten gelegt. Mr. Baxter kam heraus und sagte etwas zu seiner Frau. »Er ist ein komischer Kerl«, sagte Gordon. Eliza trat vom Fenster zurück, stieß dabei gegen Gordon, der seine Arme um ihre Taille schloß und mit ihr wie mit einer Gefangenen rückwärts zu Charles' kleinem Bett ging, bis Eliza ihm mit dem Ellbogen hart in die Rippen stieß und mit dem Absatz gegen sein Schienbein trat, so daß er überrascht und mit schmerzverzerrtem Gesicht auf das Bett fiel.

Gordon lag lange Zeit auf dem Bett, horchte auf den Lärm der deutschen Flotte, die zerstört wurde (»Achtung! Achtung!« schrie die ertrinkende Witwe), und das Geräusch von Mrs. Baxters Rasenmäher, der in der abendlichen Luft klapperte. Er horchte darauf, wie die Vordertür zugeschlagen wurde. An diesen langen Sommerabenden ging Eliza immer aus. Wohin? *Einfach nur aus.*

»Altweibersommer«, verkündete die Witwe. Es war September, und das grüne Laub an den Bäumen begann sich zu verfärben. Charles und Isobel hatten beide Windpocken gehabt. Charles hatte das neue Schuljahr noch nicht begonnen, und Isobel kam erst im nächsten Jahr in die Schule. »Sie sind kerngesund!« erklärte Vinny mißmutig, wann immer sie ihnen begegnete.

Das Frühstück war stets ein schwieriges Ritual. Die Witwe war am aufdringlichsten, Eliza am trägsten. »*Du* wirst froh sein, wenn Charles wieder in die Schule geht«, sagte die Witwe über einen besonders beladenen Frühstückstisch hinweg. Die morgendliche Septembersonne schmolz wie Butter auf dem weißen Leinentischtuch der Witwe. »Und erst recht, wenn sie *beide* in die Schule gehen!« fuhr die Witwe, die sich eines von Vinnys Ausrufezeichen lieh, fort. Gordon war noch oben, rasierte sich, fuhr vorsichtig mit dem Rasiermesser über seinen gepflegten Hals.

Wirklich? fragte Eliza und klappte achtlos ihr Feuerzeug auf. Sie inhalierte tief und sagte, wenn es nach ihr ginge, müßten die Kinder überhaupt nicht in die Schule. Sie hatte noch kein Make-up aufgetragen, und ihr Gesicht sah frisch gewaschen und sauber aus, ihr Haar war mit einem Band nach hinten gebunden, was ihre Eskimo-Wangenknochen mit einemmal augenfällig machte.

»Nur gut, daß es nicht nach dir geht«, fuhr die Witwe sie an. Eliza antwortete nicht, sie zog lediglich eine Augenbraue träge in die Höhe und butterte eine Scheibe Toast – die Art Antwort, die das Blut der Witwe zum Kochen brachte. (»Sie bringt mein Blut zum Kochen«, flüsterte sie Vinny zu, während sie die alte hölzerne Ewbank über den Wohnzimmerteppich schob, als wollte sie ihn totmähen. Vinny, die ihr mit Staubtuch und Möbelpolitur folgte, hatte eine beunruhigende Vision von Blut, das im kolbenförmigen Körper ihrer Mutter fröhlich aufbrodelte. Die Witwe sah nicht aus, als ob ihr Blut kochen, sondern als ob es vor Kälte gefrieren würde.)

»Was würdest du mit ihnen *anfangen*, wenn sie nicht in die Schule gingen?« fuhr die Witwe fort. Neugier veranlaßte sie, das Gespräch zu verlängern, obwohl es ihr insgesamt lieber gewesen wäre, wenn sie nie wieder hätte mit Eliza sprechen müssen.

Ach, ich weiß nicht, sagte Eliza beiläufig und blies zu Charles' Freude einen kleinen vollkommen runden Rauchring. Sie wikkelte eine schwarze Locke, die dem Band entkommen war, um den Finger und lächelte Charles an. Sie trug einen alten seidenen Morgenmantel mit Paisley-Muster von Gordon und ein so schickes Nachthemd, daß man darin zum Tanzen hätte gehen können – ein langes Oberteil aus Spitze und einen schräg geschnitten Rock aus austernfarbenem Satin –, und sie sah so verlottert schön aus, daß Gordon, der unbemerkt in der Tür zum Eßzimmer stand, spürte, wie sich sein Herz zusammenkrampfte. *Ich würde sie auf einer großen grünen Wiese laufen lassen*, sagte Eliza schließlich, *und dort könnten sie den ganzen Tag herumtoben.*

»Was für ein Unsinn«, knatterte die Witwe zurück.

Isobels Porridge war eine kleine Insel, grau und klumpig wie geschmolzenes Hirn schwamm sie in einem Teich aus Milch. Sie grub ihren Löffel in die Mitte der Haferschrotinsel und stellte sich vor, auf Elizas großer grüner Wiese zu sein. Sie konnte sich selbst sehen, eine winzig kleine Gestalt in einem grünen Ozean. »Hör auf zu spielen und iß auf«, sagte die Witwe streng.

Sprich nicht so mit meinem Kind, sagte Eliza, stand auf und stieß dabei den Stuhl zurück, als ob sie mit dem Buttermesser auf die Witwe losgehen wollte. Ein Ärmel ihres Morgenmantels war heruntergerutscht, hatte eine Schulter und die nördliche Hemisphäre einer glatten runden Brust entblößt, die sich aus dem Dickicht der Spitze erhob. Elizas Haut war makellos, sie erinnerte Charles an die sahnige Dickmilch, die die Witwe machte, aber ohne die muskatnußfarbenen Sommersprossen, mit denen er selbst übersät war. »Schau dich bloß an, du Schlampe«, zischte die Witwe Eliza an, und Isobel zog fest die Zehen an und aß ihren Porridge, so schnell sie konnte.

»Was geht hier vor?« fragte Gordon und ging mitten ins Zimmer. Gordons Hemd (weiß und von der Witwe gestärkt) und sein glattrasiertes Gesicht wirkten so frisch und rein, daß sie den Frühstückstisch beschämt zu einem Waffenstillstand zwangen.

Gordon hob plötzlich Isobel aus ihrem Stuhl – sie hielt noch den Löffel in der Hand – und warf sie so hoch, daß es einen Augenblick lang aussah, als würde sie nicht mehr herunterkommen. »Wenn du nicht aufpaßt, bleibt sie noch am Lampenschirm hängen«, warf ihm die Witwe vor. Vinny kam herein, mit Hut und Handtasche, fertig für die Arbeit. »Sie wird in die Hose machen«, warnte sie. *Man könnte glauben, sie hätte kein eigenes Haus*, sagte Eliza laut, *so viel Zeit, wie sie hier verbringt.*

Gordon setzte Isobel zurück auf ihren Stuhl und sagte zur Witwe: »Wäre es nicht schrecklich, wenn auch nur einer in diesem Haus Spaß hätte?« Und sie sagte: »Es gibt keinen Grund, so zu reden, Gordon.« Und Vinny konnte nicht widerstehen, ihren Senf dazuzugeben. »Mit Spaß, Gordon«, höhnte sie, »wird die Wäsche nicht gewaschen.«

»Was zum Teufel soll das heißen, Vinny?« wandte sich Gordon aggressiv an sie, und weil ihr keine Antwort einfiel, setzte sie sich an den Frühstückstisch und schenkte sich eine Tasse Tee ein.

Ach, Liebling, gurrte Eliza, ging zu Gordon und preßte ihren Satin- und Spitzenkörper an ihn, und Vinny hielt Charles die Augen zu. Eliza schob die Hände um Gordons Taille, zog ihm unter dem Jacket Hemd und Unterhemd aus der Hose und fuhr ihm mit der flachen Hand den nackten Rücken hinauf bis zu den Schulterblättern, so daß er ein unfreiwilliges peinliches Stöhnen ausstieß. In Vinnys und der Witwe Gesicht spiegelte sich der Ekel der jeweils anderen. Vinny spitzte den Mund zu einem Karpfenmaul, als sie heimlich das Wort »Hure« zur Teekanne sagte.

Eliza stellte sich auf die Zehenspitzen, ihre Locken kitzelten seine Wange, und flüsterte Gordon mit einer Stimme wie karamelisierender Zucker ins Ohr: *Liebling, wenn wir nicht bald ausziehen, werde ich dich verlassen. Verstanden?*

Mrs. Baxter verlor das Baby. (»Wie kann man ein Baby verlieren?« fragte Charles entsetzt. *Ganz einfach, indem man es fest genug versucht, Liebling*, sagte Eliza und lachte.) Sie fuhr eines Nachts plötzlich ins Krankenhaus. Mr. Baxter zerrte Audrey an der Hand nach Arden und bat die Witwe, sich um sie zu kümmern. Die Witwe konnte sich schlecht weigern, und Gordon brachte Audrey nach oben und steckte sie zu Isobel ins Bett. Audrey war sehr still und sagte nichts weiter als »Hallo« und »Gute Nacht«, aber sie schnarchte ganz leise, wie ein junges Kätzchen.

Mrs. Baxters Baby kam zu früh, viel zu früh, und starb, bevor es das Licht der Welt erblickte. »Totgeboren«, sagte die Witwe über einem Frühstück aus pochierten Eiern, und Gordon sagte, »Psst«, und deutete auf Audrey. Aber Audrey war viel zu sehr damit beschäftigt zu verhindern, daß ihr pochiertes Ei vom Teller rutschte, um es zu bemerken.

Später, als Audrey wieder zu Hause war, fragte Charles, was totgeboren bedeutete, und Vinny sagte auf ihre gewohnte sachlich nüchterne Art: »Mausetot.« Sie bediente sich mit Toast, während sie darauf wartete, zum Laden gefahren zu werden. »Wohin kommen tote Babys?« fragte Charles. Vinny war keinen Augenblick lang verdattert: »In die Erde.« Und die Witwe, die die Direktheit dieser Antwort mißbilligte, sagte beschwichtigend: »In den Himmel natürlich, Babys kommen in den Himmel und werden Engel.« Charles blickte zu Eliza, um sich diese Version bestätigen zu lassen. Sie glaubten nie etwas, was irgend jemand sagte, solange Eliza es nicht verifizierte. *Zurück in den Babyladen, um repariert zu werden,* sagte sie, um Vinny und die Witwe zu ärgern.

»Und wenn du dich nicht gleich in die Schule aufmachst, Charles«, krähte die Witwe, »wirst *du* zurück in den Babyladen gebracht und gegen ein anderes Modell ausgetauscht!« Die Witwe freute sich hämisch über diese Finesse und lächelte Eliza triumphierend an, bevor sie aus dem Eßzimmer rauschte. Eliza kniff die Augen zusammen und zündete sich eine Zigarette an. *Eines Tages,* sagte sie, *eines Tages werde ich das alte Luder umbringen.*

»Wir müssen wirklich ausziehen«, wagte Gordon seiner Mutter gegenüber zu äußern. Die Witwe stand in der Küche und rührte den Teig für einen sonntäglichen Kuchen mit Victoria-Pflaumen aus dem eigenen Garten, eine große Porzellanschüssel davon stand auf dem Küchentisch. Eine Wespe kroch langsam über die roten Früchte, ihr war schwindlig von den Pflaumendüften. Die Witwe verschränkte die Arme, hob dadurch ihren dürren Busen hoch und bestäubte dabei ihre Bluse mit Mehl. So gerne sie Eliza losgeworden wäre, so wenig ertrug sie den Gedanken, daß Gordon (»Mein Sohn«) das Haus verließ. »Das ist doch Unsinn«, sagte sie, »ich habe soviel Platz – und wer, wenn nicht ich, kümmert sich um dich –, und außerdem wird dieses Haus eines Tages dir gehören, Gordon. Und das kann sehr bald sein«, fügte sie mit etwas stockender Stimme hinzu. Sie hob die Schürze, um sich damit die Augen abzutupfen, und Gordon sagte, »Ist ja gut«, und nahm sie in den Arm.

Eliza lag kalt neben Gordon im Bett. Im zweitbesten Bett. Die Laken in Arden waren steif wie Packpapier. Sie sprach über ihre eisige Schulter zu ihm. *Schau sie dir doch an – warum zieht sie nicht zu Vinny und gibt uns dieses Haus oder Geld aus dem Laden? Der Laden sollte dir gehören, sie ist eine alte Frau, warum hält sie daran fest? Wir könnten ihn verkaufen und hätten ein bißchen Geld und könnten aus diesem verdammten Loch weg. Und etwas aus unserem Leben machen.* Seit Monaten hatte Eliza nicht mehr soviel zu Gordon gesagt. Er starrte durch die Dunkelheit auf die Wand gegenüber, und wenn er sich genügend anstrengte, konnte er erkennen, an welcher Stelle der Tapete sich das Muster – Rosen, die an einem Spalier entlangwuchsen – zu wiederholen begann. In der Platanenstraße schrie eine Eule.

*

Die Witwe setzte sich steif und mit knarzenden Knochen auf den Beifahrersitz des großen schwarzen Wagens.
»Wir haben den halben Tag geschlossen«, sagte Gordon zu Charles, »ich bin mittags zurück.« Vinny setzte sich widerwillig auf den Rücksitz – »Warum muß ich immer hinten sitzen? Warum gibt's für mich immer nur das Zweitbeste?« –, und sie fuhren davon, um sich für einen weiteren Tag in Lebensmittelhändler zu verwandeln, *brumm-brumm-brumm.* Charles winkte, bis das Auto außer Sichtweite war und noch ein bißchen länger, denn einer von Gordons Tricks bestand darin, so zu tun, als wäre er um die Ecke verschwunden, und wenn man glaubte, er sei weg, tauchte er plötzlich wieder auf. Diesmal allerdings nicht.

Ein Picknick, sagte Eliza und drückte ihre Zigarette auf einem Blütenzweig-Teller der Witwe aus, *es sind ja schließlich Ferien, und wir haben die ganze verdammte Woche über noch nichts unternommen,* und sie holte den alten geflochtenen Picknickkorb aus seinem Versteck im Schrank unter der Treppe und sagte: *Wir fahren mit dem Bus in die Stadt, holen Daddy mittags ab und überraschen ihn.*

Sie durften im Oberdeck des Busses sitzen, ganz vorne, und sahen zu, wie sich die Straßen der Bäume weit unten vorbeischlängelten. Plötzlich schlug ein dicker Platanenast gegen das Fenster vor ihnen, schüttelte die toten Blätter, die wie Hände aussahen, und Eliza sagte, *Ist schon in Ordnung, es ist nur ein Baum*, und zündete sich eine Zigarette an. Sie fächelte den Rauch aus ihren Gesichtern, schlug die Beine übereinander und wippte mit dem Fuß, als würde sie irgend etwas ungeduldig machen. Sie trug die Schuhe, die Charles am liebsten an ihr mochte, hochhackige braune Wildlederschuhe mit kleinen pelzigen Pompons. *Nerz*, laut Eliza. Ihre hauchzarten Seidenstrümpfe hatten die gleiche Farbe. *Nerz*.

Der Bus zuckelte weiter, fuhr die Straße entlang, in der Vinnys Haus stand. Eliza drückte mit dem Schuh ihre Zigarette aus, trat noch fest darauf, lange nachdem die Zigarette aus war. Sie strahlte schlechte Laune aus wie die Sonne kalten Oktobersonnenschein. Genau vor Vinnys Haus befand sich eine Bushaltestelle, und alle drei blickten hinunter in ihren winzigen Vorgarten und versuchten, durch die Spitzenvorhänge in den Fenstern zu spähen; sie fühlten sich sicher, weil sie wußten, daß sie in der Arbeit war. Ihre Gesichter waren auf gleicher Höhe mit dem Schlafzimmerfenster, aber dort waren die Vorhänge gegen die neugierigen Blicke der Oberdeckfahrer permanent zugezogen, und es gab Voyeuren keinerlei Geheimnisse preis. Vinnys Haus war eine schmale Reihenhaushälfte aus roten Ziegeln mit einem kleinen eckigen Erker und einer armseligen Veranda, erbaut, als die Phantasie des Baumeisters erschöpft war und Alkohol in seinen Adern floß (des Baumeisters massiver Stamm wurde 1930 von einem Schlaganfall gefällt).

Uff, schauderte Eliza, ob aufgrund des Hauses oder seiner abwesenden Bewohnerin war nicht klar. Wahrscheinlich aufgrund beider. Charles und Isobel kamen nicht gern in Vinnys Haus. Es roch feucht und nach Izal und gekochtem Gemüse.

Als sie den Laden betraten, stand die Witwe neben der zerkratzten Kaffeemühle aus rotem Blech und träumte von Geld und Dingen, die bald nicht mehr rationiert sein würden. Gordon setzte Isobel auf die Theke aus poliertem Mahagoni, damit sie ihm dabei zusehen konnte, wie er Tee abwog. Der Tee roch dunkel und bitter wie zu Hause die heiße Teekanne aus Chrom mit dem gestrickten grün-gelben Teewärmer. Vinny schnitt einen Lancashire-Käse auseinander, der so weiß war wie die Haut der Witwe.

»Aber hallo«, sagte Mrs. Tyndale, eine Stammkundin, die gewichtig in den Laden drängte, »wenn das nicht Charles und Isobel sind.« Sie wandte sich der Witwe zu. »Sie ist das Ebenbild ihrer Mutter, nicht wahr?« Und die Witwe und Vinny zogen unisono die Augenbrauen hoch und kommunizierten wortlos über die mit dieser Aussage verbundenen Andeutungen. »Eine glückliche junge Familie«, sagte Mrs. Tyndale, »ist doch immer wieder ein erfreulicher Anblick!«

Eliza reagierte nicht und verschwand im Hinterzimmer des Ladens, auf ein unsichtbares Zeichen hin gefolgt von Gordon. Mrs. Tyndale beugte sich verschwörerisch über die Theke und sagte zu Vinny: »Flatterhaftes Ding, nicht wahr?« Vinny lächelte ein komisches verkniffenes Lächeln und flüsterte, »Und kokett«, als ob Eliza irgendeine merkwürdige Vogelart wäre.

Eliza und Gordon tauchten wieder auf, ihre Gesichter angespannt und ausdruckslos, als ob sie gestritten hätten. *Wir bringen dich erst nach Hause und machen dann ein Picknick*, sagte Eliza zur Witwe. Die Witwe lehnte ab. Sie würde bei Temple's zu Mittag essen, sagte sie und sah dabei aus wie eine Heilige, die gleich zur Messe gehen würde, als wäre Temple's tatsächlich ein Tempel und nicht ein Restaurant in einem Kaufhaus. »Ein Picknick im *Oktober*?« fragte Mrs. Tyndale fröhlich und wurde allseits ignoriert.

Eliza hob Isobel von der Theke und begann, an ihrem Ohr zu knabbern. Warum, fragte sich Vinny, versucht Eliza immer, Stückchen von ihren Kindern zu essen? *Was für ein kleiner Leckerbissen*, flüsterte Eliza Isobel ins Ohr, während Vinny aggressiv auf die Butter einschlug und sich dabei vorstellte, es wäre Elizas Kopf. Wenn Eliza nicht aufpaßte, dachte Vinny, würde sie sich eines Tages umblicken und feststellen, daß sie ihre Kinder völlig aufgegessen hatte.

Die Witwe fragte sich unterdessen, ob das Picknick nicht vielleicht ein weiterer von Elizas impulsiven Ausflügen war. Vielleicht würde sie wieder mit einem Baby zurückkehren. Oder vielleicht, mit ein bißchen Glück, würde sie sich verirren und überhaupt nicht mehr wiederkommen. Vinny warf einen Klumpen Butter auf die Marmorplatte, nie und nimmer würden sie *sie* zu einem Picknick einladen. *Vinny*, schnurrte Elizas Stimme honigsüß, *warum kommst du nicht mit?* Vinny wich entsetzt zurück – sie wollte *nirgendwohin* mit ihnen, sie wollte nur gefragt werden. »Ja, mach das«, bellte die Witwe, »die frische Luft wird vielleicht ein bißchen Leben in dich bringen.« *Arme Vinny*, sagte Eliza und lachte sprudelnd.

Es war eine Erleichterung, Eliza fröhlich zu sehen, wenn auch nur für einen Augenblick. Seit Wochen war sie schlecht gelaunt gewesen. *Ich bin nicht ich selbst*, sagte sie und lachte wie von Sinnen, *aber wer weiß schon, wer ich bin.*

Gordon löste mit großer Geste die Fesseln des Lebensmittelhändlers, zog seinen Gabardine-Regenmantel an, setzte seinen Filzhut auf und sah überhaupt nicht mehr wie ein Lebensmittelhändler aus. Mit seinem dichten welligen Haar hätte er ein Filmstar sein können. Er stand an der Ladentür und hob die Arme, um »Orangen und Zitronen« zu spielen, und sagte: »Ab mit ihrem Kopf!« Und Isobel lief unter den Halbbogen seiner Arme. Charles wurde ganz aufgeregt und rannte dreimal hin und her, bis er exekutiert wurde. Gordon wollte gerade Elizas Kopf abschlagen, als sie sagte – sehr kalt, sehr Hempstid – *Hör auf damit, Gordon*, und er warf ihr einen eigenartigen Blick zu, stieß die Hacken zusammen und sagte: »*Jawohl, gnädige Frau.*« Dann fuhr Vinny dazwischen mit: »Das ist nicht besonders lustig, Gordon – im Krieg sind schließlich Menschen gestorben!«

Und Eliza lachte und sagte: *Ach, wirklich, Vinny?* Und Gordon wandte sich ihr zu und sagte gehässig: »Halt den Mund, Eliza, ja?«
Ich weiß gar nicht, was mit dir los ist, sagte Eliza leichthin, und Gordon starrte sie unverwandt an und sagte: »Nein?« Die Ladenglocke klingelte laut an ihrer federnden Aufhängung aus Metall, als Gordon die Tür hinter ihnen zuzog. Die Witwe und Mrs. Tyndale standen hinter der Glasscheibe, aus der die obere Türhälfte bestand, und winkten dem Wagen zu, hölzern wie Punch und Judy in ihrer Schachtel. Kaum war der Motor angelassen, *brumm-brumm-brumm*, wandten sie sich einander zu, versessen darauf, das Benehmen der nicht-ganz-so-glücklichen jungen Familie zu kommentieren.

»Wohin sollen wir fahren?« fragte Gordon niemanden im besonderen, und trommelte mit seinen in Lederhandschuhen steckenden Händen auf das Lenkrad, als wäre es ein Tamburin. *Irgendwohin*, sagte Eliza und zündete sich eine Zigarette an. Gordon warf ihr von der Seite einen eigenartigen Blick zu, als hätte er sie gerade erst kennengelernt und würde sich jetzt fragen, was für eine Sorte Mensch sie war. »Wie wär's mit Boscrambe Woods?« fragte er und sah Charles im Rückspiegel an. »Ja!« schrie Charles begeistert. Eliza sagte etwas, aber Gordon trat aufs Gaspedal und fuhr los, und ihre Worte gingen im Motorenlärm unter.

Vinny, wie gewöhnlich auf den Rücksitz verbannt, versuchte zu schrumpfen, um sich vor achtlos zutretenden Füßen und klebrigen Händen in Sicherheit zu bringen. »Was meinst du, Vin?« fragte Gordon, und Vinny sagte: »Was – soll das heißen, daß ich tatsächlich einmal um meine Meinung gefragt werde?« Und sie zündete sich eine Zigarette an, ohne eine Meinung kundzutun, und verschwand in einer Wolke aus Tabakrauch.

Kaum waren sie losgefahren, schloß Isobel die Augen. Sie liebte das Gefühl, langsam in den Schlaf zu gleiten, und die Geruchsmischung aus dem Leder der Autositze, Nikotin, Benzin und Elizas Parfum wirkte wie ein Schlafmittel. Sie fuhren immer noch, als sie wieder aufwachte. Eliza blickte über die Schulter und sagte: *Wir sind fast da.* Isobels Zunge fühlte sich an wie ein Kieselstein. Charles kratzte am Schorf auf seinem Knie. Sein Gesicht war mit Sommersprossen und den winzigen ellipsenförmigen Kratern der Windpockennarben überzogen. Seine Stupsnase kräuselte sich wegen des dicken Zigarettenrauchs im Wagen. Gordon begann mit seiner schönen hellen Baritonstimme »Down by the Salley Gardens« zu singen. Im Profil war seine Nase gerade und römisch und von ganz unten auf dem ledernen Rücksitz konnte man sich vorstellen, wie er sein Flugzeug durch die Wolken steuerte. Gelegentlich warf er einen Blick in Elizas Richtung, als ob er sich vergewissern wollte, daß sie noch da war.

Er trat abrupt auf die Bremse, als ein graues Eichhörnchen wie ein dünner Strich vor dem Wagen über die Straße schoß, und sie wurden alle nach vorn geschleudert. Vinny stieß sich die Stirn am Vordersitz an und kreischte auf. »Guter Gott«, sagte Gordon, der erschüttert schien, aber Eliza lachte nur ihr komisches ärgerliches Lachen. Gordon starrte eine Weile die Windschutzscheibe an, ein Muskel in seiner Wange zuckte.

»Alles in Ordnung, Vinny?« fragte Vinny sich selbst. »Ja, danke, kümmert euch nicht um mich«, antwortete sie sich und wurde heftig nach hinten geworfen, als Gordon den Motor aufheulen ließ und wieder anfuhr.

Nach der langen Fahrt in dem heißen Wagen war die Kälte eine Überraschung, und die frische Waldluft war ein Schock nach dem Zigarettenrauch. Eliza schlug den Kragen ihres Kamelhaarmantels hoch und zog ihre dünnen Lederhandschuhe an. *Ich hätte einen Hut aufsetzen sollen,* sagte sie, als sie sich hinunterbeugte, um Isobels Schal festzuziehen. Isobel entdeckte einen Fleck Wimperntusche auf Elizas Backe, unter ihren Wimpern. Eliza zog den Schal so fest, daß er Isobel die Luft abschnürte, und sie hob die Hände, um ihn wieder zu lockern. Der Schal paßte zu ihrer karierten Mütze, beides hatte ihr die Witwe zu Weihnachten gestrickt. Charles trug seinen Schulblazer und seine Schulmütze, und Vinny hatte ihren marineblauen Gabardinemantel mit Gürtel und dazu passendem Südwester an. Jeder, der sie in diesem Moment gesehen hätte, hätte eine nette Familie vor Augen gehabt – gesund, einnehmend, normal –, die Art Familie, die jede Woche die Anzeigen der *Picture Post* schmückte. Eine nette, normale Familie, die im Wald spazierenging. Niemand hätte bei ihrem Anblick vorhersagen können, daß ihre Welt demnächst ein Ende finden würde.

Eliza befeuchtete die Ecke eines Taschentuchs, das sie zu Weihnachten geschenkt bekommen hatte, mit Spucke und beugte sich wieder hinunter, um Isobels Mundwinkel abzuwischen. Sie rieb so fest, daß Isobel unfreiwillig einen Schritt rückwärts machte. Irgendwo über ihrem Kopf erklang dumpf Gordons Stimme. »Reib nicht so fest, Lizzy, du reibst sie kaputt.« Und sie sah, wie Eliza die Augen zusammenkniff und eine dünne blaue Ader – hyazinthenfarben – durch die feine Haut auf ihrer Stirn sichtbar wurde und zu pulsieren begann. Eliza faltete das Taschentuch in ein ordentliches Dreieck und steckte es in die Tasche von Isobels kariertem Wollmantel und sagte: *Falls du dir die Nase putzen mußt.*

Das Picknick war kein großer Erfolg. Die Verpflegung mit Essen und Trinken war keine von Elizas Stärken. Die Gurkenscheiben in den Fischpaste-Gurken-Sandwiches hatten das Brot durchgeweicht, die Äpfel hatten rostfarbene angeschlagene Stellen unter der Schale, und Eliza hatte vergessen, etwas zu trinken einzupacken. Sie waren bereits weit in den Wald hineingegangen. »Wenn du im Wald bist«, sagte Gordon zu Charles, »dann folge immer dem Weg, auf diese Weise kannst du dich nicht verlaufen.« *Und wenn es keinen Weg gibt?* fragte Eliza, die schlechte Laune verschärfte ihren Tonfall. »Dann geh auf das Licht zu«, sagte Gordon, ohne sie anzublicken.

Eliza hatte die große karierte Decke vom Rücksitz des Autos mitgenommen und breitete sie auf einem Teppich aus Buchenblättern aus. *Das ist ein herrlicher sonniger Fleck*, sagte sie mit einer fiebrigen Fröhlichkeit, die niemanden überzeugte. Charles ließ sich auf die Knie fallen und rollte auf der Decke herum. Gordon lehnte sich, auf die Ellbogen gestützt, zurück, und Isobel verkroch sich in seiner Ellbogenbeuge. Eliza saß da wie eine wohlerzogene Aristokratin, ihre langen schlanken Beine in den nerzfarbenen Strümpfen und eleganten Schuhen wirkten wie aus einer Modenschau entsprungen und auf der biederen karierten Decke fehl am Platz. Vinny warf neidische Blicke darauf, ihre eigenen spindeldürren Beine hatten die Form von Wäscheklammern. Sie zwang ihren Schürhaken-Körper in eine kniende Position und zog sich den Rock über die Beine. Dann saß sie da mit der Miene einer vornehmen viktorianischen Reisenden, die unter primitive Waldmenschen geraten war.

Das ungewohnte Auf-der-Decke-Herumliegen verlor schnell seinen Reiz. Die Kinder bibberten gelangweilt und aßen Marmeladenbrote und so viele KitKat, bis ihnen fast schlecht war. »Das macht keinen Spaß«, sagte Charles und stürzte sich in einen Haufen Laub, in dem er sich wie ein Hund eingrub. Spaß zu haben war Charles sehr wichtig, Spaß zu haben und andere zum Lachen zu bringen. »Er will nur auf sich aufmerksam machen«, sagte Vinny. *Und er schafft es – ist das nicht clever?* sagte Eliza. Charles Haar war nahezu von derselben Farbe wie der sterbende Wald – goldbraune Eiche und lockige Rotbuche. Er hätte sich in dem Haufen Laub verstecken können, und niemand hätte ihn vor dem Frühling gefunden.

Vinny kämpfte sich von der Decke hoch und sagte: »Ich geh' mal kurz, ihr wißt schon«, und verschwand zwischen den Bäumen. Minuten verstrichen, und sie kam nicht zurück. Gordon lachte und sagte: »Sie geht bestimmt meilenweit, damit nur ja niemand ihre Liebestöter sieht.« Eliza verzog das Gesicht, als ob es ihr bei dem Gedanken an Vinnys Unterwäsche schlecht würde, stand dann abrupt von der Decke auf und sagte, *Ich gehe spazieren,* ohne sie anzusehen, und machte sich in die entgegengesetzte Richtung von Vinny auf den Weg.

»Wir kommen mit!« rief Gordon ihr nach, und sie drehte sich so schnell um, daß der weite Kamelhaarmantel um ihre Beine schwang und in einem grünen Wirbel ihr Kleid enthüllte. Sie rief: *Traut euch ja nicht!* Sie klang wütend. »Sie hat die völlig falschen Schuhe an«, murmelte Gordon ärgerlich und warf einen verfaulten Apfel über die Schulter in die Bäume hinter ihnen. Kurz bevor sie um die Biegung des Wegs verschwand, blieb Eliza stehen und rief etwas, und die Worte hallten klar und deutlich durch die frische Luft – *Ich gehe nach Hause, macht euch nicht die Mühe, mir zu folgen!*

»Nach Hause!« explodierte Gordon. »Wie glaubt sie, daß sie nach Hause kommt?« Dann stand er auf und ging eilig hinter Eliza her. Über die Schulter rief er Charles zu: »Bin gleich wieder da – bleib bei deiner Schwester!« Und war verschwunden.

Die Sonne war hinter den Bäumen versunken, schien nur noch auf eine kleine Ecke der Decke. Isobel lag mit dem Gesicht in der warmen Pfütze, döste vor sich und wachte schließlich auf, als Charles auf sie hüpfte. Sie schrie, und der Schrei hallte gellend in der Stille wider. Sie saßen nebeneinander auf der Decke, hielten sich bei den Händen, warteten auf ein Geräusch, das an die Stelle des ersterbenden Echos treten würde, warteten auf den Klang von Gordons und Elizas Stimmen, auf Vogelgezwitscher, auf Vinnys Gejammer, auf das Rascheln des Windes in den Bäumen, auf irgend etwas anderes als die absolute Stille des Waldes. Vielleicht war es einer von Gordons Zaubertricks. Einer, mit dem er Schwierigkeiten hatte, und jeden Augenblick würde er ihn richtig hinkriegen und hinter einem Baum hervorspringen und »Hier bin ich!« rufen.

Ein Blatt in Charles' Haarfarbe schwebte wie eine Feder durch die Luft und landete lautlos. Isobel verspürte Angst in ihrem Bauch, wie heiße Flüssigkeit. Irgend etwas stimmte ganz und gar nicht.

Sie hatten jegliches Zeitgefühl verloren. Sie meinten, seit Stunden allein im Wald zu sein. Wo waren Gordon und Eliza? Wo war Vinny? War sie von einem wilden Tier aufgefressen worden, während sie Ihr-wißt-schon machte? Charles' breites lustiges Gesicht war blaß geworden und verkniffen vor Sorgen. Eliza sagte immer, *Ihr müßt genau da bleiben, wo ihr seid*, wenn sie irgendwo im Freien von ihr getrennt würden, und sie würde kommen und sie finden. Charles' Glaube an diese Behauptung hatte während der letzten ein, zwei Stunden erheblich abgenommen.

Schließlich sagte er, «Na los, wir gehen und suchen sie», und er zog Isobel von der Decke hoch. »Wahrscheinlich spielen sie nur Verstecken«, sagte er, aber sein bleiches Gesicht und das Beben in seiner Stimme verrieten seine wahren Gefühle. Der verantwortliche Erwachsene zu sein forderte seinen Tribut. Sie gingen los in die gleiche Richtung, die Eliza und Gordon eingeschlagen hatten, der Pfad war deutlich erkennbar – harter, festgetretener Boden, gelegentlich unterbrochen von Baumwurzeln.

Allmählich wurde es dunkel. Isobel stolperte über eine Wurzel, die sich über den Pfad schlängelte, und tat sich am Knie weh. Charles wartete ungeduldig, daß sie wieder zu ihm aufschloß. Er hielt etwas in der Hand, das er im Dämmerlicht argwöhnisch begutachtete. Es war ein brauner Wildlederschuh, der Absatz stand in einem merkwürdigen Winkel ab, und der kleine Pompon aus Nerz war feucht und klebrig, platt und schlaff wie ein nasses Kätzchen, und der Straßstein glitzerte dumpf im ersterbenden Licht.

Charles ging jetzt langsamer, den Schuh in der Hand, dann

trippelte er ohne Vorwarnung in einen trockenen Graben voll Laub hinunter. Das Laub darin lag so hoch, daß es bis zu Charles' vom Spielen vernarbten Knien reichte, und während er hindurchwatete, machte es ein angenehmes, knusprig raschelndes Geräusch. Einen Augenblick lang dachte Isobel, daß der Graben zu seiner endlosen Suche nach Spaß gehörte, aber kaum war er unten, kletterte er auch schon auf der anderen Seite wieder heraus. Sie folgte ihm, kroch hinunter in den Graben und watete durch das Laub. Sie hätte sich gern hingelegt, wäre gern auf dieses bequeme Bett aus Laub gesunken und hätte eine Weile geschlafen, aber Charles trieb sie an, und so krabbelte sie auf der anderen Seite wieder hinauf und eilte ihm nach.

Er bahnte sich einen Weg durch einen Vorhang aus Zweigen, die zurückschnappten und sie ins Gesicht schlugen wie dünne Peitschen. Als sie ihn endlich einholte, stand er da, als hätte er wie ein Baum Wurzeln geschlagen, den Rücken ihr zugewandt, die Arme vom Körper weggestreckt, als würde er Statue spielen. In einer Hand hielt er den Schuh. Die Finger der anderen Hand waren steif ausgestreckt, und Isobel ergriff Charles' Platanenblatt-Hand, und sie standen nebeneinander und schauten.

Auf Eliza. Sie lehnte am Stamm einer großen Eiche wie eine achtlos liegengelassene Puppe oder ein verletzter Vogel. Ihr Kopf war auf ihre Schulter gesunken, und ihr dünner weißer Hals war gestreckt wie der eines Schwanes oder ein Stecken, der gleich abbrechen würde. Ihr Kamelhaarmantel war offen, und ihr Wollkleid von der Farbe heller Frühlingsblätter lag über ihren Beinen wie ein Fächer. Einen Schuh hatte sie an, am anderen Fuß fehlte der Schuh, und Isobel gingen der Text von »Diddlediddle dumpling« durch den Kopf.

Schwer zu sagen, was man mit dieser schlafenden Mutter, die sich weigerte, aufzuwachen, tun sollte. Sie sah sehr friedlich aus, die Augenlider mit den langen Wimpern geschlossen, der Fleck Wimperntusche noch immer zu sehen. Nur die dunkelroten

Bänder aus Blut in ihren schwarzen Locken deuteten darauf hin, wie ihr Kopf möglicherweise gegen den Baumstamm geschlagen und aufgebrochen worden war wie eine Buchecker oder eine Eichel.

Sie machten ihren Mantel zu, und Charles tat sein Bestes, um den Schuh auf ihren elegant gewölbten, bestrumpften Fuß zu schieben. Es war, als wäre ihr Fuß gewachsen, während sie schlief. Es war so schwierig, ihr den Schuh anzuziehen, daß Charles Angst bekam, er könnte die Knochen in Elizas Fuß brechen, und schließlich gab er es auf und steckte den Schuh in die Tasche seines Blazers.

Sie schmiegten sich an Eliza, versuchten, sie zu wärmen, versuchten, sich selbst zu wärmen – jeweils einer auf einer Seite von ihr, wie in einem auf traurige Weise sentimentalen Tableau (*»Willst du nicht aufwachen, liebste Mutter«)*. Ab und zu schwebte ein Blatt herab. Drei, vier Blätter hatten sich bereits in Elizas schwarzen Locken verfangen. Charles stand auf und warf den Kopf hin und her wie ein Hund, um das Laub darauf abzuschütteln. Es war jetzt wirklich ziemlich dunkel, und es war leicht gesagt: geh auf das Licht zu, aber was sollte man tun, wenn es kein Licht gab? Als Isobel versuchte aufzustehen, waren ihre Beine so taub, daß sie das Gleichgewicht nicht halten konnte und wieder umfiel. Und sie war so hungrig, daß sie einen benommenen Augenblick lang in die Rinde des Baums beißen wollte. Aber das würde sie niemals tun, denn Eliza hatte ihnen mehrmals die Geschichte vom »ältesten Baum im Wald« erzählt, und deswegen wußte Isobel, daß die Rinde eines Baums in Wirklichkeit seine Haut war, und sie wußte, wie sehr ein Biß in die Haut schmerzen konnte, weil Eliza sie immer biß. Und manchmal tat es weh.

Charles sagte: »Wir müssen Daddy finden.« Seine Stimme klang schrill in der Stille. »Er wird kommen und Mummy holen.« Sie sahen Eliza zweifelnd an, es widerstrebte ihnen, sie in der Kälte und der Dunkelheit ganz allein zu lassen. Ihre Wangen fühlten sich eisig an, sie langten zum Vergleich an ihre eigenen Backen. Sie waren womöglich noch kälter. Charles begann, Laub auf Elizas Beine zu häufen. Sie erinnerten sich an den Sommer am Meer, als sie Elizas untere Körperhälfte im Sand vergraben hatten, während sie in ihrem rückenfreien roten Badeanzug dasaß und ein Buch las, die Sonnenbrille aufhatte, mit der sie fremdländisch und schick aussah, und ihre Zigaretten in dem Sandmäuerchen ausdrückte, das sie neben ihr gebaut hatten *(Ich bin eure Gefangene!).* Einen Augenblick lang konnte Isobel die warme Sonne auf ihren Schultern spüren und das Meer riechen. »Hilf mir«, sagte Charles, und sie schob mit den Füßen Laub zu Charles, der es mit den Händen zusammenschaufelte und auf Eliza warf.

Dann küßten sie sie, jeder gab ihr einen Kuß auf eine Wange, in einer seltsamen Umkehrung ihres Gutenachtkuß-Rituals. Sie gingen ungern, blickten mehrmals zu ihr zurück. Als sie den Graben mit dem Laub erreichten, wandten sie sich ein letztes Mal um, aber sie sahen Eliza nicht mehr, nur einen Haufen toter Blätter neben einem Baum.

Zurückgehen zur karierten Decke und dem verlassenen Picknick und auf Rettung warten? Oder weitergehen und einen Weg aus dem Wald finden? Charles sagte, er wünschte, sie hätten die nicht aufgegessenen Sandwiches mitgenommen. »Wir hätten die Krümel verstreuen und den Weg zurückfinden können«, sagte er. Die einzige Vorlage für ihr Überleben unter diesen Umständen, so schien es, war ein Märchen. Leider kannten sie die Geschichte nur zu genau und rechneten jeden Augenblick damit, auf das Lebkuchenhäuschen zu stoßen – und dann würde der Alptraum erst wirklich beginnen.

Isobel tat es jetzt leid, daß sie sich über Elizas Gurkensandwiches beschwert hatte, sie würde sie nicht verstreuen, sie würde sie aufessen. Sie war so hungrig, daß sie einen Lebkuchendachziegel gegessen hätte oder ein Stück gestreiften Bonbonfensterrahmen, obwohl sie mit den Konsequenzen vertraut war. Beiden tat plötzlich all das Essen leid, das sie auf den Tellern hatten liegenlassen. Jetzt hätten sie den Tapiokabrei der Witwe gegessen. Die große ovale Glasschüssel, in der die Witwe ihren Milchbrei machte, tauchte vor ihnen auf wie eine Fata Morgana. Sie spürten die schleimige Tapioka, schmeckten den Teich aus Hagebuttensirup, den die Witwe immer in der Mitte bildete und der aussah wie ein flüssiger Edelstein. Charles durchsuchte seine Taschen und fand eine Roßkastanie, einen Viertelpenny und ein schwarzweiß gestreiftes Pfefferminzbonbon, an dem eine Menge Fusseln klebten. Es war zu hart, um es entzweizubrechen, und so lutschten sie es abwechselnd.

Der Wald war voller Geräusche. Gelegentlich durchdrangen seltsame Laute die Dunkelheit – Kreischen und Pfeifen –, die keinen irdischen Ursprung zu haben schienen. Zweige schnappten und krachten, und das Unterholz raschelte bösartig, als würde etwas Unsichtbares hinter ihnen herschleichen.

Jede Richtung schien gefährlich. Eine Eule schwebte lautlos über ihre Köpfe hinweg, und Isobel war sich sicher, daß ihre Klauen ihr Haar berührten. In einem Anfall von Panik warf sie sich auf den Boden, aber Charles blieb ungerührt. »Das war nur eine Eule, Dummerchen«, sagte er und zerrte sie wieder auf die Füße. Ihr Herz schlug so schnell, als wollte es aus ihrer Brust springen. »Wegen der Eulen müssen wir uns keine Sorgen machen«, murmelte Charles grimmig, »sondern wegen der Wölfe.« Und als ihm wieder einfiel, daß er der für diese jämmerliche Expedition Verantwortliche war, fügte er hinzu. »War nur ein Scherz, Izzie – vergiß es.«

Weiterzugehen war etwas weniger schreckenerregend als stehenzubleiben und darauf zu warten, daß irgend etwas sie ansprang, und so kämpften sie sich kläglich weiter. Isobel fand ein wenig Trost in der warmen Schmuddligkeit von Charles Hand, die die ihre umklammerte. Charles erinnerte sich an einen kurzen Vers. *Mitten im Wald wird einem oft kalt.*

Baum nach Baum nach Baum, alle Bäume der Welt gaben sich in dieser Nacht in Boscrambe Wood ein Stelldichein. *Mitten in der Nacht, wenn keiner mehr wacht.* Vielleicht hatte Eliza beschlossen, sie nicht mitten auf einer *großen grünen Wiese*, sondern in einem endlosen Wald laufen zu lassen. Isobel dachte, daß es ihr lieber gewesen wäre, wenn sie sie zurück in den Babyladen gebracht hätte.

Der Pfad machte eine Biegung und gabelte sich plötzlich. Charles nahm den Viertelpenny aus der Tasche und sagte so männlich er konnte: »Wir losen – Zahl rechts, Bild links.« Und Isobel sagte leise: »Bild.« Die Münze landete mit dem Zaunkönig nach oben, und der Schnabel des kleines Vogels deutete zudem auf den linken Weg. Als ob das sein Stichwort gewesen wäre, kam der Mond – zum Platzen voll – hinter seiner Wolke hervor und hing ein paar Sekunden lang wie ein Neonschild über der linken Abzweigung. »Geht auf das Licht zu«, sagte Charles bestimmt.

Der Weg war überwuchert, Dornenzweige griffen nach ihnen und blieben an ihrer Kleidung hängen, hielten sich an ihrem Haar fest wie Vogelklauen. Mittlerweile war es so dunkel, daß es eine Zeitlang dauerte, bis sie bemerkten, daß es sich eigentlich um keinen Pfad mehr handelte. Ein paar Schritte weiter, und ihre Schuhe versanken im Morast. Überall, wohin sie versuchsweise mit den Schuhspitzen tippten, war es naß und sumpfig. Sie hatten Geschichten gehört von Leuten, die im Treibsand oder im Sumpf versanken und sie stürmten durch das Dornengebüsch schnell auf ein höher gelegenes trockenes Stück Erde.

»Schlimmer kann es nicht mehr werden«, sagte Charles kläglich, kurz bevor der Nebel gespenstisch auf sie zuschwebte. Er schlängelte sich um die Bäume und wurde dichter, trüb wie Wasser, Welle über Welle, verwandelte er alles in ein weißes Geistermeer. Isobel fing an, laut zu weinen, und Charles sagte: »Hör auf damit, Izzie, bitte.«

Zu erschöpft, um weiterzugehen, zu verwirrt vom Nebel, rollten sie sich am Fuß eines großen Baumes zusammen, kuschelten sich zwischen seine riesigen Wurzeln, die sich über den Boden wanden wie knotige knochige Finger. Es lag genug totes Laub herum, um sich damit zuzudecken, aber sie dachten an Eliza unter ihrer Decke aus Blättern und zogen ihre Mäntel fester um sich. Statt dessen legte sich eine kalte Decke aus Nebel über sie.

Isobel schlief sofort ein, aber Charles lag wach und wartete darauf, daß die Wölfe anfingen zu heulen.

Isobel träumte einen höchst merkwürdigen Traum. Sie war in einer großen unterirdischen Höhle, es war warm, und viele lärmende Menschen hielten sich dort auf. Im Schein Hunderter von Kerzen sah sie, daß die Wände und die Decke der Höhle aus Gold waren. An einem Ende dieses großen Saals saß ein Mann auf einem Thron. Er war von Kopf bis Fuß in Grün gekleidet und trug ein goldenes Band um die Stirn. Jemand reichte Isobel einen Silberteller voll köstlicher Leckerbissen, wie sie sie noch nie zuvor gegessen hatte. Jemand anders drückte ihr einen Kristallkelch in die Hand, mit einer Flüssigkeit, die nach Honig und Himbeeren schmeckte, nur noch besser, und gleichgültig wieviel sie trank, der Kelch wurde nie leer. Die Leute im Saal begannen zu tanzen, zuerst sehr bedächtig – aber dann wurde die Musik schneller, und sie tanzten wilder und wilder. Der Mann mit dem goldenen Band um die Stirn tauchte plötzlich neben ihr auf und rief ihr über den Lärm hinweg etwas zu, fragte sie nach ihrem Namen, und Isobel schrie zurück: »Isobel!« Und augenblicklich verschwand der Saal – zusammen mit den Lichtern, der Musik und den Menschen –, und sie war allein im Wald, aß einen schimmligen Pilz von einem Blatt und trank Sumpfwasser aus einer Eicheltasse.

Sie wachte erschrocken auf, ihr Traum verdampfte in der Dämmerung – da war keine Spur von einem Kristallkelch oder einem Silberteller, nicht einmal von einem schimmligen Pilz und einer Eicheltasse – nur die Stille des Waldes. Charles schnarchte, ordentlich zusammengerollt wie ein kleines Tier im Winterschlaf. Der Nebel hatte sich gelichtet, es herrschte ein wäßriges Zwielicht, nichts hatte sich verändert, sie waren noch immer allein mitten im tiefen Wald.

GEGENWART

Blätter aus Licht

Die Urformen des Lebens – Bakterien und Blaualgen – tauchten eine Milliarde Jahre später auf. Die Blaualgen waren die ersten, die Lichtmoleküle in Nahrung umwandeln konnten. Der Sauerstoff, der bei diesem Prozeß freigesetzt wurde, veränderte die Erdatmosphäre unwiderruflich und ermöglichte die Entstehung des Lebens, wie wir es kennen.
Nach den Algen kamen die Moose, die Pilze und die Farne. Am Ende des Devons waren die ersten Bäume – Gattung Cordates – bereits ausgestorben.
Im Karbon gab es Wälder aus riesigen Farnen, die ersten Koniferen tauchten auf, und die Kohlelager entstanden. Vor 136 Millionen Jahren wuchsen die ersten blütentreibenden und breitblättrigen Bäume. »Die meisten Bäume, die wir heute kennen, existierten bereits vor zwölf Millionen Jahren«, tönt Miss Thompsetts monotone Stimme durch das Klassenzimmer. Eunice zu meiner Rechten ist so aufmerksam wie ein Hirtenhund, während Miss Thompsett in ihrer ordentlichen Handschrift auf die Tafel schreibt –

$$2H_2 + CO_2 \xrightarrow{h \cdot \upsilon} (CH_2O) + H_2O + 2O$$

Miss Thompsett – dunkelgrünes Twinset und karierter Rock mit Kellerfalten – sieht genauso ordentlich aus wie ihre Handschrift.

Zu meiner Linken schläft Audrey auf dem Pult, den Kopf auf die Arme gelegt. Unter den Augen hat sie Schatten so dunkel wie blaue Flecken, und sie ist entsetzlich blaß. Sie ist nicht wirklich hier, jemand hat offenbar ein ganz schlechtes Faksimile von ihr gemacht und es in die Welt hinausgeschickt, ohne ihm zu sagen, wie es sich benehmen soll. Eine inkompetente Doppelgängerin.

Miss Thompsett langweilt weiter ... *in die äußere Schicht der Epidermis und in das Parenchymgewebe* ... sie gibt uns einen kurzen Abriß der Photosynthese, und die Wirkung ist die eines Schlaftrunks. Ihre Worte fließen in mein Ohr und winden sich um mein Gehirn wie grüner Nebel ... *Chlorophyll, Grana, Photonen* ...

Eunice schreibt eifrig mit. Alles in Eunices Heften ist sauber gezeichnet, hervorgehoben, ausgemalt, beschriftet und unterstrichen. Ihre Diagramme sind genauer als die in den Lehrbüchern. Miss Thompsett zeichnet Moleküle auf die Tafel, die so groß sind wie Tischtennisbälle. Die Welt, in der Miss Thompsett lebt, muß gigantisch groß sein, ihre primitiven Organismen haben die Größe von Kleinstädten, ihre Elefanten sind so riesig wie Sirius B.

Mir sinkt der Kopf auf die Brust, und mein Gehirn umwölkt sich, und bald leiste ich Audrey im Schlaf Gesellschaft. »Richtig«, sagt Miss Thompsett so nachdrücklich, daß ich abrupt aufwache. »Zeichnet jetzt den Querschnitt eines Blattes, um die Photosynthese zu erklären.« Ich habe nicht die leiseste Ahnung, wie der Querschnitt eines Blattes aussieht (na ja – grün, dünn, flach –

– aber ich glaube nicht, daß es das ist, was sie will). Ich habe noch nicht einmal das richtige Lehrbuch vor mir.

Bis auf Audrey arbeiten alle an ihren Blättern, und Miss

Thompsett sagt, »Gibt's ein Problem, Isobel?« auf eine Weise, die impliziert, daß es besser keins gibt, und ich seufze und schüttle den Kopf.

»Audrey Baxter!« sagt Miss Thompsett laut, und Audrey schreckt aus dem Schlaf hoch und sieht aus wie eine verdutzte Katze. »Nett von dir, daß du wieder bei uns bist«, sagt Miss Thompsett – aber sie hat sich zu früh gefreut, denn Audrey ist bereits aufgestanden.

»Ich muß gehen«, murmelt sie und verschwindet durch die Tür.

»Was ist los mit ihr, Isobel?« fragt Miss Thompsett, ein verständnisloses (aber sehr ordentliches) Runzeln auf ihrer Stirn.

»Sie ist nicht sie selbst«, antworte ich vage (aber wer ist das schon?).

Ich beuge mich über mein Biologiebuch und zeichne, um mich aufzuheitern, mit meinen Lakeland-Farbstiften einen Baum.

Nicht irgendeinen x-beliebigen Baum, sondern einen wunderschönen mystischen Baum, der irgendwoher aus der Tiefe meiner Phantasie kommt. Einen Baum mit einem knorrigen, knotigen Stamm mit zimt- und umbrafarbener Rinde und einer riesigen, in der Mitte geteilten Laubkrone. Auf der linken Seite male ich die Blätter in jeder nur möglichen Schattierung des Grünspektrums aus – die Farben von weichem Moos und herabhängenden Weidenzweigen, von dicht wachsendem Timotheusgras, Apfelbäumen und urzeitlichen Wäldern.

Und auf der anderen Seite des Baumes – ein Feuer aus Blättern, Blätter, die aufflammen in einer Feuersbrunst aus Rotgold, Kupferrot und Bronze. Blattskelette, fuchsrot getoastet, gelbsüchtig wie Quitte und Schwefel, fallen wie kränkliche Edelsteine von den verkohlten Ästen, Blätter wie Topase und Zitronen spucken Feuerzungen in der Farbe von Hagebutten und Blut. Ein Blatt so rot wie die Brust eines Rotkehlchens löst sich und schwebt nach oben wie eine Feder aus Holzasche. Und während die rechte Seite des Baumes brennt, bleibt die linke Seite so grün und unversehrt wie der Frühling. Vielleicht ist es der Baum des Lebens oder Evas Baum der Erkenntnis? Zeus' Eiche von Dodona oder die große Eiche, die Thor heilig war? Oder vielleicht Yggdrasil, die Weltesche, die in der nordischen Mythologie den ganzen Kosmos abbildet – ihre Äste, voller Wolken-Blätter und Stern-Früchte, stützen das Dach des Himmels über unseren Köpfen, und ihre Wurzeln unter der Erde entspringen der Quelle aller Dinge. Bäume des Lebens. Es muß nicht erwähnt werden, daß Miss Thompsett von meinem Kunstwerk nicht begeistert ist.

»Als Hausaufgabe macht ihr die Zeichnung fertig«, sagt Miss Thompsett freundlich, »und wenn ihr Zeit findet, dann lest das nächste Kapitel im Lehrbuch.« Zeit finden? Wo könnte sie sein? Im Raum? (Aber doch gewiß nicht in der großen Leere?) Am Grund des großen blauen Ozeans? Im Mittelpunkt der Erde? Am Ende des Regenbogens? Wenn wir Zeit fänden, würde das alle unsere Probleme lösen? »Wenn ich nur mehr Zeit hätte«, sagt Debbie, »dann würde ich was erledigt kriegen.« Aber was würde sie *dann* tun?

Eunices Querschnitt eines Blattes: Ein Sonnenstrahl aus Lichtphotonen schießt genau 8,3 Sekunden lang zur Erde hinunter, und dort bersten die Photonen durch die äußere Schicht der Epidermis mitten in das Innere des Palisadenparenchymgewebes. Die Lichtmoleküle rasen in die Chloroplasten, in die vollkommenen, kleinen grünen Scheiben der Grana. Das Licht wird weiter und weiter hineingesaugt, ohnmächtig angezogen von dem Magnesium im Innersten der winzigen Chlorophyllmoleküle. Licht und Grün verbinden sich, tanzen für einen unendlich kleinen Bruchteil von Zeit einen aufgeregten Tanz, und währenddessen gibt das Molekül aus Licht seine Energie ab. Das Chlorophyllmolekül ist so angeregt von dieser Begegnung, daß es ein Wassermolekül in Wasserstoff- und Sauerstoffmoleküle spaltet. Die Pflanze entläßt den Sauerstoff in die Luft, damit wir ihn einatmen können. Der Wasserstoff verwandelt Kohlendioxid in Zucker, und daraus bildet die Pflanze neues Pflanzengewebe. »Im Gegensatz zu den Pflanzen«, schreibt Eunice schwungvoll mit Füller, »können wir unsere Nahrungsmoleküle nicht aus dem Licht gewinnen, deswegen müssen wir Pflanzen essen oder Tiere, die ihrerseits Pflanzen fressen. Das heißt, ohne die Photosynthese wären wir nicht in der Lage zu existieren.«

*

Nachdem die Flut der sommerlichen Üppigkeit im Garten verebbt war, tauchten mehrere vermißte Objekte wieder auf – ein alter Schuh (sie sind überall), ein Tennisball, Vinnys zweitbeste Brille und der arme Vinegar Tom, nicht länger ein weiches Sockenkätzchen, sondern ein hartes, vertrocknetes Filzding, platt in den Boden gedrückt. Unmöglich zu sagen, wie er ums Leben gekommen ist, aber Vinny weigert sich zu glauben, daß Mr. Rice an diesem Katzentod gänzlich unschuldig ist.

Der Tod der jungen Katze wühlt Vinny enorm auf, normalerweise beschränkt sie sich auf ein schmales Spektrum von Emotionen (irritierbar, irritiert, irritierend), und deswegen ist es ziemlich beunruhigend, zu sehen, wie ihre Vogelscheuchenschultern unter Schluchzern erbeben, und Charles und ich versuchen, sie mit einem Begräbnis im Garten zu trösten. »Katze, von einer Katze geboren, hat hier auf dieser Erde nur eine kurze Zeit zu leben«, sagt Charles mannhaft, als Vinny mit offenem Mund neben dem Grab stöhnt. Richard Primrose erscheint auf der Bildfläche, tritt plötzlich hinter einem Rhododendron hervor und kichert.

»RIP – Ruhe im Puff, *gacker-gacker*.« Und mir wird die Befriedigung zuteil, mit ansehen zu dürfen, wie Vinny mit dem Spaten auf ihn losgeht.

Mr. Rice macht sich noch unbeliebter, als Debbie ihn im Wohnzimmer auf der Chaiselongue in kompromittierender Stellung mit einem blonden Schlachtschiff namens Shirley erwischt, dem Barmädchen vom »Tap and Spile« in der Lythe Road.
»Wie die Hunde noch dazu«, gesteht Mr. Rice Charles selbstgefällig.
»Hunde?« wiederholt Charles, eine verdutzte Augenbraue so hoch gezogen, als würde sie gleich abheben. Aber jetzt verkriecht sich Mr. Rice in seinem Zimmer wie ein Hund in seiner Hundehütte und macht keinen Mucks, bis Debbie sich wieder beruhigt hat. »Tut mir leid, alter Knabe«, murmelt Gordon ratlos, »ich fürchte, da haben Sie einen dicken Hund gedreht.«
»Im Gegensatz zu Ihnen«, höhnt Mr. Rice.

*

»Schau«, sagt Charles und drückt mir etwas in die Hand, als ich eilig zur Schule aufbreche. Ein etwas schmuddeliges Taschentuch, das zu einem schlaffen Dreieck gefaltet ist. »*Ihres?*« frage ich ziemlich zynisch. »Ja«, sagt Charles und faltet das Dreieck auseinander, »eindeutig.« Das Taschentuch ist mit einem kunstvollen »E« bestickt, und da uns niemand anders mit dieser Initiale einfällt, muß es ihr gehören. Ein schwacher Hauch von Erinnerung, ein kaum dechiffrierbares Kribbeln von Neuronen (ein leises *Klick*) erinnern mich an etwas. Charles preßt es an die Nase und atmet so tief ein, daß es wie ein abstoßendes Schnauben klingt. »Ja«, sagt er. Ich schnüffle weniger aggressiv an dem Taschentuch. Ich erwarte Tabak und französisches Parfum (der Duft einer erwachsenen Frau), rieche aber nur Mottenkugeln. »Hab's in einer Schublade gefunden«, sagt Charles. In mir wächst der Verdacht, daß er auf der Suche nach Eliza das Haus auf den Kopf stellt, womöglich reißt er bereits die Dielenbretter heraus und kratzt den Verputz ab. Aber nach Eliza zu suchen ist eine herzzerreißende und undankbare Aufgabe. Wir müssen es wissen, wir tun es zeit unseres Lebens.

Trotzdem nehme ich das Taschentuch und stecke es tief in meine Manteltasche, bevor ich die Kastanienallee entlang zur Bushaltestelle in der Platanenstraße laufe.

Der Bus zuckelt würdevoll die High Street entlang, und ich tue mein Bestes, um nicht auf Eunice zu hören, die neben mir auf dem Oberdeck sitzt und unablässig von Adenosintriphosphat plappert. Statt dessen rauche ich eine Sobranie und gebe vor, weltgewandt zu sein, und konzentriere mich darauf, mir Malcolm Lovat unbekleidet vorzustellen.

Einen Augenblick glaube ich verdutzt, daß ich ihn tatsächlich heraufbeschworen habe, wenn auch voll bekleidet, denn da steht er – unten auf dem Gehsteig. Der Bus hält an, nimmt Fahrgäste auf, läßt mir jede Menge Zeit, seine schönen dunklen Locken, seine glatten Wangen und seine schlanken Chirurgenhände zu inspizieren. Was macht er in Glebelands, wenn er doch in Guy's Leben und Tod studieren sollte? Aber Moment mal, mit wem ist er da in eine Unterhaltung vertieft? Diese Person, die ihre blonde Mähne hin und her schüttelt wie ein Pferd, das für ein Shampoo wirbt, und auf sehr mädchenhafte Weise säuselt und lächelt? »Hilary!« schäume ich hilflos. Eunice tut so, als müßte sie kotzen. »Was macht er hier?« frage ich erstaunt.

»Ach, seine Mutter ist krank«, sagt Eunice ohne eine Spur Gefühl. »Krebs oder so.«

»Und was macht er mit *ihr*?«

»Offenbar gehen sie miteinander, schon seit einiger Zeit.« Gibt es denn irgend etwas, was Eunice nicht weiß?

Wenn sie mit Jungen redet, legt Hilary den Kopf schief, schließt halb ihre unnatürlich blauen Augen, und das ist eine Haltung, die in einem Umkreis von drei Metern aus unerfind-

lichem Grund den Testosteronspiegel ansteigen läßt. Sie ist zweifellos hübsch. »Hübsch grauenhaft«, sagt Eunice.
»Tja, ich werde sie umbringen müssen.«
»Gute Idee«, sagt Eunice einsichtig.

*

Ich stehe an der Küchenspüle, wasche halbherzig ab, schaue aus dem Fenster und schreie entsetzt auf, als ich ein Gesicht sehe, das sich undeutlich und bedrohlich hinter dem dunklen Glas abzeichnet, eine seltsame Quint-ähnliche Gestalt, die versucht, meine Aufmerksamkeit auf sich zu ziehen. Einen Augenblick lang denke ich, daß ich endlich meinen Geist ausfindig gemacht habe, aber dann dämmert mir die Erkenntnis – das ist kein Geist, es ist Mr. Rice, der im Garten steht, der Lichtstrahl einer Taschenlampe erhellt einen sehr abstoßenden Anblick. Mr. Rice zieht eine Ein-Mann-Show ab. Der Taschenlampenstrahl ist auf seine taschenlampenlose Hand gerichtet, die wie ein Preßlufthammer den Giftpilz seines Penis massiert. Ich weiche entsetzt zurück, und als ich wieder hinauszublicken wage, ist er nicht mehr zu sehen.

Als ich mich endlich dazu aufraffen kann, hinauszugehen und nachzuforschen, ist der Garten bar jeglichen menschlichen Lebens, nur das leise Geräusch von jemandem, der »On Top of Old Smokey« pfeift, ist zu hören und verklingt. Der riesige Wiesenbärenklau hat ihn wahrscheinlich in die Fänge gekriegt.

Irgendwo in der Platanenstraße schreit leise eine Eule, ein gespenstisches *Uhuuuhuuuhuuu*, das lautlos wie eine Feder in der Luft schwebt, aber Mr. Rice ist verschwunden.

Mr. Rice erwacht langsam aus einem schlechten Traum, in dem er mit geschlossenen Augen das Barmädchen Shirley umarmt, und als er sie öffnet, sieht er, daß er die verwesende Leiche von Vinny in den

Armen hält, ihre Augen hängen heraus, und ihr Fleisch verflüssigt sich. Er kommt sich ziemlich dämlich vor.

Nichtsdestotrotz muß er über seine List kichern, er hat seine Koffer mit den Mustern und eine Reisetasche mit seinen besten Kleidern in der Gepäckaufbewahrung des Bahnhofs von Glebelands deponiert und plant, Arden gleich nach dem Frühstück zu verlassen, als würde er zur Arbeit gehen, und nie wieder zurückzukommen! Er ist fast drei Monatsmieten im Rückstand und hat nicht die Absicht, sie zu begleichen. Aus diesem Dreckloch zu verschwinden wird ein Segen sein, denkt er, das heißt, wenn er nur aufwachen könnte.

Mr. Rice öffnet beunruhigt die Augen und sieht doppelt. Sein Kopf ist dick und schwer, zweifellos infolge von zuviel Brandy und billigem Sekt im »Tap and Spile« am Abend zuvor. Wieder öffnet er die Augen. Er sieht nicht mehr alles doppelt, sein Sehvermögen hat sich vervielfacht, er sieht hundert Bienenwabenbilder. Mr. Rice bewegt ein Bein, und etwas Dünnes, Schwarzes, Haariges fuchtelt vor seinen Augen herum. Seine Beine sind noch nie sehr männlich gewesen – aber doch nicht so armselig? Er versucht es mit dem anderen Bein – mit dem gleichen Ergebnis. Und dann kommen seine vier weiteren Beine an die Reihe.

Mr. Rice schreit, aber es ist ein lautloser Schrei – er hört nur ein übermächtiges Summen in seinem Kopf. Er sieht sich hundertmal im Spiegel – o nein ... das kann nicht sein ... das ist ein weiterer Alptraum, aus dem er gleich erwachen wird. Oder?

Er versucht sich zu bewegen. Der Schwerpunkt seines Körpers hat sich an eine andere Stelle verlagert. Es ist unmöglich, so viele Arme und Beine zu koordinieren, oder vielleicht sind es auch nur ... **Beine**. Er beschließt, es zu versuchen und aus dem Bett zu springen. Er konzentriert sich auf alle seine Beine, und eins-zwei-drei-Sprung! Und findet sich auf dem Fensterbrett wieder. Das Fenster steht offen, und es wäre durchaus möglich, denkt Mr. Rice, daß er sich durch die Öffnung quetschen könnte. Der Geruch von Mrs. Baxters Apfelmus, das auf dem Herd kocht, und der Haufen

Hundekot unten im Garten wirken auf Mr. Rice wie der Gesang der Sirenen, und summsummsummm schiebt er seinen dicken Körper durch das Fenster und breitet seine schillernden Flügel aus ...

Am nächsten Morgen stehe ich auf und ziehe die Vorhänge zurück in der vagen Erwartung, daß Mr. Rice seine Vorstellung bei Tageslicht fortsetzt. Aber er ist nicht da, statt seiner sehe ich im Morgennebel Mrs. Baxter auf der Wiese, die einen Korb mit *trompettes de mort* füllt. Sie trägt eine Strickjacke und einen alten wollenen Hut, der aussieht wie ein Teewärmer, und sie scheint uralt, eine alte Hühnerfrau, die Zaubermittel sammelt. Ich vermute, sie wird die Pilze zum Frühstück machen. Wie befriedigend wäre es doch, wenn die gebratenen Pilze tatsächlich Mr. Baxters Tod heraustrompeten würden. Mrs. Baxter und Audrey wären ohne ihn so viel besser dran. Vielleicht würde sich Audreys Stimmung aufhellen, und sie wäre wieder sie selbst. Wer immer das ist.

Ich rätsle, was ich über den Frühstücksspeck hinweg zu Mr. Rice sagen soll, aber mir werden diese Feinheiten der Etikette erspart, denn er erscheint nicht am Frühstückstisch, er taucht überhaupt nicht wieder auf.

»Der ist auf und davon«, schlußfolgert Vinny und blickt auf den Schutt, den er hinterlassen hat. Sie vertreibt eine Schmeißfliege. »Dieses Zeug vermehrt sich«, sagt sie, als sie stapelweise Magazine unter dem Bett findet.

Vinny verbrennt Mr. Rices Heftesammlung im Freien, wobei sie jedes Exemplar mit der hölzernen Zange anfaßt, mit der die Witwe Wäsche aus dem Kupferkessel geholt hat. Mr. Rices Magazine sind eine viel schmutzigere Wäsche als die, mit der Vinny und Debbie normalerweise zu tun haben. Wir sind verblüfft von Mr. Rices literarischem Geschmack. »Warum will sich jemand Fotos von Leuten in Ledermänteln und Gasmasken anschauen?« fragt Debbie. Ich kann es mir nicht vorstellen. »Armes altes Tantchen V«, sagt Debbie und lacht nicht sehr nett. »Verschwunden?« fragt Charles neugierig, aber Gordon versichert ihm, daß sich Mr. Rice nicht in Luft aufgelöst hat, sondern so viel Voraussicht hatte, seinen Anzug und seine Koffer mit den Mustern mitzunehmen. Vielleicht war das, was ich am Abend zuvor gesehen habe, so etwas wie ein Abschiedsgruß. »Ein verdammter vermaledeiter Scheißkerl«, sagt Vinny und wirft seine Kleider ins Feuer. »Ein richtiges Insekt«, faßt Debbie zusammen.

Eine Wolke gleichfarbigen Rauches steigt über der Hecke nebenan auf, wo ich Audrey vorfinde, die für Mrs. Baxter Laub verbrennt. Ihr Haar ist offen und wird von der Brise angehoben, und rotgoldene Strähnen hängen ihr wie ein Schleier vor dem Gesicht. »Wir wissen nichts«, sagt sie etwas rätselhaft, als sie mich sieht. Vielleicht meint sie die Biologieprüfung, durch die wir gerade gefallen sind.

Die Traurigkeit des Herbstes liegt in der Atmosphäre, der Geruch nach Holzfeuer und Erde und längst vergessenen Dingen. Der erste Schwarm Gänse (die Seelen der Toten) durchschneidet wie eine Schere die Luft über unseren Köpfen, sie fliegen zu ihrem Winterquartier nördlich von Boscrambe Woods. Das knarzende Geräusch, das sie machen, verursacht bei uns beiden einen Anfall von Melancholie. Dog hebt den Kopf, sieht zu, wie sie ihre schwarzen Flügelabdrücke am Himmel hinterlassen, und stößt ein kurzes trauriges Jaulen aus. »Da kommt der Winter«, sagt Audrey. In dieser Jahreszeit ist meine Mutter verschwunden, und manchmal scheint mir, daß im Herbst die ganze Welt zu einer Elegie für Eliza wird. Manchmal – wie gerade jetzt – überflutet mich ihr Verlust, mein Herz wird hart wie ein Stein, und etwas zieht an meinem Inneren wie der Sog der zurückweichenden Flut. Es ist, als wäre ich wieder ein Kind, ich spüre, wie mich ihre Abwesenheit lähmt, bis alle Gefühle auf ein Mantra reduziert sind: *Ich will meine Mutter. Ich will meine Mutter. Ich will meine Mutter.* Audrey seufzt tief, als ob sie mit mir fühlen würde. Obwohl sie in einen formlosen alten Mantel von Mrs. Baxter gewickelt ist, sieht man ihr an, daß sie ihre magere kindliche Figur verliert und aufblüht wie eine lange geschlossene Blume. Diese neue Fraulichkeit kann nicht Folge davon sein, daß sie mehr ißt, wenn überhaupt, dann ißt sie noch weniger, kleine Vogelportionen, an denen sie pflichtbewußt pickt, wenn jemand sie beobachtet.

Mrs. Baxter kocht in ihrer Küche einen Topf mit Pilzsuppe (»Daddys Leib- und Magenspeise«) und backt geschäftig einen Brombeer-Apfel-Kuchen mit Äpfeln von ihren Bäumen und den allerletzten Brombeeren vom Friedhof neben der Kirche, ohne sich Gedanken zu machen, wovon sich die Brombeeren wohl ernährt haben (Fleisch und Blut). Sie drängt mir eine braune Papiertüte mit Äpfeln auf, die ich mit nach Hause nehmen soll. »Für einen Eva-Pudding oder so.« Aber in unserem Haus gibt es keine Eva, die ihn machen würde.

Mrs. Baxter mischt Fett unter das Mehl, sie hebt es hoch in die Luft und läßt es dann wieder herabrieseln wie feinen weißen Schnee und sagt: »Audrey wird endlich etwas runder, findest du nicht auch?« Sie bearbeitet die Äpfel, schneidet die Vollmondscheiben in ein Dutzend Neumonde.

Auf Mrs. Baxters Gesicht ist ein riesiger blauer Fleck erblüht, wie ein prächtiger kleiner Regenbogen – violett, indigo, brombeerblau. »Ich Dummerchen«, sagt Mrs. Baxter, als sie bemerkt, daß ich sie ansehe, »ich bin über die Katze gestolpert und gegen die Anrichte gefallen.« Die gepflegte Schildpatt-Tabby der Baxters sitzt gleichgültig auf dem Fenstersims und beobachtet die Vögel, die im Vogelhäuschen Futter picken. Die Küchentür steht offen und läßt den hellblauen Oktobertag herein. Sithean wäre so ein wunderbarer Ort, wenn es Mr. Baxter nicht gäbe.

Mr. Baxter wird an Weihnachten frühpensioniert, wenn auch nicht auf eigenen Wunsch. In der Grundschule in der Ebereschenstraße gab es einen weitgehend unterdrückten Skandal wegen eines kleinen Jungen, der ins Krankenhaus mußte, nachdem er von Mr. Baxter routinemäßig bestraft worden war. Mr. Baxter ist wie ein überhitzter Boiler, und Mrs. Baxter verbringt viel Zeit damit, ihn abzukühlen. Als ob es sein Stichwort gewesen wäre, stürmt er in die Küche, zerstört die friedliche Stimmung, fragt Mrs. Baxter, was verdammt noch mal sie mit seiner Pfeife getan habe, stößt das Sieb mit den Brombeeren auf den Boden, und ich verabschiede mich eilig, für den Fall, daß er gleich explodieren wird.

»Da bist du ja«, sagt Debbie, als ich mit den Äpfeln hereinkomme. »Du bist es doch?«
»Wie bitte?« Wir spielen vermutlich wieder »Verlorene Identität«.

Vinny sitzt am Küchentisch und ißt einen Keks, während sie gleichzeitig eine Zigarette raucht. Sie betrachtet ein riesiges blutiges Ochsenherz, das auf einem weißen Emailteller mitten auf dem Tisch steht wie der Rest eines aztekischen Menschenopfers (ich könnte schwören, daß es noch immer schlägt). Ich nehme an, es handelt sich hierbei um unser Abendessen und nicht um die Überreste von Mr. Rice. Es ist vermutlich auch nicht Vinnys Herz – es ist zu groß, und ihre magere Brust scheint unversehrt.

Einer von Vinnys Untertanen – Pyewacket, ein zuvorkommender schwarzer Kater mit weißem Lätzchen, weißem Bauch und weißen Gamaschen – leckt sorgfältig das Herz ab, auf eine Weise, die merkwürdig liebevoll wirkt.

Der Kater versucht nicht, Milch aus der Untertasse zu trinken, die ebenfalls auf dem Tisch steht, was auch gut ist, denn in der Milch schwimmt zerkleinerter Fliegenpilz. »Bringt die Schmeißfliegen um«, erklärt Vinny, zieht heftig an einer Selbstgedrehten und stößt Rauch durch die Nase aus, so daß sie aussieht wie ein Dampf ausstoßender Drache.

Dog legt den Kopf auf Vinnys Knie und sabbert unbemerkt auf ihren Rock, seine Miene legt nahe, daß er seine Seele Vinny verschrieben hat (tatsächlich fragt er sich jedoch, ob sie nicht Kekskrümel fallen lassen wird).

Debbie ist zu beschäftigt, um diese Angriffe auf die Küchenhygiene wahrzunehmen. Sie steht an der Spüle und wäscht sich ein ums andere Mal die Hände, als ob sie gerade das Herz höchstpersönlich entfernt hätte. Sie ist ganz offensichtlich irre.

Tags zuvor traf ich sie im Wohnzimmer, wo sie den Kaminsims nicht aus den Augen ließ, um zu überprüfen, ob sich irgend etwas bewegte, wobei sie selbst augenscheinlich bewegungsunfähig war. »Wenn ich mich auch nur einen Augenblick lang umdrehe, sind sie weg«, sagte sie.

»Sie?«

»Die Kerzenständer.«

»Siehst du diesen Hund?« fragt sie jetzt, und ich folge ihrem Blick zu Gigi, der einen alten Hausschuh auf besonders psychopathische Weise zerfetzt.

»Ja, ich sehe ihn.«

»Er sieht aus wie Gigi, nicht wahr?«

»Ja«, stimme ich ihr zu. »Er sieht praktisch genauso aus.«

Debbie senkt die Stimme zu einem Flüstern und blickt sich höchst paranoid in der Küche um. »Aber er *ist* es *nicht*.«

»Nein?«

»Nein«, sagt sie und zerrt an meinem Ärmel, um mich aus Gigis Hörweite zu ziehen. Sie bringt ihr kleines Schweinsschnäuzchen näher an mein Ohr. »Es ist ein Roboter!«

Vinny schnaubt verächtlich, und Gigi antwortet mit einem Knurren, wobei er die Oberlippe zurückzieht und eine Reihe winziger verfärbter Haifischzähne entblößt. Pyewacket unterbricht die Huldigung des Ochsenherzens und betrachtet diese Entwicklung mit einigem Interesse.

Chaos, so vermute ich, wird demnächst wieder einmal in der Küche ausbrechen.

»Ein Roboter? Ein Roboter hat Gigis Platz eingenommen?«

»Ja.« Was für ein Stuß, wie Mrs. Baxter sagen würde, aber was kann man von einer Frau erwarten, die zusammen mit ihrem Pudel nur über eine einzige Gehirnzelle verfügt, die sie abwechselnd benutzen? Wer heute an der Reihe ist, kann man nur raten. Ich fasse Dog an seinem Halsband und führe ihn ihr vor wie ein Preisrichter bei einer Hundeschau. »Und was ist mit diesem Hund, ist er noch immer Dog – oder ist das auch ein Roboter?« Um ihr bei der Wahrheitsfindung zu helfen, durchläuft Dog sein beschränktes Repertoire an Gesichtsausdrücken (traurig, trauriger, tragisch), aber sie verweigert eine Antwort.

»Hast du mit Gordon darüber gesprochen?«

»Mit Gordon?« wiederholt sie und wirft mir einen ihrer irren Blicke zu. (O nein, bitte nicht auch er.) »Ja, Gordon.« Debbie kneift die Augen zu Schlitzen zusammen (falls das überhaupt möglich ist) und sieht weg, kaut auf ihrer Unterlippe und sagt schließlich: »Du meinst die Person, die vorgibt, Gordon zu sein.«

*

»Hör mal«, sage ich zu Gordon, als er von der Arbeit ins Haus trottet, ein Vorstadt-Atlas, auf dessen Schultern das ganze Gewicht von Arden lastet. »Hör mal, mit Debbie stimmt wirklich etwas nicht.«

»Ich weiß«, sagt er müde, »ich war schon beim Arzt mit ihr.«

»Und?«

Gordon zuckt ratlos die Schultern. »Er hat ihr Tabletten verschrieben und gesagt, daß ihre Nerven ausgefranst sind (ausgefranste Nerven, was für eine Vorstellung). Arme Debs«, fügt er trübselig hinzu, »alles wäre anders, wenn sie ein Baby hätte.«

Um sie darüber hinwegzutrösten, daß sie kein Baby hat, tut Gordon (die Person, die vorgibt, Gordon zu sein – wer weiß, womöglich hat sie recht, schließlich hatten auch Charles und ich unsere Zweifel) sein Bestes und führt sie zum Essen ins »Tap and Spile«.

Charles geht mit Dog spazieren, und Vinny und ich sehen uns *Coronation Street* an (Vinny ist Mitglied im Ena-Sharples-Fanclub). Während der Werbepause ist sie damit beschäftigt, den Zerfall ihrer Selbstgedrehten zu verhindern, ständig holt sie sich Tabakkrümel aus dem Mund, und dabei sieht sie aus wie eine Schildkröte, die versucht, braune Salatfetzen zu essen. Auch ein Stückchen Zigarettenpapier klebt ihr an der Lippe. Sie sollte wirklich wieder Woodbines rauchen.

»Es ist jemand an der Tür«, sagte Vinny, ohne vom Bildschirm wegzublicken.

Vinny ist mit Katzen bedeckt, wie in einem surrealistischen Film – drei liegen auf ihrem Schoß, eine ist um ihre Schultern drapiert, eine sitzt zu ihren Füßen. Ich rechne jeden Augenblick damit, daß eine weitere Katze es sich auf ihrem Kopf bequem macht. Sie könnte einen Pelzkragen aus den nächsten zwei Katzen machen, die sterben, das wäre mal was anderes. (Warum schlafen Katzen soviel? Vielleicht sind sie mit einer wichtigen kosmischen Aufgabe betraut, sind Teil eines wesentlichen Naturgesetzes – zum Beispiel: wenn zu irgendeinem Zeitpunkt weniger als fünf Millionen Katzen schlafen, hört die Welt auf, sich zu drehen. Wenn man sie also ansieht und denkt, was für *faule, nichtsnutzige Tiere* sie doch sind, täuscht man sich, denn in Wirklichkeit arbeiten sie sehr, sehr hart.)

Katzenfell-Vinny nimmt eine Gabel zum Brotrösten und sieht aus, als wollte sie Gigi damit aufspießen. »Es ist jemand an der Tür«, wiederholt sie ungeduldig.

»Ich hab' nichts gehört.«

»Das heißt nicht, daß nicht doch jemand da ist«, sagt sie. (Wurde auf diese Weise nicht Dog in die Geschichte eingeführt? Es ist wie ein Déjà-vu-Erlebnis, vermutlich ein weiterer beunruhigender Riß im Gewebe der Zeit.)

»Na gut, ich geh' ja schon«, sage ich, als sie die Gabel in meine Richtung zu schwenken beginnt.

Vorsichtig öffne ich die Hintertür, man weiß ja nie, wer draußen alles rumläuft – Halloween steht vor der Tür, und auch die Erinnerung an Mr. Rice ist noch lebhaft und keineswegs verblaßt. Fast erwarte ich, daß ein weiterer Hund auf der Türschwelle sitzt, in Arden herrscht ein ständiges Kommen und Gehen, die Türschwellen sind die Orte, wo die interessantesten Dinge passieren. Es ist jedoch kein Hund, es ist eine Pappschachtel. In der Pappschachtel liegt

EIN BABY!

Ich schließe die Augen, zähle bis zehn und öffne sie wieder. Es ist immer noch ein Baby. Das Baby schläft fest. Es ist sehr klein und offenbar sehr neu. Auf ein Stück liniertes Papier, das mit Tesafilm an die Schachtel geklebt ist, hat jemand (vermutlich nicht das Baby) in Großbuchstaben geschrieben:

BITTE KÜMMERT EUCH UM MICH

Ich bezweifle, daß diese Aufforderung an mich persönlich gerichtet ist, ich bin nicht gerade bekannt für mein Geschick, Babys zu hegen und zu pflegen, wir haben keine Erfahrung mit Babys in Arden, ich habe noch nie eins aus der Nähe gesehen.

Mein armes Herz flattert wie ein Vogel im Käfig, der Fund des Babys hat etwas freudig Erregendes – als ob man Fische im Fluß entdeckt (oder Füchse auf Wiesen oder Rehe im Wald), aber gleichzeitig hat der Fund des Babys etwas Furchterregendes (Tiger auf Bäumen, Schlangen im Gras). Und das Baby ist keine rätselhafte Fehllieferung des Babyladens, es bringt Mythos und Legende mit sich – Moses und Ödipus und der Wechselbalg der Elfen.

Vorsichtig hebe ich die ganze Schachtel auf, denn ich möchte das Baby nicht berühren, damit ich es nicht beschädige (oder vice versa).
»Schau«, sage ich zu Vinny und halte ihr die Schachtel zu Inspektionszwecken hin.
»Was immer es ist, wir wollen es nicht«, sagt sie und schiebt die Schachtel von sich.
»Nein, schau doch mal«, insistiere ich. Sie hebt eine Lasche der Schachtel hoch und öffnet ungläubig den Mund. »Was ist das?«
»Nach was sieht es denn aus?«
Vinny weicht vor der Schachtel zurück, so wie andere Menschen vor Nagetieren zurückweichen. »Ein Baby?«
»Ja.«
Sie schüttelt verblüfft den Kopf. »Warum?« Aber jetzt ist nicht der richtige Augenblick für existentielle Fragen, das Baby hat seine neuen Augen aufgemacht und angefangen zu plärren.
»Bring's weg«, sagt Vinny rasch. Ich stelle die Schachtel zwischen uns auf den Boden, damit wir uns langsam daran gewöhnen.

Charles kommt mit Dog zurück, und wir zeigen ihm das Baby, das nicht mehr schreit, sondern wieder schläft. Dog steckt seinen Kopf in die Schachtel und wedelt begeistert mit dem Schwanz, aber dann fängt er dummerweise an, das Baby abzulecken, und es wacht auf und beginnt wieder zu plärren. Vielleicht kann sich Dog um das Baby kümmern. »Wie Romulus und Remus«, sagt Charles. »Oder Peter Pan.« (Er muß es wissen, er ist selbst ein Verlorener Junge.) Das Geschrei des Babys hat ein kritisches Niveau erreicht, aber Dog hat das falsche Geschlecht und kann ihm keinen Beistand leisten.

Charles hebt das Baby aus der Schachtel, als wäre es eine nicht explodierte Bombe, und hält es mit ausgestreckten Armen von sich weg, so daß das Baby, in der Meinung, es würde von einer großen Höhe aus fallen gelassen, sein Geschrei ins Grauenerregende steigert. Dann versucht es Vinny, rüttelt es auf selbstbewußte Weise, lächelt es mit starr geöffnetem Mund an, aber das macht, wie zu erwarten war, alles nur noch schlimmer. Gott sei Dank kommen in diesem Augenblick Debbie und Gordon nach Hause, und nach ein paar Minuten vollkommener Ungläubigkeit, gefolgt von Hysterie und einer wütenden Diskussion, steht das Endergebnis fest: Debbie »wird das Kind behalten«.

»Du kannst es nicht *behalten*«, sagt Gordon entsetzt.

»Warum nicht?«

»Weil du es einfach nicht behalten kannst. Es ist nicht deins.« Debbie hält Gordon das linierte Papier unter die Nase.

»Und was *steht* da, Gordon?«

»Ich weiß, was da steht, Debs«, sagt er leise, »aber wir müssen das Baby zur Polizei bringen.«

»Und was werden sie damit machen? Es ins Waisenhaus stecken, das werden sie. Oder«, fügt sie böse hinzu, »ins Gefängnis. Niemand will dieses Baby, Gordon, und jemand bittet *uns*, daß wir uns darum kümmern. ›Bitte kümmert euch um mich‹ steht hier.«

»Und was wirst du den Leuten erzählen?« fragt Gordon ungläubig.

»Daß es meins ist.«

»Deins?« fragt Gordon.

»Ja, ich sage, daß es eine Hausgeburt war [was vermutlich stimmt]. Niemand wird was merken.« Debbie ist dick *genug*, daß sie tatsächlich unbemerkt ein Baby gekriegt haben könnte, und man hört immer mal wieder von Frauen, die unerwartet ein Kind auf die Welt bringen – im einen Augenblick stehen sie am Herd und kochen Milch, im nächsten sind sie Mutter. »Die Leute glauben alles, was man ihnen erzählt«, sagt Debbie. »Wir werden einfach sagen: ›Wir sind in der Vergangenheit so oft enttäuscht worden, daß wir nicht zuviel darüber sprechen und unser Glück aufs Spiel setzen wollten.‹ Und wir haben doch wirklich Glück gehabt«, fügt sie hinzu und fängt an, mit dem

Baby in Babysprache zu reden, und es ist so ein Gefasel, daß Vinny fluchtartig das Zimmer verläßt. Das Baby sieht aus, als würde es sich ebenfalls aus dem Staub machen, hätte es auch nur die geringste Chance. »Den Leuten ist es doch wirklich egal, Gordon«, sagt Debbie beleidigt, als er erneut Einwände erhebt, »niemand kümmert sich um das, was andere tun. Man kann einen Mord begehen, ohne daß es irgend jemand bemerkt.« Gordon zuckt zusammen und starrt das Baby an.

Ich vermute, daß die Sache in gewisser Weise einem Mord vergleichbar ist – auf jeden Mord, der entdeckt wird, kommen zwanzig, von denen die Welt nie erfährt. Dasselbe gilt wahrscheinlich für Babys, auf jedes Baby, von dem man weiß, daß es auf einer Türschwelle ausgesetzt wurde, kommen zwanzig, die stillschweigend mit den Milchflaschen ins Haus getragen werden.

»Er hat Hunger, das arme Kerlchen«, sagt Gordon, der sichtbar nachgiebiger wird.

»Es ist eine *Sie*, Dummkopf«, sagt Debbie (die jetzt in ihrem Element ist) und wickelt das Baby-Geschenk aus, um es Gordon zu zeigen, denn das Baby lag nicht nackt auf der Schwelle von Arden, sondern liebevoll eingewickelt in einen Schal so weiß wie Schnee und so voller Muscheln wie das Meer.

*

An der Photosynthese ist mehr dran, als einem beim ersten Blick ins Auge springt, nicht wahr? so denke ich, während ich morgens die Kastanienallee zur Bushaltestelle entlanggehe. Sie ist die grundlegende Alchimie allen Lebens – das Gold der Sonne verwandelt sich in das Grün des Lebens. Und wieder zurück – denn die Bäume in der Kastanienallee haben sich herbstlich golden verfärbt, ein Schatz aus Blättern schwebt auf die Gehsteige herab. Alles in der Welt scheint in der Lage, sich in etwas anderes zu verwandeln.

Und vielleicht gibt es kein Nirgendwo – sogar Luft ist *etwas*. (Zusammensetzung der Atmosphäre in den Straßen der Bäume: 78 Prozent Stickstoff, 21 Prozent Sauerstoff und 1 Prozent Spurenelemente – das Klagen der Todesfee, das Heulen der Wölfe, die Schreie der Verschwundenen.) Alles stirbt und wird in etwas anderes verwandelt – Staub, Asche, Humus, Nahrung für die Würmer. Nichts hört jemals wirklich auf zu existieren, es wird nur etwas anderes, damit es nicht für immer verloren ist. Alles, was stirbt, kehrt auf die eine oder andere Weise wieder zurück. Und vielleicht kommen Menschen als neue Menschen zurück – vielleicht ist das Baby die Reinkarnation von jemand anders?

Moleküle spalten sich und tun sich mit anderen Molekülen zusammen und werden etwas anderes. So etwas wie nichts gibt es nicht – außer es wäre die große Leere des Alls, und vielleicht gibt es sogar dort mehr Dinge, als es sich unsere Philosophie erträumt. (Nur weil man etwas nicht sehen kann, heißt das noch lange nicht, daß es nicht doch existiert.)

Vielleicht gibt es Moleküle der Zeit, von denen wir noch nichts wissen – unsichtbare, verdünnte Moleküle, die überhaupt nicht wie Tischtennisbälle aussehen –, und vielleicht können sich die Zeitmoleküle neu zusammensetzen und uns in jede Richtung schicken, in die Vergangenheit, in die Zukunft, vielleicht sogar in eine parallele Gegenwart.

Eunice wartet an der Ecke auf mich, blickt demonstrativ auf die Uhr – die übliche pantomimische Einlage pünktlicher Menschen, die ihren unpünktlichen Freunden die eigene moralische Überlegenheit vorführen wollen (wieviel einfacher wäre es doch, wenn die pünktlichen Menschen einfach zu spät kommen würden). Die Uhren wurden kürzlich umgestellt, einen Tag zu spät in unserem ineffizienten Haushalt, in dem man nie weiß, ob die Zeit sich vorwärts oder rückwärts bewegt.»Im Frühjahr vor, im Herbst zurück«, leiert Eunice herunter.»Um Tageslicht zu sparen.« Was für eine erstaunliche Vorstellung. (Wenn man das wirklich könnte, wo würde man es aufbewahren? Zusammen mit der gefundenen Zeit? Bei der gesparten Zeit? In einer Schatztruhe oder einem Loch in der Erde?)

»Du kommst zu spät«, sagt Eunice.

»Lieber spät als nie«, erwidere ich gereizt. Audrey wartet bereits an der Bushaltestelle. »Schau«, sage ich zu ihr, als ich ein rotes Eichhörnchen sehe, das Hals über Kopf eine massive Platane hinaufrennt, und Eunice sieht sich prompt veranlaßt, uns in allen Einzelheiten zu erklären, warum das unmöglich ist, da es in Glebelands keine roten Eichhörnchen gibt. (Vielleicht ist es Ratatosk, der die große Esche Yggdrasil hinauf- und hinunterrennt?)

Eunice stürzt sich in einen Vortrag über die Unterschiede zwischen roten und grauen Eichhörnchen, als Audrey gedankenverloren sagt: »Es ist also nicht nur der Unterschied zwischen rot und grau?«

Ich sehe ein rotgoldenes Blatt heruntersegeln und in Audreys Haar steckenbleiben. Das verursacht mir ein komisches Gefühl in der Magengrube. Ich muß etwas zu Audrey sagen. Ich muß etwas über das Baby sagen, über den Muschelschal, den Debbie sofort unserer Abfallbeseitigung (Vinny) zur Verbrennung übergab und den gesehen zu haben mein Gedächtnis jetzt in Frage stellt. (»Was ist aus dem wunderschönen Schal geworden, den Sie für Ihre Nichte in Südafrika gestrickt haben?« frage ich Mrs. Baxter beiläufig. »Ach, der ist fertig«, sagt sie und freut sich, daß ich mich daran erinnere, »und mit der Post unterwegs.« Da haben wir's.)

»Da kommt der Bus«, verkündet Eunice, als ob wir den roten Doppeldeckerbus nicht selbst sehen würden, wie er die Platanenstraße entlangzuckelt und auf unsere Haltestelle zu – seinem letzten Außenposten, bevor er umkehrt und in die Stadt zurückfährt.

Und dann muß ich mit ansehen, wie er vor meinen Augen verschwindet.

»Einen Augenblick«, sage ich und drehe mich verdutzt Audrey zu, um herauszufinden, ob auch sie diesen außergewöhnlichen Zaubertrick gesehen hat, aber siehe da, auch sie ist verschwunden. Eunice ebenfalls. Und die Bushaltestelle und die Gehsteige, Häuser, Bäume, Antennen, Dächer ... die Vergangenheit ist wieder in die Gegenwart gekracht, ohne um Erlaubnis zu fragen.

Ich stehe mitten in einem undurchdringlichen Dickicht aus Kiefern, Birken, Espen, Feldulmen und Bergulmen, Haselnußsträuchern, Eichen und Stechpalmen, als wäre ich mitten in einem grünen Ozean gelandet. Vielleicht ist es aber auch nicht die Vergangenheit – statt einer Zeitreise habe ich vielleicht bloß eine normale Reise gemacht, bin von einer riesigen unsichtbaren Hand aufgegriffen und mitten in einem großen Urwald abgesetzt worden. Aber es fühlt sich an wie die Vergangenheit, es fühlt sich an, als wären die Uhren zum Beginn der Zeit zurückgestellt worden, zu der Zeit, als es im Land noch Magie gab. Andererseits kann ich nicht weiter als zwölf Millionen Jahre zurückgereist sein, ein, zwei Sekunden hin oder her, falls Miss Thompsetts Geschichte der Photosynthese korrekt ist. *(Die meisten Bäume, die wir heute kennen, existierten bereits vor zwölf Millionen Jahren.)*

Ich hebe ein Blattskelett auf. Auch in der Vergangenheit ist es Herbst. In meiner Nase habe ich den schimmligen Pilzgeruch des Verfalls. Eine dunkle Decke aus grünem Efeu bedeckt den Boden. Es ist unglaublich still, das einzige Geräusch ist Vogelgezwitscher. Sogar die lieblichen Vögel, die in den Bäumen versteckt singen, tragen zur friedlichen Atmosphäre in der großen Kathedrale aus Wald bei. Vielleicht bin ich nicht am Anfang der Zeit, sondern an ihrem Ende, wenn alle Menschen verschwunden sind und der Wald die Erde zurückerobert hat.

Mir gefällt es hier, es ist erholsamer als in der Gegenwart, wo immer die ist. Ich werde Nüsse und Beeren sammeln und mir ein Nest in einem hohlen Baum bauen und in meinem großen waldigen Zuhause so flink werden wie ein Eichhörnchen. Hat dieser Wald ein Ende, hat er eindeutige Grenzen, wo die Bäume aufhören, oder geht er endlos weiter, windet sich wie ein Schal aus Laub um die ganze Erde und macht aus dem großen Globus eine Unendlichkeit?

Aber dann werde ich leider aus meinem neuen Eden herausgerissen vom Bus Nummer 21, der durch den Urwald rast, daß es kracht und Äste splittern und Laub durch die Luft wirbelt. Der Bus rollt auf mich zu und hält an. Der alte Wald ist verschwunden. Ich stehe wieder an der Bushaltestelle.

»Izzie?« fragt Audrey und steigt in den Bus. »Komm.« Ich steige ebenfalls ein, höre, wie der Schaffner die Glocke läutet und der Motor laut aufheult und entbiete seufzend mein Fahrgeld. Wie phlegmatisch ich bin angesichts der sich auflösenden Zeit.

Ich blicke zu Audrey, die neben mir sitzt und die französische Grammatik studiert, und sage nichts. Wir alle haben vermutlich unsere kleinen Geheimnisse.

Warum falle ich in willkürliche Zeitnischen und schieße dann wieder heraus? Tue ich das wirklich, oder bilde ich mir nur ein, daß ich es tue? Handelt es sich um eine Art epistemologisches Martyrium, das ich durchleben muß? Ich hätte nie versuchen sollen, die Zeit totzuschlagen. Ich habe sie verschwendet, und jetzt zehrt sie mich auf.

Es wäre von großem Nutzen, wenn ich mehr Kontrolle darüber hätte – ich könnte mich zurückversetzen und mein ganzes Geld auf den Gewinner des Drei-Uhr-Rennens von Sandown wetten oder die elektrische Glühbirne patentieren lassen oder mir irgendeine andere der üblichen Phantasien von Möchtegern-Zeitreisenden erfüllen. Oder – noch aufregender – ich könnte zurückgehen und meine Mutter treffen. (»Du könntest sie jetzt treffen, wenn du ihre Adresse hättest«, sagt Debbie ziemlich sarkastisch.) Ich befingere das Blattskelett in meiner

Hand – vor Gericht hätte es wenig Beweiskraft, es sieht genauso aus wie ein Blattskelett, das ich vor einer Minute in den Straßen der Bäume hätte aufheben können.

*

Es ist Halloween, und Carmen sitzt auf meinem Bett und lackiert sich die Zehennägel in einem grellen Farbton namens »Gefrorene Weintraube«, und anschließend sehen ihre Füße aus, als hätte ihr jemand die Zehennägel mit einer Beißzange gezogen. Dog liegt ausgestreckt am Boden und versucht, Eunice zu ignorieren, die die Evolution vom Wolf zum Haushund erklärt. »Schaut euch seinen Schwanz an«, sagt sie und hebt zu Anschauungszwecken Dogs dünnen Schwanz an, den er ihr erschrocken sofort wieder entzieht.

Nachdem sie ihre Zehennägel zu Ende gefoltert hat, nimmt Carmen sich meiner an, eine Aufgabe, die erschwert wird durch die Tatsache, daß sich die einzige Lichtquelle des Zimmers, eine Kerze, hinter den Augen und dem schaurigen Grinsen einer Kürbislaterne befindet, die auf dem Fenstersims steht, um den Toten den Weg ins Haus zu zeigen.

Carmen ist vollauf damit beschäftigt, ihre Hochzeit mit Bash vorzubereiten. »Meinst du nicht, daß du noch ein bißchen warten solltest?« frage ich zweifelnd.

»Ach, komm schon – ich bin sechzehn und kein *Kind* mehr«, sagt Carmen und schiebt einen riesigen Dauerlutscher von einer Backe in die andere. Wann werde auch ich jemanden finden, der soviel von mir hält, daß er mich zu Gaumont in der King Street führt, ganz zu schweigen davon, daß er mich heiratet? »Ach, das wird dir eines Tages schon passieren«, sagt Carmen leichthin. »Allen ergeht es so – du verliebst dich, du heiratest, du kriegst Kinder, so ist das nun mal – irgend jemand wird schon auftauchen.«

(»Ach, eines Tages«, sagt Mrs. Baxter mit ebensolcher Gewißheit,« wird dein Prinz kommen [fast fängt sie an zu singen], und du wirst dich in ihn verlieben und glücklich werden.« Was, wenn der Prinz, der kommt, aussieht wie Mr. Baxter, ganz rostige Rüstung und Visier mit Atemlöchern?) Aber niemand wird mich je wollen, sobald er herausgefunden hat, wie verrückt ich bin. Außerdem will ich nicht »irgend jemanden«. Ich will Malcolm Lovat.

Wie soll ich Hilary umbringen? Mit Fliegenpilz? Aconitin beiläufig aus einem Ring an meinem Finger gleiten lassen? Oder ihr den Schädel einschlagen wie einem gekochten Ei oder einer Buchecker? Oder noch besser, ich nehme sie mit, wenn ich das nächste Mal durch die Zeit fliege und werfe sie in der Prä-Haarwaschmittel-Vergangenheit ab, zum Beispiel in der Mongolei des zwölften Jahrhunderts. Das wäre ihr eine Lehre.

»Was finden Jungs an Hilary?« fragt Eunice wegwerfend. »Na gut, sie hat langes blondes Haar und große blaue Augen und eine perfekte Figur – aber was hat sie sonst noch zu bieten?« (Eunice ist wütend auf Hilary, weil sie in der Chemieprüfung besser abgeschnitten hat.)

»Hmm? Was sonst?« Carmen erklärt ihr geduldig, daß das für die meisten Jungen genug ist. Sie kramt in ihrer Handtasche nach einer Zehner-Schachtel Player's No 6 und verstreut die Zigaretten auf meinem Bett. »Na los«, drängt sie Eunice, »es wird dich schon nicht umbringen.«

Wir ziehen an unseren Zigaretten. Carmen schafft es zudem, sich ein mehr elliptisches als rundes Pfefferminzbonbon in den Mund zu stopfen (wenn ihr Mund länger als eine Minute nichts zu tun hätte, würde sie vielleicht sterben). Audrey ist wie gewöhnlich nicht da. »Was ist mit Audrey los?« fragt Carmen.

»Sie hat wieder die Grippe.«

»Nein, ich meine, was ist wirklich los mit ihr?« Irgendwo in der Tiefe des Hauses weint das Baby. »Wie kommt sie damit zurecht?« fragt Carmen und nickt mit dem Kopf in die Richtung, von der ich vermute, daß sie Debbie vermutet.

»Tja ... schwer zu erklären. Sie ist irgendwie leicht bekloppt.«

»Das war bei meiner Mutter genauso, als sie uns gekriegt hat«, sagt Carmen. »Es vergeht wieder. Frauengeschichten«, fügt sie mit einem wissenden Seufzer hinzu. Ich glaube nicht, daß sich Debbies Bekloppheit wieder legen wird, das Baby ist jetzt die einzige Person in ihrer unmittelbaren Familie, von der sie nicht glaubt, daß sie durch eine präzise Kopie ihrer selbst ersetzt wurde. Die Schreie des Babys werden lauter (in gewisser Hinsicht erinnern sie mich an Vinny), und plötzlich zieht der Duft der Traurigkeit an mir vorüber wie ein kalter Luftzug, und ich fröstele.

»Du hast eine Gänsehaut, als ob jemand über dein Grab gegangen wäre«, sagt Carmen mitfühlend.

»Das ist lächerlich, so etwas zu sagen«, sagt Eunice (Eunice wäre glücklicher, wenn Worte durch chemische Formeln und algebraische Gleichungen ersetzt werden könnten). »Du müßtest tot sein, um in deinem Grab zu liegen, aber du sitzt hier quicklebendig in der Gegenwart.«

»Die lebenden Toten«, sagt Carmen fröhlich und stopft sich Zitronenbonbons in den Mund. Vielleicht sind wir alle lebende Tote, neu zusammengesetzt aus dem Staub der Toten, wie Sandkuchen. Die Schreie des Babys regen meinen unsichtbaren Geist auf, und er flackert und schimmert auf der spirituellen Wellenlänge wie eine unsichtbare Aurora borealis. »Was ist das für ein merkwürdiger Geruch?« (Das Gespenst der Gesundheit? Oder ein verdammter Kobold?) fragt Carmen und schnüffelt mißtrauisch.

»Nur mein Geist.«

»Geister«, höhnt Eunice, »die gibt es nicht, das ist eine vollkommen irrationale Angst. Phasmophobie.«

Aber ich habe keine Angst vor meinem Geist. Er – oder sie – ist wie ein alter Freund, ein bequemer Schuh. Phasmophilie.

»Das klingt einfach ekelhaft«, sagt Eunice und zieht ein Gesicht, das sie nicht gerade attraktiver macht.

Nachdem sie gegangen sind, schalte ich das Licht ein und mache mich an meine Lateinhausaufgabe. Ich liege auf dem Bett, höre nebenbei Radio Luxemburg auf dem kleinen Phillips-Transistorradio, das mir Charles netterweise zum Geburtstag gekauft hat, mit Mitarbeiterrabatt.

Leider ist die Botschaft auf den Ätherwellen denkbar melancholisch – Ritchie Valens erzählt Laura, daß er sie liebt, Elvis Presley fragt mich, ob ich heute abend einsam bin (ja, ja,), und Roy Orbison erklärt, daß nur die Einsamen wissen, wie er sich fühlt (ich weiß es, ich weiß es). Ich rolle auf den Rücken und starre auf die Risse in der Decke. Mir scheint, ich bin aus rein melancholischem Holz geschnitzt. Ich hab' Phantome satt, wirklich, ich hab' sie satt.

Ich muß Ovid übersetzen. In den *Metamorphosen* kann man sich kaum bewegen vor lauter Leuten, die sich in Schwäne, Färsen, Bären, Wassermolche, Spinnen, Fledermäuse, Vögel, Sterne, Rebhühner und Wasser verwandeln, jede Menge Wasser. Das ist das Problem, wenn man gottgleiche Macht besitzt, man ist ständig versucht, sie zu gebrauchen. Wenn ich metamorphische Macht besäße, würde ich sie bei jeder Gelegenheit einsetzen – Debbie wäre längst in einen Esel verwandelt, und Hilary würde als Frosch herumhüpfen.

Und ich, ich bin eine Tochter der Sonne, die der Kummer in etwas Merkwürdiges verwandelt hat. Als Hausaufgabe muß ich die Geschichte von Phaethons Schwestern übersetzen, eine Geschichte voll grüner Knospen und Blätter. Phaethons Schwestern, die so sehr um ihren verkohlten Bruder trauerten, daß sie in Bäume verwandelt wurden – man stelle sich ihre Gefühle vor, als sie merkten, daß ihre Füße fest in der Erde steckten und, noch während sie hinsahen, zu Wurzeln wurden. Als sie sich das Haar rauften, waren ihre Hände nicht voller Haare, sondern voller Laub. Ihre Beine waren gefangen in Baumstämmen, ihre Arme bildeten Äste, und sie sahen mit Entsetzen zu, wie Rinde über ihre Brüste und Bäuche kroch. Klymene, ihre arme Mutter, versuchte hektisch, die Rinde von ihren Töchtern zu reißen, aber statt dessen brach sie ihre dünnen Zweige ab, und ihre Baumtöchter schrien auf vor Schmerz und Schrecken und baten sie, ihnen nicht mehr weh zu tun.

Dann kroch die Rinde langsam, langsam über ihre Gesichter, bis nur noch ihre Münder übrig waren, und ihre Mutter lief von einer Tochter zur anderen und küßte sie in heller Aufregung. Und schließlich sagten sie ihrer Mutter ein letztes schreckliches Mal Lebewohl, bevor sich die Rinde für immer über ihren Mündern schloß. Auch als sie in Bäume verwandelt waren, hörten sie nicht auf zu weinen, ihre Tränen fielen in den Fluß, der zu ihren Füßen floß, und bildeten dort Tropfen sonnenfarbenen Bernsteins.

(»Eine ziemlich gefühlvolle Übersetzung, Isobel«, lautet für gewöhnlich das Urteil meiner Lateinlehrerin.) Nur die Einsamen wissen, wie ich mich fühle.

Werde ich jemals glücklich sein? Wahrscheinlich nicht. Werde ich jemals Malcolm Lovat küssen? Wahrscheinlich nicht. Ich kenne diesen Katechismus, er führt in den Morast der Verzweiflung und zu einer schlaflosen Nacht.

Die toten erloschenen Augen der Kürbislaterne starren mich in der Dunkelheit an, während ich versuche einzuschlafen.

Die Toten werden jetzt draußen herumwandern, für ihren jährlichen Besuch durch den Schleier zwischen der anderen und unserer Welt treten. Vielleicht ist die Witwe unten und fordert von Vinny ihr Bett zurück. Vielleicht miauen und schnurren die toten Katzen auf dem Teppich vor dem Kamin, und möglicherweise gleitet Lady Fairfax mit dem Kopf unter dem Arm die Treppe hinauf und hinunter, wie eine Witzfigur aus dem Varieté.

Wo ist Malcolm? Warum klopft statt des kalten harten Regens nicht er an mein Fenster? Wo ist meine Mutter? Ich schlafe ein mit dem Geruch von Holzrauch in meinem Haar, und der Duft der Traurigkeit windet sich um mich wie eine Kletterpflanze, und ich träume, daß ich mich in einem endlosen dunklen Wald verirrt habe, allein und ohne Retter, und nicht einmal Vergil kommt, um mir zur Strafe eine Pauschalreise in die Hölle anzubieten.

VERGANGENHEIT

Zurückgebliebene Menschen

*I*sobel war sich sicher, daß jemand gerade ihren Namen gerufen hatte, das Echo hing noch unsichtbar im grauen Licht, und sie zwickte Charles ins Ohr, um ihn aufzuwecken. Jemand rief tatsächlich ihre Namen, die Stimme kam von weit her und klang heiser. Charles stand auf und drückte sich die Schirmmütze auf den Kopf. »Es ist Daddy«, sagte er. Charles sah mitgenommen aus, als wäre er seit dem Vortag innerlich mehrere Jahrzehnte gealtert. Die Stimme näherte sich, war bald so nahe, daß sie in die Richtung gehen konnten, aus der sie kam. Und dann, plötzlich, als wäre er hinter dem Baum hervorgetreten, hinter dem er sich die ganze Zeit über versteckt hatte, war er da, war Gordon da.

Er fiel auf die Knie, sein Körper knickte ein vor Erleichterung, und Isobel stolperte in seine Arme und brach in Tränen aus, Charles jedoch hielt sich zurück, sah mit leerem Blick zu, als hielte er Gordon für eine weitere Wald-Fata-Morgana. Einen Zaubertrick.

»Komm her, alter Knabe«, drängte Gordon ihn leise und streckte Charles eine Hand entgegen, bis Charles endlich gegen die väterliche Gabardine-Brust fiel und zu schluchzen begann – es waren tiefe, scheußliche Schluchzer, die seinen kleinen Körper erschütterten. Gordon legte die Wange an Isobels Locken, so daß sie ein weiteres schrecklich sentimentales Tableau bildeten (»*Wo bist du gewesen, liebster Vater?*« vielleicht). Gordon starrte auf einen Baum vor sich, als hätte er nicht einen Baum, sondern einen Galgen vor Augen. »Wir müssen gehen«, sagte Gordon schließlich. Charles schniefte und wischte sich die Nase am Ärmel ab. »Wir müssen Mummy helfen«, sagte er, die Dringlichkeit seiner Aussage unterstrichen von einem kläglichen Schluckauf. Gordon nahm Isobel auf den Arm und trug sie, an seine Brust gepreßt, an der anderen Hand führte er Charles. »Mit Mummy ist alles in Ordnung«, sagte er, und bevor Charles protestieren konnte, sahen sie Vinny vor sich – Vinny, die sie beide vollkommen vergessen hatten, seitdem sie losgezogen war, um Ihr-wißt-schon zu machen. Sie saß auf einem moosbewachsenen Baumstumpf, den Kopf in den Händen vergraben. Sie sah dunkel und knorrig aus wie ein uraltes Waldwesen. Aber als sie aufstand, ohne Isobel oder Charles einer Begrüßung zu würdigen, sahen sie, daß sie die alte Vinny war und nicht irgendein mythisches Geschöpf. »Da bist du ja«, sagte Gordon, als wäre er gerade im Garten hinter dem Haus auf sie gestoßen, und sie – die offenbar der gleichen Illusion unterlag – entgegnete: »Du hast dir aber Zeit gelassen.« Ihre dicken braunen Strümpfe waren zerrissen, und auf ihrer Nase war ein Kratzer. Vielleicht war sie von einem wilden Tier angefallen worden.

Das vertraute Innere des schwarzen Wagens machte sie ganz schwach vor Glück. Tief atmeten sie die Droge der Ledersitze ein, Isobel dachte, sie würde jeden Augenblick vor Hunger sterben, dachte, daß sie vielleicht das Sitzleder essen sollte, und Charles dachte vielleicht dasselbe, während er mit den Händen über das Leder des Rücksitzes fuhr, als wäre es die Haut eines noch lebenden Tieres. Ihre Füße baumelten über dem Boden, ihre Socken waren schmutzig, ihre Beine mit Kratzern überzogen. »Mummy«, erinnerte Charles Gordon, der ihm im Rückspiegel verkrampft zulächelte, um ihn zu beruhigen. »Mummy geht es gut«, sagte er und trat aufs Gaspedal.

Sie verstanden nicht, wie es ihr gutgehen konnte, es ging ihr nicht gut, als sie sie zum letztenmal gesehen hatten. Wo war sie jetzt? »Wo ist Mummy?« fragte Charles weinerlich. Gordons Augenlider zitterten leicht, und er blinkte und bog plötzlich nach rechts ab, anstatt zu antworten. »Im Krankenhaus«, sagte er, nachdem sie eine Weile die neue Straße entlanggefahren waren. »Sie ist im Krankenhaus, dort wird sie wieder gesund werden.«

Vinny, die im Beifahrersitz kollabiert war und aussah, als bräuchte sie eine Bluttransfusion, erwachte einen Augenblick lang wieder zum Leben und sagte ziemlich benommen, »Macht euch wegen ihr keine Sorgen«, und dann lachte sie grimmig auf. »Endlich sitze ich vorne«, fügte sie seufzend hinzu und schloß die Augen.

Charles holte Elizas Schuh aus der Tasche, in der er seit dem Vorabend steckte, und reichte ihn wortlos Gordon, der ihn fallen ließ und beinahe die Kontrolle über den Wagen verlor. Vinny wachte auf, griff nach dem Schuh und stopfte ihn in ihre Handtasche. Mittlerweile stand der Absatz ab wie ein Zahn, der demnächst ausfallen würde.

»Fahren wir nach Hause?« fragte Charles nach einer Weile.

»Nach Hause?« wiederholte Gordon zweifelnd, als wäre das der letzte Ort, an den er gedacht hatte. Er blickte zu Vinny, als ob er ihre Meinung herausfinden wollte, aber sie war eingeschlafen und schnarchte erleichtert. Und so sagte Gordon mit einem von Herzen kommenden Seufzer: »Ja, wir müssen nach Hause.«

In Arden machte ihnen die Witwe Porridge und Eier mit Speck, bevor sie sie ins Bett brachte. »Der verurteilte Mann nahm ein herzhaftes Frühstück zu sich«, sagte Gordon und starrte düster auf den Speck und die Eier. Er schnitt seinen Speck in schmale

Streifen und sah sie lange Zeit an, bevor er einen davon in den Mund nahm, als wäre er ein zerbrechliches Ding, das er beschädigen könnte, wenn er es zu fest kaute. Nach erheblicher Anstrengung gelang es ihm, das Stück zu schlucken, und dann legte er Messer und Gabel beiseite, als würde er nie wieder etwas essen. Vinny hatte diese Probleme nicht und aß ihr ganzes Frühstück auf, als wäre eine Nacht im Wald genau das Richtige, um den Appetit anzuregen.

Die Witwe weckte sie aus einem traumlosen morgendlichen Schlaf und servierte ihnen das Mittagessen im Bett, als wären sie Invaliden. Sie aßen Schinkenbrote und die letzten Tomaten aus dem Gewächshaus und Zitronenkuchen, und dann schliefen sie wieder ein und bemerkten nicht, wie die Witwe kam und die Tabletts holte.

Zum Abendessen weckte sie sie erneut, und sie gingen hinunter und aßen gekochte Eier und große Mengen Toast, gefolgt von den Resten eines Apfelkuchens. Vielleicht würde ihr Leben von nun an so aussehen – essen, schlafen, essen, schlafen –, es war auf jeden Fall eine Lebensweise, die die Billigung der Witwe fand.

Gordon, Vinny und die Witwe saßen bei ihnen am Tisch, aßen jedoch nichts. Die Witwe schenkte immer wieder Tee – von der Farbe frischer Rotbuchenblätter – aus der großen Chromkanne mit dem gestrickten gelb-grünen Teewärmer nach. Ihre Eier steckten in dazu passenden gelb-grünen Jäckchen, als hätte die Teekanne sie eben ausgebrütet. Vinny nippte geziert an ihrem Tee, den kleinen Finger abgespreizt. Die Witwe ließ Charles und Isobel nicht aus den Augen, alles, was sie taten, schien von größtem Interesse für sie zu sein.

Charles nahm den Eierwärmer von seinem Ei und schlug vorsichtig mit seinem Teelöffel auf den abgerundeten Schädel ein, bis er mit Sprüngen überzogen war wie altes Porzellan. Gordon, der ihm aufmerksam zusah, gab einen komischen laut von sich, als würde die Luft aus seiner Lunge gepreßt, und die Witwe sagte »Hör auf damit!« zu Charles und beugte sich vor und schnitt für ihn die Kuppe des Eis ab. Das gleiche machte sie mit Isobels Ei, und dann befahl sie: »Iß!« Und gehorsam tauchte Isobel ein Stück Toast in das Ei mit dem orangefarbenen Auge.

Die Stille, die ausnahmsweise herrschte, war erstaunlich – keine Kopfnüsse von Vinny, keine hochmütigen Bemerkungen seitens der Witwe. Zu hören war nur, wie Charles seinen Toast kaute, und das merkwürdige glucksende Geräusch, wenn Vinny einen Schluck Tee trank. Gordon starrte auf das Tischtuch, abgetaucht in ein Verlies dunkler Gedanken. Gelegentlich blickte er auf zu den dicken Baumwollstores am Erkerfenster, als würde er darauf warten, daß jemand dahinter hervortrat. Eliza vielleicht. Aber nein – Eliza war im Krankenhaus, bestätigte die Witwe. Vinny züngelte wie eine Schlange, wann immer Elizas Name fiel. Weder Gordon noch Vinny, noch die Witwe wollten über Eliza reden. Es schien, als wollte niemand über irgend etwas reden.

Aber was war bloß geschehen? Alles, was gestern noch so klar gewesen war – der Wald, die Angst, die Verlassenheit –, schien sich ihnen heute zu entziehen, als ob der Nebel, der sie letzte Nacht eingehüllt hatte, auf unsichtbare Weise immer noch präsent wäre. Charles klammerte sich an die eine Sache, deren sie sich sicher waren – die Abwesenheit Elizas. »Wann können wir Mummy sehen?« fragte er beharrlich, seine Stimme schrill vor Unglück. »Bald«, sagte die Witwe, »denke ich.« Gordon legte die Hand über die Augen, als könnte er den Anblick des Tischtuchs nicht länger ertragen.

Als ob sie ihm helfen wollte, stellte Vinny das Geschirr auf ein großes hölzernes Tablett. Vera war »ein paar Tage freigegeben« worden, sagte die Witwe, und Vinny jaulte auf. »Also, hoffentlich glaubst du nicht, daß ich ihren Platz einnehmen werde.« Und um zu beweisen, was für ein schlechtes Dienstmädchen sie abgeben würde, schaffte sie es, das Tablett mit dem Porzellan fallen zu lassen, bevor sie an der Tür war. Gordon blickte nicht einmal auf.

Bevor sie zum dritten- und letztenmal an diesem Tag ins Bett gingen, kamen sie in ihren Schlafanzügen herunter, um gute Nacht zu sagen. Die Witwe gab ihnen Milch und Verdauungskekse mit nach oben, und als Gegenleistung teilten sie Gutenachtküsse aus – wie kleine Vögel pickten sie an Vinnys und der Witwe Backe, beide wären mit größeren Beweisen der Zuneigung nicht fertig geworden. Die Witwe roch nach Lavendelwasser, Vinny nach Teerseife und Kohl. Gordon nahm sie nacheinander in die Arme, drückte sie fest, zu fest, so daß sie sich am liebsten gewehrt hätten, aber sie taten es nicht. Er flüsterte: »Ihr wißt gar nicht, wie sehr ich euch liebe.« Dabei kitzelte sein Schnurrbart ihre Ohren.

Einen Augenblick lang glaubte Isobel, sie wäre wieder in Boscrambe Woods. Aber dann sah sie, daß sie in ihrem eigenen Bett aufgewacht war und daß der Irre, der im Halbdunkel wie ein stummer Geisteskranker weit ausholende Gesten machte, Charles war, der ihr bedeutete, ihm zum Treppenabsatz im ersten Stock zu folgen.

Ein Stab aus Licht fiel durch den Spalt im Vorhang, und sie hörten das vertraute *Brumm-brumm-brumm* des schwarzen Wagens. Hinter dem Vorhang beobachteten sie die Szene, die sich unten abspielte. Gordon (Gabardine-Kragen hochgestellt, Hutkrempe heruntergezogen – wie ein Bösewicht) stand neben der offenen Wagentür und sagte etwas zur Witwe, das sie leise aufschreien und sich an sein Revers klammern ließ, so daß Vinny sie von ihm loseisen mußte. Dann stieg Gordon ins Auto, schlug die Tür zu und fuhr, ohne sich umzublicken, aus der Weißdorngasse.

Derselbe dicke Laternenmond, der sie vor erst vierundzwanzig Stunden durch den Wald geleitet hatte, hing jetzt über den schwarzen Straßen der Bäume. Am Ende der Kastanienallee sahen sie den Wagen anhalten, als könnte er sich nicht entscheiden, ob er nach links in den Stechpalmenweg oder nach rechts in die Platanenstraße einbiegen sollte. Dann traf der schwarze Wagen eine Entscheidung und fuhr nach links, Richtung Norden, und plötzlich waren seine Rücklichter in der Nacht verschwunden.

Am nächsten Morgen beim Frühstück war Vinny immer noch da, säbelte dicke Scheiben vom Brot ab, bestrich sie mit Marmelade und sagte: »Ich werde eine Weile hier bei euch wohnen und mich um euch kümmern.« Sie wartete darauf, daß sie auf diese Neuigkeit reagierten, aber sie erwiderten nichts, weil die Witwe ihnen immer sagte: »Wenn euch nichts Nettes einfällt, dann sagt überhaupt nichts.«

»Euer Daddy mußte aus geschäftlichen Gründen weg«, fuhr Vinny fort und sah sie nacheinander an, erst den einen, dann die andere, als würde sie ihre Gesichter nach Anzeichen der Ungläubigkeit absuchen.

Die Witwe betrat das Eßzimmer und setzte sich an den Frühstückstisch. »Euer Daddy mußte weg«, sagte sie heiser und tupfte sich die Augen mit einem Taschentuch ab, das mit einem extravaganten Monogramm bestickt war (nicht mit einem »W« für Witwe, sondern mit einem »C« für Charlotte), und das erinnerte Isobel plötzlich an etwas. Sie fiel fast vom Stuhl, so eilig stand sie vom Tisch auf. Sie lief in die Diele, schob einen Stuhl neben den Garderobenständer, so daß sie an die Haken heranreichte, stieg darauf und steckte die Hand in die Tasche ihres karierten Wollmantels, der dort hing, seit sie tags zuvor aus dem Wald zurückgekommen waren.

Elizas Taschentuch war noch da, ordentlich zu einem weißen Sandwich-Dreieck gefaltet, noch immer mit der Initiale verziert, noch immer waren Spuren von Elizas Parfum daran – Tabak und *Arpège* – und etwas Dunkleres, wie verwelkende Blütenblätter und schimmelndes Laub. Als Vinny sie vom Stuhl herunterzerrte, wurde sie hysterisch, und bei dem Versuch, sich ihrem knöchernen Griff zu entwinden, riß sie Vinny ein Büschel Haare aus. Vinny schrie (ein Geräusch wie von rostigen Scharnieren und Sargdeckeln) und schlug Isobel fest in die Kniekehle.

»Lavinia!« wies die Witwe sie streng von der Eßzimmertür aus zurecht, und Vinny zuckte beim Klang ihrer Stimme zusammen. »Denk dran, was gerade erst passiert ist«, zischte die Witwe ihrer unansehnlichen Tochter ins Ohr. Vinny versuchte es mit Entrüstung und murmelte: »Sie ist ohne sie sowieso besser dran.« Im nachfolgenden Gerangel schaffte es Vinny, Isobel das Taschentuch zu entwinden, und die Witwe beugte sich hinunter und hob die spitzenumrandete, bestickte Trophäe auf und steckte sie sich rasch in den strengen Ausschnitt ihrer Bluse.

Während der ersten Tage, nachdem Gordon in die Nacht davongefahren war, waren die Witwe und Vinny so nervös wie Katzen. Jedes Motorengeräusch, jeder Schritt versetzte sie in Alarmbereitschaft. Jeden Tag durchkämmten sie die Zeitung, als wären geheime Botschaften im Text versteckt. »Ich bin ein Nervenbündel«, sagte die Witwe, schreckte auf und griff sich ans Herz, als Vera brummelnd und mit einer Suppenterrine in den Händen das Eßzimmer betrat.

Die Witwe versuchte, nett zu ihnen zu sein, aber nach einer Weile machte sich die Anspannung bemerkbar. »Ihr seid so *ungezogene* Kinder«, sagte sie und seufzte ärgerlich. »So ergeht es ungezogenen Kindern«, sagte die Witwe, als sie sie am hellen Sonntagnachmittag zur Strafe für irgendeinen Verstoß, den sie begangen hatten, in ihrem Schlafzimmer im Dachgeschoß einsperrte. Es war ihnen gleichgültig, es machte ihnen nichts aus, solange sie zusammen eingesperrt wurden. Fast gefiel es ihnen. Sie warteten darauf, daß Gordon und Eliza zurückkämen.

Sie warten auf das *Brumm-brumm-brumm* des schwarzen Wagens. Sie warteten darauf, daß Eliza aus dem Krankenhaus entlassen würde. Daß Gordon von seiner Geschäftsreise zurückkehrte. Ihr äußeres Leben ging weiter wie bisher – sie wachten morgens auf, aßen, schliefen, gingen nach den Ferien wieder in die Schule –, aber sie hätten genausogut Roboter sein können, weil es ihnen nichts bedeutete. Die wirkliche Zeit, die Zeit in ihren Köpfen, blieb stehen, während sie darauf warteten, daß Eliza nach Hause käme.

Sie nahmen die Zeit nur noch verzerrt wahr. Die Tage krochen unerträglich langsam dahin, und auch der Schulbesuch änderte nichts daran, daß sich riesige Abschnitte unausgefüllter Zeit vor ihnen auftaten. Mr. Baxter gestattete, daß Isobel früher eingeschult wurde, »damit Sie sie loshaben«. Mrs. Baxter bot an, die beiden morgens in die Schule zu bringen und sich um sie zu kümmern, bis die Witwe und Vinny abends nach Hause kamen. Mrs. Baxter fütterte sie in ihrer großen warmen Küche mit Milch und Kuchen, und Charles tat so, als wäre er ein anderer kleiner Junge, für den Fall, daß Mr. Baxter hereinplatzen sollte.

Vinny, von Anfang an griesgrämig, wurde noch griesgrämiger angesichts der Wendung, die die Dinge genommen hatten, und sie verhielt sich, als würde sie sie am liebsten auf Dauer einsperren. Das behauptete sie zumindest. Vinnys Gesicht wurde zu einem alten Holzapfel, und die Witwe mußte sie im Hinterzimmer des Ladens, außer Sichtweite der Kunden, beschäftigen, weil sonst die Gefahr bestand, daß die Milch sauer oder der Käse schimmlig wurde. »Es sind die Wechseljahre«, erklärte die Witwe Mrs. Tyndale *sotto voce* über die zerbrochenen Kekse hinweg (allerdings nicht so *sotto*, daß Vinny es nicht hören konnte).

In ihrer aller Leben war ein Wechsel eingetreten, aber gewiß würde er nicht ewig dauern, oder? Früher oder später käme Eliza aus dem Krankenhaus, Gordon würde von seiner Geschäftsreise zurückkehren, und alles wäre wieder normal. Weder Charles noch Isobel glaubten auch nur einen Augenblick, daß Gordon und Eliza sie für immer in den Klauen von Vinny und der Witwe zurückgelassen hätten. Das Bild einer gebrochenen Eliza unter einem Baum, ihr Eierschalenschädel eingeschlagen und eingebeult, ihr weißer Hals (wie die Zeit) über das erträgliche Maß hinaus gestreckt, war etwas, worüber nachzudenken sie sich weigerten. Die Witwe sagte, daß sich Elizas Zustand im Krankenhaus besserte. »Warum können wir sie dann nicht besuchen?« fragte Charles stirnrunzelnd. »Bald, bald«, antwortete die Witwe, und ihre alten milchig blauen Augen verdunkelten sich.

Das Leben war ohne Gordon geringfügig langweiliger, aber ohne Eliza war es bedeutungslos. Sie war alles – ihre Sicherheit (selbst wenn sie wütend war), ihr Vergnügen (selbst wenn sie gelangweilt war), ihr Brot, ihr Fleisch, ihre Milch. Sie trugen sie mit sich herum wie einen Schmerz in ihrem Inneren, irgendwo in der Gegend ihres Herzens. »Vielleicht darf Mummy nicht sprechen«, spekulierte Charles, während sie eines düsteren Samstags in ihrem Dachgeschoßgefängnis »Schlangen und Leitern« spielten. Der Grund für ihre Bestrafung war unklar, hatte aber möglicherweise etwas mit einem langen Kratzer auf dem Eßtisch der Witwe und dem Taschenmesser in Charles Tasche zu tun. »Vielleicht ist das schlecht für ihren Hals«, fuhr er fort. Isobel war in den Windungen einer besonders langen Schlange gefangen und bemerkte nicht, daß Charles angefangen hatte zu weinen, bis eine große kristallklare Träne – fast so groß wie die birnenförmigen Tropfen am Kronleuchter der Witwe – auf das Brett zwischen ihnen fiel und sie darauf aufmerksam machte.

Sie waren daran gewöhnt, in der Gegenwart des anderen zu weinen, ihr Warten war gewürzt und gewässert mit Tränen. (»Bei einem von euch ist immer das Wasserwerk in Betrieb«, schalt Vinny sie eines Morgens heiser, als Charles auf dem Weg zur Schule zu hyperventilieren begann, und Vinny ihn fest auf den Rücken schlagen mußte – ein Mittel, das eher dazu angetan war, ihn umzubringen als zu heilen.) »Laß den Kopf nicht hängen«, drängte ihn Isobel jetzt – aber in so einem melancholischen Tonfall, daß alles nur noch schlimmer wurde. Sie reichte ihm den Würfelbecher, aber es dauerte lange, bevor einer von ihnen den nächsten Zug machen konnte.

☆

Sie saßen vor dem Kamin und hörten die Kinderstunde, Vinny (in dem Sessel, den sie für sich beanspruchte) stopfte ihre dicken Socken. Vinny war nicht gerade geschickt mit Nadel und Faden – die Stelle, an der sie sich zu schaffen machte, sah aus wie ein Stück Zaun aus Flechtwerk –, und die Witwe mißbilligte lautstark ihren Pfusch.

Vera klapperte im Hintergrund, deckte den Tisch im Eßzimmer. Die Witwe sah Vinny an, und Vinny legte ihre Stopfarbeit beiseite. Dann holte die Witwe tief Luft, beugte sich vor und schaltete das Radio aus. Sie blickten sie erwartungsvoll an.

»Kinder«, sagte sie ernst, »leider habe ich euch etwas sehr Trauriges mitzuteilen. Eure Mummy kommt nicht mehr nach Hause. Sie ist fortgegangen.«

»Fortgegangen? Wohin?« rief Charles, sprang auf und nahm eine aggressive Boxerhaltung ein.

»Beruhige dich, Charles«, sagte die Witwe. »Sie war nie das, was man *zuverlässig* nennt.« Unzuverlässig? Das war wohl kaum eine adäquate Erklärung für Elizas Verschwinden. »Ich glaub' dir kein Wort, du lügst!« schrie Charles sie an. »Sie würde uns nie verlassen!«

»Das hat sie aber leider, Charles«, sagte die Witwe teilnahmslos. Sagte sie die Wahrheit? Es hörte sich nicht so an, aber wie sollten sie es herausfinden, hilflos wie sie waren? Die Witwe machte Vera, die in der Tür stand, ein Zeichen und sagte: »Jetzt komm schon, wisch dir die Tränen ab, Isobel – zum Abendessen gibt es einen leckeren Hackbraten mit Kartoffelbrei. Und zum Nachtisch Himbeerpudding, Charles, den magst du doch so gern.« Charles sah sie ungläubig an. Glaubte sie tatsächlich, daß ein rosaroter Pudding, kaum gesehen, schon gegessen, den Verlust einer Mutter ausgleichen konnte?

Es war fast zwei Monate her, seit Gordon in die Nacht davongefahren war, nur den Mond als Begleiter. Eines Morgens erhielt die Witwe einen Brief – ein dünnes blaues Stück Papier mit ausländischen Briefmarken. Sie öffnete ihn, und während sie ihn las, füllten sich ihre Augen mit Tränen. »Mein Gott, er ist doch nicht tot«, brummte Vinny griesgrämig die Teekanne an. »Wer?« fragte Charles eifrig. »Niemand, den du kennst!« fuhr Vinny ihn an.

Am selben Abend, kurz bevor sie ins Bett mußten, sagte die Witwe, daß sie ihnen erneut etwas Trauriges mitzuteilen habe. Charles' Miene zeugte von größtem Unglück. »Daddy hat uns nicht auch noch verlassen?« flüsterte er der Witwe zu, die trübselig nickte und sagte: »Doch, leider, Charles.«

»Er wird wiederkommen«, beharrte Charles entschieden. »Daddy wird zurückkommen.«

Vinny tauchte einen Keks in ihren Tee und knabberte daran wie ein großes Nagetier. Die alte, mit Leberflecken übersäte Hand der Witwe zitterte etwas, und ihre Tasse klapperte auf dem Teller, als sie sagte: »Daddy kann nicht zurückkommen, Charles.«

»Warum nicht?« Charles stieß vor lauter Aufregung seine Tasse mit Kakao um. »Einen Lappen, Vinny«, sagte die Witwe in einem Ton, der so klang, als würde sie Vinny wegen des Lappens warnen, statt sie zu bitten, einen zu holen. Kaum war sie im Flur, hörten sie Vinny sagen: »Einenlappenvinnyeinenlappenvinny.«

Die Witwe faßte sich wieder. »Er kann nicht zurückkommen, weil er im Himmel ist.«

»Im Himmel?« wiederholten beide unisono. Die Witwe zwang sie jede Woche in die Sonntagsschule, und deswegen wußten sie über den »Himmel« Bescheid – er war blau und voller Wolken und Engel, aber dort war niemand mit Filzhut und Gabardine-Regenmantel.

»Ist er ein Engel?« fragte Charles verwirrt.

»Ja«, sagte die Witwe nach einem Moment des Zögerns, »Daddy ist jetzt ein Engel und paßt auf euch vom Himmel aus auf.«

»Er ist doch nicht etwa tot?« sagte Charles unverblümt, und die Witwe wurde noch blasser, wenn das überhaupt möglich war, und sagte: »Also, nicht wirklich tot ...« Und sie schlug die Hände vors Gesicht, so daß sie es nicht mehr sehen konnten, und so saß sie lange Zeit da, ohne etwas zu sagen, bis ihnen sehr unbehaglich zumute wurde und sie auf Zehenspitzen aus dem Zimmer und die Treppe hinaufschlichen. Sie gingen ins Bett, aber von der »traurigen Nachricht« der Witwe waren sie nicht klüger geworden, sondern nur verwirrter.

Es war die stets hilfreiche Vinny, die am nächsten Morgen beim Frühstück die Lage klärte. Die Witwe war noch in ihrem Zimmer, und Vera hatte gerade die große Teekanne aus Chrom auf den Tisch geknallt und war wieder gegangen, um den Toast zu verbrennen. Charles und Isobel löffelten Porridge und hielten den Mund, da Vinny morgens nie bester Laune war. Sie zündete sich eine Zigarette an und sagte: »Ich hoffe, ihr beiden denkt nicht, daß die Dinge wieder so werden wie früher.« Sie reagierten auf diese Bemerkung mit dem Schweigen, das sie verdiente. Sie waren sich nur allzu schmerzlich bewußt, daß die Dinge nicht mehr so waren wie früher.

»Ihr werdet euch überaus anständig benehmen müssen jetzt, wo euer Daddy tot ist.«

»Tot?« wiederholte Charles entsetzt. »Tot?« Und er wurde so weiß wie die Nierentalgmasse der Witwe, so weiß wie die Witwe und rannte vom Tisch weg. Später mußte er unter Anwendung von einiger Gewalt aus dem Schrank unter der Treppe gezerrt werden, in dem er heulend wie ein Wolfsjunges saß.

Gordon war an einer Infektion der Bronchien gestorben, im Londoner Nebel. »Eine Menge Leute sind gestorben«, sagte Vinny, als ob es das besser machen würde. »Es war eine richtige Waschküche«, fügte sie hinzu, und dabei klang sie ausnahmsweise einmal stolz auf Gordon. »Er war Asthmatiker«, erzählte die Witwe jedem, »von Kindesbeinen an.« Und von ihrem Wachtposten auf der Treppe aus hörten sie überraschtes und bestürztes Gemurmel. Sie hatten keine Ahnung, was ein Asthmatiker war, aber es klang ernst.

Auf der Anrichte stand in einem verzierten silbernen Rahmen ein Foto von Gordon. Sie hatten es nie wirklich wahrgenommen, solange sie den echten Gordon um sich gehabt hatten, aber jetzt nahm es die Bedeutung eines Totems an – wie konnte Gordon so sichtbar und berührbar sein (wenn auch nur in zwei Dimensionen) und gleichzeitig so außerhalb ihrer Reichweite? Stattlich in seiner Luftwaffenuniform, die Kappe verwegen schräg auf dem Kopf, sah er aus wie ein flotter Fremder, dem nicht mehr Aufmerksamkeit entgegengebracht zu haben sie jetzt bereuten.

Isobel lag nachts im Bett und stellte sich vor, wie er in einer Wand aus weißem Nebel verschwand, Nebel wie Watte umhüllte seinen Körper, Wattenebel füllte seine Lungen und erstickte ihn. In ihren Träumen kam er manchmal aus der Nebelwand wieder heraus, ging auf sie zu, hob sie hoch und warf sie hinauf in den Himmel, aber als sie auf die Erde zurückschwebte, war Gordon verschwunden, und sie war allein mitten in einer weiten dunklen Wildnis von Bäumen.

Wo war Gordon begraben? Die Witwe wirkte erschrocken, als sie sie danach fragten. »Begraben?« Sie setzte alle Hebel in ihrem Gehirn in Bewegung, in ihren Augen ratterten kleine Zahnräder. »Unten im Süden, in London, wo er gestorben ist.«

»Warum?« hakte Charles nach.
»Warum was?« fragte sie gereizt.
»Warum ist er dort begraben? Warum hast du ihn nicht nach Hause geholt?« Aber die Witwe schien die Antwort auf diese Frage nicht zu wissen.
Von Eliza blieb nichts. Außer ihren Kindern natürlich. Charles bat darum, Fotos von ihr sehen zu dürfen, und die Witwe sagte, es gebe keine, was merkwürdig erschien in Anbetracht der vielen Male, die Gordon seinen alten Kodak-Fotoapparat hervorgeholt und gesagt hatte: »Bitte alle lächeln!« Beunruhigenderweise begann das Bild von ihr, das sie in ihren Köpfen mit sich herumtrugen, jeden Tag ein bißchen mehr zu verblassen, wie ein Foto, das sich zurückentwickelte, wie die Zeit, die sich auflöste – wie die Pullover, die Vinny auftrennte, um aus der Wolle etwas ebenso Grauenerregendes zu stricken. Vielleicht würde Eliza in ein paar Jahren wieder auftauchen, würde als ganz neue Mutter in einem anderen Strickmuster zum Leben erweckt sein. »Mach dich nicht lächerlich, Isobel«, sagte die Witwe, ihre Geduld mit ihnen nahezu aufgebraucht. »Vielleicht ist sie fort, weil ihr so ungezogene Kinder seid«, sagte Vinny eines Tages, nachdem sich Charles Veras Büchse mit Bohnerwachs ausgeliehen und das Parkett im Eßzimmer in eine Schlitterstrecke verwandelt hatte und Vinny zusammen mit der Brücke darauf ausgerutscht war.

Anfangs suchten sie das zweitbeste Schlafzimmer heim, fuhren mit den Fingern über Elizas Kleider im Schrank, durchsuchten die Schatztruhe in Form von Elizas Schmuckschatulle, als wäre sie ein Reliquienschrein. Charles fand eines von Elizas roten Bändern, es lag aufgerollt wie eine schlafende Schlange in einer Capodimonte-Schale, aus deren Deckel rosa Rosen wuchsen. Die Witwe nahm es ihm weg, bevor er es verstecken konnte, und sagte zu Vinny: »Das muß aufhören, es ist ungesund.« Und am nächsten Morgen, als der Lumpensammler in die Weiß-

dorngasse kam, wurde Vinny hinausgeschickt, um ihn anzuhalten, und Elizas gesamte Habe wurde ausnahmslos aus dem zweitbesten Schlafzimmer hinaus und auf sein Fuhrwerk verfrachtet. Vinny hatte ihre Zweifel. »Das Zeug ist was wert – wir könnten Geld dafür kriegen.«
»Ich will kein Geld dafür«, sagte die Witwe kalt. »Ich will es loswerden.«

Mrs. Baxter – die einen Apfel für das Pferd des Lumpensammlers herausbrachte – rief: »Oh, all diese hübschen Kleider, Sie geben sie doch nicht etwa weg?« Sie nahm den Saum eines roten Wollkleides in die Hand und sagte betrübt: »Oh, ich erinnere mich, wie Mrs. Fairfax das getragen hat, sie sah so hübsch darin aus.« Die Witwe wartete mit zusammengekniffenen Lippen darauf, daß Mrs. Baxter wieder ging, und als sie außer Hörweite war, sagte sie, »Ich bin die einzige Mrs. Fairfax hier!«, und das stimmte leider. »Neugieriges Ding«, sagte Vinny und kreischte auf, als das Pferd des Lumpensammlers sie in den Rücken stieß.

Hinter ihren Vorhängen beobachteten die Leute interessiert, wie Elizas Kleider langsam durch die Straßen der Bäume zogen. Die Witwe hatte die Tatsache von Elizas Verschwinden (»durchgebrannt mit einem Verehrer«) weniger diskret verbreitet, als man erwartet hätte, und für gewöhnlich flocht sie einen Hinweis über das bislang unbemerkte Asthma des »armen« Gordon ein.

Gleich nach dem denkbar trostlosesten Weihnachten erkrankte die Witwe an einer schlimmen Grippe, und Vinny mußte den Laden alleine führen. Am ersten Tag kündigte der Botenjunge, am zweiten Ivy, die erst kürzlich eingestellte Verkäuferin. »Was machst du bloß mit ihnen?« krächzte die Witwe frustriert von ihrem Krankenlager aus. »Frißt du sie auf?«

An einem besonders grauen und tristen Januarsamstag waren Charles und Isobel sich selbst überlassen, da sich die Witwe immer noch zu elend fühlte, um aufzustehen. Sie lag in ihrem Schlafzimmer und hustete und schnupfte. Mrs. Baxter klopfte leise an der Hintertür, erbot sich, auf sie aufzupassen, aber bedauerlicherweise mußten sie ablehnen, denn sie hatten strenge Anweisung von der Witwe, daheim zu bleiben, da sie beide ebenfalls stark erkältet waren. Die arme Mrs. Baxter war gezwungen, durch das Schlüsselloch mit ihnen zu sprechen, da Vinny ihnen untersagt hatte, die Tür zu öffnen.

Sie spielten auf dem Treppenabsatz im ersten Stock. Charles mit seinen Autos und Lastwagen, Isobel mit den Bauernhoftieren. Sie stellte ihre Henne mit ihrer Brut kleiner gelber Küken auf die Ladefläche eines offenen Lastwagens aus rotem Spritzguß, Charles' Lieblingsauto.

Die Witwe kam aus ihrem Zimmer und beschwerte sich über den Lärm. Sie trug einen dicken karierten Morgenmantel und ein Paar alter Hausschuhe, ihr Haar hing ihr in einem losen, fettigen grauen Strang den Rücken hinunter. Sie sah aus wie eine uralte wilde Königin. Ihre Stimme war heiser, aber das hielt sie nicht davon ab, sie beim Anblick von so viel ungeordnetem Verkehr und Bauernhofgeschäftigkeit anzuschreien. »Was ist das für ein Durcheinander? Räumt auf«, sagte sie und baute sich drohend vor ihnen auf, wo sie auf dem rotblau gemusterten Treppenläufer lagen.

Sie hielt sich am Treppengeländer fest und sagte: »Ich hol' mir ein Aspirin.« Sie griff sich an die Stirn, als wollte sie ihren Kopf daran hindern, herunterzufallen. Während der letzten Tage war ihr Zustand so elend gewesen, daß sie ihnen wirklich leid tat, und Charles sprang auf und sagte: »Ich hol' dir eins, Oma.« Daß Charles so bereitwillig aufsprang, hatte zwei Gründe: a) er wollte das oben erwähnte Aspirin holen, und b) sein Bein war eingeschlafen. Sein linkes Bein war so taub, daß es, als er es mit seinem Gewicht belastete, nachgab und er gegen die Witwe taumelte.

Das allein hätte nicht ausgereicht, um sie die Treppe hinunterfallen zu lassen, aber der Anprall von Charles' Körper veranlaßte sie, einen Fuß auszustrecken, um das Gleichgewicht zu halten, und unglückseligerweise war die Stelle, wo sie Fuß plus alten Hausschuh plazierte, bereits von dem roten Spritzgußlastwagen und seiner Ladung gelber Hühner besetzt. Ihr zweiter Fuß rutschte unter ihr weg, verstreute Autos und Tiere, während der Lastwagen – gewagt am Rand der obersten Stufe geparkt – davonschoß und seine neue Ladung – Fuß plus alter Hausschuh – mit sich riß. Mutterhenne und gelbe Küken wurden in alle vier Winde zerstreut, und die Witwe fiel Hals über Kopf (oder, wie Vinny sich ausgedrückt hätte, »Arsch über Bauch«) die Treppe hinunter – graues-Haar-Hausschuhe-graues-Haar-Hausschuhe-graues-Haar –, wobei sie auf jeder Stufe aufschlug. Sie schrie. Sie schrie auf eine unheimliche animalische Weise, wie Mrs. Baxters alte Katze, als sie Rattengift gefressen hatte. Das Schreien hörte auf, als die Witwe den Fuß der Treppe erreichte. Sie landete ungeschickt auf dem Rücken, so daß ihre ausdruckslosen Augen auf ihre gespreizten Beine zu stieren schienen. Es sah nach einer sehr unbequemen Haltung aus.

Sehr, sehr rasch hoben sie den roten Lastwagen und die Hühner am Fuß der Treppe auf. Dann liefen sie die Treppe wieder hinauf und sammelten das Blutbad ein, das die Witwe hinterlassen hatte – Kühe und Schafe, das braune Pferd, das Feuerwehrauto, den schwarzen Rover, das Milchauto, die winzigen Milchflaschen und die Enten und Gänse –, und warfen alles in die Spielzeugkiste, die sie hinauf in ihr Dachzimmer trugen.

Dann liefen sie die Treppe wieder hinunter, vermieden es tunlichst, die Witwe anzusehen, als sie sich an ihr vorbeidrängten. Sie zogen eilig Gummistiefel und Mäntel an, schlossen die Hintertür auf und rannten wider alle Verbote hinaus in den Regen.

Der Garten der Witwe war immer ordentlich und aufgeräumt, die Blumen – Löwenmaul, Levkojen und eine akkurate

Einfassung aus patriotisch weißem Steinkraut, blauen Lobelien und rotem Salbei – benahmen sich anständig. Das samtige Grün des Rasens wäre die Zierde jeder Boule-Bahn gewesen, und die Bäume und Sträucher – Flieder, Birne, Weißdorn und Apfel – waren nie widerspenstig. Es war kein aufregender Garten zum Spielen, aber, wie die Witwe gesagt hätte, hätte sie noch sprechen können, sie hatten an dem Tag schon genug Aufregung gehabt.

Sie spielten beharrlich am Ende des Gartens, wo auch ein Kind mit bestem Gehör, ganz zu schweigen von einem mit ihren verstopften, katarrhgeschädigten Ohren, Schwierigkeiten gehabt hätte, die Schreie einer stürzenden Frau zu hören. Das war ihr Alibi.

Vinny allerdings hörten sie schreien, als sie aus der Hintertür rannte.

Wochen später, als sie mit Murmeln spielten, fand Charles ein einsames gelbes Küken unter dem Garderobenständer, wohin seine Murmel gerollt war, und er hielt es hoch, damit seine Schwester es begutachten konnte. Beide sagten kein Wort. Auch das kleine gelbe Küken bewahrte das Geheimnis. Gott sei Dank.

*

Und so waren sie der Obhut der essigsauren Vinny überlassen, der widerwilligen Verwandten, der Tante aus der Hölle – die so alt war wie das Jahrhundert (neunundvierzig), aber nicht so modern. Nicht annähernd so modern. Sie hatten sich vorher nie wirklich Gedanken über Vinny gemacht, außer, wie sie ihr am besten aus dem Weg gehen konnten, aber jetzt, nachdem alle anderen verschwunden waren, führte kein Weg mehr an ihr vorbei.

Vera kündigte sofort nach dem Tod der Witwe und zog zu ihrer Schwester. Die Vorstellung von Vinny als Hausherrin war zuviel für sie. Charles zog in Veras Zimmer, Vinny zog zusammen mit ihrer Katze Grimalkin in das der Witwe (das beste Schlafzimmer) und beschwerte sich, daß die Matratze sie umbringe – was sie an die Prinzessin auf der Erbse erinnerte (obwohl Vinny für die Rolle der Erbse besser geeignet gewesen wäre als für die der Prinzessin), und Charles gab sich Killer-Matratzen-Phantasien hin, denn des öfteren wären sie überglücklich gewesen, wenn Vinny von Roßhaar und Drell verschluckt worden wäre.

Vinny war nicht die geeignete Person, um sich um Kinder zu kümmern. Zum einen mochte sie keine Kinder, zum anderen kümmerte sie sich um nichts gern außer um ihre Katze – ein Geschöpf, das einen seltenen Blick auf Vinnys zärtliche Seite ermöglichte. Manchmal, wenn man in ein Zimmer kam, konnte sie einem ganz schön auf die Nerven gehen, wie sie auf Händen und Knien unter das Sofa lugte und mit freundlicher Stimme, heiser, weil so wenig in Gebrauch,»Miezmiezmiezmiez« rief.

»Daran ist nur deine Mutter schuld«, schäumte Vinny, während sie an den Nestern in Isobels Haar zerrte. Dank Vernachlässigung waren ihre Locken verfilzt und begannen, einem Busch ähnlich zu sehen. »Ich bin keine verdammte Friseuse«, brummte Vinny und kämpfte mit der Mason-and-Pearson-Bürste.

Charles suchte Zuflucht in ungezogenem Verhalten. In der Schule beteiligte er sich an Raufereien, trat zu und biß und wurde schmählich nach Hause geschickt, wo ihn Vinny mit ebenjener Mason-and-Pearson versohlte. Er rannte herum, als wäre er besessen, warf Dinge um, zerbrach andere und stand dann da mit einem dummen Grinsen im Gesicht. Er konnte nicht stillhalten. Vielleicht weil er unterwegs geboren war. Wenn Vinny ihn schimpfte, stand er da, die Hände in die Hüften gestemmt, und lachte wie ein Automat – *ha ha ha* –, und Vinny mußte ihn ins Gesicht schlagen, damit er aufhörte.

Fast jede Nacht näßte er ins Bett – was eine besonders verheerende Wirkung auf Vinny hatte, die jeden Morgen seine Bettlaken in den Kupferkessel stopfte und dabei ein Jammern und Lamentieren von sich gab, wie sie normalerweise biblische Katastrophen begleiten. »Ich weiß nicht, was mit dir los ist!« kreischte sie und zerrte ihn an einem seiner großen Ohren hinauf in sein Zimmer.

Ein Aspekt der Ersatzmutterschaft, der Vinny immer wieder verblüffte, war, daß Kinder wuchsen. Wenn die Chinesen ein System des Ganzkörper-Einbindens entwickelt hätten, wäre Vinny ihre erste Kundin gewesen. »Du kannst doch nicht schon wieder gewachsen sein!« zeterte sie jedesmal, wenn Isobel wunde Zehen von zu engen Schuhen hatte oder Charles' dünne rotgesprenkelte Handgelenke aus den Blazerärmeln ragten. Wenn sie sie schon haben mußte, dann wollte sie sie wenigstens als Liliputaner. In Vinnys Augen hatten Kinder nie die richtige Größe, es sei denn, sie waren erwachsen und aus dem Haus.

Charles, zu klein und von seinen Altersgenossen längst überholt, war kein so großes Problem wie Isobel. Vinny weigerte sich rundheraus, ihr eine neue Schuluniform zu kaufen, als sie nach einem halben Jahr aus der alten herausgewachsen war.

»Sie schießen in die Höhe wie die Pilze«, sagte Mrs. Baxter freundlich, als sie mit einem Paket zu Vinny kam. »Gebraucht, aber in ganz gutem Zustand«, bat Mrs. Baxter inständig.

Vinny erklärte, sie habe nicht gewußt, daß sie Almosen bräuchten, und Mrs. Baxter sagte: »Oh, nein, nein, nein, *nein* – das ist kein Almosen, in Mr. Baxters Schule gibt es einen Fundus an Uniformen – alle sind der Meinung, daß das eine gute Idee ist ... und ich habe gedacht, daß ... sie wachsen so schnell raus ... es wäre so eine Verschwendung, eine neue zu kaufen, wenn ... eine gute Idee ... viele Leute denken so ...« Und schließlich, als es schien, daß Vinny Mrs. Baxter einen Gefallen tat statt umgekehrt, nahm sie das Paket an. Zähneknirschend und widerwillig. Konnte man in einem Fundus von Uniformen verlorengehen?

Charles' Clownsgesicht lugte wie ein Mond unterhalb seiner Billy-Bunter-Schirmmütze hervor – Charles hatte sich ein enormes Repertoire an komischen Gesichtsausdrücken zugelegt, mittels deren er mit der Welt kommunizierte, als ob man ihn vielleicht mehr lieben würde, wenn er gleichzeitig schielen und seine Backen aufblasen konnte. Leider war das nicht der Fall.

Die Erkältung, unter der Charles an dem Tag litt, an dem die Witwe starb, schien nie mehr auszuheilen – seine Nase war permanent mit gelbgrünem Rotz verstopft, und seine Ohren waren mit etwas Ähnlichem abgedichtet. Er bewohnte die Unterwasserwelt der Schwerhörigen, und erst als ihn die Krankenschwester der Schule ins Krankenhaus schickte, kam das Ausmaß an den Tag, in dem Charles von den Lippen ablas, Worte entwirrte, es war wie eine Legasthenie der Ohren oder ein akustisches Scrabble. »Man sollte annehmen, er müßte gut hören«, sagte Vinny verstimmt, weil sie stundenlang im Wartezimmer des Krankenhauses sitzen mußte, »wo er doch so große Ohren hat.«

Armer Charles, seine rosaroten Jumbo-Flatterohren standen ihm vom Kopf ab wie die seines fürstlichen Namensvetters. »Kannst du schon fliegen?« fragte ihn Trevor Randall, der Erzrabauke der Schule, und anstatt vernünftig zu sein und sich feige davonzustehlen, schlug Charles ihn aufs Auge und mußte von Mr. Baxter bis zum Eingeständnis der Reue geprügelt werden.

Schließlich wurde Charles operiert, und ein freundlicher Chirurg durchstach seine Trommelfelle und entfernte den ganzen gelbgrünen Rotz. Leider konnte er deswegen nicht besser lesen, und Mr. Baxter mußte nachhelfen und Charles' Handflächen

weiterhin mit dem hölzernen Lineal traktieren, damit er die Wörter auf der Seite begriff.
Charles sah davon ab, Mr. Baxter zu erzählen, daß Eliza, sobald sie zurück wäre, ihm den Kopf abreißen und die Lunge aus dem Hals ziehen würde. Er freute sich schon auf den Ausdruck des Erstaunens auf Mr. Baxters Gesicht. *Klatsch, klatsch, klatsch*, machte Mr. Baxters Lederriemen (»Knute« in Mrs. Baxters verniedlichender Sprache).

Vinnys dürftige Fähigkeiten als Krankenpflegerin wurden von Husten und Heiserkeit, Viren und Infektionen, Wehwehchen und Warzen, Schmerzen und Schrammen auf die Zerreißprobe gestellt – der Verlust der Eltern dokumentiert von Keimen. Charles mußte mit Verdacht auf Blinddarmentzündung erneut ins Krankenhaus, dann wurde er wieder entlassen, unfähig, den Ursprung seiner mysteriösen Schmerzen zu erklären.

In Arden gab es bedauerlicherweise so gut wie keine Haushaltsführung. Witwenlos war es zu einem kalten, freudlosen Ort geworden. Vinny entzündete das Kaminfeuer im Wohnzimmer nur, wenn das Thermometer auf arktische Temperaturen fiel. (»Vorsicht, ein Eisbär!« rief Charles, die rotbraunen Augen entsetzt aufgerissen, und Vinny kreischte und blickte sich um. *Ha ha ha.*)

Sie trugen im Haus Handschuhe, und Charles lief mit einer Kapuzenmütze herum (die Vinny für ihn mehr schlecht als recht gestrickt hatte), mit der er aussah wie ein Kobold, es fehlten lediglich zwei Löcher für seine Ohren, und die Verkleidung wäre perfekt gewesen. Mrs. Baxter hatte für Isobel einen Pullover mit einem komplizierten Muster aus Knoten und Zöpfen und Ankern gestrickt, er sah aus wie etwas, was ein Seemann im Traum gestrickt haben könnte.

Das Haus war ungeheizt aus Gründen der Sparsamkeit. Sparsamkeit war die Religion der knausrigen Vinny (doch sie war eine sehr schlechte Wirtschafterin). »Ich versuche, die Wölfe von der Tür fernzuhalten«, sagte sie und kniff die Augen (nordseegrau) zu Schlitzen zusammen. Dann fügte sie hinzu: »Wir sind nur noch einen Schritt vom Armenhaus entfernt.« Wie konnte Vinny den Laden führen und gleichzeitig die Kinder großziehen? Was sollte sie tun? Sie stellte eine Ladenhilfe nach der anderen ein, aber alle schienen nur einen Lebenszweck zu kennen: Vinny übers Ohr zu hauen.

Abends saß sie lange Stunden schielend am Eßzimmertisch über der doppelten Buchführung, unfähig, in Gewinn oder Verlust einen Sinn zu erkennen. Doch keine so gute Geschäftsfrau wie Mutter, wie sich herausstellte.

Vinny geizte, aber sparte nichts. Statt der deftigen Mahlzeiten der Witwe gab es wäßrige Rühreier, die aussahen wie ausgekotzter Zitronensaft, Toast und Bratenfett oder Vinnys »Spezialität« – Fleischpastete mit Nieren, eine klebrige graue Substanz zwischen zwei Pappendeckelkrusten gepreßt. Sie hatten immer Hunger, versuchten ständig, wie die Eichhörnchen ihr hohles Inneres mit Nahrung zu füllen. Manchmal war Isobel so hungrig, daß sie sich fragte, ob nicht jemand anders in ihr lebte, eine unersättliche gierige Person, die ständig gefüttert werden mußte.

Die weißen Leinentischtücher der Witwe, ihr silbernes Besteck, das Geschirr mit den Blütenzweigen und die Serviettenringe aus Elfenbein waren weggeräumt worden, weil sie laut Vinny »einen zu großen Pflegeaufwand erforderten«. Jetzt aßen sie mit Besteck von Woolworth, die Teller standen auf alten karierten Bastsets aus Vinnys Haus. »Servietten«, sagte Vinny, »sind für Leute mit Dienstboten.« Und Vinny war, Gott behüte, niemandes Dienstbotin. »Gott hat uns eine Zunge gegeben, um unsere Lippen abzulecken«, verkündete sie, »er hat uns nicht mit Servietten in der Hand erschaffen.« Ein Argument voll logischer Lücken – wie stand es mit Zigaretten? Teetassen? Keksen? Was war überhaupt mit »Gott«, der in Arden ansonsten keine große Rolle spielte?

Mrs. Baxter versuchte sofort, in die mütterliche Bresche zu springen, sichtlich entsetzt über die plötzliche Verminderung der Familienmitglieder – eine Großmutter, ein Vater, eine Mutter – und das innerhalb von so kurzer Zeit. Wie? fragte sie des öfteren Mr. Baxter. Wie kann eine Mutter ihre eigenen Kinder verlassen? Ihr eigen Fleisch und Blut? Noch dazu solche Schnuckelchen? Sie mußte den Kopf verloren haben.

Isobel wartete, bis Mr. Baxter morgens früh zur Schule aufbrach und lief dann zur Hintertür von Sithean, um sich von Mrs. Baxter statt von Vinny frisieren zu lassen. Sie flocht ihr Haar zu ordentlichen Zöpfen, weil es kleinen Mädchen, die unter Mr. Baxters Kuratel standen, nicht gestattet war, ihre weibliche Lockenfülle in der Nähe des Schulgebäudes lose herunterhängen zu lassen. Mrs. Baxter kaufte auch neue marineblaue Bänder, um Isobels Zöpfe zu großen Affenschaukeln zu binden, und sagte,»Na also – siehst du nicht hübsch aus?« mit einem riesengroßen, aufmunternden Neumondlächeln, das die Zweifel in ihrem eigenen Gesicht nicht ganz verbergen konnte.

Audreys wunderschönes rotgoldenes Haar, Haar, das ihr offen wie ein sich kräuselnder vulkanischer Strom, ein flammendes Banner über den Rücken hing, wurde zu einem dicken Zopf geflochten, der ihr fast bis zur Hüfte reichte. Langes ungezähmtes Haar hatte etwas, was in Mr. Baxter die Galle aufsteigen ließ.»Man sollte es dir restlos abschneiden«, sagte er, und es schien ein Wunder, daß Audreys Lockenpracht so lange überdauert hatte, ohne geschoren zu werden.

*

Es wurde Sommer. Der Garten hinter Arden wurde vom Unkraut übernommen. Mr. Baxter beschwerte sich bei Vinny über den Zustand ihres Gartens.»Behalten Sie Ihren verdammten Löwenzahn«, rief er wütend über die Buchenhecke. Charles wartete, bis er ins Haus gegangen war, und dann blies er die

Löwenzahnsporen über die Hecke, und Vinny krächzte ihm von der Hintertreppe aus ihr Einverständnis zu. Sie hatte einfach keine Ahnung, was gute Nachbarschaft hieß.
Es war jedoch Mrs. Baxter, die den Löwenzahn ausriß, es war Mrs. Baxter, die alle Gartenarbeit in Sithean erledigte. Sie pflanzte Himbeeren und schwarze Johannisbeeren, Kartoffeln, Erbsen und Stangenbohnen und pflegte die hübsche Albertine-Rose, die an dem Spalier zwischen dem Rasen und den Obststräuchern und Gemüsebeeten hinaufwuchs. Rosmarinbüsche mit winzigen blauen Blüten und die dunklen Blätter der Lavendelsträucher streiften einen gegen die Beine, wenn man den Gartenweg entlangging, und die große halbkreisförmige Rasenfläche wurde von leise bimmelnden Glockenblumen und Rittersporn eingefaßt, der im Wind einem blassen, mit der Buchenhecke verflochtenen Geißblatt zunickte.
Auch im Weidenweg waren neue Leute eingezogen – die McDades. Es lag auf der Hand, was Mr. Baxter von Carmen McDades Namen hielt, angesichts der Art und Weise, wie er mit seiner beschnurrbarten Oberlippe höhnisch grinste, wann immer er ihn aussprechen mußte. Die McDades kamen aus London, und sie waren eine so große Familie, daß Mr. McDade (eine Art Bauunternehmer) und Mrs. McDade (ein Hausdrachen) gelegentlich den einen oder anderen der kleineren McDades verlegten, ohne es zu bemerken. »Zurückgeblieben«, lautete Mr. Baxters professionelles Urteil über die meisten Mitglieder des McDade-Clans, wiewohl Mr. Baxter »zurückgeblieben« großzügig definierte und häufig auch Charles mit diesem Attribut belegte. Und sogar Mrs. Baxter.
Carmen stopfte ihr Kleid in die ergrauende Unterhose und schlug auf dem grünen Rasen von Sithean Räder. »Ein bißchen weit für ihr Alter, das Mädchen«, sagte Mr. Baxter mit angewiderter Miene. Aber wie konnte sie beides gleichzeitig sein, zurückgeblieben und ein bißchen weit für ihr Alter? Mr. Baxter konnte man es einfach nicht recht machen.

»Sie ist doch noch ein kleines Mädchen«, widersprach Mrs. Baxter.
»Na und?« sagte Mr. Baxter finster. »Sie sind alle gleich.«
Vinny kam nicht zurecht, sie war dabei, den Familienbetrieb zu verlieren. Daran war nur Eliza schuld. Mrs. Baxter hatte eine Lösung, sie stand an der Hintertür mit einem Teller voll kleiner rosaroter Kuchen. Vinny nahm mißtrauisch einen davon. »Nehmen Sie sie, nehmen Sie alle«, drängte Mrs. Baxter. Die Elfenkuchen waren nicht die Lösung, aber »in Pflege geben«? Vinnys Augen verengten sich argwöhnisch. »In Pflege geben?« Nicht wirklich, aber jemand, der willens wäre, ihr »die armen verwaisten Bälger« abzunehmen. Vinny überlegte. Und erstickte dann fast an dem kleinen Kuchen. »Nicht verwaist«, sagte sie, kaum hörbar, weil sie husten mußte, »sie sind nicht verwaist, ihre Mutter ist am Leben.«
»Ja, ja, natürlich«, sagte Mrs. Baxter hastig. Mrs. Baxter konnte sich nicht mehr erinnern, wie Eliza ausgesehen hatte. Wenn sie an sie dachte, sah sie eine Gestalt in der Ferne – am Ende des Gartens, auf der Wiese –, jemand, der fortging. Vinny leckte sich den Zuckerguß von den Fingern und sagte: »Warum nicht?« Aber die dumme Mrs. Baxter hatte den Vorschlag nicht mit »Daddy« besprochen, und der warf ihr einen vollkommen ungläubigen Blick zu. »Du hast verdammt noch mal den Kopf verloren, Moira [noch eine], den ganzen Tag lang seh' ich den dämlichen Jungen in der Schule, ich will ihn nicht auch noch in meinem Haus haben. Und das Mädchen ist eine trübe Tasse. Hast du mich verstanden?« (»Charles kann bisweilen ziemlich albern sein«, schrieb Mr. Baxter zurückhaltend in seinem Halbjahreszeugnis.)

Manchmal las Mrs. Baxter Isobel Märchen vor, und Isobel bettete den Kopf auf das Kissen von Mrs. Baxters draller Brust, die andere Brust wurde von Audrey eingenommen, und für kurze Augenblicke, während sie auf Mrs. Baxters trällernde Torf- und Heidestimme hörte, vergaß sie Eliza und Gordon und die Witwe. Mrs. Baxter war eine überraschend gute Geschichtenerzählerin, konnte sich innerhalb von Sekunden von einem bösen Riesen in eine winzige Küchenmaus verwandeln.

Mrs. Baxter kannte die gleichen Geschichten wie Eliza, aber wenn Eliza sie erzählt hatte, hatten sie häufig schlecht geendet und es wurde ständig verstümmelt und gefoltert, bei Mrs. Baxter dagegen gingen die Geschichten stets gut aus. Zum Beispiel wurde Rotkäppchen bei Mrs. Baxter von seinem Jäger-Vater gerettet, der den Wolf tötete, aufschnitt und eine vollkommen unversehrte Großmutter zurück ans Tageslicht beförderte, und dann lebten sie natürlich alle glücklich bis an ihr Lebensende. In Elizas Version starben normalerweise alle, sogar das kleine Rotkäppchen.

Manchmal, nachdem sie eine Geschichte beendet hatte, und alles in Ordnung gebracht und Gerechtigkeit geschehen war, seufzte Mrs. Baxter und sagte: »Wie schade, daß das Leben nicht wirklich so ist.« Mr. Baxter wußte nichts von diesen Vorlesesitzungen – Mr. Baxter mißbilligte Märchen von ganzem Herzen (»Quatsch und Unsinn«), wobei man sich fragen muß, ob er überhaupt ein ganzes Herz hatte.

Eines Tages kam Mr. Baxter ungewöhnlich früh von der Schule nach Hause und fand die drei vor einem flackernden Feuer sitzend. Mrs. Baxter las vor, ihr Zeigefinger folgte jeder Zeile, weil sie ihre Lesebrille nicht gefunden hatte, und an der Stelle, an der Rotkäppchen den Blumenstrauß pflückt, merkten alle drei gleichzeitig, daß Mr. Baxter in der Tür stand. Mrs. Baxters Körper verkrampfte sich wie der eines erschrockenen Hasens, und ihr Lesefinger hielt mysteriöserweise unter dem Wort »hoppeln« inne.

Mr. Baxter fixierte sie lange mit seinen kleinen Steinchenaugen hinter seinen kleinen Brillengläsern, bevor er sagte: »Im

Gegensatz zu ihrem dämlichen Bruder kann das Mädchen hervorragend alleine lesen, Moira – ich muß es wissen, ich habe es ihr beigebracht. Und was dich angeht, Audrey, du gehst jetzt in dein Zimmer und machst die Strafaufgabe in Rechnen, die ich dir aufgegeben habe.« Audrey flitzte aus dem Zimmer, und Mrs. Baxter sagte: »Aber, Daddy, wir haben doch nur gelesen. Was ist denn daran schlimm?«

Am nächsten Tag hatte Mrs. Baxter ein so zugeschwollenes Auge, daß sie es nicht öffnen konnte. »Bin gegen die Tür gerannt«, erklärte sie, während sie Isobels Haar bürstete, »ich Dummerchen.« Audrey saß am Frühstückstisch, vor ihr eine Schüssel mit Cornflakes, und immer wieder führte sie einen Löffel Flakes an den Mund, nur daß es immer und immer wieder derselbe Löffel Flakes war. Danach gab es keine Geschichten mehr.

»Warte nur, bis unsere Mutter zurückkommt!« schrie Charles nach einer besonders bösartigen Behandlung mit der Mason-and-Pearson Vinny an, und Vinny keifte: »Das möchte ich sehen!« Vinny tat ihr Bestes, um sämtliche Spuren Elizas auszuradieren. Die Vergangenheit war für Vinny kein realer Ort. Sie sprach nie darüber, sie war eine Nicht-Historikerin, eine Anti-Archivarin all dessen, was ihnen zugestoßen war – sie bewahrte keine Souvenirs, keine Gegenstände, keine Dokumente, keine Fotos auf, vernichtete alle Beweise ihrer früheren glücklichen Existenz. Vinny verbrannte die Vergangenheit, verbrannte alles, nichts war vor ihren Flammen sicher.

Jede Woche stand Vinny im Garten von Arden und schürte ihr Feuer, in eine Rauchwolke gehüllt. Asche wirbelte um sie herum wie um eine mittelalterliche Hexe auf dem Scheiterhaufen.

Eliza war vor über einem Jahr fortgegangen. Wann kam sie zurück? Was hielt sie so lange auf? Manchmal schien es, als wäre ihnen der weiße Nebel, der sie in Boscrambe Woods eingehüllt hatte, irgendwie ins Gehirn gestiegen. Vielleicht war Gordon daran gestorben, nicht an Nebel in seiner Lunge, sondern an Nebel, der sein Gehirn umwölkte und ihn in den Wahnsinn trieb. Vielleicht hatte der Nebel im Wald Eliza in den Wahnsinn getrieben, denn sie mußte wahnsinnig geworden sein, sonst hätte sie sie nicht in den Klauen von Vinny zurückgelassen. Sonst hätte sie sie niemals verlassen, nicht freiwillig, alle Verehrer der Welt zusammen hätten sie nicht von ihnen fortlocken können. Oder?

*

Vinnys Haar war vollkommen grau geworden, jedesmal, wenn sie am Spiegel in der Diele vorbeikam, fuhr sie sich über ihren Klosterknoten und sagte,»Schau, was du mir angetan hast«, als ob der Spiegel für ihre Probleme verantwortlich wäre.

Madge-in-Mirfield, an einem intimen und tödlichen Krebs erkrankt, war keine Hilfe, ihre drei erwachsenen Töchter stellten sich taub. Aber Madge hatte eine Freundin, die Leute kannte, die schon immer – »Zwei kleine Kinder wollten?« fragte Vinny hoffnungsvoll bei einem Besuch im Krankenhaus.

»Nein«, sagte Madge, »einen kleinen Jungen.«

»Nun, das ist vermutlich besser als gar nichts.«

»Daran ist nur Eliza schuld«, sagte Madge.

Charles könne sich sehr, sehr glücklich schätzen, sagte Vinny. Aber das würde nicht so bleiben, wenn er sich weiterhin wie ein ungezogener Junge verhielte. Mr. und Mrs. Crosland hatten ein großes Auto und trugen teure Mäntel. Mr. Crosland einen langen Kamelhaarmantel und Mrs. Crosland einen langen Biberpelz, obwohl es ein heißer Augusttag war, und als Mrs. Crosland im Wohnzimmer saß und Tee trank, wollte Isobel ihr Gesicht an dem Pelz reiben. »Armes kleines Kerlchen«, sagte Mrs. Crosland zu Charles. Der nicht mehr so kleine Charles (mittlerweile ein breiter, stämmiger Achtjähriger) starrte sie unhöflich an. Mrs. Crosland würdigte Isobel keines Blickes. Vinny zählte Charles' gute Eigenschaften auf, als wäre sie eine Hundezüchterin, und Mrs. Crosland murmelte beifällig angesichts ihres neuen Haustiers.

Charles schwebte auf einer Wolke des Mißverständnisses – Vinny war nicht ganz ehrlich gewesen und hatte ihn in dem guten Glauben gelassen, Isobel käme mit ihm, als Teil eines Pauschalangebots. Sie hatten nicht gesehen, daß Vinny nur einen Koffer packte. Als die Croslands ihren Tee ausgetrunken und ihr begrenztes Repertoire an Small talk abgespult hatten, sagte Mrs. Crosland, »Also, vielen Dank, Mrs. Fitzgerald, ich wünsche Ihnen alles Gute«, und stieg auf den Rücksitz des großen Autos. Sie tätschelte den Platz neben sich und sagte: »Komm, Charles.« Und Charles stieg widerstrebend ein und wurde in Pelz gewickelt.

Vinny schlug die Wagentür zu, Mr. Crosland ließ den Motor an, hob eine Hand zum Abschied und fuhr über den knirschenden Kies davon, ohne zurückzublicken. Mrs. Crosland winkte mit einer beringten Hand und formte mit ihren dicken knallroten Lippen ein Auf Wiedersehen. Charles' blasses Gesicht schaute aus dem Autofenster, seine Schreie übertönt vom Motorenlärm. Der Wagen fuhr langsam davon, die Kastanienallee entlang, und Charles' Gesicht tauchte im Heckfenster auf. Er schien sich einen Weg durch das Glas bahnen zu wollen.

Plötzlich verschwand sein Gesicht, als hätte ihn jemand an den Knöcheln gezogen, und der Wagen beschleunigte und bog in die Platanenstraße, vollführte genau den gleichen Zaubertrick, den Gordon bereits vollführt hatte, allerdings fuhr er in die entgegengesetzte Richtung. Und ebensowenig wie Gordons Auto kam dieser Wagen um die Kurve zurück und riefen die Insassen: »Hier sind wir wieder!«

Isobel rannte dem Auto nach, bis sie Seitenstechen hatte und nicht weiterlaufen konnte, und dann stand sie hilflos mitten auf der Straße, so daß der Botenjunge des Metzgers, der achtlos auf seinem Fahrrad um die Kurve flitzte, einen so gewagten Bogen fahren mußte, um der kleinen schluchzenden Gestalt auszuweichen, daß er vom Rad fiel und die Pakete mit den Fleischrationen auf der Straße verstreute. Vinny gelang es, ein dünnes Päckchen Würste in ihrer Küchenschürze verschwinden zu lassen, als sie Isobel auf die Beine und nach Hause zerrte.

Mitten in der Nacht, die Welt war dunkel und leer, aber nichts machte ihm mehr angst, nicht nach der Nacht im Wald. Es war nicht ganz dunkel, der Vollmond im Fenster verlieh allem ein dumpfes Schimmern, wie Zinn. Das war der richtige Zeitpunkt, um zu fliehen, das Abflußrohr hinunterzurutschen und über das nasse Gras des Rasens zu laufen. Das einzige Geräusch im Haus waren die Schnarchlaute von Mrs. Crosland. Charles glitt aus dem Bett und spürte den dicken Flor des Teppichs zwischen den Zehen. Seine Kleider lagen auf einem Stuhl, und er schlich hinüber. Er schien geschrumpft zu sein. Seine Augen waren nicht einmal auf gleicher Höhe mit dem oberen Rand der Stuhllehne, seine Nase reichte nur bis zum Türknauf. Seine Zehennägel kratzten auf dem Linoleum am Rand des Zimmers.

Aus der Einrichtung war alle Farbe gewichen, alles war grau schattiert. Wenn er angestrengt horchte, hörte er, daß es im Haus alles andere als still war – er hörte die Mäuse, die in der Vorratskammer an den Lebensmitteln knabberten, die alte Katze der Croslands, wie sie (von der Mäusejagd) träumte. Gerüche überfluteten sein Gehirn – der Staub in den Teppichen, die alten Saucengerüche, die aus der Küche heraufzogen, der Nelkenpuder, den Mrs. Crosland im Bad verschüttet hatte. Der Benzingeruch, der aus der Garage zu ihm heraufdrang, berauschte ihn, er durchstreifte das Zimmer und versuchte nachzudenken, ausnahmsweise fühlte er sich merkwürdig wohl in seiner Haut.

Er trippelte zu der Frisierkommode in der Zimmerecke. Der Mond hatte den Spiegel darauf in Stahl verwandelt. Er sah den

Mond im Spiegel, er sah sein Gesicht im Spiegel – nein. Nein. Das konnte nicht sein, es war nicht möglich. Charles hob den Kopf und stieß ein entsetzliches Heulen der Angst aus, lief weg vom Spiegel, sprang in sein Bett und zog sich die Decke über den Kopf. *Am Morgen wäre alles anders. Nicht wahr?*

Eine Woche, nachdem er von den Croslands entführt worden war, tauchte Charles mit einem plötzlichen unerwarteten Knirschen von Kies wieder auf. Die hintere Wagentür wurde geöffnet, und Charles – hier bin ich wieder! – landete so heftig auf dem Erdboden, daß man fast hätte meinen können, er wäre gestoßen worden. Die Autotür wurde zugezogen, und ein Fenster heruntergekurbelt.

Mrs. Croslands Gesicht, gepudert und lackiert wie bei einer japanischen Geisha, kam zum Vorschein. »Er beißt«, verkündete sie, und in ihrer Stimme schwang Ekel mit. »Er beißt wie ein *wildes Tier.*« Und Mr. Crosland rief über die Schulter: »Das Kind ist *zurückgeblieben*, Mrs. Fitzgerald!« Und dann fuhren die Croslands mit einem Schaltmanöver, das ihre schlechte Laune verriet, davon. Charles saß im Schneidersitz auf dem Kies, wiegte sich vor und zurück wie ein schaukelnder Buddha und lachte angesichts des auf der Einfahrt davonrauschenden Wagens sein Clownslachen, *ha ha ha, ha ha ha.*

Das Wesentliche des Zaubertricks – etwas, was Eliza und Gordon anscheinend nicht kapiert hatten – bestand in der Fähigkeit, wieder zurückzukommen, nachdem man verschwunden war. Im Gegensatz zu seinen Eltern beherrschte Charles beide Teile des Tricks, und um das zu feiern, tanzte er eine wahnsinnige Polka des Triumphes die Einfahrt entlang und wieder zurück – bis er stolperte und sich weh tat und Vinny sagte: »Ich hab' gleich gewußt, daß Tränen fließen werden.«

*

Vinny war dabei, Fairfax & Sohn in Grund und Boden zu wirtschaften, zum einen, indem sie die Kunden vergraulte (»Also, was wollen Sie – Cheddar oder Cheshire? Entscheiden Sie sich, ich hab' nicht den ganzen Tag Zeit!«), zum anderen durch grauenhaftes Mißmanagement. Schließlich mußte sie den Laden zu einem Schleuderpreis an einen Konkurrenten verkaufen, außerdem verkaufte sie ihr kleines Reihenhaus im Weidenweg an ein Paar namens Miller, und jedesmal, wenn sie mit dem Bus an ihrem alten Haus vorbeifuhr, sagte Vinny: »Da haben die Millers aber ein Schnäppchen gemacht.« Vinny war Mrs. Derwurde-übel-mitgespielt, und nichts, aber auch gar nichts würde je in ihrer Welt in Ordnung sein. Insbesondere ihre Verwandten nicht.

»Wir müssen bald ins Armenhaus«, informierte sie sie. Aber sie hatte eine Idee – sie würden Untermieter aufnehmen, denn wozu war ein Haus mit fünf Schlafzimmern gut, wenn nur drei davon benutzt wurden? Hm? Sie würden eines einem Untermieter zur Verfügung stellen.

Vage war sich Vinny der Tatsache bewußt, daß ihre erbärmliche Haushaltsführung einem zahlenden Gast nicht unbedingt zusagen würde, und so ging sie daran, ihre hausfraulichen Fähigkeiten zu verbessern. Sie studierte die Haushaltsbücher der Witwe – ein ganzes Küchenregal voll *aide-ménage* – *Das Handbuch der Hausfrau, Tante Kittys Kochbuch, Alles in einem, Das Buch der modernen Hausfrau* (denn einstmals war die Witwe eine sehr moderne Hausfrau gewesen). Eine Zeitlang erstreckte sich Vinnys Begeisterung auch auf den Hobby-Teil von *Alles in einem*, und sie versuchte sich, neben anderen nützlichen Tätigkeiten, an *Kunstwerken aus Siegelwachs* und *Niedlichen Kunstwerken aus Cellophan und Seidenbast*. Es war höchst beunruhigend, die Küche zu betreten und Vinny ellbogentief in (hautfarbenem) Pappmaché oder bei dem Versuch vorzufinden, die künstlerischen Höhen der *Kunstwerke aus Schwämmen* zu erklimmen, indem sie mit einer Schere den Badeschwamm traktierte, um daraus ein florales Stilleben für das Zimmer des Unbekannten Untermieters herzustellen.

Aber unendlich viel schlimmer war die *ancienne cuisine*, deren Anhängerin Vinny plötzlich geworden war; dabei handelte es sich um Gerichte, deren Rezepte sie in den Kochbüchern der Witwe ausgrub und die offenbar aus der Zeit zwischen den Weltkriegen stammten. Und für die sie als Versuchskaninchen herhalten mußten. Spaghetti-Beignet, Kaninchensuppe mit Curry, Taubenkompott mit Hirnsauce. Nichts liebte Vinny mehr als Rezepte, die folgendermaßen begannen: »Man nehme einen großen Kabeljau und koche ihn unzerteilt ...«

»Das ist ekelhaft«, urteilte Charles über etwas, was sich »Pastete aus gekochtem Kalbsfuß« nannte.

»Ekelhaft ist, wer sich ekelhaft benimmt«, sagte Vinny, was wenig hilfreich war. Nie hätten sie gedacht, daß sie sich eines Tages nach Vinnys alter Art zu kochen zurücksehnen würden.

Kaum war Vinny davon überzeugt, daß sie die Hausfrauen-*cuisine* beherrschte, wandte sie ihre Aufmerksamkeit dem Bettzeug zu, durchsuchte die Wäscheschränke der Witwe bis in den letzten Winkel und zerrte diverse Laken aus irischem Leinen ans Tageslicht, die nur wenige Stockflecken aufwiesen. »Was Besseres kriegt man in keinem Hotel«, erklärte sie. Vinny hatte nicht die leiseste Ahnung von der Qualität von Hotelbettwäsche, da sie nie in einem Hotel übernachtet hatte, aber das hielt sie nicht davon ab, sich auszumalen, wie das Hotel Arden dem Ritz den Rang ablaufen würde. Charles und Isobel konnten sich keinen Grund vorstellen, warum jemand bei ihnen sollte wohnen wollen, dünn wie die Matratzen waren und so wie der Vanillepudding klumpte.

Kaum hatte sich Vinny bereit erklärt, wen auch immer aufzunehmen, da tauchte ihr erster Untermieter auf. Vinny war etwas überrascht, weil sie noch nicht einmal überlegt hatte, wie sie ihr Vorhaben bekanntmachen sollte, aber plötzlich stand

Mr. Rice vor der Tür, mit Referenzen und dem richtigen Untermieterjob – Handelsreisender.

Mr. Rices Alter lag irgendwo zwischen fünfunddreißig und fünfundsechzig, und er hatte einen riesigen Schnauzbart, möglicherweise, um den fast vollständigen Verlust seines dunkelbraunen Haupthaars auszugleichen. Wenn er etwas ähnlich sah, dann einem gekochten Ei. Charles und Isobel tauschten untröstliche Blicke aus, weil sie sich niemand Langweiligeren vorstellen konnten. »Macht euch keine Sorgen«, sagte Vinny, »von seiner Sorte gibt es jede Menge.«

Mr. Rice trug Jacketts in schreienden Farben und mit Hahnentrittmuster sowie senfgelbe Westen und behauptete, während des Kriegs Pilot gewesen zu sein. »Wen will er damit auf den Arm nehmen?« sagte Vinny verächtlich, aber hinter seinem Rücken, denn sie wollte sein Geld.

»Hier«, sagte Vinny und steuerte auf den neuen Untermieter zu, »ein schöner Teller mit ›Bries Royal‹.« Chatelaine Vinny – eine armselige Hausfrau in harten Zeiten. »Nun, Mr. Rice«, sagte Vinny und säbelte am sonntäglichen Eßtisch Scheiben von einem nicht identifizierbaren Säugetierbraten ab, »wie gefällt es Ihnen bei uns?« Vinny hielt Mr. Rice für »einen Gentleman«, und nach seiner Ankunft war sie eine Zeitlang ziemlich frivol.

Anfänglich säuselte, katzbuckelte und machte sie Kratzfüße vor Mr. Rice, rang höchst demütig die Hände, und Mr. Rice reagierte dergestalt, daß er ihre hausfraulichen Talente in den Himmel lobte, statt sich über ihr »Schellfisch-Soufflé« zu wundern, sich über die feuchten Stellen in seinem Zimmer und den fragwürdigen Charakter einiger Mahlzeiten zu beschweren (»Gekochte Würste im Teigmantel«, verkündete Vinny schüchtern und zugleich stolz auf ihre neuerworbenen Fähigkeiten).

Zum Frühstück und zum Abendessen revanchierte sich Mr. Rice mit Geschichten von unterwegs. »In Birmingham ist mir diese Woche etwas sehr Lustiges passiert, hab' ich Ihnen das schon erzählt?« fragte Mr. Rice über einem Gericht namens »Schottische Schafsinnereien«, mit dessen Zubereitung Vinny sich den ganzen Nachmittag über abgemüht hatte. Mr. Rice hatte keinerlei Sinn für Humor, wenn überhaupt, hatte er einen negativen Sinn für Humor, und deswegen wußten sie, daß jede Geschichte, die er als »sehr lustig« ankündigte, sich unweigerlich als unsäglich langweilig herausstellen würde. Da Mr. Rice außerdem *ständig* sehr lustige Dinge widerfuhren, verging kaum eine Mahlzeit, bei der sie vor Langeweile nicht einschliefen.

»Mr. Tapioka! Mr. Sago!« grölte Charles und schlug mit der Stirn auf dem Tisch auf, während er sich vor manischem *Sotto voce*-Lachen krümmte. Isobel machte sich Sorgen um Charles. Er war jetzt neun Jahre alt, aber die Hälfte der Zeit benahm er sich wie sein dreijähriges Selbst. Mr. Rice schien das nicht zu bemerken, nahm sich einen Löffel grauer gekochter Kartoffeln und ließ Lyrisches über häusliche Bequemlichkeit vom Stapel.

»Du maßlos alberner Junge!« zischte Vinny Charles an.

»Mmh«, sagte Mr. Rice und schnupperte wie das Bisto Kid, als Vinny ihm eine Scheibe »Schafszungenbraten« reichte.

Sie holte eine Schachtel Zigaretten aus der Tasche ihrer Kittelschürze und zündete sich eine davon an. Ihre knorrigen, um die Zigarette gebogenen Finger hätten besser zu einem großen Raubvogel gepaßt. Vinny schloß die Augen und inhalierte tief, mit einer Miene, die eher auf Schmerz als auf Vergnügen hindeutete, und stieß den Rauch durch die Nase aus, während sie einen exotischen »Eisenbahnpudding« servierte.

»Köstlich«, sagte Mr. Rice, während ein Tropfen gelbe Creme sein Kinn hinunterkroch. Vinny tupfte sich die spärlichen Wimpern auf eine Art, die man kokett hätte nennen können. »Haben Sie etwas im Auge, Mrs. Fitzgerald?« erkundigte sich Mr. Rice, den Mund voll Pudding.

»Parallele Welten«, sagte Charles zu Mr. Rice, eifrig bestrebt, am Abendbrottisch, der unter »Leberkroketten« ächzte, für seine neuen Theorien ein offenes Ohr zu finden. »Was, wenn es andere Welten gibt, wo wir ein anderes Selbst haben – und ein ganz anderes Leben leben, wo Vinny zum Beispiel ein Filmstar wäre [geschmeichelt warf Vinny ein seltenes Lächeln der Wertschätzung in Charles' Richtung] oder Izzie die Königin eines unbekannten Landes, und ich wäre« – Charles suchte nach einem parallelen Leben, das ihm gefallen würde – »ich wäre Olympiasieger oder ein berühmter Shakespeare-Schauspieler oder Weltraumwissenschaftler ...« Die ganze Zeit starrte Mr. Rice Charles an, als wäre dieser verrückt, und als Charles schließlich am Ende seiner Phantasie angekommen war, warf er ihm einen prosaischen Blick zu und sagte: »Komm auf den Boden der Tatsachen, Junge.« Und Charles wurde knallrot, eine Farbe, die sich schrecklich mit der seines Haares biß. Tatsächlich gab es nur eine Parallelwelt, in der sie leben wollten – diejenige, in der sie Eltern hatten, vorzugsweise dieselben wie früher.

Ein weiteres Jahr verging. Und noch eins. Eliza wurde zu einem Schatten, gestrandet im Lauf der Zeit, eine Erinnerung. Die Leute erzählten Isobel, daß sie fremdländisch ausgesehen habe – spanisch oder italienisch –, war in Elizas Adern spanisches Blut geflossen? Vinny spähte in den langen dunklen Tunnel, der in die Vergangenheit führte, sah etwas Verschwommenes, hörte das vage Wort »keltisch« und sagte: »Kein spanisches, irisches, glaube ich.«

»Hat sie irisch geklungen?« fragte Charles neugierig.

»Geklungen?« wiederholte Vinny ratlos. Ein Hauch *Hempstid* wehte durch den Tunnel zu ihr herüber. »Sie hat ... lächerlich geklungen«, schloß Vinny das Thema ab. Elizas verblaßtes, vergessenes Bild quälte die Kinder. Wo war sie? Warum kam sie nicht zurück? Warum kam niemand aus ihrer Welt? Eine Schwester oder ein Bruder? Eine Tante oder eine Cousine? Wenn Eliza nicht zurückkehren konnte, warum kam dann nicht eine Freundin aus Kinderzeiten, warum klopfte niemand an ihre Tür und sagte: »Ich kannte eure Mutter«? Jemand, der ihnen kleine Dinge erzählen konnte – Bücher, die sie gern las, ihr Leibgericht, die Jahreszeit, die sie am meisten mochte.

»Vielleicht hat jemand sie entführt«, theoretisierte Charles, »und hält sie gegen ihren Willen fest, obwohl sie ihn inständig angefleht hat, sie gehen zu lassen, damit sie zu ihren Kindern zurückkann.«

»Hatte sie keine Mutter und keinen Vater?«

»Fragen über Fragen«, schnauzte Vinny sie gereizt an, »könnt ihr nicht was anderes fragen?«

*

Isobel erfuhr, wem Audrey ihr Haar verdankte (der genetische Ursprung von Charles' Haar blieb weiterhin im dunkeln). Mrs. Baxters Schwester Rhona kam zu Besuch aus Südafrika und streichelte Audreys Haar, als wäre es etwas sehr Wertvolles, und sagte: »Das ist das Haar unserer Mutter, Moira.« Und Mrs. Baxter antwortete: »Ich weiß, Rhona.« Und beider Augen füllten sich mit Tränen.

Mr. Baxter mißbilligte dieses sentimentale Getue um das Haar, mißbilligte Mrs. Baxters Schwester, ihre Frohnatur und ihr unbeschwertes Lachen. Er wirkte ungehalten, als er in die Küche kam und sie angesichts der Erinnerung an das mütterliche Haar traurig um den Resopaltisch sitzen sah, und er knöpfte sich Audrey vor, »Du tätest besser daran, das Einmaleins zu lernen – du kannst noch nicht mal das Sechser-Einmaleins«, bevor er sich hastig zurückzog vor so vielen haarbedingten Gefühlen.

»Was für ein Gradgrind«, sagte Mrs. Baxters Schwester und lachte, als er gegangen war, und Mrs. Baxter lächelte nervös und schnitt einen Kirsch-Mandel-Kuchen an, der mit einem Kreis aus glasierten Kirschen, die leuchteten wie große helle Blutstropfen, dekoriert war.

Die Ankunft von Mrs. Baxters Schwester brachte viele Reminiszenzen mit sich. Bis zum Tod ihrer Mutter hatten sie offenbar eine idyllische Kindheit gehabt. »Viel Spaß und viele Spiele, uns ist immer was eingefallen, stimmt's, Moira?« Trotz vieler Jahre unter afrikanischer Sonne sprach Mrs. Baxters Schwester nach wie vor mit einem hübschen trällernden Akzent, in dem Heide und Hügel mitschwangen. Und sie sang »John Anderson, my jo'« so schön, daß Mrs. Baxter weinen mußte. »Ach ja«, sagte Mrs. Baxter mit einem sehnsüchtigen Lächeln, »das waren schöne Zeiten.« Wann immer Mrs. Baxter von ihrem Leben vor Mr. Baxter sprach, wurde sie sehr wehmütig.

Was passiert in einer idyllischen Kindheit? »Al-so«, sagte Rhona, »Picknicks, Verkleiden, kleine Stücke aufführen« – beide mußten schallend lachen angesichts dieser besonderen Erinnerung – »und dann haben wir viele Spiele gespielt, unsere Mutter wußte so gute Spiele –« An dieser Stelle schrie Mrs. Baxter auf, warf die Arme hoch, rannte aus dem Zimmer, kehrte ein paar Minuten später atemlos zurück und drückte ihrer Schwester ein kleines rotes Buch in die Hand. Daraufhin verschlug es Rhona kurzfristig die Sprache, sie hüpfte auf der Stelle auf und ab und kreischte dann: »Der *Home Entertainer* – du hast ihn noch!«

»Ja.« Mrs. Baxter strahlte.

»›Mörderspiel‹.« Mrs. Baxter lachte, daß ihr die Tränen in die Augen stiegen. »›Zitronen-Golf‹? Nur wenige Dinge rollen so unberechenbar wie eine Zitrone!« las sie laut aus den Spielregeln vor.

»›Krocket mit Menschen‹!« sagte Mrs. Baxters Schwester freudig entzückt. »Das war mein Lieblingsspiel.« Sie spielten es, so erzählte sie, auf dem Rasen vor dem Pfarrhaus. »Es war so ein schöner Rasen. So grün«, fügte sie hinzu und seufzte wie eine des Landes Verwiesene. »Natürlich braucht man eine Menge Leute für ›Krocket mit Menschen‹.«

»Und alle müssen in der richtigen Stimmung für das Spiel sein«, fügte Mrs. Baxter hinzu.
»O ja«, stimmte Mrs. Baxters Schwester zu.
Und dann plünderten sie die Obstschale, zuerst für eine Runde »Zitronen-Golf«, die sie auf dem Wohnzimmerteppich mit einem Sortiment von Gerätschaften spielten – Spazierstökken, einem alten Hockeyschläger, einem Stuhlbein aus dem Schrank unter der Treppe und (selbstverständlich) Zitronen.
Anschließend folgte eine begeisterte Runde »Orangenkampf«, bei der sogar Audrey zum Leben erwachte, und nicht einmal das vorzeitige Eintreffen von Mr. Baxter – gerade als Mrs. Baxter mit einem Teelöffel auf die Orange ihrer Schwester eindrosch – konnte die Partystimmung vollständig vermiesen.

Am nächsten Tag kehrte Mrs. Baxters Schwester nach Südafrika zurück, und ihre Abreise machte Mrs. Baxter sehr traurig. Und, wie es schien, sehr tolpatschig, denn sie war überall grün und blau, wie nach einem weniger gut gelungenen Spiel. »Ich bin die Treppe runtergefallen«, sagte sie, »ich Dummerchen.« Die dumme Mrs. Baxter sollte wirklich besser aufpassen.

*

Die Zeit verflog. Sieben Jahre vergingen. Eliza würde nie wieder zurückkommen, wahrscheinlich war sie so tot wie Gordon.
Arden verlotterte, die Böden waren von Naßfäule befallen, die Treppe von Trockenfäule. Fenster und Türen klemmten. Die Tapeten lösten sich von den Wänden. Die verstaubten Tropfen am Kronleuchter der Witwe waren mit Spinnweben verziert, und sie klimperten und klingelten in dem heftigen Luftzug, der durch Arden wehte, als lieferten sich Boreas und Eurus irgendwo in der Nähe der Diele einen Wettlauf oder als würde der große Adler Hraesvelg auf und ab fliegen, nur um sie zu ärgern.

Während alle anderen Häuser in den Straßen der Bäume modernisiert und renoviert wurden, war Arden unberührt geblieben, seit der Baumeister höchstpersönlich die letzte Schindel angenagelt hatte.

Im Garten lebten Kröten und Frösche, Mäuse und Maulwürfe und eine Million Gartenvögel. Das Unkraut wuchs hüfthoch, der Boden war mit Geißfuß überzogen, und dorniges Gestrüpp bahnte sich langsam einen Weg durch den Garten bis zur Hintertür. Die Witwe hätte einen Schlaganfall erlitten.

»Es ist jemand an der Hintertür«, sagte Vinny und starrte in die Flammen des Feuers wie eine alte sibyllinische Katze. Auch Vinny hatte etwas Vermoderndes an sich – Staub klebte in den Ritzen ihrer Haut, und ihr dünnes Haar wurde allmählich zu einem Spinnennetz. »Ich hab' nichts gehört«, erwiderte Charles (mittlerweile ein höchst unattraktiver Dreizehnjähriger).

»Das heißt nicht, daß nicht doch jemand da ist«, sagte Vinny.

Das glasige Auge in den Überresten eines »gebackenen Kabeljaukopfes« sah Charles nach, als er durch die Küche zur Hintertür ging. Er öffnete die Tür und sah, daß Vinny recht hatte. Ein Mann stand auf der Schwelle. Er nahm seinen Hut ab, lächelte traurig und sagte mit heiserer Stimme: »Charles?« Charles trat einen Schritt zurück.

»Erinnerst du dich an mich, alter Knabe?« Charles hätte nicht schockierter sein können, wenn ein außerirdisches Raumschiff in der Küche gelandet und ein Trupp Marsmännchen ausgestiegen wäre. »Daddy?« sagte er kaum hörbar.

Vinny betrat brummelnd in die Küche, aber als sie Gordon sah, verschlug es ihr die Sprache. Sie wurde grün. »Vin?«

»Da bist du ja«, sagte Vinny schließlich. Isobel kam in die Küche und betrachtete interessiert den Fremden – er hatte etwas Sonderbares an sich, etwas, was nicht ganz stimmte, aber sie wußte nicht, was es war.

»Daddy?« wiederholte Charles. Daddy? Wie war das möglich? Gordon war tot, ermordet von der Waschküche, er war seit über sieben Jahren tot. War das hier ein Gespenst? Er hatte die Augen eines Gespenstes, war aber nicht so bleich wie ein Gespenst, er war schlank und braungebrannt, als hätte er in der Sonne gearbeitet. Wenn sie an Gordon dachten, dann dachten sie an den Mann auf dem Foto in dem silbernen Rahmen – die Fliegeruniform, das fröhliche Lächeln, das gewellte Haar. Dieser Gordon – ob Gespenst oder Hochstapler – hatte kurzes, von der Sonne aufgehelltes Bürstenhaar, und das Lächeln, das er zustande brachte, war alles andere als fröhlich.

»Daddy?« sagte Charles noch einmal ratlos.

»Freust du dich, mich zu sehen, alter Knabe?« flüsterte Gordon, überwältigt von Gefühlen und kaum in der Lage zu sprechen.

»Aber Daddy, du bist doch tot«, sagte Isobel.

»Tot?« sagte Gordon und sah Vinny fragend an, die mit den Schultern zuckte, als hätte sie nichts damit zu tun. »Ihr habt ihnen erzählt, ich sei *tot*?« hakte Gordon nach.

»Mutter meinte, es wäre das Beste«, sagte Vinny unwirsch.

»Wir dachten, du würdest nicht zurückkommen.«

Die Geschichte hatte sich plötzlich verändert. Gordon war am Leben und nicht tot, vielleicht war er der erste bekannte Mensch, der aus dem unbekannten Land zurückgekehrt war. Die Welt gehorchte nicht länger den Regeln der Logik, denen zufolge die Toten tot waren und die Lebenden auf der Erde wandelten. Er war nie in der Nebelwand verschwunden, nie in der Waschküche umgekommen. Das alles war ein Irrtum. »Jemand hat sich geirrt?« sagte Charles ungläubig. Ja, sagte Gordon und starrte grimmig auf die Wand hinter ihnen, so daß sie sich beide umdrehten, um nachzusehen, ob da jemand wäre. Es war niemand da.

Irgend jemand (ein Toter) war fälschlicherweise als Gordon identifiziert und der richtige Gordon plötzlich von Gedächtnisverlust befallen worden und nach Neuseeland gegangen, ohne zu wissen, daß er der richtige Gordon war, ohne zu wissen, wer er war. Ohne irgend etwas zu wissen. Vielleicht hatte Gordon zu oft »Verlorene Identität« gespielt, und sein Geist hatte sich verwirrt? »Amnesie«, hörten sie ihn später den Leuten erzählen, so wie sie früher die Witwe »Asthma« hatten sagen hören, nachdem er vor Ewigkeiten aus Arden weggefahren war. Die beiden Wörter klangen sehr ähnlich – vielleicht hatten die Witwe und Gordon sie irgendwie durcheinandergebracht?

»Da ist jemand, den ich euch vorstellen möchte«, sagte Gordon mit einem hoffnungsvollen kleinen Lächeln. »Sie wartet im Auto.«

Charles gab einen komischen Laut von sich, als würde er ersticken. »Ist es Mummy?« fragte er, irgendwo zwischen unmöglicher Hoffnung und überwältigender Verzweiflung schwebend. Gordons Züge verzerrten sich zu einer Grimasse, und Vinny sagte hastig, als ob sie etwas erklären wollte: »Mit einem Verehrer davongelaufen.« Gordon starrte sie an, als hätte er Verständnisschwierigkeiten, und Vinny wiederholte ungeduldig: »*Eliza*, sie ist mit einem Verehrer davongelaufen.« Als Elizas Name fiel, sah Gordon aus, als wäre ihm schlecht.

»Ist es sie?« drängte Charles.

»Ist wer was, alter Knabe?« Gordon wirkte benommen.

»Wartet Mummy im Auto?«

Gordon schien lange Zeit über die Antwort auf diese Frage nachzudenken, aber schließlich schüttelte er bedächtig den Kopf und sagte: »Nein, nein, sie ist es nicht.«

»Hallo, alle miteinander«, sagte plötzlich eine helle dünne Stimme, und alle vier zuckten zusammen und wandten sich um zu der Person, die auf der Schwelle der Hintertür stand. »Ich bin eure neue Mummy.«

Die Wiederkunft der Eliza stand nicht mehr länger unmittelbar bevor, es würde keine richtige, echte Gerechtigkeit geschehen, und das lange Leiden würde nicht belohnt werden (mit einem Happy-End). Und wenn der tote Gordon wieder lebendig werden konnte, dann konnte sich die lebendige Eliza genausogut als tot herausstellen. »Wo immer sie ist«, sagt Charles betrübt, »sie wird nie mehr zurückkommen, blicken wir dieser Tatsache ins Auge, Izzie.«

GEGENWART

Experimente mit Außerirdischen

Debbie hat Schwierigkeiten, dem Baby einen Namen zu geben. Ich glaube, es liegt daran, daß es nicht ihr rechtmäßiges Eigentum ist, die Identität des Babys ist schließlich fragwürdig, und ihm einen Namen zu geben könnte es irgendwie seines wahren Erbes berauben. (Aber weiß das Baby, wer es ist?) »Sharon?« versucht sich Debbie an Gordon. »Oder Cindy? Andrea? Jackie? Lindy? Auf jeden Fall nichts Altmodisches.« So wie Isobel vermutlich.

Debbie behielt recht – das Baby wurde in den Straßen der Bäume umstandslos akzeptiert, und da sich niemand gemeldet hat, der sein verlorenes Kind einfordert, scheinen wir es behalten zu können. Vielleicht ist es wirklich ein Wechselbalg, den die Elfen versehentlich auf unserer Schwelle abgelegt haben, weil ihnen nicht klar war, daß wir kein eigenes Baby im Haus hatten, das wir hätten eintauschen können – denn der Zehnte, den die Elfen der Hölle schulden, muß selbstverständlich alle sieben Jahre mit einem Menschenleben bezahlt werden.

Das Baby ist die einzige Person, von der Debbie glaubt, daß sie sie selbst ist (vielleicht weil es ein so kleines Selbst hat), obwohl sie mit uns Roboter-Doubles mehr oder weniger genauso kommuniziert, wie sie es immer getan hat.

Debbie nimmt jetzt eine elefantengroße Dosis Tranquilizer, die keinerlei erkennbare Wirkung haben, jedenfalls nicht auf das merkwürdige, zwanghafte Verhalten, das sie nicht abstellen kann – das Händewaschen, das Abreiben von Türknäufen und Wasserhähnen, die Hysterie, wenn eine Vase auch nur einen Zentimeter verrückt ist. Vielleicht sind das die Rituale, die den Wahnsinn abwehren, und nicht seine Symptome. »Sie sollte zu einem verdammten Psychiater gehen«, sagt Vinny griesgrämig und laut zu Gordon. »Zu einem Klapsdoktor?« kreischt Debbie. »Das kommt verdammt noch mal nicht in die Tüte.«

Nachdem sie selten benutzte Ecken ihres Gehirns durchwühlt hat, kommt Eunice (nach heftigem *Klick-klick-klick*) mit einer eigenen Diagnose an. »Capgras-Syndrom.« (»Andersrum«, lautet Mrs. Baxters Diagnose.)

»Capgras-Syndrom?«

»Der Betroffene glaubt, daß die nächsten Angehörigen von Robotern oder Replikaten ersetzt worden sind.«

»Mann!« (Was sonst sollte man sagen?)

»Wissenschaftler glauben [ein Widerspruch in sich, nicht wahr?], daß es sich hierbei um einen Zustand handelt, der mit dem weitverbreiteten Phänomen des Déjà-vu-Erlebnisses verwandt ist.«

(Jetzt wird es richtig interessant.) »Es hat etwas mit unserem Gefühl des Wiedererkennens und der Vertrautheit zu tun.« Was hat andererseits nichts damit zu tun?

»Der erste Fall wurde 1923 bekannt – eine dreiundfünfzigjährige Französin, die sich darüber beschwerte, daß die Mitglieder ihrer Familie von identischen Doubles ersetzt worden wären. Nach einer Weile klagte sie, daß das gleiche mit ihren Freunden und dann mit ihren Nachbarn geschehen wäre. Und schließlich ging es ihr mit allen so. Zum Schluß glaubte sie, daß ihr eigenes Double ihr überallhin folgte.« (A-ha!)

Eunice Primrose macht den wissenschaftlichen Effekt nahezu zunichte, indem sie heftig an einer Zigarette der Marke Senior Service zieht, seit kurzem beschreitet sie den Pfad des süßen Lebens (wie ihr Name schon sagt), wo wird er sie hinführen? Zu Sex und Tod vermutlich. Was, wenn es sie tatsächlich gibt? Was, wenn ich tatsächlich ein Double habe? Mrs. Baxter zum Beispiel behauptet, mich gestern gesehen zu haben, wie ich bei Boots Shampoo kaufte, wo ich doch gewiß weiß, daß ich mit einer Englischlektion beschäftigt war, und zwar, um genau zu sein (»Gegen halb elf ungefähr, Liebes«), irgendwo zwischen

Es fliehen vor mir, die mich manchmal suchten

und

Mit nacktem Fuße durch meine Kammer gehend.

Wen hat sie gesehen? Mein Selbst aus der Parallelwelt oder meine Doppelgängerin in dieser Welt? (»Eine Dopplerin?« fragt Mrs. Baxter verwirrt.) Ein Produkt meines eigenen Capgras-Syndroms? Wir wissen, wer wir sind, aber nicht, wer wir sein könnten. Könnte sein. Könnte aber auch nicht sein.

»Bist du auf einem anderen Stern, Isobel?« fragt Debbie mich streng.

»Entschuldige«, erwidere ich gedankenverloren. Debbie rasselt noch immer eine Liste mit Namen herunter – »Mandy, Crystal, Kirsty, Patty – o Gott, ich weiß es nicht, sag du was«, sagt sie müde. Das Baby (ausnahmsweise stumm) sieht mich an, als wäre ich wirklich eine völlig Fremde, vielleicht ist das Capgras-Syndrom ansteckend. Ich blicke tief in seine verschwommenen, von Zweifeln umwölkten Augen, auf seinem Kopf wächst jetzt ein dünner Flaum rotgoldener Haare.

»Fontanelle«, sagt Debbie. Diesen Namen habe ich noch nie gehört. »Das ist kein Name, Dummerchen«, sagt Debbie selbstgefällig, weil sie sich in neo-nataler Anatomie auskennt, »es ist der Name von dieser weichen Stelle auf dem Kopf [unter dem rotgoldenen Flaum], wo die Schädelknochen noch nicht zusammengewachsen sind.« Ich muß an gekochte geköpfte Eier denken.

»Vermutlich muß man aufpassen und darf es nicht auf diese Stelle fallen lassen?«

»Man darf es grundsätzlich nicht fallen lassen, Punktum!« sagt Debbie streng.

Ich weiß auch nicht – mir fällt kein Name ein. Perdita vielleicht.

*

»Willst du mitfahren?« fragt mich Malcolm Lovat (der während der Ferien zu Hause ist), als er mich nach der Schule durch die Stadt nach Hause gehen sieht. Eunice nimmt an einem Schachturnier teil, und die abwesende Audrey hat vermutlich wieder die Grippe. Ich muß mit Audrey sprechen.

»Mitfahren?« wiederhole ich, plötzlich fühle ich mich ganz schwach vor Hunger.

»In meinem Wagen«, sagt er und hält mir die Autoschlüssel vors Gesicht, um zu beweisen, daß er mich nicht in eine Sänfte oder auf einen Eselskarren locken will.

»In deinem Wagen?« Ich muß aufhören, alles, was er sagt, zu wiederholen.

»Mein Dad hat ihn mir gekauft«, sagt er angemessen niedergeschlagen.

»Gekauft?«

»Weil ich mit dem Gedanken spiele, das Medizinstudium zu schmeißen«, sagt er und hält mir die Wagentür auf, »mit dem Auto will er mich bestechen, damit ich auf dem Guy's bleibe.«

Ein ziemlich schlauer Bestechungsversuch, meiner Ansicht nach. Ich würde weiter Medizin studieren, wenn mir jemand ein Auto kaufen würde. Nicht, daß es bei mir jemals zum Medizinstudium reichen wird. (»Gibt es dort, wo du herkommst, so etwas wie Wissenschaft oder Vernunft oder Logik, Isobel?« fragt Miss Thompsett sarkastisch. Von wo könnte ich kommen? Vom unlogischen Illyrien, dem Stern der Unvernunft.)

»Und wirst du? Es schmeißen?«

Malcolm seufzt und läßt den Motor an. »Manchmal hätte ich große Lust – du weißt schon, einfach abzuheben und zu verschwinden.« Warum wollen alle außer Debbie verschwinden? Vielleicht sollten wir Gordon ermuntern, sich wieder mit Zaubertricks zu beschäftigen – dann könnte er Debbie verschwinden lassen oder, besser noch, sie in zwei Hälften zersägen.

»Die anderen planen mein Leben für mich«, sagt Malcolm, während ich im Handschuhfach nach etwas Eßbarem krame. Ich finde nicht einmal ein mißgebildetes Pfefferminzbonbon.

»Möchtest du nach Hause?« fragt er, als wir an einer Ampel halten.

»Nicht wirklich«, antworte ich vage, für den Fall, daß er etwas Besseres zu bieten hat (östlich der Sonne, westlich des Mondes).

»Möchtest du mit ins Krankenhaus kommen? Ich will meine Mutter besuchen.«

»Das wäre nett.« Soweit es mich betrifft, ist es mir egal, ob wir dem Leichenschauhaus, einer Gruft oder der Hölle einen Besuch abstatten, wenn ich nur mit Malcolm zusammensein kann.

»Krebs«, sagt Malcolm, als wir auf den Parkplatz des Krankenhauses fahren. »Er wächst unglaublich schnell, er frißt sie auf.« Ich hing gerade einem Tagtraum nach, in dem er mich auf ein Himmelbett wirft und mir zuflüstert, wie schön ich sei, verglichen mit Hilary, so daß das Wort »frißt« plötzlich schauerlich in meinem Kopf widerhallt.

»Wie schrecklich.« Ich frage mich, ob er Pralinen oder Weintrauben dabei hat.

In Ermangelung von Stühlen stehen wir wie unhandliche

Buchstützen neben Mrs. Lovats Kopfkissen. Nur ihr Kopf ist zu sehen, er könnte zu einer Figur von Beckett gehören, und ihr Haar sieht aus wie eine Sammlung abgenutzter Topfreiniger aus Stahlwolle. »Hallo«, sagt Malcolm, beugt sich hinunter und küßt sie zärtlich auf die Wange. Sie verscheucht ihn mit der Hand, als wäre er eine große Fliege. Sie scheint auch ein paar Topfreiniger verschluckt zu haben, so wie ihre Stimme klingt – wie ein rasselndes Bellen und nicht melodisch ersterbend. Aber schließlich ist sie eine Menschenfresserin, und, so ermahne ich mich, sie liegt im *Sterben*.

»Wer ist das?« krächzt sie. »Komm her, komm näher, ist das Hilary?« Und sie greift mit ihrer Klaue nach meinem Arm und zerrt mich zu sich, mit einer Kraft, die man nicht bei jemandem erwartet, der auf der Schwelle des Todes steht.

Sie erkennt mich nicht wieder. (»Aber natürlich nicht!« ruft Mrs. Baxter. »Früher warst du ein häßliches Entlein, und jetzt bist du –« Sie zögert.

»Ein schöner Schwan?« souffliere ich ihr. Aber wir alle wissen, was aus häßlichen Entlein wird. Häßliche Enten.) »Du hast doch gesagt, sie ist hübsch«, sagt Mrs. Lovat vorwurfsvoll zu Malcolm, dann seufzt sie und fährt fort: »Aber vermutlich ist sie gut genug.« Wofür? Für eine Art Jungfrauenopfer, um Mrs. Lovats Gesundheit wiederherzustellen? Aber nein, sie scheint mir auf dem Totenbett ihren Sohn zu vermachen. »Nimm ihn«, sagt sie leichthin von irgendwo zwischen den steifen weißen Krankenhauslaken. »Paß auf ihn auf, Hilary, irgend jemand muß es tun.«

Ich lache nervös und beginne zu erklären, daß ich nicht Hilary bin – der Krebs hat offensichtlich bereits ihr Hirn angeknabbert –, aber dann kommt mir, daß ich gern für Prinzessin Hilary in die Bresche springe, und deswegen halte ich den Mund und starre statt dessen auf die Umrisse von Mrs. Lovats Körper unter der blaßblauen Krankenhausdecke. Vielleicht zaubert sie unter der Bettwäsche einen Pfarrer hervor und verheiratet uns, so daß es, wenn Malcolm endlich merkt, daß ich nicht Hilary bin, zu spät sein wird.

Mrs. Lovat kommt mir ziemlich dick vor für jemanden, der gerade aufgefressen wird, obwohl, wenn man genauer hinsieht, keine klaren Konturen ihrer Beine zu erkennen sind. Es wäre doch seltsam, nicht wahr, wenn Krankheiten an den Füßen beginnen und sich dann den Körper hinauffressen würden? Der Kopf würde im Lauf der Zeit vermutlich immer lautstarker protestieren.

Es gehört sich nicht, eine sterbende Frau aufzuregen – nichtsdestotrotz ist es ein bißchen dreist von seiner Mutter (wenn nicht sogar unnatürlich), ihn so mir nichts, dir nichts der erstbesten Person zu überantworten, die ihr vor die Augen tritt. Und obwohl ich ihn will, bin ich mir nicht sicher, ob ich wirklich auf ihn aufpassen will. Sollte es eigentlich nicht umgekehrt sein? (Plötzlich sehe ich den Kopf vor mir, *Hilf mir* ...) Mein Magen knurrt peinlich laut, aber es gibt nichts zu essen, außer man würde Mrs. Lovat mitzählen, natürlich.

Schließlich, nach nicht enden wollendem, dürftigem Small talk, sagt uns Mrs. Lovat ziemlich unfreundlich auf Wiedersehen. Am Eingang des Krankenhauses treffen wir auf Mr. Lovat, der wichtigtuerisch mit einem Stethoskop um den Hals herumläuft. »Was tust du hier?« verhört er seinen Sohn, kaum hat er ihn gesichtet. »Du solltest lernen – nur weil Ferien sind, heißt das noch lange nicht, daß du faulenzen kannst!« Das erscheint mir etwas harsch, schließlich stirbt die eigene Mutter nur einmal (außer man hätte Pech und sie hätte es sich in den Kopf gesetzt, den Naturgesetzen zu trotzen).

Armer Malcolm, ich vermute, alle unglücklichen Familien sind sich ähnlich (aber alle glücklichen Familien sind selbstverständlich auf ihre eigene unverwechselbare Art glücklich). Aber gibt es überhaupt glückliche Familien und Happy-Ends außerhalb der Literatur? Und wie kann es ein Ende geben, bevor man stirbt? (Und wie kann so ein Ende glücklich sein?) Mein eigener kurz bevorstehender Tod – durch Verhungern – wird kaum glücklich verlaufen, außer natürlich, ich würde zuvor Malcolm Lovat küssen.

»Hast du irgendwas zu essen, Malcolm?«

»In meiner Jackentasche ist ein Apfel, glaube ich.« Wie intim es doch ist, die eigene Hand in eine fremde Tasche zu stecken – und dann noch damit belohnt zu werden, Nahrung daraus hervorzuholen, einen schönen roten Apfel, der in einer anderen Geschichte vergiftet wäre. Aber nicht dieser. »Danke.«

Wir halten am Fish-and-Chips-Stand in der Tait Street an – das bringt es schon eher – und essen unsere Tüten mit Pommes frites auf dem Lover's Leap, einem Hügel, von dem noch nie ein Verliebter gesprungen ist, zumindest nicht, solange sich die Lebenden erinnern können. Die Erinnerung der Toten mag zweifellos anders aussehen.

Vom Lover's Leap aus hat man einen Panoramablick über Glebelands und die umliegende Landschaft – die großen Täler voller Industrieanlagen im Westen, die wilden Moore im Süden, das Weideland und die Wälder im Norden. Tagsüber ist der Himmel so weitgespannt, daß man die Krümmung der Erdkugel sehen kann. Heute abend glitzert Glebelands zu unseren Füßen wie ein erdgebundenes Sternbild.

»Es ist –« sagt Malcolm plötzlich und legt die hübsche Stirn in Falten, vor lauter Anstrengung, die richtigen Worte zu finden, »es ist, als ob man nur so tut, als wäre man man selbst – und dabei steckt eine vollkommen andere Person in einem, die man verstecken muß.«

»Wirklich? Nicht eine vollkommen *gleichartige* Person, die dir auf den Fersen folgt?«

Er wirft mir einen komischen Blick zu. »Nein, da drin steckt jemand, von dem man weiß, daß die andern ihn nicht mögen.«

»Wie eine dicke Person in einer dünnen? Aber dich mögen doch alle«, erkläre ich ihm, »sogar *Mr. Baxter* mag dich.«

»Nur mein äußeres Ich«, sagt er und starrt durch die Windschutzscheibe. Nichts ist (vielleicht) zwischen uns und dem Polarstern. Er sollte sich glücklich schätzen, daß die Leute seine äußere Person mögen, mögen sie doch weder den äußeren noch den inneren Charles. Er legt den Arm um mich (was für eine Wonne) und sagt, »Du bist eine gute Freundin, Iz«, und gibt mir das letzte Pomme frite.

»Also«, sagt er, »dann fahren wir mal wieder zurück.« Er wird mich also nicht küssen, geschweige denn sich den Hügel hinunterstürzen. »In Ordnung«, sage ich und verberge meine Enttäuschung. Ich bin die Geduld in Person. Wie lange werde ich meine Leidenschaft verschweigen können? Bis man mir die Zunge herausschneidet und sich mein silberschuppiger Fischschwanz in tolpatschige schwerfällige Beine verwandelt? Vielleicht nicht ganz so lange.

*

Als mich Malcolm auf der Kastanienallee nach Hause fährt, bemerke ich vor uns im Scheinwerferlicht eine Frau, die auf dem Gehsteig geht. Sie trägt ein elegantes enges Kleid aus bedruckter Seide, ein dazu passendes Bolerojäckchen und einen Hut, als käme sie gerade von einer Gartenparty, was an einem Novemberabend höchst ungewöhnlich wäre. Auch die Beine unter dem wadenlangen Kleid sehen ungewöhnlich aus – muskulös wie die Beine eines Ballettänzers.

Irgend etwas an ihr stimmt nicht ganz (»Was ist los?«), und als sie die Einfahrt von Avalon betritt, das Haus der Primroses, spähe ich neugierig durch die Windschutzscheibe und betrachte sie im Schein der Außenlampe. Einen Augenblick lang kann ich ihre Gesichtszüge deutlich erkennen, und trotz des dick aufgetragenen Make-ups und der unsäglichen Perücke ist unverkennbar, daß diese Gesichtszüge Mr. Primrose gehören. Er könnte für ein Stück proben, zum Beispiel eine Figur improvisieren, die abends ausgeht. Andererseits vielleicht auch nicht. Wie der Schein doch täuschen kann.

Zurück in Arden sehe ich mich konfrontiert mit Vinny, die in der Diele auf und ab geht, das Baby im Arm, die Zigarette im Mundwinkel, damit die Asche nicht auf das Baby fällt – vergeblich. Warum darf Vinny unbeaufsichtigt das Baby halten?

»Weil niemand sonst da ist, der es tun könnte«, sagt sie und beäugt mißtrauisch das Baby, das sich die Lunge aus dem Leib schreit.

»Wo ist Debbie?«

Vinny schnaubt und stößt ein bösartiges Lachen aus. »Vermutlich schiebt sie Wache vor der Vitrine.«

Vinny hat recht, Debbie überwacht den Inhalt des Geschirrschranks im Eßzimmer. »Sobald ich mich umdrehe«, sagt sie ärgerlich und deutet auf ein Paar Worcester-Teller und eine Schäferin aus Meißner Porzellan, »bewegen sie sich.«

»Wirklich?«

»Aber sie sind nicht blöd – sobald jemand anders ins Zimmer kommt, rühren sie sich nicht mehr von der Stelle.«

Gehört das auch zum Capgras-Syndrom? »Du hältst sie nicht für nahe Verwandte oder so?«

Sie wirft mir einen Blick tiefster Verachtung zu. »Ich bin doch nicht vollkommen verrückt, Isobel.« Aber woher will sie das wissen? Das ist die Frage.

Sie stolziert davon, das plärrende Baby hat sie vergessen, zieht aus irgendeiner Ecke ihrer Person ein Staubtuch und Möbelpolitur (bald werden es weiße Häschen sein) und fängt an, die Türknäufe zu polieren. Wieder und wieder. Und noch einmal.

»Er hat dich also ins Krankenhaus zu seiner sterbenden Mutter mitgenommen«, sagt Audrey zweifelnd, »und du meinst, das war eine *Verabredung*?«

Ich liege auf Audreys Bett. Sie sieht sehr seelenvoll aus, wie

Lizzy Siddal in Rossettis Gemälde *Beata Beatrix. Beata Audrey.* Ich muß wirklich mit Audrey reden. Aber was soll ich sagen – »Ach übrigens, Audrey, hast du ein Baby vor unserer Tür abgestellt?« Audrey ist die einzige Person, der ich erzählt habe, daß Debbie das Baby nicht auf normale Weise auf die Welt gebracht hat, daß sie es überhaupt nicht auf die Welt gebracht hat, in der Hoffnung, daß sie etwas Licht in die Angelegenheit bringen würde.

»Bist du okay, Audrey?«

»Warum sollte ich nicht okay sein?«

»Gibt es nichts, was du ... mir erzählen willst?«

»Nein«, antwortet sie und wendet das Gesicht ab. (»Der wunderschöne Schal, den Sie gestrickt haben«, sage ich beiläufig zu Mrs. Baxter, »Sie wissen schon, den für Ihre Nichte in Südafrika? Hat er ihr – ähm – gefallen?«

»Ach, ich glaube nicht, daß sie ihn schon hat«, sagt Mrs. Baxter. »Ich habe ihn auf dem Seeweg geschickt, weil das Baby erst nächsten Monat kommen soll. Das dauert ewig«, fügt sie hinzu, und es ist unklar, ob sie die Post nach Südafrika oder das Austragen eines Kindes meint.)

Ich komme nach Arden zurück mit einem neuen gestrickten Häubchen für das Baby und einer Schüssel voll von warmem Brotaufstrich mit Zitronengeschmack. Ich stelle sie auf den Küchentisch, ohne Debbie etwas davon zu sagen, weil sie darin vertieft ist, den Inhalt des Schränkchens unter der Spüle alphabetisch zu ordnen (von Ajax bis Windolene).

Vinny scheint das Kochen wieder übernommen zu haben und rührt in einem großen Topf (der einst als Hexenkessel für die *Macbeth*-Produktion der Lythe Players rekrutiert wurde), in dem ein Kalbshirn simmert. »Probier mal«, sagt sie zu mir und fischt etwas Unbeschreibliches aus dem Topf. Ich lehne hastig ab und mache mich auf den Weg nach oben in mein Zimmer.

Langsam dämmern mir gewisse Dinge. Zum einen ist der

merkwürdige Treppenläufer mit dem Herbstlaub-Muster ausgetauscht worden gegen einen älteren, altmodischen roten Läufer mit blau-grünem Muster (der viel hübscher ist), und der Treppe sind plötzlich Teppichstäbe aus Messing gesprossen – »gesprossen« ist vielleicht nicht das richtige Wort für das plötzliche Auftauchen von Teppichstäben, aber welches wäre das korrekte Verb? Ich bleibe auf dem Treppenabsatz stehen und versuche, mir einen Reim darauf zu machen. Die neue Velourstapete ist ebenfalls weg, und jetzt hängt da eine schwere Prägetapete oberhalb der Postamentleiste – die unter Debbies Regime seit langem verschwunden ist –, mit Magnolien bemalt, unterhalb dunkelgrün.

Ich halte mich offenbar wieder in der Vergangenheit auf. Einfach so. Aber ist es meine eigene Vergangenheit? Ich sehe mich nach Anhaltspunkten um, werde ich mein jüngeres Selbst aus einem Zimmer treten sehen? (Kriegen wir so vielleicht Doubles? Holen wir sie aus der Vergangenheit?) Ein Geräusch veranlaßt mich, nach unten zu sehen. Eine junge Frau (nicht ich) ist gerade in den Flur getreten und kommt jetzt die Treppe herauf. Ihrem Aussehen nach zu urteilen – sie trägt ein Kleid mit tief angesetzter Taille und ausgestelltem Rock oberhalb ihrer schlanken Knöchel –, muß ich irgendwo um das Jahr 1920 herum gelandet sein.

Sie geht an mir vorbei, ohne meine Anwesenheit zu bemerken (Gott sei Dank geht sie nicht durch mich *hindurch*, das wäre entnervend), und läuft hinauf ins Dachgeschoß. Neugierig folge ich ihr in mein Zimmer – das mein Zimmer und doch nicht mein Zimmer ist –, wo sie sich vor eine schwere viktorianische Frisierkommode setzt und sich im Spiegel betrachtet. Sie scheint sich für eine Party fertig zu machen, ihrem Kleid – türkisfarbene Seide, darauf verteilt große Rosetten aus demselben Material, erstaunlich in seiner Häßlichkeit – und der Anzahl wieder verworfener Kleidungsstücke nach zu urteilen, die in dem unordentlichen Zimmer verstreut liegen.

Sie ist keine Schönheit, aber ihr Gesichtsausdruck hat etwas Attraktives und Offenes – eine Art jugendlichen Optimismus, der an Charles und mir offenbar spurlos vorübergegangen ist, und auch an Audrey, wenn man es recht bedenkt. Sie betrachtet sich eine lange Weile, öffnet dann plötzlich ihr im Nacken zu einem Knoten gebundenes Haar, nimmt die große Schneiderschere, die auf der Frisierkommode liegt, und schneidet es mit einer einzigen linkischen Bewegung ab.

Das Ergebnis ist eine Katastrophe, aber sie schnippelt sich mit der Schere etwas zurecht, was entfernt einem Bubikopf ähnelt, stülpt sich ein indianerartiges, mit Pailletten besetztes Stirnband über den Kopf und beäugt das Ergebnis mit einiger Zufriedenheit. Eine undeutliche Stimme schwebt die Treppe herauf mit der Botschaft, daß Mr. Fitzgerald auf sie warte und allmählich ungeduldig werde.

Als sie den Raum verläßt, folge ich ihr auf den Fersen. Auf dem Treppenabsatz stolpert sie beinahe über einen kleinen Jungen – er ist sieben oder acht Jahre alt, und sieht in seinem Matrosenanzug richtig süß aus –, dem angesichts ihrer geschorenen Haarpracht die Luft wegbleibt. Sie ignoriert ihn. Wir sind unten in der Diele, das Mädchen vor mir betritt das Wohnzimmer, in dem jemand Unsichtbares einen Schrei ausstößt. »Deine Haare! Was hast du mit deinen Haaren gemacht, Lavinia?« Und eine unsichere männliche Stimme (Mr. Fitzgeralds vermutlich) sagt: »Guter Gott, Vinny, was um alles in der Welt hast du da getan?«

Vinny! Nie und nimmer hätte ich unsere Tante in diesem jungen Mädchen wiedererkannt. Das Arden aus Vinnys Jugend ist viel hübscher als das, das wir heute bewohnen, es riecht nach Lavendel und Roastbeef und strahlt einen bescheidenen Wohlstand aus. Ich will gerade hinter Vinny ins Wohnzimmer schleichen, als mir ein bemerkenswerter Gedanke durch den Kopf schießt – der kleine Junge auf der Treppe – der hübsche, blonde kleine Matrosenjunge – muß mein Vater sein!

Ich mache kehrt und renne die Treppe hinauf – zu spät, das Herbstlaub bedeckt wieder die Treppe, und der junge Matrose kommt aus dem zweitbesten Schlafzimmer, mit müdem Blick und dünner und grau werdendem Haar, und unser lächerliches Türschwellen-Baby sabbert seinen Shetlandpullover mit milchiger Kotze voll. »Hallo, Izzie«, sagt er mit seinem niedergeschlagenen Lächeln, »was führst du im Schild?«

»Nicht viel«, sage ich mit erzwungener Fröhlichkeit. Würde ich ihm die Wahrheit erzählen, würde er sie nicht glauben. Bald werden wir alle beim Klapsdoktor landen.

*

»Schau«, sagt Charles und langt verstohlen in seine Tasche.

»Was?« Er hält eine Haarlocke hoch, eine schwarze Locke, zusammengebunden mit einem ausgefransten, verblaßten roten Band. »*Ihre!*« sagt er triumphierend. Er sieht vollkommen wahnsinnig aus.

»Woher willst du das wissen? Wo hast du sie gefunden?«

»Auf dem ersten Treppenabsatz, in der Schachtel auf dem Fensterbrett.« Ich weiß, welche Schachtel er meint, eine kleine Spode-Schachtel mit Deckel, aber ich habe oft hineingesehen und nicht einmal eine Wimper darin gefunden, ganz zu schweigen von einer Locke. »Vielleicht hat sie sich aus Luft materialisiert«, sagt Charles eifrig. »Es ist, als ob man Spuren findet, stimmt's?«

»Und wohin führen die Spuren?«

»Zu *ihr*«, flüstert er, als ob wir belauscht würden. »Wo sie ist.« Ein Haarlocke, eine Puderdose, ein zweimal verlorener Schuh und ein merkwürdiger Geruch – nicht gerade ausreichende Puzzlestücke. Vor Gericht würden diese Beweise keine Mutter ergeben. Sondern Wahnsinn. Ich weigere mich, die Locke auch nur zu berühren. Ich will keine schwarze Locke, ich will die ganze Eliza, quicklebendig und atmend, eine ganze Person mit

Haut und Haaren, die aus den Wurzeln auf ihrem Kopf wachsen, mit rotkehlchenrotem Blut, das in ihren Adern pulsiert. Warum kann ich nicht in der Zeit zurückgehen und *sie* finden?

*

Es wird kälter und kälter. Und noch kälter. Vielleicht ist das der Anfang von Charles' ewigem Winter, vielleicht liegt ein eisiger Zauber über dem Land? Ich bin an die Kälte von Arden gewöhnt, ich wäre ein nützliches Mitglied einer Polarexpedition – wie lange hält es ein ein Meter fünfundsiebzig großes, siebenundsechzig Kilogramm schweres Mädchen in der Antarktis ohne spezielle Thermokleidung aus? Ewig, wenn man in Arden aufgewachsen ist.

Ich versuche, mich warmzuhalten, während ich in meinem Zimmer sitze, mit Handschuhen, Schal und Hut und in meine Daunendecke gewickelt wie eine Sioux-Indianerin. Die ölbefeuerte Zentralheizung, auf der Debbie trotz der hohen Kosten bestanden hat, funktioniert nur im Erdgeschoß halbwegs. Ich spüre, wie mein Blut gefriert und sich Eiskristalle an mein Knochenmark anlagern und meine Knochen demnächst zersplittern werden wie Eiszapfen. Meine Polartauglichkeit wird auf die Zerreißprobe gestellt, aber ich überlebe, obwohl ich jedesmal, wenn ich ausatme, in einer weißen Wolke eisiger Luft nahezu verschwinde. Warum können wir keinen Winterschlaf halten wie Eichhörnchen oder Igel? Wäre das nicht sinnvoller? Ich würde mich unter einer dicken Schicht Decken und Daunenbetten zusammenrollen und meine Nase erst dann wieder herausstrecken, wenn sich die Luft im Frühling erwärmt.

Ich versuche, einen Aufsatz über *Was ihr wollt* – »Der Schein kann täuschen, diskutiere das« – zu schreiben. Ich mag Shakespeares verkleidete Heroinen, seine Violas und Rosalinds, wenn es darauf ankäme, wäre ich lieber eine von ihnen und keine Hilary. Wenn ich eine Viola wäre, hätte ich einen Sebastian zum

Zwillingsbruder, ein Gesicht, eine Stimme, ein Gewand, aber zwei Personen (ein in zwei Hälften geteilter Apfel). Vielleicht wäre Inzest gar nicht so schlecht, wenn es jemand wäre, dem man nahesteht. Malcolm Lovat zum Beispiel. Mr. Primrose fällt mir ein – Rosalind und Ganymed, Viola und Cesario – im selben Körper. Ich vermute, daß alles eine Frage der Wahrnehmung ist – was man sieht, hängt davon ab, was man zu sehen glaubt. Und abgesehen davon, woher wollen wir wissen, daß das, was wir sehen, real ist? Die Realität scheint sich aus dem Fenster zu stehlen, sobald die Wahrnehmung zur Tür hereinkommt. Und woher wollen wir letzten Endes wissen, daß es so etwas wie Realität gibt? Ojemine, ojemine, bald werde ich so solipsistisch sein wie Bischof Berkeley. Weiß *ich* denn überhaupt, wer ich bin?»Erkenne dich selbst«, sagt Gordon gelegentlich (wenn auch nicht in letzter Zeit). Aber welches Selbst?

Was ihr wollt, schreibe ich seufzend und wegen der Handschuhe nur unter Schwierigkeiten, handelt von Dunkelheit und Tod – die Musik und das Komische dienen nur dazu, hervorzuheben, was jenseits der Tupfen aus goldenem Licht liegt – das Dunkle, die Unvermeidlichkeit des Todes, die Art, wie die Zeit alles zerstört. (»Aber Isobel«, protestiert meine Englischlehrerin, Miss Hallam, freundlich, »es ist eine seiner *lyrischen Komödien*.«)

Wenn ich in der Zeit zurückgehen und Shakespeare treffen könnte (was ich natürlich kann, ich weiß), würde ich ihn bitten, meine Lesart des Stücks zu bestätigen. Das wäre eine Überraschung für sie – »Ja, Miss Hallam, aber Shakespeare *selbst* sagt, daß das Carpe-diem-Thema von *Was ihr wollt* per definitionem ein morbides ist ...« Selbstverständlich würde Miss Hallam einfach denken, daß ich den Kopf verloren habe.

Ich schaue aus dem Fenster auf die kahlen schwarzen Äste der Lady Oak, die vor dem elfenbeinfarbenen Abendessenshimmel aussehen wie geschnitzt. Scharen von Krähen flitzen durch die Dämmerung zu ihrer Unterkunft im Geäst. Die Krähen machen es sich rasch auf den Ästen des Baums bequem, und nachdem der letzte Flügel raschelnd in Stellung gebracht und das Echo des letzten *Krahs* verklungen ist, würde man nicht denken, daß der Baum vor Vögeln wimmelt, außer man hätte daneben gestanden und dabei zugesehen, wie sie sich als schwarzes Laub verkleideten.

Bald wird die längste Nacht des Jahres kommen, und ich spüre, wie sich der Sonnwend-Blues nähert. Und der Regen, der jeden Tag fällt. Ich sollte draußen unter Glebelands Weihnachtslichtern sein, in der »Three Js Coffee Bar« sitzen – sogar ein Milchkaffee und ein Zigarette der Marke Blue Riband mit Eunice wären dieser Melancholie vorzuziehen. Ich bestehe aus Abwesenheit, Dunkelheit, Tod; Dingen, die es nicht gibt.

Ich sinke auf den Rücken, eingeschlossen in einen Kokon aus Eiderdaunen, betäubt von Langeweile und Kälte, und tröste mich mit der Vorstellung, es wäre der Abend vor St. Agnes, und jeden Augenblick würde der Mann meiner Träume (Malcolm Lovat) über die Schwelle treten, mich entführen und aus dieser Trostlosigkeit fortbringen. Wie aufs Stichwort klopft jemand an die Tür.

»Herein«, rufe ich hoffnungsvoll, aber es ist nicht der Mann meiner Träume, sondern nur Richard Primrose, der in der Tür steht und nervös mit den Füßen scharrt (eine merkwürdige Vorstellung), als müßte er auf die Toilette. »Wie bist du hereingekommen?« frage ich ihn, erschrocken angesichts seiner extremen Häßlichkeit.

»Deine Mum hat mich reingelassen«, sagt er, niedergeschlagen, weil ich ihn verdächtige, eingebrochen zu haben.

»Meine Mum?« sage ich, einen Moment lang bin ich verdattert, bis ich mir klar wird, daß er die Debbie-Mutter meint.

»Gratuliere«, sagt Richard verlegen.

»Wozu?«

»Zum Baby.«

»Zum Baby?« Ich bin überhaupt nicht sicher, daß man uns zu dem Baby gratulieren sollte, seine Schreie prallen eben jetzt von der Velourstapete im Treppenhaus ab, als würde es auseinandergeschnitten und zu einer Pastete verarbeitet. »Bist du deswegen gekommen?«

»Nein«, sagt er barsch und rümpft die Nase über den Geruch der Traurigkeit. »Ich dachte, du wolltest vielleicht ausgehen.«

»Ausgehen?« wiederhole ich verständnislos. (Es schüttet wie aus Kübeln, warum sollte ich ausgehen wollen?)

»Ausgehen«, wiederholt er gereizt, artikuliert das Wort laut und deutlich, als wäre ich eine Ausländerin. Oder schwachsinnig. Er starrt so gebannt auf einen Punkt hinter meiner linken Schulter, daß ich mich umdrehe, um nachzusehen, was oder wer dort ist. Nichts und niemand natürlich.

»Ausgehen«, wiederhole ich vorsichtig. »Meinst du etwa [gewiß nicht] wie bei einer Verabredung?«

»Also«, sagt er und blickt verdrießlich drein, »wir müssen es nicht so nennen, wenn du nicht willst.«

Eine Welle leiser Hysterie überflutet mich. »Wie sollen wir es dann nennen? Eine Feige? Eine Pflaume?« Richard läuft auf unattraktive Weise rot an, was seine wildgewordene Akne betont, schlurft unerwarteterweise auf mich zu und wirft mich auf mein Bett. Er ist überraschend schwer, er muß aus irgendeinem kompakten außerirdischen Material bestehen, ich spüre, wie die Luft aus meinen Lungen gepreßt wird. Er küßt mich, wenn man es denn so nennen kann, auf eine scheußliche, schlürfende, schleimige Art und Weise, versucht, seine Zunge durch das Fallgitter meiner Zähne zu drücken. Wo ist eine Zeitreise, wenn man eine braucht? Oder Dog? Oder ein Jäger?

Als Richards Zunge mein Zahnfleisch entdeckt, wird er sehr aufgeregt, und er muß seine Stellung verändern, um einen Körperteil unterzubringen, der schneller aufgeht als Hefe, und dabei gibt er mir Gelegenheit, mein Knie zu bewegen und es ihm in die feiste Lende zu stoßen. Er rollt vom Bett und fällt auf den

Boden, umklammert seine Detumeszenz, bevor er sich aufrappelt und ausspuckt: »Du Schlampe, ich wollte dich zu einer Party einladen, aber jetzt würde ich's nicht mal mehr tun, wenn du mich dafür bezahlst.« Dann macht er auf der Stelle kehrt und stapft nach unten.

»Von mir aus kannst du tot umfallen«, rufe ich ihm nach. Diese unglaubliche Frechheit – ich würde eher eine amouröse Beziehung mit Dog anfangen als mit Richard. In der Tat wirft diese Begebenheit die Frage auf, warum Sodomie so mißbilligt, sexueller Verkehr mit jemandem wie Richard jedoch als etwas vollkommen *Normales* angesehen wird.

Außerdem brauche ich Richard und seine Partys nicht, ich habe eine eigene, zu der ich gehen kann. Ein Party veranstaltet von niemand Geringerem als Hilary. Sie überreicht mir die Einladung, als ich aus dem Englischunterricht komme, handgeschrieben auf einer kleinen weißen Karte – *Dorothy, Hilary und Graham haben das Vergnügen, Dich zu ihrer Weihnachtsparty einzuladen*. Die Party soll am vierundzwanzigsten Dezember stattfinden. »Du mußt kein Geschenk oder sonstwas mitbringen«, sagt sie und sieht überhaupt nicht begeistert davon aus, daß sie mich einlädt. Ich bin verblüfft. Warum um alles in der Welt lädt sie mich ein? Verwechselt sie mich mit jemand anders? Mit meiner Doppelgängerin (vielleicht ist sie der Typ Mädchen, der zu Partys eingeladen wird)?

Vielleicht plant Hilary aber auch nur eine grauenhafte Rache dafür, daß ich versehentlich in die Rolle der niedlichen Freundin geschlüpft bin und Malcolms seit kurzem ausradierter Mutter vorgestellt wurde? (Denn sie ist offenbar gestorben. Ich war dort, um zu kondolieren, aber es war niemand zu Hause.)

»Oh«, sagt Mrs. Baxter ganz aufgeregt angesichts meines Glücks. »Ich werde dir ein Partykleid nähen, soll ich?«

»Sind Sie sicher? So kurz vor Weihnachten?«

»Ach, mach dir keine Sorgen, ich werd' mir schon Zeit dafür nehmen.« Woher wird sie sie nehmen – aus dem Gewebe der Zeit selbst, oder wird sie sie auftrennen und neu stricken?

*

Dog hat sich ruhelos in mein Zimmer gedrängt (manchmal sieht er sich gezwungen, in einer Nacht sämtliche Betten im Haus auszuprobieren), und er liegt schwer wie Blei am Fußende meines Bettes. Im Schlaf sendet er Funksignale aus, ein hohes kurzes Winseln, das besagt, daß er von Kaninchen träumt. Dog und ich (auch das klingt nach einem Musical) wachen gleichzeitig erschrocken auf.

Ich weiß, daß wir gerade ein höchst sonderbares Geräusch gehört haben, obwohl jetzt wieder Totenstille herrscht. Ich schleiche nach unten, Dog tappt mir lautlos nach. Die Uhr im Wohnzimmer schlägt zwei, die Schläge hallen durch das Haus. Dog überholt mich und läuft voraus in den alten Wintergarten. Auf dem gekachelten Boden liegen Glasscherben von einer Scheibe, durch die einst ein Vogel gekracht ist wie eine Sternschnuppe. Erde aus zerbrochenen Tontöpfen bedeckt den Boden. Es riecht durchdringend nach Vernachlässigung. Ein paar der widerstandsfähigeren Kakteen der Witwe haben überlebt, ihre stachligen Körper grau und staubig.

Plötzlich ist der gesamte Wintergarten erfüllt von einem unheimlichen Licht, einem fluoreszierenden Neongrün, das von oben kommt. Das grüne Licht bewegt sich, schwebt über das Haus, sinkt herab und hängt über dem Garten. Es sieht aus wie eine riesige grüne Qualle, pulsiert mit Energie. Im Inneren scheinen sich willkürlich weiße Lichter, Bogenlampen ähnlich, zu bewegen, und es pulsiert noch heftiger. Dog, die Ohren angelegt, als würde er fliegen, drückt sich auf den gekachelten Boden und winselt.

Ich spüre, wie mich das grüne Licht überflutet, mich mit einer statischen Wärme erfüllt, wie sie Gewitter oder Höhensonnen ausstrahlen – nicht ultraviolett, sondern ultragrün. In meinem Kopf herrscht plötzlich eine extreme Aufregung, als wäre er voll großer wütender Wespen, die wie wild herumbrummen, um zu entkommen. Ein Geruch nach faulen Eiern strömt in den Wintergarten.

Mir ist schwindlig, die Gesetze der Schwerkraft gelten für mich nicht mehr, ich löse mich vom Boden, steige auf wie eine träge Rakete, hinaus durch das Loch im Dach des Wintergartens. Ich vergesse zu atmen. Mein Körper wird in die grüne Qualle gesaugt, ich befinde mich mehrere Meter über dem Erdboden.

Dann, o Schock, ist sie weg, verschwunden – absolut und komplett –, als wäre sie nie dagewesen. Die Nacht ist wieder schwarz, der Wintergarten düster. Ich sehe nach unten, und ein uralter Kaktus ist ergrünt und wieder zum Leben erwacht, eine rote Blüte, die aussieht wie die Trompete eines Engels, öffnet sich langsam am Ende eines dornigen Fingers. Ich will sie berühren und steche mich an einem Stachel.

Ich verlasse den Wintergarten, es fühlt sich nicht wie ein Traum an, die Schritte, die ich mache, wirken echt, es ist kalt, und ich bin sehr müde. Was war das? Die Vergangenheit? Die Zukunft? Meine Angehörigen von einem anderen Stern, die mich nach Hause holen wollten? Wenn gerade ein außerirdisches Raumschiff mehrere Minuten über unserem Haus geschwebt ist, hat das doch bestimmt noch jemand anders gesehen? Ich gehe an Charles' Zimmer vorbei und höre ihn laut schnarchen. Armer Charles, was würde er nicht dafür geben, so etwas zu erleben. Was würde ich nicht dafür geben, so etwas nicht zu erleben.

Am nächsten Morgen sind keine Spuren der grünen Qualle zu finden, die Außerirdischen haben keine Andenken hinterlassen, nur an dem Finger, an dem ich mich gestochen habe, hat sich eine rote Schwellung gebildet, und die scharlachrote Flamme der Kaktusblüte ist noch da. »Das ist ein Wunder«, sagt Gordon, als er sie sieht.

Das ist doch lächerlich. Es sollte gewisse Regeln für Zeitreisen geben (nur eine pro Kapitel zum Beispiel), und man sollte zumindest bestimmen können, in welchem Abschnitt des Raum-Zeit-Kontinuums man sich aufhält.

Wenn die Zeit sich nicht immer vorwärtsbewegt – was sie in meinem Fall offenbar nicht tut –, dann sind fundamentale physikalische Gesetze außer Kraft gesetzt. Was ist mit dem zweiten Hauptsatz der Thermodynamik? Und wenn wir schon dabei sind, was ist mit dem Tod? In einem experimentellen Versuch lasse ich einen von Ardens alten Blütenzweig-Tellern auf den Küchenboden fallen, wo er in tausend Scherben zerbricht. »Was machst du da?« fragt eine mitgenommen aussehende Debbie, über deren Schulter ein noch mitgenommener aussehendes Baby hängt.

»Ich beobachte diesen Teller.« (Gerade Debbie müßte das doch verstehen.) »Ich führe ein Experiment durch, um zu überprüfen, ob sich die Zeit rückwärts bewegen kann – wenn das möglich ist, werden die Teile dieses Tellers sich vom Boden erheben und neu zusammensetzen.« Aber der zweite Hauptsatz der Thermodynamik hält stand, und die Scherben des Tellers bleiben auf dem Boden liegen.

»Du bist wirklich verrückt«, sagt Debbie und stopft dem Baby den Gummisauger eines Fläschchens in den Mund.

»Das mußt ausgerechnet du sagen«, erwidere ich, bevor ich das dem Erstickungstod nahe Baby rette. Ich schleppe es hinauf in mein Zimmer, lege es auf mein Bett und füttere es, während ich mich an einer kritischen Analyse von einem Shakespeareschen Sonett versuche. Vermutlich hat er sich seine Leser so nicht vorgestellt. Wenn er sie sich überhaupt vorgestellt hat.

*

Das Partykleid, das Mrs. Baxter für mich macht, ist aus einem eigenartigen synthetischen Material, das knistert, wenn man es berührt. Es ist blaßrosa, mit Rosen aus einem dunkleren Rosa übersät, hat angeschnittene Ärmel, einen Cœur-Ausschnitt und einen gebauschten Rock, den Mrs. Baxter noch mehr bauscht, indem sie ihn mit einem steifen rosa Tüllpetticoat füttert, so daß er allmählich aussieht wie ein großer rosa Bovist.

In dem Schnittmusterheft sah es aus wie ein Traumkleid, die Art Kleid, die auf so unauffällige Weise hinreißend ist, daß es das Mädchen, das darin steckt, in eine atemberaubende Schönheit verwandelt – auf die sich aller Augen im Zimmer richten. (Wie wir wissen, trifft so etwas nie zu, aber das hält die Leute nicht davon ab, daran zu glauben.) Ich wäre besser dran gewesen, mich unter die Lady Oak zu stellen und mir drei Kleider zu wünschen (eins ist nie genug) – das erste silbern wie der Mond, das zweite golden wie die Sonne und das letzte von der Farbe des Himmels, besetzt mit Sternen aus silbernen Pailletten.

Mrs. Baxter mußte das rosa Kleid bereits mehrmals ändern. »Ich könnte schwören, daß ich dir beim Wachsen zusehen kann, wenn ich dich nur lang genug anschaue«, brummelt sie freundlich und läßt zum zweitenmal den Saum heraus. Das Kleid hat gerade den Weg von der Schneiderpuppe, die in der Ecke von Mrs. Baxters Schlafzimmer Wache hält, auf meinen Körper hinter sich gebracht. Als die Schneiderpuppe es anhatte, sah es einigermaßen präsentabel aus, aber an mir wirkt es irgendwie überhaupt nicht.

Ich sehe aus wie eine riesige rosa Amöbe, die den gesamten Standspiegel ausfüllt. Mrs. Baxter kniet zu meinen Füßen und sagt mit dem Mund voller Stecknadeln etwas Unverständliches, und dann muß sie husten und spuckt die Nadeln aus, die wie ein Hagel Liliputaner-Pfeile oder wie ein Schauer Elfenmunition hinunterprasseln.

Sie legt den Kopf auf die Seite wie ein geistesgestörter Spaniel und sagt: »Ich dachte, ich hätte Daddys Auto gehört.« Sie schüttelt den Spanielkopf. »Aber er war es nicht. Ich bin des Wahnsinns fette Beute, wirklich, das bin ich. Ich werd' schon ganz schrullig, so ein Nervenbündel bin ich.«

Ein Nervenbündel. Was für ein wahrhaft schrecklicher Ausdruck das ist. Und was für eine Art Bündel? Ein Bündel wie ein Packen Wäsche? Ein Bündel, das sie geschnürt hat (aus ausgefransten Nerven)? Ein Bündel, so schwer wie die Leiche einer toten Katze?

Mr. Baxters böse Allgegenwart ist im Schlafzimmer der Baxters nur abgemildert zu spüren – ein Aschenbecher aus geschliffenem Glas, ein Exemplar von *Reader's Digest* auf dem Nachttisch und ein ordentlich zusammengelegter blaugestreifter Schlafanzug auf dem linken Kopfkissen sind die einzigen Hinweise auf seine Existenz. Ich kann mir nicht vorstellen, wie es ist, jede Nacht so dicht neben »Daddy« zu liegen. Mrs. Baxters nächtliche Bekleidung – ein rosarotes Nachthemd aus Nylon-Velours – liegt sittsam auf dem rechten Kopfkissen, und ein Paar rosaroter Pelzslipper (»Püffchen«) stehen neben dem Bett. Der Rest des Schlafzimmers ist auf eine feminine Art bestickt und gerüscht, die Mr. Baxter nur auf die Nerven gehen kann.

Mrs. Baxter steckt meinen Saum ab. »Schau mich an«, sagt sie und wirft im Spiegel einen Blick auf sich selbst, »ich schau' aus wie eine Vogelscheuche.« Sie sieht ziemlich schlimm aus, ihr Haar müßte gewaschen und gelegt werden, ihr Make-up ist fleckig, als hätte sie es im Dunkeln aufgetragen. Die roten Male – sie sehen aus wie die Kriegsbemalung der Irokesen – auf ihren Backenknochen, die Mr. Baxter ihr geschlagen hat, machen es auch nicht besser. »Ich Dummerchen bin gegen die Tür gelaufen«, sagt sie und befingert die Kriegsbemalung. »Ich hab' mich wirklich gehen lassen, stimmt's?« sagt sie und betrachtet traurig ihr Spiegelbild. (Aber *wohin* hat sie sich gehen lassen?)

»Fertig«, sagt Mrs. Baxter und steckt die letzte Nadel in den

Saum des rosaroten Kleides, und ich drehe mich blitzschnell herum, um mich im Standspiegel zu begutachten, den die wirbelnden rosa Rosen zur Gänze ausfüllen (einen unangenehmen Augenblick lang muß ich an das türkisfarbene Partykleid der jungen Vinny denken). Meine Mutter müßte hier sein und mir Ratschläge in puncto Mode geben – sie müßte mir erklären, daß Rosa nicht meine Farbe ist, daß die Rosen zu voll aufgeblüht sind und daß ich um die Taille einen Gürtel tragen sollte, der etwas von meiner Größe wegnehmen würde. »Sehr hübsch, Liebes«, sagt Mrs. Baxter statt dessen.

Nach der Anprobe des rosa Kleides gehen wir hinunter in die Küche, um Kuchen zu essen. Pilzförmige Kuchen – Förmchen, die mit Biskuit gefüllt sind und Hauben aus Buttercreme mit Kaffeegeschmack haben, die Buttercreme mit einer Gabel in Lamellenform gebracht, und in der Mitte steckt ein Stengel aus Marzipan. Gott sei Dank versucht Mrs. Baxter nicht, Kuchen in Form von Grünen Knollenblätterpilzen, wie sie unter der Lady Oak aus dem Boden schießen, zu backen.

Ich bringe Audrey, die im Wohnzimmer mit lustloser Miene neben dem Kamin sitzt, einen Kuchen. Sie sieht das kleine Backwerk an, als wäre es giftig, und flüstert: »Nein, danke.« Der kalte Wind trägt das Heulen des Babys von Arden herüber, und Audrey zuckt zusammen. »Audrey ... was ist los?«

»Nichts«, sagt sie todunglücklich. (»Und ... ähm ...« sage ich ratlos zu Mrs. Baxter, »wieviel kostet es, einen Schal auf dem Seeweg nach Südafrika zu schicken?«

»Ojemine«, sagt sie und runzelt verwirrt die Stirn. »Ich weiß es nicht – Audrey hat ihn zur Post gebracht.«) Im Lauf der Zeit wird vermutlich alles gut werden.

An der Hintertür von Arden stoße ich mit Gordon zusammen, der von der Arbeit nach Hause kommt. »Hallo, Izzie«, sagt er niedergeschlagen. Er trägt einen glanzlosen beigefarbenen Mantel und hat eine abgewetzte lederne Aktentasche dabei. Das

Baby liegt in seinem Kinderwagen in der Küche und schluchzt leise vor sich hin, als hätte es vergessen, wie man irgend etwas anderes macht. Debbie ist dazu übergegangen, die Vorratskammer unter ihre Kontrolle zu bringen, indem sie ihr eine alphabetische Ordnung aufzwingt. Sie ist bei der Marmelade angelangt – von der wir dank Mrs. Baxter eine Menge haben – und bildet gerade eine Unterklasse – Aprikose, Damaszenerpflaume, Schwarze Johannisbeere. Jedesmal, wenn sie ein paar Gläser eingeordnet hat, geht sie zur Küchenspüle und wäscht sich die Hände wie eine merkwürdig domestizierte Lady Macbeth.

Gordon wirft mir einen trübseligen Blick zu. Ich denke an sein früheres Selbst im Matrosenanzug, und es tut mir leid, daß es so weit gekommen ist.

»Ich habe geglaubt, daß mit dem Baby alles besser würde«, murmelt er (ich glaube nicht, daß Babys so funktionieren), »aber es hat alles nur noch schlimmer gemacht.« Vorsichtig hebt Gordon das Baby aus dem Kinderwagen und flüstert in seinen rotgoldenen Flaum: »Armes Ding.« Er trägt es hinauf, und das nächste Mal sehe ich es durch die halboffene Tür des zweitbesten Schlafzimmers, in dem es friedlich schläft, Dog liegt Wache neben seinem Bettchen. (Seit seiner Zeitreise ist Dog ziemlich deprimiert.) Wir sollten es wirklich dahin zurückbringen, woher es gekommen ist, oder zumindest im Babyladen abgeben und erklären, daß es uns versehentlich geliefert wurde.

*

Eunice hat mir so lange zugesetzt, bis ich zugestimmt habe, mir das Weihnachtsspiel der Lythe Players in der Kirche im Pappelweg anzusehen. Eunice gibt ihr Debüt als Schauspielerin und agiert als das hintere Ende der Kuh, und aus unerfindlichen Gründen will sie, daß andere ihrer öffentlichen Demütigung beiwohnen. Ich versuche, Charles zu überreden, mitzukommen, obwohl ich nicht glaube, daß Eunice sich als halbe Kuh bei ihm sexuell einschmeicheln kann. Aber vernünftigerweise verbringt er einen ruhigen Abend mit Dog zu Hause. Debbie ist vollauf mit dem Baby und der Welt sich bewegender Objekte beschäftigt, und Gordon ist vollauf mit Debbie beschäftigt. »Na los«, dränge ich Vinny, »du wirst dich bestimmt amüsieren.« (Höchst unwahrscheinlich.) Ich muß mich verzweifelt nach Gesellschaft sehnen, wenn ich ausgerechnet Vinny frage. Aber so ist es nun mal. Außerdem empfinde ich ihr gegenüber irgendwie anders, seitdem ich ihrem jüngeren Selbst begegnet bin.

»Na gut«, sagt sie und klemmt sich den Hut auf den Kopf. »Ich weiß, daß ich es bereuen werde, aber ich kann dieses verdammte Ding [sie meint das Baby] nicht eine Minute länger schreien hören.«

Während wir die Kastanienallee entlanggehen, passiert etwas Unheimliches. Jedesmal, wenn wir uns einer Straßenlampe nähern, geht das Licht an und aus. Wenn wir daran vorbei sind, brennt es wieder ganz normal, und die nächste Lampe vor uns fängt an. An-aus-an-aus.

Wir gehen die Kastanienallee entlang, bleiben immer wieder stehen, testen jede Lampe, versuchen, ein Muster herauszufinden. Signalisieren sie uns etwas? Interferiert mein (elektrischer) Körper oder der von Vinny mit dem nationalen Stromnetz? Ich erkläre Vinny, daß die Pforten der Wahrnehmung dieser Tage kaum mehr in den Angeln hängen.

Ich komme mit der materiellen Welt nicht klar – jeder Tag bringt eine neue Entfremdung. Vielleicht stamme ich tatsächlich von einem anderen Stern, denke ich bedrückt, als wir uns der Kirche nähern, und meine außerirdischen Landsleute morsen mir mittels der Straßenlampen eine Nachricht.

Das Weihnachtsspiel verläuft nach Plan – Jakob verstreut überall seine magischen Bohnen, Mr. Primrose als Dame (selbstverständlich), gekleidet in etwas, was Küchenvorhängen ähnlich sieht, gibt diverse Zweideutigkeiten von sich, und Eunice und ihre anonyme andere Hälfte stampfen tolpatschig zur Musik, für die der Trommler einer Nachwuchskapelle und zwei Bläser, die keine Blaskapelle haben wollte, sorgen. Sie spielen eine schwungvolle blecherne Musik mit einem solchen Zahn, daß die Dorfbuben und -mädels und erst recht die arme Kuh im Lauf der Zeit das Tempo nicht halten können. (Wohin läuft die Zeit? An denselben Ort, an dem die gesparte Zeit aufbewahrt wird? Wenn ja, warum ist sie so schwer zu finden? Es muß ein sehr sicherer Ort sein. Gordon ergeht es immer so, er sucht mit verwirrter Miene etwas, was er nicht finden kann, und sagt: »Aber ich erinnere mich, daß ich es an einen sicheren Ort gelegt habe.«)

Jakobs Bohnenstange wird mit einer Schnur auf das Dach gezogen, ihre grün bemalten Blätter wachsen und vermehren sich auf wundersame Weise, während sie in den Himmel aufsteigt, wo der Mond und alle seine strahlenden Elfen in der Dunkelheit funkeln, um sie zu begrüßen.

*

»Schau«, sagt Charles vorsichtig zu Gordon, der dabei ist, eine Flasche für das Baby vorzubereiten. Das Baby sitzt schief aufgerichtet in seinem Wagen und gibt mehr Variationen seines Urschreis von sich als eine Singdrossel.

»Was?« sagt er und blickt über die Schulter. Das Fläschchen entgleitet seiner Hand, als er die schwarze Locke sieht, die wie ein großes neugieriges Komma auf Charles' Handfläche liegt. Gordon steht stocksteif da, rührt sich mehrere Sekunden lang nicht von der Stelle, nimmt dann die Locke blitzschnell aus Charles' Hand und stürzt aus dem Raum.

Lustlos hebe ich die Flasche auf und stopfe dem Baby damit den Mund.

Ich liege im Bett, starre zur Decke meines Zimmers hinauf, das von blauem Mondlicht durchflutet ist, und frage mich, warum ich nicht schlafen kann (vielleicht haben die Katzen allen Schlaf verbraucht), als ich leise Schritte auf der Treppe höre. Der Türknauf dreht sich – dank Debbies unablässigem Polieren glänzt er im Mondschein –, und ich warte gespannt. Wird es mein persönliches Gespenst sein oder die Grüne Lady (vielleicht sind sie identisch)? Aber nein – der Schatten, der in der dunklen Tür steht, ist mein Vater.

»Izzie?« flüstert er in der Dunkelheit. »Bist du wach?« Auf Zehenspitzen kommt er näher, setzt sich auf das Ende meines Bettes und starrt auf etwas in seiner Hand. Ich richte mich mühsam auf, und er hält mir das Ding in seiner Hand hin, damit ich es besser sehen kann. Es ist die schwarze Haarlocke, schwärzer als schwarz im Mondlicht. »*Ihre*«, sagt er mit kläglicher Stimme. Ein Schauder durchläuft meinen Körper, endlich wird er mir von Eliza erzählen. Davon, wie schön sie war, wie sehr er sie liebte, wie glücklich sie waren, was für ein schrecklicher Fehler es war, daß sie fortging, daß sie immer zurückkommen wollte –

In der Düsternis spüre ich seinen Blick auf mir, als er statt dessen mit tonloser Stimme sagt: »Ich habe deine Mutter umgebracht.«

»Wie bitte?«

VERGANGENHEIT

Die Früchte dieses Landes

Weit oben in der dünnen blauen Luft war Gordon frei, erst als er auf den Erdboden zurückkehrte, begannen seine Probleme. Auf die Erde zu stürzen in den Flammen eines metallenen Luzifers war einfacher, als der dürftigen Zukunft ins Auge zu blicken, die vor ihm lag, sollte er den Krieg überleben. Gordon machte sich nicht viel aus seinen beiden Schwestern, aber er liebte seine Mutter, und er wollte ihr nicht weh tun.

Er dachte nicht über diese Dinge nach, als er seinem Schicksal begegnete. Er war etwas betrunken. Er war in einem Club gewesen, dessen Namen er nicht kannte, die Sorte Kneipe, in der die Dinge nach Mitternacht außer Kontrolle gerieten, und hatte dort mit einer Gruppe polnischer Flieger getrunken. Er war gegangen, weil er mit ihrem Alkoholkonsum nicht mithalten konnte. Und er war müde, so müde, er wollte sich nur hinlegen und schlafen. »Muß mich aufs Ohr legen«, entschuldigte er sich bei den Polacken. Er wohnte bei der Schwester eines Freundes und ihrem Mann – in einer schönen schicken Wohnung in Knightsbridge, angesichts derer die Witwe den Mund verzogen hätte. Ebenso wie bei der Schwester und ihrem Mann. Zu modern. Zu leichtlebig. Er kam nie dort an. Das Läuten der Glocken und der Staub in der Luft hielten ihn auf.

Die Feuerwehr war bereits da, und eine Menge Leute standen herum. Jemand sagte:»Da sind Menschen drin.« Gordon roch das Gas, das aus den geborstenen Leitungen strömte, aber er ging in das zerstörte Haus hinein und dachte dabei, daß es eine großartige Eingangshalle gehabt haben mußte, bevor die Bomben es trafen – im Vestibül lagen zerbrochene Säulen, und er stolperte über ein großes Stück aufwendig gearbeiteten Stuck. Wegen des Staubs mußte er husten, und plötzlich fühlte er sich sehr nüchtern. Dort stand sie, verschleiert von Staub, so daß man sie für eine lebensgroße Statue hätte halten können, die aus einer Nische gefallen war, aber er sah, daß sie keine Statue war, weil sie ihn anlächelte, und Gordon hob sie hoch und trug sie in seinen Armen hinaus.

Draußen stellte er sie sehr vorsichtig ab, als würde sie zerbrechen, wenn er sie zu hart anfaßte. Als er sie fragte, ob alles in Ordnung sei, streckte sie statt einer Antwort die Hand aus und griff nach einem Revers seines Überziehers und lächelte erneut – ein seltsames, nach innen gekehrtes Lächeln, als hätte sie ein amüsantes Geheimnis, das sie nicht mit ihm teilen würde.

Er zog den Mantel aus und legte ihn ihr um die Schultern, und sie blickte zu ihm auf, blickte ihm direkt in die Augen auf eine Art, wie es ein Fremder nicht tat, und flüsterte: *Mein Held.* Und die Welt um sie herum hätte genausogut versinken können, denn das einzige, was Gordon sah, waren ihre tragischen, exotischen Augen, und das einzige, was er hörte, waren die heiseren Töne ihrer merkwürdigen Stimme, die sagte, *Mein Schuh, ich habe meinen Schuh verloren,* und Gordon lachte und lief zurück in das zerbombte Gebäude und fand den Schuh. Er wußte, es war lächerlich, aber es war ihm gleichgültig. Sie hielt sich an seiner Schulter fest, als sie den Schuh anzog. Ihr schmutziger nackter Fuß war schlank, gewölbt wie der einer Ballerina, mit blutroten Zehennägeln – erotisch und unpassend zwischen all den gebrochenen Gliedmaßen und dem Schutt, der sich um sie angesammelt hatte. Auf einer Bahre wurde einer herausgetragen, der arme Kerl war so tot wie ein Sargnagel.»Kann-

ten Sie ihn?« fragte Gordon sie voll Mitgefühl, aber sie schüttelte traurig den Kopf. *Hab' ihn noch nie gesehen.*
Gordon fürchtete, sie würde jetzt, da sie den Schuh wieder hatte, weggehen, und er wußte, daß die Zeit drängte. Er wußte, es war ein wichtiger Augenblick in seinem Leben, vielleicht der wichtigste – voll Bedeutung, die er nicht dechiffrieren konnte. Er mußte den Augenblick ergreifen, sollte er es vermasseln, wäre alles zu Ende. Er bot ihr seinen Arm an. »Darf ich Sie zu einer Tasse Tee einladen? Um die Ecke ist ein Café.«
Das Zeitalter der Ritterlichkeit ist lebendig und wohlauf, sagte sie lachend und nahm seinen Arm, und er spürte, daß sie am ganzen Körper zitterte wie Espenlaub.

Eliza war so geheimnisvoll wie der Mond, sie näherte und entzog sich ihm, sie hatte ihre eigenen Phasen – manchmal war sie großzügig, manchmal kleinlich –, und immer war da eine ihm abgewandte Seite, unerreichbar, rätselhaft, verborgen.
Er konnte ihr nicht wirklich glauben. Konnte nicht glauben, wie umstandslos sie sich ihm hingegeben hatte, konnte nicht glauben, wie sie sich anfühlte. Ihre seidige Haut, glatt und kühl, die sich an seinen heißen Körper preßte, ließ ihn fürchten, daß er sterben würde. Die Art, wie sie vom Fußende des Bettes nach oben kroch, ihre Zunge wie eine Katze auf ihm, aber nicht so rauh wie die einer Katze. Ihr Geruch – diese seltsame Mischung aus Parfum, ihrer Haut und etwas so Geheimnisvollem, wie er es nie zuvor gerochen hatte.

Die Art, wie sie *Natürlich, Liebling* sagte, als er sie bat, ihn zu heiraten. Einfach so, und er bekam Angst, weil so etwas Wunderbares nicht von Dauer sein konnte. Es würde einen in den Wahnsinn treiben, wenn es von Dauer wäre. Und es machte ihn so frei, als flöge er wieder über den blauen Himmel über diesem winzigen grünen Land, es gab ihm Macht über seine Mutter, über Arden, über die ganze Welt. Am Anfang.

Und er glaubte nie, daß es von Dauer wäre, und er war nicht überrascht, als es das nicht war, denn jemand wie Eliza wäre nie zufrieden mit der mageren Scheibe Leben, die er ihr letztlich nur bieten konnte, und dafür haßte er sie so sehr, daß sein Kopf bisweilen schmerzte. Sein Scheitern an Eliza war sein Scheitern am Leben, und zuinnerst wußte er, daß er ihre Verachtung und ihre Geringschätzung verdiente. Als er seine Hände um ihren Hals legte, spürte er, wie leicht es war, sie aufzuhalten, sie zum Schweigen zu bringen – Macht über sie zu haben. Es war erstaunlich, er konnte das Leben so mühelos aus ihr herauspressen, als wäre sie ein kleines Tier – ein Hase oder eine Taube –, und er wollte zu ihr sagen: »Da hast du es, tut es dir jetzt leid?« Aber sie war tot, und er hatte alles zerstört, was ihm etwas bedeutete. So groß war das Ausmaß seines Scheiterns.

Sie war reizend, bezaubernd. »Oh, sie läßt die Fackeln heller brennen«, sagte Gordon mit einem selbstbewußten Lachen zur Witwe, als er ihr zum erstenmal von dem bedeutenden Erlebnis erzählte, das ihm zugestoßen war (Eliza), und er sah, wie sich der Mund der Witwe angesichts seines überspannten Geredes unmerklich verzog. Gordon konnte nichts dagegen tun, er war wie besessen. Beim Mittag- wie beim Abendessen, und auch als er zu Hause seinen Urlaub verbrachte und die Witwe ihn stolz der Nachbarschaft vorführte, wollte er nur über sie reden. Worte über Eliza purzelten unaufgefordert über seine Lippen. »Sie ist einfach nicht wie andere«, sagte er begeistert zu seiner Mutter, als sie Kümmel in eine Kuchenmischung rührte. »Ach wirklich?« sagte die Witwe und zog eine graue Raupenbraue in die Höhe. »Und das ist was Positives?«

Eliza hielt die Zeit an. Sie nahm ihn mit sich in einen hellen Kreis, in dem alles aufhörte zu existieren, Zeit und Angst, sogar der Krieg. »Billiger Talmi«, murmelte Vinny über den Mehlsäcken im Lagerraum. »O nein«, sagte die Witwe giftig, »sie kommt teuer, glaub mir.« Es griff der Witwe ans starke Herz, mit ansehen zu müssen, wie ihr makelloser männlicher Gordon sich von so etwas Geschmacklosem wie Sex zum Narren halten ließ. Wie konnte er nur so leichtgläubig sein? So dumm? Es schmerzte sie, daß er nicht seine eigene Mutter ansah und in ihr das Paradebeispiel einer guten Frau erkannte, sondern sich statt dessen von dieser Raffinesse hatte verführen lassen.

Gordon hatte Mitleid mit seiner Mutter, denn es lag auf der Hand, daß sie so etwas nie erlebt hatte. Nicht, daß er auch nur eine Minute lang auf diese Weise von seiner Mutter denken wollte, und selbst wenn er es gewollt hätte, wäre er nicht in der Lage gewesen, es sich vorzustellen. Seine Mutter mochte einst jung gewesen sein (auch das konnte er sich nicht vorstellen), aber sie war nie wie Eliza gewesen.

Eliza war ein Wunder, ihre Geographie vollendet – die lange Wölbung ihres Körpers, die Hügel und Täler, ihr im Kissen vergrabenes Gesicht, so daß er nur den Wald ihrer schwarzen Locken sehen konnte. Das ebenso schwarze Wäldchen Haar zwischen ihren schlanken Beinen, die außergewöhnlichen Kuppeln mit den dunkelbraunen Aureolen – die Art Brüste, für die sich Engländerinnen geschämt hätten, die Art Brüste, die Gordon erst vor kurzem bei ausländischen Prostituierten gesehen hatte.

Ihr Anblick – die Staubperlen aus Schweiß, die auf ihrer blassen aprikosenglatten Haut glänzten, die feuchten Locken, die an ihrem langen Nacken klebten, der dünne Flaum auf ihren geschmeidigen runden Armen, die vollkommenen weißen Halbmonde ihrer Fingernägel (nur zu sehen, wenn sie sich den Nagellack entfernte), das träge Lächeln. Ihr Geruch – Parfum und Tabak und Sex. Wie sie schmeckte – Parfum, Tabak, Sex und salziger Schweiß.

Manchmal lag er die halbe Nacht wach und beobachtete sie im Schlaf, zog das Laken zurück und betrachtete ihre einzelnen

Körperteile, eine Hautfalte in der Kniekehle, die er bisher übersehen hatte, ein perfektes Schlüsselbein – dünn wie der Knochen eines Hasen, der Duft an ihrem Handgelenk mit den verletzlichen dunkelblauen Adern. Einmal nahm er ihre Nagelschere und schnitt eine Locke ihres Haars ab, ohne daß sie es merkte, und danach fühlte er sich merkwürdigerweise tagelang schuldig.

In Glebelands gab es keine wie sie, im ganzen Norden nicht (»Jedenfalls nicht außerhalb eines Bordells«, schrieb Vinny an Madge).

Selbst die gewöhnlichsten Körperfunktionen hatten bei ihr eine sublime Bedeutung. Die Witwe hätte sich geekelt. »Ich bete dich an«, flüsterte er ihr ins Ohr, und sie drehte sich um, lachte ihr seltsames Lachen und vergrub den Kopf in seiner Armbeuge. Gordon fragte sich, ob er lächerlich klang. Sie war erhaben, transzendent, ein nicht an die Erde gebundenes Geschöpf. »Du darfst deine Frau nicht auf einen Sockel stellen«, warnte ihn die Witwe und schnitt mit einem riesigen Messer Kohl. »Eine Ehe besteht nicht nur aus dem Körperlichen.« Und Gordon wurde rot bei dem Gedanken, daß sich seine Mutter auch nur eine vage Vorstellung machen könnte von dem, was er mit Eliza tat.

Mütter und ihre Söhne, sagte Eliza und lachte (ziemlich gehässig), *wie sehr sie sich nach ihnen verzehren.*
»Ich weiß nicht, was du meinst.«
Nein? Nein, vermutlich weißt du es nicht.
Und in ihrem Zimmer schälte sich die Witwe aus den Schichten ihrer strengen Unterwäsche und betrachtete ihren schlaffen, schlappen verrunzelten Körper mit den alten Zitzen und dem Hühnerhals und verfluchte Eliza.

Schließlich und unvermeidlicherweise wurde alles, was einmal neu und kostbar gewesen war, alltäglich und vertraut. »Kein Honig mehr in diesem Stock«, schrieb Vinny, »nur noch ein Hornissennest.« Warum konnte sich Eliza nicht mit dem Gewöhnlichen und Familiären zufriedengeben, mit den täglichen Mahlzeiten und Arbeiten, dem Trost, den die Kinder darstellten? Gordon sehnte sich jetzt nach dem Gewöhnlichen. Er wollte, daß sie normal war, wie alle anderen. Er wollte nicht länger, daß andere Männer sie ansahen, weil er wußte, daß jeder Mann, der sie ansah, überlegte, wie sie wohl im Bett wäre, und er wußte, wie sie war, und das machte es noch schlimmer. Nicht, daß sie immer noch so war, jedenfalls nicht mehr mit Gordon.

Gordon erinnerte sich an ein paar Dinge – er erinnerte sich daran, wie er seine Hände um ihren dünnen Hals legte, er erinnerte sich an ihr lächerliches Lachen, das in ihrer Kehle gurgelte und gluckste, er erinnerte sich daran, wie er sich fühlte, als er ihren Kopf gegen den Baum schlug, das Leben aus ihr herausschüttelte – jubelnd, triumphierend, weil er den Sieg über sie davongetragen hatte. Er wollte sagen: »Siehst du? Siehst du – du kannst nicht jeden Kampf gewinnen, es geht nicht immer nur nach dir, du kannst mich nicht in den Wahnsinn treiben und dann ungeschoren davonkommen.« Aber es hatte keinen Sinn, weil sie ihn nicht hören konnte. Sein Triumph zerschmolz zu nichts, ohne sie gab es nur noch nichts. Und dann – nichts. Er hatte keine Ahnung, was er die ganze Nacht über getan hatte, er mußte durch den Wald geirrt sein, alles vergessen haben, sogar seine Kinder. Im kalten Licht des Tages war es nicht mehr zu glauben.

»Ich muß zur Polizei«, sagte er, sobald die Witwe die Kinder mit einem Frühstück versorgt (»Das Wichtigste zuerst«) und ins Bett gesteckt hatte. »Quatsch und Unsinn«, sagte die Witwe.

»Wegen *ihr* wirst du nicht hängen.« Aber Gordon war es gleichgültig. Sie hätten den Galgen gleich hier in der Küche von Arden errichten können, und er hätte sich nicht gewehrt. »Nein, Gordon«, sagte die Witwe grimmig, »absolut und definitiv nicht.«

»Das Beste wäre«, sagte die Witwe (die jetzt das Heft fest in der Hand hatte), »wenn du eine Zeitlang fortgehen würdest. Vielleicht ins Ausland.«

»Ins Ausland?« sagte Vinny, die zeit ihres Lebens nicht weiter als bis Bradford gekommen war.

»Ins Ausland«, sagte die Witwe bestimmt.

»Mein Baby!« dachte die Witwe laut. Sie hatte schon immer gewußt, daß Eliza Ärger bedeutete, daß sie ihn mit sich in den Dreck ziehen würde. Tot war sie besser dran. Armer Gordon, im Bann einer Schlampe. Wer würde sie vermissen? *(Sie sind alle tot, Liebling.)* Niemand, überhaupt niemand. Gordon konnte ins Ausland gehen, und sie würden sagen, er sei tot – ein schrecklicher Unfall oder so. Asthma. Irgend etwas. Und die Witwe würde ihn nie wiedersehen, aber er wäre zumindest in Sicherheit. Alles war besser als die Schlinge. »Mein Baby!«

Vinny war galliger als je zuvor. Die ganze Nacht über war auch sie durch den Wald geirrt, nachdem sie nach dem »Ihr-wißt-schon« den falschen Weg eingeschlagen hatte, und sie hatte alles in allem wohl die schlimmste Nacht ihres Lebens verbracht (ihre Hochzeitsnacht eingeschlossen).

Der Wald war für Vinny nicht nur Wald gewesen. Zweige und Dornen, Gespenster und Irrlichter hatten sie gemartert, und daran war nur Eliza schuld. Wäre sie nach Stunden des Umherirrens und Weinens nicht endlich auf Gordon gestoßen, wäre sie zweifellos verrückt geworden. Obwohl das, was dann geschah, selbstverständlich fast genauso schlimm war.

Vinny war froh, daß sie tot war. Das redete sie sich zumindest ein, aber sie konnte den Anblick von Elizas Leiche, die an dem Baum lehnte wie eine Stoffpuppe, nicht vergessen. Vinny hatte das Blut auf ihrem Haar berührt, ihre eisige Haut gefühlt. Vinny hatte etwas empfunden, von dem sie nie geglaubt hätte, daß sie es empfinden würde – sie hatte Mitleid mit Eliza gehabt.

Vinny wollte diese Dinge vergessen. Sie wollte vergessen, wie Gordon sich an ihren Arm geklammert hatte, als wäre er ein Rettungsring, sie tränenüberströmt und schluchzend zu dem Baum gezerrt hatte. »Was soll ich tun, Vin? Was soll ich nur tun?« Ich wollte sowieso nicht mit zu diesem verdammten Picknick kommen, dachte Vinny griesgrämig.

Eliza hatte nur Ärger gemacht, von Anfang an. Ärger mit ihren großen Augen und ihren schlanken Knöcheln und ihrer blöden Stimme. *Ach, Vinny, Liebe, könntest du vielleicht...* Und immer hatte sie über Vinny gelacht, als wäre Vinny dämlich. Aber das spielte jetzt keine Rolle mehr, sie mußten ihre Haut retten, so gut sie konnten.

Und Gordon ging fort. Fuhr davon, ließ alles zurück, sogar den Mord an seiner Frau. Und er sperrte alles an einen dunklen Ort, an den er nie einen Lichtstrahl ließ, und er lebte weiter, arbeitete hart, wurde wettergegerbt und eine andere Person, lernte Debbie bei einer Tanzveranstaltung kennen, umwarb sie, heiratete sie schnell. Sie hätte nicht williger sein können, obwohl »Mum und Dad« nicht wirklich einverstanden waren – schließlich war er ein geschiedener Mann. Das erzählte er ihnen, das erzählte er allen, »geschieden«, mit so einem traurigen Blick in den Augen, daß niemand nachfragte, außer Debbie natürlich, für die Eliza eine dunkle, unbekannte Rivalin war, die erste Mrs. Fairfax.

Und dann mußte er plötzlich zurück. Er mußte seine Kinder sehen. Seine Mutter. Er mußte nach England zurück und den alten Gordon suchen. Es war ihm nicht klar, daß nichts mehr so war wie früher. Er hatte jetzt, was er sich dummerweise immer gewünscht hatte. Er führte ein gewöhnliches Leben. Er mußte nicht wegen Mordes ins Gefängnis, mußte nicht hängen, weil er Eliza umgebracht hatte, er wurde Tag für Tag bestraft. Er hatte seinen Schatz verloren, der größer gewesen war als das Lösegeld eines Königs. Er hatte Eliza verloren.

GEGENWART

Experimente mit Außerirdischen

(FORTSETZUNG)

*D*u hast meine Mutter umgebracht?« wiederhole ich ungläubig. Das ist überhaupt nicht, was ich hören wollte. Gordon sitzt zusammengesackt auf meinem Bett, die Hände vors Gesicht geschlagen. »Du hast meine Mutter umgebracht?« souffliere ich ihm. Er blickt zu mir. In der Dunkelheit sind seine Augen schwarze Löcher. Als er den Mund öffnet – noch ein schwarzes Loch. Er schüttelt sich wie ein Hund, reißt sich zusammen. »Also, ich meine ...« Er stockt, reißt sich sichtlich erneut zusammen. »Ich meine, ich habe ihre Seele umgebracht.« Er zuckt die Achseln. »Ich wollte sie so, wie sie war, aber als ich sie hatte, wollte ich, daß sie sich verändert.«

Das ist eine altbekannte Geschichte, aber mehr kriege ich nicht zu hören. Gordon tätschelt mein Bein unter der Daunendecke – »Tut mir leid, wenn ich dich aufgeweckt habe, altes Haus« – und verschwindet wieder in der Nacht. Dog folgt ihm bis zur Tür und läßt sich dann auf die Schwelle fallen, mit einem Seufzer, der von erlesenem Unglück spricht.

Die Kunst, sich erfolgreich zu amüsieren

An Heiligabend erwache ich langsam aus einem bizarren Ovidschen Traum, in dem sich Eunice in eine Kuh verwandelte – eine echte im Gegensatz zu der im Weihnachtsspiel – und mich traurig um Hilfe anmuhte. Ihre untere Hälfte (Gymnastikhose und weiße Söckchen) gehörte noch erkennbar zu Eunice, ihr Kopf war jedoch bereits vollkommen der eines Rindes. Die Metamorphose hatte ihre Arme erreicht, und wo ihre Hände gewesen waren, waren jetzt Hufe, aber sie hatte (Gott sei Dank) noch kein Euter. Ich dachte gerade, daß Eunice dem Wort »Cowgirl« eine vollkommen neue Bedeutung verlieh, als ich aufwachte.

Es ist ein kalter, sonniger Morgen. Ich höre das Baby plärren, und irgendwo im Haus ertönen Weihnachtslieder im Radio. Charles stürzt, ohne anzuklopfen, in mein Zimmer und fragt gereizt, ob ich Geschenkpapier habe. »Ich muß nur noch ein Geschenk einpacken und hab' keins mehr.« Ich murmele irgendwas Verneinendes und stecke den Kopf unter die Decke. Es ist heller Nachmittag, als ich wieder erwache, und draußen wird es bereits wieder dunkel. Einmal geblinzelt, und schon hat man um diese Zeit des Jahres das gesamte Tageslicht versäumt. Soviel zum Sparen von Zeit.

Ich kämpfe mich aus dem Bett und fühle mich so erschöpft, als hätte ich überhaupt nicht geschlafen. Mein Partykleid hängt an der Schranktür, aber es ist zu früh, um es anzuziehen, das würde nur ein Unglück herausfordern. Obwohl Hilary sich gegen Geschenke ausgesprochen hat, habe ich ihr eine Schachtel mit Bronnley-Zitronenseifen gekauft, die geschenkverpackt auf meinem Nachttisch steht. Ich halte es für das Beste, mir damit den Weg in das weltgewandte Milieu der Walshs zu ebnen. Der einzige Grund, warum ich zu dieser Party gehen will, ist natürlich der, Malcolm Lovat Hilary unter der kleinen Nase wegzuschnappen.

Ich ziehe meinen Morgenmantel über und gehe hinunter. Debbie und Gordon sind in der Küche, Gordon kämpft an der Spüle mit dem Truthahn, den es am nächsten Tag geben soll, ein kleiner gefrorener Fettkloß, der, von einer Schleuder katapultiert, tödlich genug wäre, um eine ganze Burg samt Bewohner auszuradieren. Die Beziehung zwischen totem Geflügel und männlichen Genitalien ist mir noch immer ein Rätsel, aber darüber kann ich wohl schlecht mit Gordon reden. Heroisch entbindet er den Truthahn von einer blutigen Plastiktüte mit Innereien. Unserer Festtafel stünde ein gebratener Säugling besser an, zumindest hätten wir dann genügend weißes Fleisch. Gordon sieht mich und lächelt. Er scheint seine wahnsinnige Frau vollkommen zu ignorieren, die sich in eine Piefabrik verwandelt hat – ungefähr hundert Mince Pies türmen sich auf dem Küchentisch. Ich hoffe, daß sie nicht irgendeine Art Weihnachtsparty plant.

»Du planst doch nicht etwa eine Party?«
»Nein. Sollte ich das?« fragt sie und attackiert ein wehrloses rechteckiges Stück Teig mit einem geriffelten kreisförmigen Teigausstecher. Ich beschließe, sie nicht länger zu stören.

In der Diele fährt Vinny das Baby im Kinderwagen auf und ab. Das Baby betrachtet Vinny mit bedrückter Miene, als hätte es etwas Besseres vom Leben erwartet. Wer könnte ihm das verübeln? Vinny scheint sich vor meinen Augen aufzulösen, sie ist so dünn und so wenig körperhaft, daß sie mehr wie eine Wolke dichten Ektoplasmas wirkt denn wie ein menschliches Wesen. Sie vertrocknet, verdorrt wie ein toter Käfer, und sie entwickelt eine seltsame Aura, kreuz und quer verlaufende Spinnweben um ihre Silhouette, als würde sie an den Rändern ausfransen (es könnten ihre Nerven sein). Vielleicht saugt ihr das Baby das Leben aus.

Das Baby hat endlich einen Namen, hätte man es länger ohne belassen, hätte es Vinny, die Hüterin der Katzennamen, wohl schließlich Tibbles getauft. Obwohl Tibbles vielleicht besser zu ihm gepaßt hätte als der neumodische Name, den man ihm jetzt verpaßt hat – Jodi.

»Ich übernehm' das«, biete ich widerwillig an und lange nach dem Griff des Kinderwagens, und Vinny schwankt dankbar in ihr Zimmer, gefolgt von mehreren Katzen, die eifersüchtig um sie herumgeschlichen sind.

Vielleicht sollten wir das Baby auf der Türschwelle von jemand anders ablegen, sie könnten darauf hereinfallen und es für ein anonymes Weihnachtsgeschenk halten. Oder sogar für die Wiederkunft Christi – Jesus, der als Mädchen auf die Welt zurückkommt. (Das wäre was.) Aber das Baby sieht nicht so aus, als wollte es die Welt erretten, es sieht eher so aus, als würde es sich mit dem zufriedengeben, wonach wir uns in Arden alle sehnen – mit einer Nacht Schlaf.

Den Kinderwagen in der Diele auf und ab zu schieben und hin und wieder zu schaukeln ist eine beruhigende Tätigkeit. Es gibt sowieso keinen Grund zur Eile – »Geh nicht zu früh hin«, lautet Mrs. Baxters Rat, »es gibt nichts Schlimmeres, als der erste Gast auf einer Party zu sein.« Außer vielleicht nie zu Partys zu gehen.

»Ich dachte, du wolltest auf eine Party«, unterbricht Debbie meine Träumerei. Ich blicke auf meine Uhr – erstaunlicherweise ist es mehrere Stunden später, als ich dachte. Wie ist das möglich? Ich muß die Zeit völlig aus den Augen verloren haben. Wieder einmal.

»Hat die Zeit dir ein Schnippchen geschlagen?« fragt Gordon und lacht (beinahe), als ich auf der Treppe an ihm vorbeikomme.

So. Ich habe die Schuhe an (weiße Stöckelschuhe, in denen ich kaum gehen kann) und das Kleid natürlich, aber was ist mit dem Rest von mir? Ich brauche meine Mutter, ich brauche meine Mutter, damit sie eine richtige Frau aus mir macht, aber in ihrer Abwesenheit tue ich mein Möglichstes, klatsche die krausen Schlangen meines Haar mit Vitapointe an, so daß ich am Schluß nach Fett rieche wie ein Weihnachtsbraten. Egal, denke ich und lege den Pelzkragen um, der sich behaglich um meinen Hals windet.

Ich werde auf die Party gehen, und Malcolm Lovat wird einen flüchtigen Blick auf mich werfen, wie im Traum auf mich zugehen, und wir werden einander in die Arme schmelzen (jawohl, schmelzen), er wird mich aus dem rosa Kleid schälen, und erregt von so viel nacktem Fleisch, sinken wir – warum habe ich keine Mutter, die mir von so überstürzten Aktionen abrät? (Ich bin sechzehn, um Himmels willen, ich bin ein *Kind*.) Warum fragt mich mein Vater nicht, wohin ich gehe, als ich auf der Treppe eilig an ihm vorbeifliege?

»Wohin gehst du?« fragt Gordon.

»Aus«, sage ich leichthin, und ein kleines Runzeln kräuselt seine Stirn. »Ich würde dich hinbringen«, sagt er, »aber –« Er deutet hinter sich auf die Küche, die jetzt so voll Mince Pies ist, daß sie aus der Tür rollen. »Ist schon in Ordnung, ich fahre mit dem Bus«, versichere ich ihm hastig.

Er zieht meinen Mantelkragen zurecht. Aber ich habe jetzt keine Zeit für solche *tendresse*, ich bin unterwegs, um meine Tugendhaftigkeit aufzugeben, und die Uhr rügt mich der Zeitverschwendung. »Wie kommst du wieder nach Hause?« ruft Gordon mir nach. »Heute nacht verkehrt nur ein Notdienst.«

»Das macht nichts. Malcolm Lovat bringt mich heim.« (Es geht doch nichts über Optimismus.) Obwohl die Vorstellung eines Notdienstes an Bussen einen gewissen – wenn auch etwas makaberen – Reiz hat.

Das Haus der Walshs entpuppt sich als elegante georgianische Angelegenheit mit Säulen und Portikus. Meine Brust ist vor Vorfreude auf die Party zugeschnürt. Ich bleibe einen Augenblick am Gartentor stehen, um die aufgeregte Atmosphäre zu genießen, alle Räume sind hell erleuchtet, und im Garten steht ein Baum, geschmückt nicht mit den grellbunten Lichtern einer Strandpromenade, sondern mit geschmackvollen weißen Kugeln, die aussehen wie schimmernde kleine Monde. Das schmiedeeiserne Tor am Ende der Einfahrt steht weit offen, und an einem Flügel hängt ein großer Stechpalmenkranz, verziert mit einer roten Schleife, ein Symbol der Freude und der festlichen Stimmung, das uns Partygänger willkommen heißt. Ich gehe mit raschelndem Kleid die Einfahrt entlang, hole tief Luft und drücke auf die Klingel.

Die Tür wird aufgerissen, kaum hat mein Finger den Klingelknopf berührt, als hätte jemand dahinter gestanden und auf mich gewartet. Die Rolle des Türstehers hat ein froschgesichtiger Junge übernommen, den ich nie zuvor gesehen habe und der mich jetzt forsch-fröhlich angrinst und sagt: »Hallo – wer immer du bist.«

Zu früh bin ich gewiß nicht gekommen, das Haus vibriert vor Aufregung, Geplauder und grazilen Mädchen – alle sprühen vor Selbstbewußtsein und stecken in teuren Kleidern, die eindeutig nicht selbstgenäht sind. »Geh ins Wohnzimmer!« bellt mir der Junge über dem Lärm gut gelaunt zu und zeigt auf eine Tür rechter Hand, hinter der laut das Gitarrengeklimper der Shadows hervordröhnt.

Im Wohnzimmer stehen lächelnd Hilarys Eltern – »John und Tessa« –, als nähmen sie an einem Hochzeitsempfang teil, nur daß sie Mäntel anhaben. Dorothy, Hilarys ältere Schwester, schwebt um sie herum, eine Vision in zitronengelbem Tüll.

»Wir überlassen euch jetzt das Feld.« Mrs. Walsh lacht fröhlich. »Dann seid ihr jungen Dinger unter euch, während wir zu der Fete der langweiligen alten Taylor-Wests müssen. Wie ich euch beneide!« An wen sich diese Aussage richtet, ist nicht ganz klar, aber als die am dichtesten bei ihnen stehende Person fühle ich mich verpflichtet, zu lachen und verständnisvoll zu nicken, als wüßte ich *genau*, wovon sie spricht. Mr. Walsh wirft mir einen komischen Blick zu, wendet sich an Dorothy und sagt: »Also, Dotty, du hast ja die Telefonnummer der Taylor-Wests, falls ihr uns braucht. Und bitte denk dran, die Musik nicht zu laut aufzudrehen, und gib jedem dieser armen Kerle einen Weihnachtskuß.«

»Dotty« lacht liebenswürdig und sagt: »Mach dir um uns keine Sorgen, Daddy, ihr könnt beruhigt gehen – und habt einen schönen Abend!«

So also verhalten sich normale Familien, ich hab's schon immer gewußt! (Womöglich sind sie sogar glücklich.) Oh, wie sehr ich John und Tessa und Dotty und Hilary liebe. Wo ist Hilary? Nicht, daß ich mich wirklich für Hilary interessiere, aber sie ist der Faden, der mich zum Objekt der Begierde meines Herzens führen wird (Prinz Malcolm). »Wo ist Hilary?« frage ich mit meiner höflichsten Stimme, und Dorothy dreht sich zu mir um, lächelt nachsichtig, als wäre ich eine schrullige, aber zurückgebliebene Verwandte. »Ich glaube, sie ist in der Küche beim Obstbowlen«, antwortet sie und lacht dann brüllend über diesen »Witz«. »Das hat nicht ganz richtig geklungen, stimmt's?« Und Mr. und Mrs. Walsh lachen ebenfalls, ein helles blechernes Lachen, das mich nervös gemacht hätte, wäre ich nicht in so festlicher Stimmung.

Mrs. Walsh zieht ihren Nerzmantel enger um sich (die Füchse um meinen Hals zucken kummervoll zusammen) und küßt Dorothy zum Abschied auf die Wange. Halb rechne ich damit, daß sie auch mich küssen wird, aber sie übersieht mich, als sie sich Mr. Walsh zuwendet und trillert: »Komm, Johnny, wir überlassen sie jetzt sich selbst.«

Hilary ist tatsächlich in der Küche und schenkt auf damenhafte Art, wie eine Angehörige des Adels bei einer Wohltätigkeitsveranstaltung, Obstbowle mit einem gläsernen Schöpflöffel aus. »Da bist du ja, Isobel«, sagt sie und bedenkt mich mit einem karitativen Lächeln. Die gläsernen Bowletassen haben winzige gläserne Griffe, die nicht zu gebrauchen sind. Ich überreiche ihr die geschenkverpackten Seifen. »Ich hab' dir ein Geschenk mitgebracht.« Sie nimmt vorsichtig die Schachtel, als ob sie etwas Giftiges enthielte, stellt sie ab, ohne sie auszupacken, dreht mir den Rücken zu und hantiert an einer Platte voll Ritz-Crackern herum, die partygemäß raffiniert belegt sind – mit Goudastückchen und Silberzwiebeln, mit gefüllten grünen Oliven und winzigen, schimmernden, flohartigen Fischeiern. Debbie würde vor Neid erblassen.

Ich nippe ungeschickt an meiner Obstbowle, versuche zu verhindern, daß die kleine Tasse aus meiner großen Hand rutscht. Sie schmeckt ziemlich eklig, nach Orangensaft und Johannisbeersirup. In diesem Augenblick kommt Paul Jackson, der auf flegelhafte Weise gutaussehende Kapitän der Fußballmannschaft, in die Küche, blinzelt mir zu und schüttet eine ganze Flasche Wodka in die Bowle. Als Hilary sich wieder umdreht, stopft er die Flasche in seine Jackentasche und lächelt sie an. Sie erwidert das Lächeln und sagt: »Kanapee, Paul?«

Hilary und Paul scheinen sich sehr füreinander und überhaupt nicht für mich zu interessieren, und so nehme ich mir eine Tasse von der frisch angereicherten Bowle (die jetzt nach Orangensaft, Johannisbeersirup und einer Spur Nagellackentferner schmeckt – eine leichte Verbesserung) und ziehe ab, um nach jemandem zu suchen, der sich für *mich* interessiert, wie zum Beispiel Malcolm Lovat.

Auf dieser Party scheint jeder jeden zu kennen, und ich kenne niemanden – jedenfalls habe ich niemanden von ihnen in der Schule gesehen. Woher kommen diese Leute?

Das Haus der Walshs hat viele stattliche Räume, und ich

schlendere durch die Zimmer, in jedem befinden sich lebhaft plaudernde Partygäste, jedes bietet ein anderes Bild unbeschwerter Heiterkeit. Diese harten Knoten von Menschen zu infiltrieren ist so schwierig, wie ein Knäuel von Rugby-Spielern zu durchdringen. Ermutigt von meiner Anonymität versuche ich es mit diversen Taktiken. »Hallo, ich bin Isobel«, sage ich schüchtern am Rand einer Gruppe – und werde vollkommen ignoriert. Vielleicht habe ich versehentlich meine Tarnkappe aufgesetzt und bin unsichtbar.

»Hallo, ich heiße Isobel, und wie heißt ihr?« versuche ich es lauter bei einer anderen Gruppe, und alle drehen sich zu mir um und starren mich an, als wäre ich eine ganz und gar unwillkommene Schwachsinnige. Malcolm Lovat ist nirgendwo zu sehen.

Ich höre, wie jemand sagt: »Mein Gott, hast du dieses Kleid gesehen, wie sieht die bloß aus?« Und die andere Person entgegnet, »Wie ein Erdbeerkuchen«, und lacht wiehernd. Meinen sie mich? Bestimmt nicht. Ich schleiche zurück in die Küche. Hilary ist verschwunden (hoffentlich für immer), ihren Platz hat ihr Bruder Graham eingenommen, der mich auf merkwürdige Weise angrinst. »Hallo, Is-o-bel«, sagt er affektiert.

Um Graham herum steht eine Gruppe seiner Freunde aus dem College, alle tragen Pullover und Kordsamtjacken und gestreifte Halstücher, damit nur jeder weiß, wer sie sind. Zu meinem Entsetzen stelle ich fest, daß einer von ihnen Richard Primrose ist.

»Das ist eine Überraschung, was?« sagt er kichernd.

»Warum bist *du* hier?«

»Graham, mein alter Kumpel«, sagt er und drapiert betrunken einen überlangen Arm um Grahams Schulter, »hat mich natürlich eingeladen. Und ich hab *ihm* gesagt, er soll *dich* einladen.« Er lacht und deutet mit dem Finger auf mich. Er ist so betrunken, daß er kaum noch stehen kann. »Das«, sagt er zum Rest der Gruppe, »ist die Freundin meiner kleinen Schwester.«

Seine Stimme senkt sich zu einem gekünstelten Flüstern.»Von der ich euch erzählt habe.« Alle schauen mich an, als wäre ich ein Tier im Zoo, und ich spüre, wie ich knallrot werde, ein Farbton, die wahrscheinlich hervorragend zu meinem Kleid paßt.

Sie drängen sich um mich herum, und einer sagt: »Hallo, Is-o-bel, ich heiße Clive.« Und ein anderer sagt: »Hallo, ich bin Geoff.« Es verblüfft mich, der Mittelpunkt von so viel männlicher Aufmerksamkeit zu sein, und einen verblendeten Augenblick lang glaube ich, daß das Kleid endlich seinen Zauber entfaltet und mich in eine unwiderstehlich attraktive Person verwandelt hat. Sie stehen so nah neben mir, daß ich die Alkoholdämpfe riechen kann, die sie verströmen, sie stinken eher nach Bier als nach Bowle mit Wodka. Einer legt den Arm um meine Taille, lacht, grinst höhnisch und sagt: »Also, Is-o-bel, wir wissen alle, was für ein steiler Zahn du bist. Willst du's mal mit mir versuchen?«

»Steiler Zahn?« sage ich verständnislos und winde mich aus seiner unangenehmen Umarmung. »Steiler Zahn? Was meinst du damit?« In meinem leicht benebelten Hirn frage ich mich, ob »steiler Zahn« nicht irgendeine Art Pflanze ist – oder ist es ein Berg? »Steiler Zahn?« Ich blicke verwirrt den Jungen neben mir an. (Clive, glaube ich, aber mit ihren dürftigen Bärten kann man sie nicht auseinanderhalten – man sieht nur, daß sie allesamt Jazz-Fans sind.)

»Jaa«, sagt er und fingert an einem meiner angesetzten Ärmel herum, »wir haben gehört, wie entgegenkommend du bist, Is-o-bel. Na komm schon, Izzie-Wizzie.«

»Unser alter Dick hier«, sagt ein anderer und nickt in Richards Richtung, Richard kichert, »hat uns erzählt, daß du alles machst, Is-o-bel.« Er lacht prustend. »Dinge, die *nette* Mädchen nicht tun.« »*Nette* Mädchen«, sagt ein anderer kichernd und tut so, als müßte er kotzen.

»Nicht wie unsere Ding-Dong hier«, sagt wieder ein anderer,

möglicherweise Geoff (sie sind so zahlreich wie Mince Pies). »Wir wissen alle, was Dick mit dir anstellt, Ding-Dong.« »Jaa, unser Pussikätzchen geht gern streunen«, sagt ein anderer und grinst anzüglich. Die Füchse um meinen Hals knurren aggressiv. Ungläubig starre ich Richard an. »Was um alles auf der Welt hast du ihnen erzählt?« Er hat so viel Anstand, etwas beschämt dreinzublicken, aber in diesem Augenblick schreitet Dorothy mit einem Tablett schmutziger Gläser in die Küche, und die Meute dreht sich um, um Dorothys großartige Brüste und ihr ebensolches Hinterteil zu betrachten. »Was für ein Arsch«, sagt einer leise und seufzt, und bevor Dorothy wieder zu der Tür hinausrauscht, sagt sie mit angewiderter Miene: »Hoffentlich weißt du, was du tust, Isobel.«

Dorothys ehrfurchtgebietende Anwesenheit zügelt sie für einen kurzen Moment, aber dann bedrängt mich die heulende Meute auf eine Art, die wirklich furchterregend ist. Sie sind alle gebaut wie Mittelstürmer, und ich glaube nicht, daß ihnen die Fuchs-Stola gewachsen ist, wenn es zu einer handgreiflichen Auseinandersetzung kommt. Richard hält sich etwas entfernt am Rand des Kreises, weidet sich mit einem hochnäsigen Lächeln an meinem Unbehagen. Ich schwöre mir, ihn bei der nächstbesten Gelegenheit umzubringen.

Einer fängt an zu singen, *Ding-Dong, Pussikätzchen*, und Graham macht einen amateurhaften Ausfall in meinen Cœur-Ausschnitt. Flucht ist die einzige Lösung in dieser Situation, und ich wende mich einem zu, trete ihm kräftig ans Schienbein, bevor ich ihn aus dem Weg remple und durch die Hintertür in den Garten hinauslaufe.

Ich stelle mir den Garten des Walshs so vorstädtisch zahm vor wie die Gärten in den Straßen der Bäume, aber in seiner landschaftlich gestalteten Weite ähnelt er einem herrschaftlichen Park, es ist, als würde man ganz plötzlich eine andere Dimension betreten. (Der Schein kann täuschen.)

Ich sprinte so schnell ich kann über den Rasen, aber meine Bewegungen werden durch die Pfennigabsätze an meinen Schuhen und die rosa Masse um meinen Körper erschwert, und ich bin noch nicht weit gekommen, als Graham einen Rugby-Angriff auf mich startet und mich auf das gefrorene Gras des Rasens stößt. Seine Hand gleitet in das Oberteil meines Kleides, offensichtlich hat er sich auf dieses Einfallstor versteift, aber ich schaffe es, ihm meinen linken Ellbogen so kraftvoll in die Rippen zu stoßen, daß er, vor Schmerz aufjaulend, von mir herunterrollt. Ich habe einen Schuh verloren und schüttle hastig den zweiten ab, als ich mich hochrappele.

Ich laufe wieder los, auf das Ende des Gartens zu, in der Hoffnung, daß sich dort irgendwo ein Tor zur Straße befindet. Als ich zurückblicke, sehe ich, wie mir zwei von ihnen über den Rasen nachsetzen. Warum passiert das ausgerechnet mir? Eigentlich sollte ich hingerissen in Malcolm Lovats starken Armen Walzer tanzen und nicht um meine Tugendhaftigkeit rennen müssen.

Ich laufe jetzt über ein glattes ebenes Stück Rasen und merke erst, daß es kein gewöhnlicher Rasen ist, als ich über ein Krocket-Tor stolpere und heftig auf dem Boden aufknalle. (Vielleicht ist es das, was der *Home Entertainer* unter »Krocket mit Menschen« versteht.) Einer der Jungen wirft sich auf mich und hängt sich an meine Taille, als ich aufzustehen versuche. Ich kann mich befreien und höre, wie etwas reißt. Vielleicht ist es sein Kopf, der sich vom Rumpf löst.

Wieder galoppiere ich los, die zwei Jungs hinter mir schreien hallo und hussa. Ich entdecke eine große Weißbirke neben der Gartenmauer und steuere darauf zu, in der Hoffnung, vielleicht auf den Baum klettern und von dort aus auf die Mauer steigen zu können, aber als ich bei ihr anlange, sehe ich, daß ihre Äste zu weit oben sind. »Hab' dich, Ding-Dong!« schreit einer der Jungen.

Ich bin erledigt. Alles, was ich tun kann, ist, dazustehen und zu versuchen, Atem zu schöpfen, mir ist fast schlecht vor Anstrengung, und so sehr ich mich auch bemühe, kein Schrei entringt sich meiner Kehle. Es ist, als wäre ich in einem Alptraum gefangen. Ich lehne mich gegen den Stamm der Weißbirke, schnappe nach Luft wie ein sterbender Fisch und schicke ein kleines stummes Stoßgebet mit der Bitte um Hilfe zum Himmel empor. Warum gibt es niemanden auf der Welt, der mich beschützt, niemanden, der auf mich aufpaßt?

Ich kann mich nicht einmal mehr bewegen, meine Beine fühlen sich an, als steckten sie voller Bleikugeln, meine Füße sind mit dem Boden verwurzelt. Einer der Jungen, Geoff, glaube ich, läuft direkt auf mich zu und bleibt stehen, das wahnsinnige dionysische Glimmen in seinen Augen wandelt sich in Verwirrung. Er scheint durch mich hindurchzusehen. Der andere, Clive, kommt neben ihm zu stehen und beugt sich vor, um Luft zu holen. »Wo ist sie hin?« fragt er keuchend. »Dort irgendwo«, sagt Clive und schaut überall hin, nur nicht zu mir. »Verdammtes kleines Flittchen«, fügt er hinzu und stützt sich mit der Hand auf meine linke Schulter, lehnt sein ganzes Gewicht darauf, als wäre ich Teil des Baums.

Aber als ich auf seine Hand hinunterblicke, sehe ich da, wo meine linke Schulter sein sollte, wo meine rechte Schulter sein sollte, wo in der Tat mein gesamter Körper sein sollte, die silbrige, papierene Rinde der Birke. Meine Arme sind steife Äste, die aus meinem Körper wachsen, meine beiden Beine haben sich in einen massiven Stamm verwandelt. Jetzt würde ich schreien, aber ich bringe den Mund nicht auf. Nennen Sie mich Daphne.

An den Rändern wird alles dunkel und verschwommen, und als nächstes sitze ich auf dem kalten Boden unter dem Baum, von den Jungen ist nichts mehr zu sehen, und Hilary marschiert über den Rasen auf mich zu. »Was um alles in der Welt tust du hier draußen, Isobel? Hast du Malcolm gesehen? Er ist nirgendwo zu finden.«

In Hilarys Schlepptau schleife ich mich ins Haus. Mir scheint, es hätte vermutlich wenig Sinn, ihr zu erzählen, daß ich noch vor kurzem ein Baum war. Ich bin nicht, was ich bin. Ich bin ein Baum, also bin ich verrückt, eine verrückte Person, die unter massiven Sinnestäuschungen und Halluzinationen leidet. »Amüsierst du dich?« fragt Hilary pflichtbewußt, während ihr Blick durch die Küche schweift, auf der Suche nach jemand anderem als mir, mit dem sie sich unterhalten könnte. »O ja, und wie«, antworte ich und ziehe ein Cocktail-Würstchen aus einem Kohlkopf, in dem auf Zahnstochern zahllose Würstchen stecken, so daß er aussieht, als käme er geradewegs aus dem Weltraum.

Ich gehe hinauf in den ersten Stock, um mich im Bad ein bißchen zu säubern. In meinem Haar haben sich Zweige und verwelkte Blätter verfangen, meine Strümpfe sind völlig zerrissen, und mein steifer Petticoat aus Tüll besteht nur noch aus Fetzen. Er war es, der während meines Martyriums im Garten zerrissen ist. Mein Kleid ist nicht mehr bonbonrosa, sondern so rosa wie Schweine, Verlegenheit und Lachs in Dosen.

Mit einer entschiedenen Handbewegung reiße ich den zerfetzten Petticoat endgültig heraus. In den Löchern des Gewebes stecken ein paar tote Blätter. Ich sehe mich nach einem Abfalleimer um, finde keinen und stopfe den Petticoat schließlich hinter den Heißwasserbehälter im Wäschetrockenschrank. Der Heißwasserbehälter ist nicht isoliert und strahlt eine unglaubliche Hitze aus, brodelt vor sich hin wie ein besonders perverses mittelalterliches Folterinstrument. Er ist riesig, Hilary würde genau hineinpassen.

Als ich aus dem Badezimmer komme, stolpere ich fast über Hilary, die sich in enger Umarmung mit Paul Jackson, dem Kapitän der Fußballmannschaft, befindet. Sie scheint sich mit Höchstgeschwindigkeit durchs Haus zu bewegen, vielleicht hat sie eine Doppelgängerin, eine Art Körper-Double, das während der eher langweiligen Momente für sie einspringt. Nicht, daß ihr Clinch mit Paul Jackson langweilig wirkt – eine Hand hat er unter ihren Rock geschoben, und sein Knie drängt ihre Beine auseinander. Ich frage mich, was Mr. und Mrs. Walsh sagen würden, könnten sie sie jetzt sehen. Haben sie auch nur die leiseste Ahnung, daß und wieviel Alkohol auf ihrem Grund und Boden konsumiert wird? Und wieviel Zügellosigkeit ausbrechen würde, kaum hatten sie den Rücken gekehrt? Irgendwie bezweifle ich es sehr. Trotzdem, es ist ermutigend, Hilary dabei zuzusehen, wie sie Malcolm untreu ist, ja, sie scheint ihn völlig vergessen zu haben. Sie sieht aus, als müßte sie sich gleich übergeben, und als sie den Kopf hebt, um Luft zu holen, entdecke ich einen schillernden Knutschfleck auf ihrem Hals. Ich rechne fast damit, Blut auf Paul Jacksons Zähnen zu sehen. »Isobel«, lallt sie und versucht, mich zu fixieren, es gelingt ihr jedoch nur ein Schielen. Wenn Malcolm uns jetzt nur Seite an Seite sehen könnte – es wäre nur allzu offensichtlich, welches das richtige Mädchen für ihn ist. *(Ich.)*

»Isobel«, wiederholt sie mit einiger Mühe, »hast du Graham gesehen?«

»Graham?«

»Graham, mein Bruder« – ihr Kopf fällt nach vorn auf Paul Jacksons Schulter – »hat darauf bestanden, daß du eingeladen wirst.«

»Ach ja? Warum – zum allgemeinen Amüsement?« frage ich empört. Es gibt nur einen Grund, warum er mich dabeihaben wollte, und zwar wegen der Lügen, die Richard ihm über mich erzählt hat, um sich an mir zu rächen. Ich will es ihr gerade erklären, aber sie ist eingeschlafen und schnarcht wie ein Schwein, und Paul Jackson macht sich erneut an ihrem Straps zu schaffen. Er sieht mich an und sagt: »Verpiß dich.« Das tue ich.

Ich gehe wieder hinunter ins Wohnzimmer. Im Flur schlägt eine große Großvateruhr die halbe Stunde – halb zwölf –, wo ist nur die Zeit geblieben? (Wo bleibt sie in der Tat? Gibt es eine große Zeitwanne am Grund der Welt?) Mein Dasein als Weißbirke muß Stunden gedauert haben.

Seitdem ich zum letztenmal im Wohnzimmer war, hat sich viel verändert. Die unschuldigen Shadows sind nicht mehr zu hören, die hellen Lichter sind erloschen, das jugendliche Partygeplapper ist verstummt. Jetzt erinnert alles an einen inneren Kreis der Hölle – die dunklen, sich windenden Schatten, das gequälte leise Stöhnen von Menschen *in extremis* – und ich brauche ein paar Sekunden, bis ich die dunklen Schatten als knutschende Paare erkenne – sie tun es im Stehen, im Sitzen, im Liegen –, alle fummeln mit orgiastischer Begeisterung aneinander herum.

Im Flur übergibt sich jemand, und Dorothy, mittlerweile auch vom Alkohol gezeichnet, aber noch immer enorm praktisch denkend, holt den Staubsauger und beginnt, die Kotze aufzusaugen. Ich überlege gerade, ob ich ihr sagen soll, daß das keine gute Idee ist, beschließe jedoch, meine dürftigen Haushaltstips für mich zu behalten, als sie auf mich zu saugt und mich anschnauzt: »Du bist wirklich ein Flittchen, stimmt's, Isobel? Laß deine Finger von meinem Bruder, du bist nicht sein Typ.«

Graham liegt hinter Dorothy auf der Treppe, bewegt sich auf einem schick gekleideten Mädchen auf und ab, das vermutlich sein Typ ist, und ich bahne mir einen Weg an ihren miteinander verschlungenen Körpern vorbei und laufe hinauf, um ein letztes Mal nach Malcolm Lovat zu suchen.

Die erste Tür, die ich öffne, scheint in Mr. und Mrs. Walshs Schlafzimmer zu führen, riesige Betten dominieren wie Lastkähne diesen mit schwerem Brokat ausgeschlagenen Raum. Der nächste Zimmer stinkt nach Dorothy. Es ist rüschig und mädchenhaft und mit militärischer Präzision aufgeräumt – eine Reihe wissenschaftliche Bücher, eine mit alphabetisch geordneten Romanen und auf dem Frisiertisch mathematisch akkurat verteilte Toilettenartikel. Würde sich auch nur ein einziges Q-Tip von der Stelle rühren, sie würde es bemerken.

Ich gehe in den nächsten Stock und versuche es mit einer weiteren Tür. Auch dieses Schlafzimmer ist rüschig und mädchenhaft, aber auch sportlich – überall Tennisschläger, Sportkleidung und Reithelme –, es muß Hilarys Zimmer sein. Auf dem Nachttisch steht ein Foto, Kopf und Schultern eines Pferdes, und auf dem Bett befindet sich eine riesige Ansammlung Puppen – Puppen mit Babygesichtern, Puppen in vollem Highland-Ornat, Puppen in Flamencokleidern, puppenhafte Stoffpuppen und antike Puppen mit vergilbten Locken und erstaunten Mienen.

Und dort, fehl am Platze zwischen den Puppen, liegt der wesentlich größere Körper eines träge hingestreckten Malcolm Lovat. Er begrüßt mich freudig – und betrunken – und winkt mir mit einer halbleeren Flasche Gin in der Hand zu. »Hallo, Izzie.«

»Ich hätte dich nicht hier vermutet.« Ich nehme einen Schluck puren Gin aus der grünen Flasche, ein kräftiger Schluck auf Männerart, und bin sehr zufrieden mit mir, weil ich nicht daran ersticke. »Riech mal«, sagt Malcolm, dreht sich plötzlich auf den Bauch und vergräbt sein Gesicht im Kissen, »Pferdeessenz!« Da müssen wir aber lachen!

Er tätschelt den Platz neben sich auf Hilarys (mit größter Sicherheit) jungfräulichem Diwan, und ich quetsche mich neben ihn. »Das ist aber ein weites Kleid«, sagt er freundlich und legt den Arm um meine Schulter. So liegen wir freundschaftlich nebeneinander, trinken Gin und verteilen imaginäre Persönlichkeiten an Hilarys Puppen, die meisten davon Erweiterungen ihres eigenen Charakters.

Wir nähern uns dem Grund der Ginflasche. Die Innenseite meines Körpers fühlt sich an, als hätte jemand ein Streichholz darangehalten, eine nicht gänzlich unangenehme Empfindung, und die Kugel meines verwirrten Hirns verwandelt sich in Porridge. Die meisten von Hilarys armen Puppen haben wir mittlerweile auf den Boden gestoßen. Andere sind in Sicherheit gesprungen.

Ich glaube, ich schlafe mehrmals ein und wache wieder auf. Die Zeit scheint sich verlangsamt zu haben, sie ist jetzt irgendwie zähflüssig, als ob die Zeitmoleküle tatsächlich in der Lage wären, ihren Zustand zu verändern, und nicht länger unsichtbar und gasförmig, sondern fließend flüssig sind (vielleicht ist das der Heraklitsche Fluß). »Küß mich«, murmele ich plötzlich, ermutigt vom Gin und der seltsamen Flüssigkeit der Zeit. Malcolm schlägt die Augen auf, ich glaube, er hat geschlafen, stützt sich auf die Ellbogen, so daß sein Kopf aufragt wie der einer Kobra, und sieht mich an. »Bitte«, füge ich hinzu, damit er nicht denkt, ich wäre unhöflich. Er blickt stirnrunzelnd eine verbliebene Puppe an – eine Baby-Puppe, ungefähr so groß wie »unser« Baby – und sagt sehr ernst: »Isobel.«

Das muß es sein – er spürt das kosmische Band, das uns verbindet, gleich wird er mich küssen und die Siegel unserer Liebe aufbrechen – wir werden an einen transzendenten Ort versetzt, wo die Musik aus Sphärenklängen besteht und das Licht von Turner stammt –, ich hoffe nur, daß ich mich vorher nicht in einen Baum verwandle oder wieder einmal durch die Zeit fliege. Hoffnungsvoll schließe ich die Augen. Und werde bewußtlos.

Als ich die Augen wieder öffne, ist es dunkel im Zimmer und jemand hat mich mit Hilarys Daunendecke zugedeckt. Außerdem hat sich jemand die Mühe gemacht und mein Hirn an meine Schädeldecke geklebt, und als ich mich aufzusetzen versuche, tut es sein Bestes, um sich wieder loszureißen, und das auf eine Art und Weise, die ganz, ganz schrecklich ist. Um eine Extrawirkung zu erzielen, wurden die Fasern meines Hirns miteinander verlötet. Die Schlafzimmertür geht auf, und ich schließe die Augen, um den Schock des Lichts abzumildern.

Als ich mich zwinge, sie einen Spaltbreit aufzumachen, erkenne ich eine wütende Hilary, Wimperntusche und Lippenstift verschmiert, Haar zerzaust, Haut leichenblaß (vermutlich, weil Paul Jackson in der Zwischenzeit das ganze Blut aus ihrem Körper gesaugt hat), die mich angewidert anstarrt. »Was tust du in meinem Bett, Isobel?« Ich versuche, mich aufzusetzen, und mir bricht kalter, feuchter Schweiß aus. Mit letzter Kraft winke ich Hilary eine Warnung zu, weil ich weiß, daß sie nicht sehen will, was gleich passieren wird.

Aber zu spät – ich greife mir an die Stirn, in dem vergeblichen Versuch, das Pochen in meinem Kopf zum Schweigen zu bringen, lehne mich über den Rand des Betts und erbreche, was sich noch in meinem Magen befindet (überwiegend mit Gin getränkte Stücke von Cocktail-Würstchen), über Hilarys erschrockene Puppen.

Hilary schreit mich an, ein Strom damenhafter Schimpfwörter quillt in einem Sturzbach von Ekel und Abscheu aus ihrem Mund.

»Von mir aus kannst du tot umfallen«, stöhne ich sie an.

Kurz darauf kommen Mr. und Mrs. Walsh nach Hause (»Was ist mit dem *Staubsauger* passiert, Dotty?«) und werfen die restlichen Partygäste angewidert hinaus, darunter mich, vor allem mich. »Raus«, zischt Mr. Walsh böse. »Gott weiß, was du noch alles im Schlafzimmer meiner Tochter getrieben hast. Deine Sorte kenne ich, du Nutte.« Wie unfreundlich. Von Malcolm Lovat keine Spur, was nicht nur schlecht ist, weil es zumindest heißt, daß er sich nicht in Hilarys Armen befindet.

Meine Füchse warten auf dem Tisch in der Eingangshalle auf mich, ich nehme sie und stolpere hinaus in die Nacht – eine von Frost und Eiseskälte überzogene Nacht, so daß ich beinahe damit rechne, Mr. Walsh rufen zu hören: »Und laß dich nie wieder hier blicken, Fräulein!«

»Ich will dich nie wieder in meinem Haus sehen, du kleine Schlampe!« ruft er in Übereinstimmung mit seinem Charakter. Ich komme bis zu dem schmiedeeisernen Tor, und dann überwältigt mich eine unwiderstehliche Lethargie. Ich bin in der

Tat eine gefallene Frau oder zumindest ein gefallenes Mädchen – gefallen unter einen riesigen Lorbeerstrauch neben dem schmiedeeisernen Tor, gefallen und zusammengerollt schnarche ich ruhig wie ein Igel, entschlossen, einen Winterschlaf zu halten. Schnee bedeckt mein Gesicht wie eiskalter Zuckerguß.

Ich werde unhöflich geweckt von Malcolm Lovat, der versucht, mich auf den Beifahrersitz seines Wagens zu verfrachten, und diesmal wenig freundlich murmelt, daß ich »ein verdammt weites Kleid« trage. »Auf diese Art sterben Menschen«, sagt er mißmutig, läßt den Motor an und stößt rückwärts aus der Einfahrt des Walsh-Anwesens. Mein Hirn klebt nicht länger an der Schädeldecke, sondern ist zu einer harten, in Gin eingelegten Walnuß geschrumpft und trudelt herum, prallt vom Knochen ab, wird von keiner Membran gehalten.

»Hypothermie«, sagt Malcolm, als wollte er für unser Findelkind einen Namen vorschlagen. Wir liefern ein Paradebeispiel für Alkoholmißbrauch am Steuer, während wir uns einen heiklen betrunkenen Weg über die vereiste Straße bahnen. »Verdammte Scheiße«, ruft Malcolm grimmig, wenn wir gelegentlich schlittern, Pirouetten drehen und herumrutschen, als wäre der Wagen eine beschwipste Sonja Henie.

Ich versuche mehrmals, eine Zigarette anzuzünden, und beim vierten, von Erfolg gekrönten Versuch fällt das brennende Streichholz auf mein Kleid, und ein großes Stück rosa Stoff schmilzt augenblicklich, und ich kann gerade noch verhindern, daß ich mich in eine lebende Fackel verwandle. Wie werde ich sterben? Durch Feuer oder durch Eis?

Irgendwie landen wir wieder auf dem Lover's Leap, aber uns ist weder nach Liebe noch nach Springen zumute, durch kniehohes Blut zu waten wäre einfacher, und wir schlafen beide ein, kaum hat er den Motor ausgeschaltet. Als ich wieder aufwache, ist mir kalt. Ein Speicheltropfen scheint auf meinem Kinn festgefroren zu sein, und meine Augen sind vom Schlaf verkrustet.

Ich wühle ohne große Hoffnung im Handschuhfach und bin überrascht, als ich ein halbes Paket altbackener Vanillekekse finde, auf die ich mich stürze wie ein Tier. Nach einer Weile wecke ich Malcolm auf und biete ihm einen Keks an. Es ist wirklich eine Schande, daß ich nicht im richtigen Zustand bin (mir fällt gleich der Kopf ab), um einfach nur dazusitzen und sein wunderschönes Profil, den Schwung seiner Lippen, die schwarze Locke, die sich um sein Ohr ringelt, zu bewundern. Ich mache schnell die Wagentür auf und kotze auf den Erdboden.

Wir brechen wieder auf zu einer scheinbar endlosen Fahrt. Die Straßen von Glebelands sind menschenleer, alle liegen im Bett und warten darauf, daß die Sonne aufgeht und auf die grünen Blätter des Tannenbaums scheint. Unsere Odyssee führt uns noch einmal in die Straße, in der die Walshs wohnen, aber hier herrscht im Gegensatz zu der Ruhe im Rest der Stadt eine höchst außergewöhnliche Geschäftigkeit. Hätten wir auf dem Lover's Leap nicht geschlafen, hätten wir von unserem Aussichtspunkt aus vermutlich gesehen, wie die Feuerwehrautos durch die Stadt rasten, wie die flackernden Flammen aus dem Haus der Walshs in der kleinen Modellstadt zu unseren Füßen züngelten, und vielleicht hätten wir das verzweifelte Heulen der Krankenwagen gehört, deren Besatzungen versuchten, die Bewohner zu retten.

Die Straße ist mit Feuerwehrautos, Krankenwagen und Polizisten verstopft. Wir taumeln aus dem Wagen und stellen uns wie Touristen an das schmiedeeiserne Tor. Die roten Bänder an dem Stechpalmenkranz hängen schlaff und reglos. Asche und Rußteilchen wirbeln durch die Luft, es riecht nach verkohlten Kleidern und Kanapees. Plötzlich fällt mir der sorglos hinter den brodelnden Heißwasserbehälter gestopfte Petticoat ein, und ich stelle mir vor, wie er Feuer fängt und es weitergibt an die ordentlichen Stapel Laken und Handtücher, bis schließlich

das ganze Haus brennt. Alle scheinen dem Inferno unverletzt entkommen zu sein bis auf –
»Richard und Hilary«, sagt Malcolm tonlos und ungläubig.

Als wir uns den Straßen der Bäume nähern, beginnt es richtig zu schneien. Zuerst bleiben nur kleine tänzelnde Flocken an der Windschutzscheibe kleben, sie schmelzen, und die Scheibenwischer entfernen sie mühelos, aber bald wird das Schneetreiben dichter, und die Flocken bleiben überall haften, an Antennen, Schornsteinen, Dächern, Bäumen.
Anstatt in die Kastanienallee einzubiegen, fährt Malcolm den Stechpalmenweg entlang. Wir sind beide benommen von dem Schock, den uns das plötzliche Hinscheiden von Hilary und Richard versetzt hat, und mir scheint, wir wissen nicht, wohin wir fahren. (*Von mir aus kannst du tot umfallen* – habe ich das wirklich zu *beiden* gesagt?)
Der Schnee wirbelt jetzt auf bedrohliche Weise durch die Dunkelheit. Wir fahren an Boscrambe Woods vorbei, die Bäume eine tintenschwarze Masse am Straßenrand. Plötzlich schwenkt Malcolm auf einen Waldweg ein und parkt vor einer Reihe Besenginster, die hinauf zu den Sternen zeigen und mit denen man Feuer ausschlagen kann. Sie wachsen am falschen Ort, in diesem Wald kann es heute nacht nicht brennen. Der Boden ist eisenhart, das Wasser in den Bächen zu Stein gefroren. Als Malcolm den Motor ausschaltet, herrscht eine Stille, wie ich sie noch nie gehört habe.
»Komm«, sagt Malcolm und öffnet die Wagentür, obwohl sich das Schneetreiben zu einem Blizzard gesteigert hat. Widerwillig stapfe ich ihm nach in den Wald. Im Wald wütet kein Blizzard, alles ist still. Im Wald muß der Schnee Stunden länger gefallen sein als außerhalb des Waldes (wie ist das möglich?), denn der Schnee liegt hoch – Weihnachtskarten-Schnee, Winterwunderland-Schnee, frisch und jungfräulich. Die kahlen Äste der Laubbäume sind von Schnee bedeckt, sie biegen und

beugen sich über unseren Köpfen wie das Gewölbe einer großen Kathedrale. Es ist wirklich, als wären wir in einer Kirche, still und ehrfurchtsvoll, aber erhabener.

Und auch immergrüne Bäume aus aller Welt stehen hier – Norwegische Fichten *(abies picea)* und Rocky-Mountain-Kiefern *(pinus contorta)*, Alpentannen *(abies lasiocarpa)* und europäische Silbertannen *(abies alba)*, Balsamtannen *(abies balsamea)* und die schönen vornehmen Edeltannen *(abies procera)* drängen sich zusammen unter der Decke aus Schnee wie ein ewiges Weihnachten, das nur darauf wartet, stattfinden zu können.

Wir stapfen dahin, still in der Stille. Es ist, als wären wir die letzten beiden Menschen auf der Welt. Vielleicht sind wir das, vielleicht haben wir eine Zeitreise zu den letzten kalten Tagen gemacht. Nur im Wald kann man die Zeit wirklich vergessen. Vor uns hoppelt ein Hase durch den Schnee.

Malcolm, der vor mir geht, bleibt plötzlich stehen und dreht sich mit dem Finger auf den Lippen zu mir um. Eine Hirschkuh steht vor uns auf dem Weg, erschnüffelt uns in der Luft, weiß, daß wir da sind, kann uns aber nicht sehen. Dann macht sie erschrocken einen Satz und ist verschwunden, bricht durch das gefrorene Unterholz, und das Geräusch brechender Zweige hallt laut in der kalten Stille um uns herum wider.

»Das bringt vermutlich Glück«, flüstert Malcolm und nimmt mich in die Arme. Sein Atem fühlt sich warm an auf meiner gefrorenen Backe. Jetzt ist es soweit. Ich schließe erwartungsvoll die Augen ... »Zeit, daß wir nach Hause fahren«, sagt er plötzlich und stapft zurück durch den Schnee, zerrt mich an der Hand hinter sich her. Wären wir nicht immer noch voll bis obenhin mit Beefeater's Frostschutzmittel, wären wir wahrscheinlich mittlerweile erfroren.

Der Wagen ist mit einer dicken Daunendecke aus Schnee bedeckt, die wir mit unseren armen handschuhlosen Händen entfernen müssen. Die Reifen drehen auf dem Schnee durch, als der Wagen auf die unberührte Straße zurücksetzt. Es hat inzwischen aufgehört zu schneien, und wir schlittern und schleudern die gewundene Straße entlang. »Ich glaube, du bist die einzige Person, mit der ich ich selbst sein kann«, sagt Malcolm deutlicher, als er seit Stunden gesprochen hat. Warum fällt es allen so schwer, sie selbst zu sein?

Er blickt zu mir, um sich zu vergewissern, daß ich verstehe, was er zu sagen versucht, und plötzlich taucht vor uns aus dem Nirgendwo ein Hirsch auf, gefangen im Licht der Scheinwerfer. Stumm wie in einem Alptraum hebe ich eine Hand und deute darauf. Malcolm redet munter weiter, über sein wahres Selbst und seine Probleme, es zu finden, aber dann schaut er in die Richtung, in die mein Finger und mein entsetzter Blick weisen, und sagt: »Ach, Scheiße –« Es scheint die Hirschkuh zu sein, der wir gerade im Wald begegnet sind (obwohl sie sich alle ziemlich ähnlich sehen), aber jetzt ist nicht die Zeit, Vergleiche anzustellen. Sie hat uns wohl doch kein Glück gebracht. Die Zeit beginnt, sich zu verlangsamen. Malcolm reißt den Wagen auf die Seite, um dem Tier auszuweichen. Ich kann es jetzt deutlich sehen – es verdreht entsetzt die Augen, seine Muskeln bewegen sich, kräuseln sich unter seinem samtenen Fell, während es zu einem weiten verzweifelten Sprung ansetzt.

Es entkommt. Der Wagen ebenfalls – er hebt ab, springt von der Straße, fliegt langsam durch die Luft, gleitet über den steilen Abhang am Straßenrand, als hätte er Flügel, vollkommen lautlos, als ob der Ton der Welt abgedreht wäre, aber dann schlägt er zum erstenmal auf dem Boden auf, und der Ton ist plötzlich wieder da – das Geräusch von berstendem Blech und splitterndem Glas, das Geräusch der endenden Welt, als wir vom verschneiten Boden abprallen, einen jungen Baum überfahren, in einem wahnsinnigen Schneegestöber durch einen Stechginsterstrauch brechen, der Wagen ein unaufhaltsames wildes Tier, das darauf aus ist, sich selbst zu zerstören, bevor er endlich gezähmt wird von einer großen Platane, die auf der gefrorenen Wiese Wache steht.

Wieder ist alles still. Niemand wird uns hier je finden. Ich bin sehr müde, fühle mich aber auch sehr friedvoll. Der Text von »Stille Nacht« geht mir durch den Kopf. Wir könnten singen, um uns bei Laune zu halten, aber es scheint, keiner von uns beiden ist in der Lage, den Mund aufzumachen, und als ich versuche, die Worte herauszubringen, bleiben sie mir im Hals stekken. Ich kann den Kopf überhaupt nicht bewegen. Vielleicht hat die Zeit ihren Zustand erneut verändert und ist jetzt ein fester großer Block aus Eis, in dem wir gefangen sind, eingefroren wie Fliegen in Bernstein.

Indem ich mich ausschließlich auf die Muskeln in meinem Nacken konzentriere, gelingt es mir, den Kopf ein paar Zentimeter zu bewegen. So weit, daß ich Malcolm gerade sehen kann. Sein Gesicht ist überströmt von Blut, das im Dunkeln glitzert. Auch er versucht zu sprechen. Nach langer Zeit verstehe ich endlich, was er sagen will. Die Worte kommen langsam, mißgestaltet heraus, kratzen an der stillen Nacht. »Hilf mir«, sagt er, »hilf mir.« Aber ich weiß, daß es keinen Sinn hätte, weil er bereits tot ist.

Zeit totschlagen

Ich wache auf. Ich liege in meinem Bett. In meinem Zimmer. In Arden. Verschwunden sind der Schnee (von gestern), die Bäume, die Hirschkuh, der Wagen, der tote Malcolm Lovat. Ich habe mein Nachthemd an, und an meinem Körper finden sich keinerlei Hinweise auf einen Autounfall, mein Hirn allerdings ist eine Ruine.

Mein rosarotes Partykleid hängt am Kleiderschrank und sieht nach allem, was es durchgemacht hat, bemerkenswert unbesudelt aus. Sogar steif, als wäre der Petticoat noch darunter. Ein Blick aus dem Fenster läßt auf vollkommen anderes Wetter als gestern schließen – auf feinen Nieselregen statt auf schneidenden Frost. Habe ich den gestrigen Tag geträumt? War er nur ein schrecklicher lebhafter Alptraum?

Aus dem Augenwinkel sehe ich etwas auf dem Nachttisch stehen – die geschenkverpackte Schachtel Bronnley-Seifen. Ich setze mich auf und wickle sie aus dem Papier. Von unten dringen Weihnachtslieder aus dem Radio und das Geschrei des Babys herauf. Nachdenklich halte ich eine Seifenzitrone in der Hand, auf der sie schwer wie ein saurer kleiner Mond liegt. Engel und Boten Gottes steht uns bei, und Himmel hilf.

Wenn gestern der vierundzwanzigste Dezember war, müßte heute der erste Weihnachtsfeiertag sein – aber selbstverständlich weiß ich, daß die Gesetze der Kausalität so gebogen sind wie der Pfeil der Zeit, und ich bin nicht die geeignete Person, um Vorhersagen über sequentielle Ereignisse zu machen.

Vielleicht gibt es wirklich keine permanente Realität, sondern nur die Realität des Wandels. Ein beunruhigender Gedanke.

Wie auf ein Stichwort hin platzt Charles in mein Zimmer

und sagt: »Hast du Geschenkpapier? Ich muß nur noch ein Geschenk einpacken und hab keins mehr.«

»Was, glaubst du, daß heute für ein Tag ist?« frage ich ihn, und er sieht mich an, als wäre ich verrückt (nun, ich bin es). »Es ist der vierundzwanzigste natürlich. Was glaubst denn *du*?« (Kann Zeit *so* relativ sein?)

Das ist doch lächerlich. Ich ziehe mir die Decke über den Kopf. Ist es mir tatsächlich gelungen, den gestrigen Tag zurückzurufen? Bin ich zweimal in denselben Fluß gestiegen? Wird sich der ganze schreckliche Tag noch einmal ereignen? Ist es nicht genug, den Alptraum einmal zu erleben, muß ich ihn auch noch wiederholen? Wie viele rhetorische Fragen kann ich mir stellen, ohne mich zu langweilen?

Vielleicht bin ich gestorben und zur Hölle gefahren, und das ist meine Strafe – den schlimmsten Tag meines Lebens bis in alle Ewigkeit immer wieder durchleben zu müssen.

Vielleicht träume ich mein Leben. Vielleicht werde ich aufwachen und feststellen, daß ich ein Schmetterling bin. Oder eine Raupe. Oder ein Pilz, ein Pilz, der träumt, er wäre ein Mädchen namens Isobel Fairfax.

Habe ich noch einen freien Willen – vielleicht wenn ich *im Bett bleibe* – wenn ich nicht zur Party der Walshs gehe und auf keinen Fall mit Malcolm Lovat im Auto fahre –, dann wird niemandem etwas passieren. Ich schließe die Augen und versuche, mich in den Schlaf zurückzuzwingen (vielleicht ist es das, was Katzen tun – sie schlafen, damit Dinge verschwinden. Hunde zum Beispiel), aber ich habe den Schlaf so gründlich vertrieben, wie ich die Gesetze der Zeit zerstört habe.

Aber was, wenn, denke ich plötzlich, öffne die Augen und starre auf das rosa Kleid, was, wenn es nicht mein bösartiger Einfluß ist, der die Ereignisse heraufbeschwor (heraufbeschwört, heraufbeschwören wird – wie Sie wollen)? Was, wenn sie so oder so geschehen? Wenn sie so oder so geschehen, dann kann ich vielleicht etwas tun, um sie zu verhindern. Dann wäre es zumindest nicht meine Schuld, wenn Malcolm, Hilary und Richard trotzdem sterben. Und das wäre schon etwas.

Aber andererseits – soweit ich weiß, sind sie schon tot. Ich hieve mich aus dem Bett. Ob ich nun will oder nicht, ich muß herausfinden, was los ist. Ich hebe den Rock des rosaroten Kleides hoch, und ja, der Petticoat ist noch da, intakt und an seinem Platz. Ich seufze erschöpft.

Unten ist niemand – Vinny, Debbie und Gordon sind nicht an ihren angestammten Plätzen, nur die Mince Pies kennen ihre Rolle in der Geschichte, liegen hoch aufgetürmt auf dem Küchentisch, hübsch gepudert mit Zucker, der aussieht wie Schnee. Ich esse einen, dann noch einen, dann einen dritten – ich bin heißhungrig. Seit den altbackenen Vanillekeksen letzte Nacht habe ich nichts mehr gegessen, und es ist durchaus möglich, daß ich nicht einmal die gegessen habe. Die Wirklichkeit entgleitet mir schneller, als ich darüber nachdenken kann.

Ich rufe bei den Lovats an. Malcolm hebt ab. »Hallo? Hallo?« wiederholt er, bis ich auflege, weil mir nichts einfällt, was nicht wahnsinnig klingen würde. Als nächstes versuche ich es bei den Walshs, und Mrs. Walshs Flötentöne durchdringen mein Trommelfell. Ich murmele etwas von wegen Hilary, und Mrs. Walsh sagt, sie sei mit Dorothy in die Stadt gegangen.

Ich beschließe, den Primrose-Haushalt nicht zu überprüfen, mir ist es gleichgültig, ob Richard tot ist oder nicht, und zwei von drei ist kein schlechter Schnitt. Aber wie sie am Leben erhalten, das ist die Frage. Die Sorte Frage, in die sich Charles verbeißen könnte, aber auch von ihm findet sich keine Spur. Arden ist wie die *Marie Celeste*, der einzige Überlebende von was für einer unsichtbaren Katastrophe auch immer, die sich ereignet haben muß, ist das Baby (es ist unzerstörbar), das in der Diele in seinem Kinderwagen liegt und sich die Lunge aus dem Leib schreit.

Ich hebe es (ich kann mich nicht dazu durchringen, es Jodi zu nennen) aus dem Kinderwagen und versuche, es zu beruhigen, aber es ist fürchterlich wütend, schreit, daß ihm fast der Kopf platzt (na ja, *fast*), und ab und zu verkrampft und versteift sich sein Körper, als hätte es einen Anfall. Sein Gesicht ist rot vor Zorn, und seine kleinen Fäuste sind geballt, als wollte es jemanden boxen.

Ich versuche, es in seinen Schal zu wickeln, aber es ist so unhandlich, daß ich es schließlich wie einen Kohlkopf zu einem Bündel zusammenpacke und nach Sithean trage. Vielleicht weiß Mrs. Baxter, was zu tun ist. Und außerdem will ich mit jemandem darüber reden, was mit mir los ist, vorzugsweise mit jemandem, den ich gestern nicht auf dem Gewissen hatte.

Auch im Haushalt der Baxters herrscht eine unheimliche Atmosphäre des Verlassenheit. Sithean scheint so leer und ausgestorben wie Arden. Es kommt keine Antwort, als ich »Hallo!« in die Leere rufe, die einzigen Geräusche sind die Seufzer und der Schluckauf des Babys.

Im Wohnzimmer brennt ein Feuer im Kamin, und die Lichter am Weihnachtsbaum gehen an und aus, aber ob das so sein soll oder ob es auf eine elektrische Interferenz meinerseits zurückzuführen ist, kann ich nicht sagen.

Der Tisch im Eßzimmer ist mit dem besten Porzellan gedeckt. Mrs. Baxter macht nahezu genausoviel Theater um den vierundzwanzigsten wie um den fünfundzwanzigsten. Wenn es nach Mrs. Baxter ginge, würde sie wahrscheinlich an jedem Tag des Jahres Weihnachten feiern.

In der Mitte des Tisches stehen rote Kerzen, und neben jedem Gedeck liegt ein Weihnachtscracker und eine Weihnachtspapierserviette – rot mit grünen Stechpalmenzweigen –, die phantasievoll drapiert ist. Weingläser gefüllt mit Krabbencocktail stehen auf den Tellern.

Ich setze mich auf einen Stuhl, ziehe ein Salatblatt aus dem Krabbencocktail vor mir und knabbere daran, während ich darüber nachdenke, wo sie alle hin sind. Vielleicht sind auch die Baxters dazu übergegangen, Wurmlöcher in der Zeit hinunter-

zukriechen. Vielleicht feiern die Baxters in diesem Augenblick Weihnachten im achtzehnten Jahrhundert oder im Mittelalter. Ich schmiere ein bißchen von der rosafarbenen Salatsauce aus dem Krabbencocktail auf die Lippen des Babys, und es ist so schockiert, daß es augenblicklich verstummt.
Ohne es zu wollen, esse ich den ganzen Krabbencocktail auf. Vielleicht sähe es besser aus, wenn ich um den Tisch herumgehen und auch die anderen beiden vertilgen würde, dann könnte ich so tun, als wären nie welche dagewesen. Aber es ist zu spät – die Hintertür wird zugeschlagen, und Mr. Baxter marschiert den Flur entlang, wirft durch die offene Eßzimmertür einen Blick auf mich, marschiert weiter, macht dann kehrt und fährt mich an: »Was machst du hier? Wieso sitzt du auf meinem Platz? Ißt mein Essen?«

»Wo sind Audrey und Mrs. Baxter?« frage ich und springe schuldbewußt auf.

»Was für eine interessante Frage«, sagt er in dem Tonfall, den er für die Schüler reserviert hat, die er für die größten Idioten hält. Seine Augen quellen vor lauter Wahnsinn hervor. »Ja, wo sind sie denn wohl?« fragt er und betont jedes Wort. »Hmm, mal sehen ...« Er blickt drein, als stünde er wirklich vor einem Rätsel, und schaut in einen Weihnachtscracker. »Nein«, sagt er, »da drin sind sie nicht.« (Wie öde muß es sein, mit Mr. Baxter zu leben.) Dieses Schauspiel geht noch eine Weile weiter, bis ihn die Lautstärke des Babys (es ist doch zu etwas zu gebrauchen) vertreibt und er nach oben in sein Arbeitszimmer marschiert.

Ich trage das Baby ins Wohnzimmer und setze mich damit aufs Sofa. Die blinkenden Lichter am Weihnachtsbaum beruhigen es. Es steckt eine Faust in den Mund, als wollte es sich dazu zwingen, still zu sein, und mein Herz fliegt ihm zu. Es hat noch sein ganzes Leben vor sich, um unglücklich zu sein, und es ist ein Jammer, daß es schon so früh damit anfangen muß.

Die Hintertür geht auf und wieder zu. Ich hoffe, daß es Mrs.

Baxter und Audrey sind, und nicht Mr. Baxter, der ein zweites Mal das Haus betritt, ohne es zuvor verlassen zu haben. (Man wird ziemlich schnell paranoid, wenn die Zeit zusammen- oder auseinanderbricht. Oder was auch immer.) Aber Gott sei Dank sind es tatsächlich Mrs. Baxter und Audrey. Sie sind warm angezogen – Mäntel, Schals und wollene Hüte –, als wären sie spazierengegangen. »Wir haben gerade ein Spaziergängchen gemacht«, sagt Mrs. Baxter, »um Daddy die Möglichkeit zu geben, sich zu beruhigen. Er hat einen Zorn auf sich selbst gehabt«, sagt sie mit einem kläglichen kleinen Lächeln. Sie sieht so unglücklich aus, daß es kaum zu glauben ist.

Beim Anblick des Babys erreicht Mrs. Baxter augenblicklich den mütterlichen Schmelzpunkt und schickt Audrey los, damit sie sein Geschenk unter dem Weihnachtsbaum hervorholt. Audrey packt das Geschenk aus – eine Rassel (als ob es nicht schon genug Lärm machen würde) – und überreicht es dem Baby mit einem bezaubernden Lächeln. »Ich stell' Wasser auf«, sagt Mrs. Baxter. »Du trinkst doch ein Täßchen mit, Isobel?«

»Daddy«, sagt Audrey, nachdem Mrs. Baxter den Raum verlassen hat, und dann hält sie inne, offenbar unfähig, weiterzusprechen. »Hat einen Zorn auf sich selbst?« souffliere ich hilfsbereit. Sie nimmt das Baby und wiegt es in den Armen, stützt das Kinn auf seinen rotgoldenen Flaum. Ihre Augen füllen sich mit Tränen, und sie strengt sich enorm an, damit sie nicht auf das Baby fallen. »Jungen«, bringt sie schließlich heraus.

»Jungen? Glaubt er, daß du ... ?«

»Er ist davon überzeugt, daß ich mit einem Jungen zusammengewesen bin«, flüstert sie.

»Und bist du?« (Sie muß, wie sonst ist das Phänomen Baby Jodi zu erklären? Andererseits, wenn es eine Kandidatin für die unbefleckte Empfängnis gibt, dann Audrey.)

Sie blickt mich aus ihren großen schmerzensreichen Augen an, als hätte ich ihr gerade die allerlächerlichste Frage gestellt, und drückt das Baby an sich. Es hat sich mittlerweile beruhigt, schläft sogar, die Faust noch immer in den Mund gestopft, vielleicht für den Fall, daß es versucht wäre, im Schlaf die Wahrheit herauszuposaunen. Sie sehen aus wie vollendete Krippenfiguren, Audrey mit ihrem schönen Mutter-Gottes-Lächeln und das Baby, das zufrieden in ihren Armen schläft. Vorsichtig knöpft Audrey mit einer Hand ihren Mantel auf, zieht den Schal aus, hebt die Hand zum Kopf und nimmt den wollenen Hut ab – aber statt ihres wunderschönen Mutter-Gottes-Haars, das sie eigentlich schütteln sollte, ist nichts mehr da, was sie schütteln könnte. Entsetzt starre ich auf ihren geschorenen Kopf, sie hat nicht den Straßenjungen-Schnitt eines Friseurs, sondern ist ungleichmäßig geschoren wie ein Kollaborateur im Krieg. »Daddy«, sagt Audrey.

Mrs. Baxter kommt zurück mit einem Tablett, auf dem sich Weihnachtsgebäck türmt, und versucht, nicht auf die Auswirkungen von Daddys Zorn auf Audreys Kopf zu schauen. Sie will gerade etwas sagen, als wir Mr. Baxter die Treppe herunterstampfen hören, und wir horchen auf jeden seiner Schritte, als befänden wir uns in einem Horrorfilm und warteten auf das Auftauchen eines unbekannten Monsters, und wir sind nahezu erleichtert, daß er noch ein menschliches Wesen ist, als er hereinstürmt, mich finster anblickt und sagt: »Immer noch da? Du hast einen schlechten Einfluß auf Audrey. Vermutlich warst du es, die sie auf Abwege geführt hat, stimmt's?«

»Daddy, bitte«, sagt Mrs. Baxter in ihrem schmeichelndsten Tonfall.

»Und du halt die Klappe«, entgegnet er ihr. Er bringt sein Gesicht bis auf ein paar Zentimeter an meines heran, nimmt Schlägerhaltung ein und sagt: »Also, Isobel, mit wem hat sich Audrey herumgetrieben? Irgendeiner hat's mit ihr gemacht, wer war es? Hoffentlich nicht dein häßlicher kleiner Bruder.«

»Daddy, bitte«, fleht Audrey.

»Halt den Mund, du kleine Hure«, bellt Mr. Baxter und geht

auf sie zu, »dich Jungen hinzugeben, weiß Gott was mit dir anstellen zu lassen! Wer war's? Red schon!« Mrs. Baxter wippt auf der Stelle, flattert mit den Händen, als würde sie fliegen lernen. Mr. Baxter zieht etwas aus der Tasche seines Tweedjacketts und wedelt damit herum. Es ist etwas Dunkles, Metallisches, Revolverförmiges. Es ist ein Revolver.

»Dein alter Armeerevolver«, staunt Mrs. Baxter. »Ich dachte, den hättest du vor Jahren abgegeben, Daddy.« Mr. Baxter legt den Revolver auf den Kaminsims, mit der übertriebenen Grand-Guignol-Geste von jemandem, der einen Bösewicht mimt – es ist dieselbe Geste, mit der er den Rohrstock auf sein Pult legt, so daß sich seine Schüler zwangsläufig darauf konzentrieren. (Vermutlich können wir von Glück sprechen, daß er den Revolver nie zur Abschreckung mit in die Schule genommen hat.)

Dann stürzt er sich auf Audrey, faßt sie bei den Resten ihres Haars, zieht sie zu sich heran und brüllt sie an: »Wer?« Ohne das Baby zu beachten, daß angsterfüllt schreit. Mehr in dem Versuch, das Baby zu beruhigen, als ihren Vater zu beschwichtigen, beantwortet Audrey schließlich seine Frage und sagt ganz, ganz leise: »Aber, Daddy, *du* warst es doch.«

Ich werfe mich auf Mr. Baxter, damit er Audrey losläßt, ohne zu verdauen, was Audrey gerade zu ihm gesagt hat. Das nächste, was ich weiß, ist – *Rrumss* –, daß Mr. Baxter sich zu mir umdreht und mich ins Gesicht boxt. Der Schlag landet genau auf meinem Backenknochen, es ist der Schlag eines Preisboxers, der Knochen zersplittert und Gehirnschäden verursacht.

Schmerzgekrümmt sinke ich auf die Knie, versuche meinen Kopf mit beiden Armen zu schützen, während ich nach Luft ringe. Mir ist unglaublich schlecht, als hätte man mich gerade aus großer Höhe fallen lassen.

Langsam werde ich mir einer merkwürdigen Stille im Zimmer bewußt. Wir scheinen alle gelähmt, als ob die Zeit tatsächlich stehengeblieben wäre. Ich stelle mir vor, wir wären in diesem Tableau für immer eingefroren, aber dann rollt Mrs. Baxters Katze, die sich auf der Lehne eines Parker-Knoll-Stuhls als gestreifter Sesselschoner getarnt hat, plötzlich zur Seite und fällt herunter, landet hörbar auf den Füßen, dann knistert das Feuer, ein Kohleklumpen zerbirst laut zischend, und alle erwachen.

Mrs. Baxter murmelt »Daddy?«, als hätte ihr gerade jemand die unwahrscheinliche Antwort auf eine Frage gegeben, über die sie seit langem nachdachte. Dann höre ich Mrs. Baxter kurz Luft holen, und ich drehe mich um und schaue sie an. Sie starrt vollkommen sprachlos Audrey und das Baby an. Wenn man sie zusammen sieht, ist es wirklich offensichtlich – sie sehen sich so ähnlich, nicht nur das Haar und die Gesichtszüge, sondern der käsebleiche Ausdruck des Leidens, zu dem sie beide neigen. »Audrey?« flüstert Mrs. Baxter, während große Tränen Audreys Wangen hinunterkullern. Audrey hätte wirklich ihren Katzenfellmantel anziehen und so weit wie möglich von Mr. Baxter davonlaufen sollen, um zu verhindern, daß die Dinge so entsetzlich eskalieren.

Mr. Baxter geht unterdessen gelassen zum Kamin, nimmt seine Pfeife vom Sims und klopft die Asche aus, als wäre nichts geschehen. Wie in Trance beobachte ich, wie er die Pfeife anzündet, kräftig am Mundstück saugt, so daß das winzige vulkanische Glühen im Pfeifenkopf aufleuchtet und erlischt, wieder und wieder, bis Mr. Baxter in dünnen blauen Dunst gehüllt ist. Wie kann er angesichts eines derartigen häuslichen Chaos so gleichmütig bleiben? Aber wahrscheinlich hat auch Blaubart die Tür hinter seinem heimlichen Gemetzel zugeschlossen und sich anschließend eine Tasse Tee gekocht.

Plötzlich werde ich mir Mrs. Baxters bewußt, die reglos wie eine Statue in der Tür steht. Sie muß aus dem Zimmer gegangen und wiedergekommen sein, denn sie hält ein Tranchiermesser in der Hand.

Mir ist es doch tatsächlich gelungen, ein Szenario zu finden, das noch schlimmer ist als das gestrige! Weihnachten in Sithean ist, als ob man in einer alptraumartigen Partie Cluedo festsäße – ist es Mrs. Baxter mit dem Tranchiermesser im Flur oder Mr. Baxter mit dem Revolver im Wohnzimmer? Als nächstes wird es Audrey mit dem Kerzenständer in der Küche sein. Dann beginnt Mrs. Baxter schwerfällig auf Mr. Baxter zuzustapfen, wie in Zeitlupe, ein angreifendes Rhinozeros, das entschlossen auf sein Ziel losgeht. Als sie auf Mr. Baxter zustürmt, gibt Mrs. Baxter einen schrecklichen Laut von sich, es klingt wie das jammervolle Stöhnen eines Tieres, das unter starken Schmerzen leidet. »Was zum Teufel hast du vor, Moira?« sagt Mr. Baxter gereizt, aber als Mrs. Baxter ihren Angriff fortsetzt, wird seine Miene immer ungläubiger. Er sieht sich um, vielleicht nach seinem Revolver, aber es ist zu spät – Mrs. Baxter hat ihr Ziel erreicht, rennt gegen Mr. Baxter, der einen *Hmmmpff*-Laut von sich gibt und auf dem Teppich vor dem Kamin auf die Knie sinkt, so daß er aussieht, als hätte er plötzlich beschlossen, Mrs. Baxter anzubeten.

Seine Hände, die er sich an den Bauch preßt, sind leuchtend rot. Nicht so rot wie Stechpalmenbeeren. Nicht so rot wie Weihnachtssterne. Nicht so rot wie Rotkehlchenbrüste und nicht so rot wie Tomatenketchup. So rot wie Blut. Das Blut sickert durch Mr. Baxters Finger, breitet sich auf seinem Fair-Isle-Pullover aus, den ihm Mrs. Baxter zu seinem letzten Geburtstag gestrickt hat. Letzten in jedem Sinn des Wortes.

Mrs. Baxter, die mit dem blutigen Messer in der Hand vor ihm steht, sieht aus wie eine schreckliche Figur aus einer griechischen Tragödie, ihr Gesicht befleckt vom Blut ihres ersten Opfers. Mr. Baxter blickt erstaunt zu Mrs. Baxter auf, dann blickt er ebenso erstaunt auf seinen Bauch. Versuchsweise nimmt er eine Hand fort, und Blut schießt in einem dünnen roten Strahl aus seinem Bauch, eine kleine Fontäne, die genug Druck hat, um die Wand vollzuspritzen.

Ich schnappe mir ein Kissen vom Sofa und drücke es gegen die Quelle der Blutfontäne, aber sobald ich ihn berühre, fällt er nach vorn aufs Gesicht. Ich versuche, ihn wieder aufzurichten, aber er ist zu schwer. Seine Augen sind fast geschlossen, und sein Atem geht rasselnd und flach. Und dann atmet er plötzlich überhaupt nicht mehr. Seine Augen starren leblos auf den Teppich. Mrs. Baxter hat sich wieder in eine Statue verwandelt. Audrey sitzt auf dem Sofa und lächelt das Baby an, als ob nichts geschehen wäre. Wer ist die verrückteste Person in diesem Raum? Mr. Baxter ist jedenfalls die toteste.

Ein leiser Pfiff von der Tür her läßt mich vor Schreck fast tot umfallen. Carmen steht dort. Und Eunice, einen Haufen Geschenke im Arm, stürmt an ihr vorbei und kniet sich neben Mr. Baxter nieder, die Geschenke purzeln zu Boden, sie fühlt ihm professionell den Puls am Hals. »Tot«, verkündet sie wie eine Detektivin.

Eunice sieht sich im Zimmer um, versucht sich an einer Einschätzung der Situation. »Was ist denn hier passiert?« fragt sie (sie behält die Rolle als Detektivin bei). Ich erkläre es, so gut ich kann (ohne irgendwelche zeitlichen Bezüge herzustellen – daß es sich um meinen zweiten katastrophalen Heiligabend handelt und so weiter –, um etwaige Verwirrung zu vermeiden).

»Aber wie ist das möglich?« wundert sich Eunice und sieht Audrey und das Baby an. »Er ist ihr Vater, er kann nicht auch noch der Vater ihres Kindes sein.« Wie es scheint, gibt es gewisse Dinge, von denen Eunice nichts weiß. Carmen erklärt ihr Inzest und Kindesmißbrauch auf eine Weise, die bemerkenswert klar ist für ein Mädchen, das nur Käse im Kopf hat.

Vermutlich kommt uns allen irgendwann der Gedanke in den Sinn, daß wir die Polizei rufen sollten, aber niemand verleiht dieser Idee Ausdruck. Nicht einmal Eunice.

»Vielleicht sollten wir alle mal mit dem Messer zustechen«, schlage ich trübselig vor, »dann sind wir alle schuldig.«

»Dann müßten wir alle wegen Mord ins Gefängnis«, klärt uns die vernünftige Eunice auf.

Wir drei sitzen eine Weile zusammen und diskutieren, was

zu tun ist (Audrey und Mrs. Baxter sind zu nichts zu gebrauchen). Carmen schlägt vor, daß wir Mr. Baxter in die Notaufnahme des Krankenhauses von Glebelands bringen und sagen, daß er ins Messer gefallen sei.

»Während er den Truthahn tranchiert hat?« fragt Eunice und schnaubt höhnisch. Wenn er kleiner wäre, könnten wir ihn zum Kamin zerren und als Feueropfer darbringen. »Und was sollen wir dann sagen?« fragt Eunice sarkastisch. »Das er durch den Kamin gefallen ist, als er die Geschenke brachte?«

Ich stehe auf und schalte die Lichter am Christbaum aus, weil mich das Blinken und Flackern in den Wahnsinn treibt. Carmen verteilt Zigaretten und raucht angesichts unserer extremen Lage zwei auf einmal. »Ich denke, wir sollten ihn begraben«, schlägt sie vor.

»Ihn begraben?« wiederhole ich entsetzt. Ein Teil von mir wartet noch immer darauf, daß Mr. Baxter vom Boden aufsteht, und ein Begräbnis scheint mir doch eine etwas endgültige Lösung.

Carmen läßt ein Päckchen Fruchtgummi herumgehen. »Um Himmels willen, Carmen«, sagt Eunice mißmutig. »Wo sollen wir ihn denn begraben?«

Carmen erwärmt sich langsam für das Thema. »Wir könnten Mr. Baxters Wagen nehmen und ihn irgendwohin fahren, ihn in den Fluß werfen oder im Wald begraben.«

»Keine von uns kann Auto fahren«, gebe ich zu bedenken.

»Wir könnten's versuchen«, sagt Carmen, jederzeit zu allem bereit, »oder wir könnten ihn im Garten begraben, das wäre einfacher.«

»Einfacher?« hake ich zweifelnd nach. »Und was sollen wir den Leuten erzählen? Wie sollen wir erklären, wo er abgeblieben ist? Menschen verschwinden nicht einfach so.« (Was sage ich da?) Carmen ißt einen ganzen Mince Pie, mit einem Appetit, der ihr zur Ehre gereicht.

Der Regen trommelt mittlerweile gegen die Fenster des

Wohnzimmers (im Augenblick wohl eher eine Leichenhalle mit zugezogenen Vorhängen). »Also gut«, sagt Eunice plötzlich und wird zur Vollblutpfadfinderin, »wir brauchen Handschuhe, eine Taschenlampe, Schnur und –« Sie hält inne, ihr ratterndes Hirn kurzfristig überwältigt von den Umständen, denen es sich gegenübersieht.

»Einen Spaten?« schlage ich vor.

»Einen Spaten, genau!«

Im Geräteschuppen finden wir zwei Schaufeln, und Eunice arbeitet ein Rotationssystem aus, dem zufolge zwei graben und eine ausruht. Zuerst sind unsere Versuche, das Erdreich auszuheben, etwas kraftlos, aber dann haben wir den Dreh raus. Sobald man nicht mehr an die Umstände (Mord), das Wetter (mies) und den Dreck (widerlich) denkt, kriegt man einen erstaunlichen Rhythmus hin. Bald schwitzen wir vor Anstrengung und zittern gleichzeitig vor Kälte. »Wie tief müssen wir denn graben?« keucht Carmen und zieht heftig an einer Zigarette. »Einen Meter achtzig«, sagt Eunice und stützt sich auf ihre Schaufel wie ein professioneller Totengräber. »Das ist doch lächerlich«, fährt Carmen sie an, »wir sind hier nicht auf dem verdammten Friedhof, sondern in Mrs. Baxters Gemüsegarten. Wir wollen ihn doch nur aus dem Weg schaffen.« Wir bräuchten Jahre, um ein ein Meter achtzig tiefes Loch zu graben. So wie die Dinge liegen, sind wir ganz zufrieden mit dem flachen Loch, das wir zustande bringen.

Wir gehen ins Haus zurück, um Mr. Baxter zu holen. Alles ist unverändert. Audrey und das Baby schlafen jetzt, und Mrs. Baxter sitzt auf dem Sofa, das Messer im Schoß. »Es ist fast Abendessenszeit«, sagt sie gesprächsweise, als sie uns sieht, »wie die Zeit vergeht.«

Ohne ihr zu antworten, beginnen wir, Mr. Baxter durch die Verandatür zu zerren. Carmen, die irgendwann in ihrem Leben Leichenbestatter am Werk gesehen haben muß, lächelt die frischgebackene Witwe mitfühlend an und sagt: »Es ist jetzt an der Zeit, Mr. Baxter fortzubringen, Mrs. Baxter.« Eunice und ich tauschen nervöse Blicke aus, uns quält die Sorge, daß Mrs. Baxter vom Sofa aufspringen und plötzlich begreifen könnte, was vor sich geht, aber sie lächelt nur und sagt: »Nur zu.« Richtig grauslig-nett.

Wir schleifen Mr. Baxters leblose Gestalt hinaus in den Regen und den Gartenweg entlang. Unter reichlich Geächze, Geschiebe und Gefluche rollen wir ihn schließlich in sein Grab.

Eunice leuchtet ihn mit der Taschenlampe an. Er sieht weniger tot aus als vor zwei Stunden. »Wir müssen sein Gesicht bedecken«, sage ich hastig, als Carmen wieder nach ihrer Schaufel greift. Ich laufe ins Haus, nehme in der Küche eine Handvoll festlicher Papierservietten, laufe den Weg zurück, knie mich neben das Loch und lege die Servietten auf sein Gesicht. »Paß auf«, sagt Carmen, die sich Sorgen macht, daß ich auf Mr. Baxter falle.

Ihn mit Erde zu bedecken ist einfach, aber die Erde loszuwerden, die Mr. Baxter verdrängt, ist harte Arbeit. Wir schieben unbeholfen Schubkarren voll mit dem schweren nassen Zeug ans Ende des Gartens, wo wir es zu einer dunklen Sandburg aufhäufen.

Als wir zurück ins Haus zotteln, sehen wir aus, als hätten wir uns einmal durch die Erde und wieder zurück gewühlt, dreckig und naß bis auf die Knochen und sprachlos vor Entsetzen. An der Hintertür ziehen wir die Schuhe aus, stehen unter der Lampe und betrachten einander erschrocken.

In der Küche kocht Mrs. Baxter unterdessen Tee und legt weiteres Weihnachtsgebäck und noch mehr Mince Pies auf Teller, die mit festlichen Deckchen und Papierservietten, wie ich sie als Leichentücher benutzt habe, geschmückt sind.

Mrs. Baxter scheucht uns vor sich her ins Wohnzimmer, stellt das Tablett auf dem Kaffeetischchen ab und strahlt uns an. »Na los, na los, bedient euch.« Mir sinkt der Mut. »Und du,

Isobel, na los, greif zu!« drängt sie mich und reicht mir eine Papierserviette. Beim Anblick des Rots und des Grüns erbleiche ich. Der Schmerz in meinem Gesicht, wo mich Mr. Baxter getroffen hat, wird immer schlimmer.

Überall im Wohnzimmer ist Blut, an den Wänden, auf dem Sofa, auf dem Teppich, wo der riesige Fleck zu einer makabren Gestalt geworden ist. »Wir müssen was dagegen unternehmen«, sagt Carmen zu mir.

»Ojemine«, sagt Mrs. Baxter, die uns gehört hat, »dafür müssen wir eine Teppichreinigungsmaschine mieten.« Ich bin sicher, daß der Geruch nach Blut – salzig und rostig – die gesamte Luft durchdringt. »Nehmt ein Stück Shortbread«, drängt Mrs. Baxter, »ich hab's selbst gemacht.«

Audrey rührt sich, öffnet verschlafen die Augen, blickt auf das Baby in ihren Armen und lächelt ihr bezauberndes Lächeln. Man bräuchte ein Brecheisen, um die beiden zu trennen.

Eunice seufzt, geht aus dem Zimmer und kehrt mit einem Eimer mit heißem Wasser und einer Flasche Stardrops zurück. Sie brummelt mir ziemlich böse »Komm schon« zu, aber ich habe das Stadium finaler Erschöpfung erreicht. Mir tun alle Knochen weh, und wenn das Wohnzimmer nicht so voller Blut wäre, würde ich mich neben Mrs. Baxter auf dem Sofa zusammenrollen und einschlafen. »Es ist nett, wenn so viele junge Menschen im Haus sind«, sagt Mrs. Baxter fröhlich. »Das wird Daddy gefallen, wenn er zurückkommt – er mag junge Leute.«

Eine Behauptung, die in jeder Hinsicht so falsch ist, daß ich den Dreck und das Blut und das Grauen vergesse, mich schwer aufs Sofa fallen lasse und den Kopf in den Händen vergrabe.

»Kümmer dich jetzt nicht darum«, sagt Mrs. Baxter zu Eunice, die auf den Knien und mit einer Miene, die jeder Beschreibung spottet, den Teppich schrubbt. »Wie wär's, wenn wir was spielen würden?« fragt Mrs. Baxter gut gelaunt. »Wie wär's mit ›Rhabarber-Charaden‹ oder ›Heiße Kartoffel‹? ›Komm gut nach Hause, Mutter‹ – das ist ein nettes ruhiges Spiel.

›Krocket mit Menschen‹, ein wunderbares Spiel – dafür müßten wir natürlich mehr Personen sein«, fügt sie wehmütig hinzu. (Wie viele Personen braucht man, um Himmels willen, um »Krocket mit Menschen« spielen zu können?)
Ich stehe abrupt auf und laufe in die Küche, wo ich mich ins Spülbecken übergebe. Die Küchentür ist noch immer weit geöffnet, so daß es hereinregnet. Unsere schmutzigen Schuhe stehen ordentlich aufgereiht auf der Schwelle, wie Andenken an unsere verlorene Unschuld. Ich kann nicht wieder in die Hölle des Wohnzimmers zurück. Ich steige über die Schuhe und gehe durch den dunklen friedlosen Garten nach Hause.

Ich habe Blut an den Händen, und so sehr ich auch bürste, unter meinen Fingernägeln werde ich es nicht los. Ich liege in der Badewanne, bis das Wasser kalt ist, dann wickle ich mich in Handtücher und tappe feucht aus dem Bad in mein Schlafzimmer. Ich lege mich in mein Bett und schlafe wie eine Tote.

Und träume von Mrs. Baxters Garten im Sommer. Ich träume von roten Stangenbohnen auf einem Wigwam aus Stecken, von Eierkürbissen, die unter ihren großen Blättern wachsen, und dem fedrigen Kraut der Karotten. Von einer ordentlichen Reihe flacher Kohlköpfe, die aussehen wie riesige Erbsen, und einer Reihe Blumenkohl, deren große weiße dicke Köpfe durch die Kapuze aus Blättern brechen. Ein Blumenkohl scheint anders als die anderen zu sein. Langsam, während ich zusehe, verwandelt er sich in Mr. Baxters Kopf, der aus der braunen Erde ragt und wütend etwas sagt, mich anschreit, was für eine verkommene Person ich sei. Dann schüttelt Mr. Baxter mit den Schultern das Erdreich ab, steigt über eine Reihe Salatköpfe und taumelt den Gartenweg entlang. Sein Fleisch ist verwest, und er geht schwerfällig wie ein Zombie. Ich drehe mich um und will weglaufen, kann mich aber nur auf der Stelle bewegen, als säße ich in einem Cartoon fest. Ich schreie, aber meine Stimme ist so stumm, als befände ich mich in den Tiefen des Weltalls.

In meinem Nachthemd gehe ich hinunter und mache mir Kakao. Gordon sitzt in Vinnys Sessel neben der Asche des Feuers und hält das Baby im Arm. Wie ist das Baby allein nach Hause gekommen?

»Sie ist sehr verärgert«, sagt Gordon und lächelt mich an. »Wie ist das Baby hierhergekommen?« frage ich Gordon. »Wer weiß?« sagt er und lächelt vage. Debbie ist in der Küche und macht Inventur in der Anrichte, läßt die Teller mit dem Weidenmuster nicht aus den Augen, als wäre sie eine Gefängniswärterin. Auf dem Küchentisch liegt das Gerippe eines halb aufgegessenen Truthahns. Das Weihnachtsessen. Ich ziehe an Debbies Arm. »Was für ein Tag ist heute?«

»Der erste Weihnachtsfeiertag natürlich.«

»Wie lange habe ich geschlafen?«

»Wovon redest du?« Sie verschiebt eine Sauciere um den Bruchteil eines Zentimeters.

»Habe ich was von dem Truthahn gegessen zum Beispiel?«

»Zum Beispiel?« Debbie runzelt die Stirn. »Also du hast ganz gewiß davon gegessen. Ein gutes Beispiel hast du dabei allerdings nicht abgegeben.«

»Willst du dir was wünschen?« fragt Gordon, der in die Küche gekommen ist und mir das geschwungene Brustbein des Truthahns hinhält. Ich lehne ab.

Ich muß zu den Baxters und herausfinden, ob Mr. Baxter noch am Leben ist, wie Hilary und Richard (vermutlich), oder ob er sich bereits in Gemüse verwandelt. Ich renne zur Hintertür hinaus und die Einfahrt entlang, der Wind peitscht durch mein Haar, und der Regen durchnäßt mein Nachthemd.

Ich renne so schnell, daß ich am Ende der Einfahrt nicht bremsen kann, und schieße hinaus auf die normalerweise leere Straße. Der Wagen, der auf mich zufährt, ist da, bevor ich überhaupt merke, daß das blendende Licht von seinen Scheinwerfern stammt. Unsere Wege sind dazu bestimmt, sich genau in der Mitte der Straße zu kreuzen, der Fahrer muß eine gute Sicht auf meine angstverzerrten Züge haben, als ich auf seine Motorhaube knalle, bevor er gewaltig schleudert und durch die Weißdornhecke auf der anderen Straßenseite bricht und den Wagen schnurstracks gegen einen knorrigen alten Weißdornbaum steuert.

Ich habe jedenfalls *sein* Gesicht gesehen, das Entsetzen in den Zügen von Malcolm Lovat, als er versucht, meinem unausweichbaren Körper auszuweichen.

Ich bin in der Hecke gelandet, und die Dornen haben mir Gesicht und Hände zerkratzt. Ich krieche zum Wagen. Die Fahrertür steht offen, und Malcolm ist auf seinem Sitz zusammengesackt. Ich knie neben ihm auf dem Boden und nehme seine Hand in meine. Ich weiß, daß es kein Entkommen gibt vor den schrecklichen Worten, die er zu mir sagen wird. Ich warte geduldig, nahezu friedvoll, daß sie fallen.

Er öffnet halb die Augen. Sein Haar ist blutverklebt, sein Gesicht fast nicht wiederzuerkennen. »Hilf mir«, flüstert er, »hilf mir.« Dann schließt er die Augen wieder. Ich krieche davon, zurück in die Hecke, ich kann es wirklich nicht ertragen.

Ich bin unsichtbar. Ich bin wie eins dieser fürchterlichen mythischen Geschöpfe, die plötzlich im Leben eines Menschen auftauchen, um Zerstörung und Unglück über ihn zu bringen. Aus den Augenwinkeln sehe ich, wie Leute aus ihren Häusern laufen, um nachzusehen, was passiert ist. Ich sehe Mr. Baxter sehr lebendig seine Einfahrt entlangrennen. Ich gebe Audrey recht – wir wissen nichts. Ich sehe, wie Polizisten und Sanitäter Malcolm aus dem Wrack seines Autos holen, höre, wie einer leise fragt: »Ist er tot?« Und ein anderer murmelt: »Armer Kerl.«

Warum muß es immer so enden? Warum muß es damit enden, daß Malcolm Lovat stirbt? Immer wieder. »Das ist Malcolm Lovat, der Sohn vom alten Doktor Lovat«, sagt jemand. »Schrecklich«, sagt jemand anders, »ein Junge wie er, mit so einer vielversprechenden Zukunft ...«

Plötzlich entdeckt mich ein Polizist, und ein Sanitäter läuft mit einer Decke zu mir, aber ich bin schon weggetaucht, überflutet von einer schwarzen Welle, die mich auf den Grund eines polaren Ozeans spült, wo alles von der Farbe blauer Diamanten ist und nur Robben und Meerjungfrauen herumschwimmen.

GEGENWART

Vielleicht ...

*... gibt es eine andere Welt,
aber es ist diese*

𝒟er Geruch nach gebratenem Speck weckt mich. In meinem Schlafzimmer ist es warm. Normalerweise ist es nie warm, außer im Hochsommer. Das Zimmer ist dasselbe – aber anders. Am Fenster hängen hübsche Vorhänge mit einem Muster aus Blütenzweigen, den Teppich auf dem Boden habe ich noch nie zuvor gesehen, und an den Wänden kleben blasse gestreifte Tapeten statt der früheren beigefarbenen Relieftapete. Was ist los? Kann man *dreimal* in denselben Fluß steigen? Die Zeit ist in Arden ernsthaft aus den Fugen geraten, fürchte ich.

Ich entdecke keine Spur von der Schachtel mit den Seifen und dem rosa Partykleid – ihre Abwesenheit kann man nur begrüßen.

Neben dem Bett warten flauschige rosa Pantoffeln auf meine Füße, und ein Morgenmantel aus zitronenfarbenem Nylon, der an einem Haken an der Tür hängt, wartet auf meinen Körper. Auf dem Bett liegt ein langer Strumpf, der so schwer ist, als steckte noch ein Bein darin. Ein Schildchen hängt daran. Ich drehe es um – »*Für Isobel von Väterchen Weihnacht!*« steht darauf. Was bedeutet das? Wer ist »*Väterchen Weihnacht*«?

Schuldbewußt – denn vielleicht bin ich nicht die »Isobel« des Schildchens – begutachte ich den Inhalt des Strumpfes. Es sind kleine Geschenke für ein Mädchen – Badezusätze und ein Taschenspiegel, Haarbänder und Schokoladenbonbons. Halb widerstrebend, halb neugierig stehe ich auf und ziehe die Pantoffeln und den Morgenmantel an. In der Ecke steht ein großer Standspiegel, nicht so ein schwerer wie der von Mrs. Baxter, sondern ein hübsches Louis-quinze-Imitat aus vergoldetem hellem Holz. Ich trete vorsichtig auf meinen neuen Teppich, für den Fall, daß ich auf meine Träume trete (man weiß ja nie) und schaue in den Spiegel. Ich bin dieselbe und doch nicht dieselbe. Manche Unterschiede sind offensichtlich – zum Beispiel ist mein Haar gepflegter als sonst –, aber da sind auch ein paar feinere Veränderungen, die mich verwirren. Liegt es an meinem Wahnsinn oder sehe ich, also (wie soll ich mich ausdrücken?) *glücklich* aus? Was ist los?

Auf meinem Frisiertisch befindet sich ein Sortiment mit Teenager-Kosmetik – blaßrosa Lippenstifte und Nagellack mit Perlmutteffekt. Ich öffne den Kleiderschrank, und er hängt voll hübscher Sachen – Hemdblusenkleider und lange Dirndlröcke, weiche Orlon-Pullover in Pastelltönen, ein kleines Jersey-Kostüm. Es handelt sich um eine unendlich viel bessere Version von Weihnachten als die zwei letzten, aber ich sollte im Hinterkopf behalten, daß der Schein täuschen kann – wer weiß, was unter dieser angenehmen Oberfläche lauert? Was für eine Art jugendlichen faustischen Pakt habe ich geschlossen, um diese glückliche Wende in meinen Lebensumständen herbeizuführen? Habe ich meine unsterbliche Seele Mephistopheles verschrieben, im Tausch gegen hübsche Kleider und ein Stelldichein jeden Samstagabend?

Ich entscheide mich für ein Sackkleid aus grünem Leinen und eine weiße Courtelle-Jacke und ziehe statt der flauschigen Pantoffeln ein Paar schwarzer Schuhe mit flachen Absätzen an und gehe vor dem Spiegel auf und ab, erfreut über meine Verwandlung in eine vollkommen normal aussehende Person.

Vom Fenster aus blicke ich auf eine Welt, die überzogen ist von einem glitzernden weißen Frost wie aus einem Weihnachtsspiel. Auf der Wiese jenseits des Gartens sieht die Lady Oak aus wie ein Baum aus einem Arthur-Rackham-Buch, eine zierliche schwarze Silhouette vor dem Winterhimmel. Drei Weihnachten hintereinander unterschiedliches Wetter. Ganz schön seltsam, wenn Sie mich fragen.

Ich gehe in diesem selben-aber-anderen Haus die Treppe hinunter und folge dem Duft von Speck und Kaffee ins Eßzimmer.

Charles sitzt am Tisch und läßt sich Speck, Rühreier und gebratene Pilze schmecken. Jemand sagt: »Tee oder Kaffee?« Und Charles blickt auf, lächelt mit dem Mund voll Toast und sagt: »Ich glaube, ich möchte Kaffee, bitte.« Ganz leise drücke ich die Tür ein bißchen weiter auf. Vinny bestreicht eine Scheibe Toast mit Butter und Orangenmarmelade. Sie sieht mehr oder weniger aus wie immer, aber das ist weiter keine Überraschung.

Auf dem Tisch liegt ein dickes weißes Tischtuch, und das Silberbesteck der Witwe ist gedeckt, ebenso wie ihr Porzellan mit den Blütenzweigen, wiederhergestellt aus Scherben. Wie gewöhnlich steht die Teekanne aus Chrom in der Mitte des Tisches, sauber und poliert, darüber ein neu gestrickter Teewärmer in Braun und Gelb. Die Witwe selbst (»Hier bin ich wieder!«) sitzt neben Vinny, fast so adrett wie ihre Teekanne, das graue Haar zu einem ordentlichen Knoten gebunden, die Brille auf der Nasenspitze. Sie sieht bemerkenswert fit aus für ihr Alter – auf jeden Fall sieht die Witwe bemerkenswert fit aus für eine *Tote* ... das alles ist, wie immer, sehr verwirrend. Es wird also nicht weiter gestorben werden?

Eine Hand langt über den Tisch und nimmt eine Scheibe Toast. Ich mache die Tür ein kleines Stückchen weiter auf, um zu sehen, wem die Hand gehört. Gordon. Nicht dem gewöhnlichen gramgebeugten Gordon, sondern einem fröhlichen Gordon, der im Gesicht und um die Taille herum etwas rundlich geworden ist, wie es sich für einen erfolgreichen Lebensmittelhändler gehört. Er wendet sich Charles zu und fragt: »Willst du wirklich keinen Speck mehr, alter Knabe?« Und Charles murmelt mit dem Mund voller Eier: »Nein, danke.«

Ich könnte schwören, daß Charles größer aussieht, aber er sitzt, und deswegen bin ich mir nicht sicher. Auf jeden Fall sieht er weniger pickelig, weniger unglücklich, weniger idiotisch aus. Jemand anders sitzt noch am Tisch, neben Gordon, eingehüllt in Zigarettenrauch. Gordon wendet sich dieser unsichtbaren Person zu und schenkt ihr eine weitere Tasse Kaffee ein, ohne zu fragen oder darum gebeten worden zu sein. Ich sehe eine Hand, die zu dieser Person gehört – blasse Haut und lange, schlanke Finger, die in leuchtendroten Nägeln enden.

Ich muß die Tür noch weiter aufdrücken, um zu sehen, wer diese Person ist – zu weit, denn Gordon blickt auf und sagt: »Hallo, altes Haus, ich dachte schon, du würdest nie mehr aufwachen. Komm und frühstücke mit uns.«

Und die unsichtbare Person – die jetzt sichtbar ist – sagt: *Liebes, komm und setz dich. Was möchtest du zum Frühstück?*

Ich bin ein strahlendes Wesen, ich hebe ab und schwebe vor Glück, ich schwebe um den Eßtisch herum, an meinem Bruder vorbei, den man jetzt nahezu gutaussehend nennen könnte, an Vinny und der Witwe vorbei, lande leicht wie ein Schmetterling auf dem Teppich und küsse Eliza auf die Wange. *Frohe Weihnachten, Liebes.* An ihrem Finger funkelt ein Ring, Smaragde und Diamanten fangen das Licht des Feuers im Kamin ein. Das ist weder die Vergangenheit noch die Zukunft – das muß mein paralleles Leben sein, das, in dem alles richtig läuft. In dem wahre wirkliche Gerechtigkeit herrscht (in dem es keinen Schmerz gibt). Das Leben, das nur in der Phantasie existieren sollte.

Und so geht der Tag weiter, jeder Augenblick ist wie ein frisch ausgepacktes Geschenk. »Warum bist du so guter Laune?« fragt Vinny, und ich lache und gebe ihr auf ihre verwelkte Apfel-Backe einen Kuß und rufe: »Ach, Vinny – ich mag dich!« Und sehe Charles' komisches Gesicht, er ist so entsetzt, daß er schielt.

Das Abendessen ist genau so, wie man es an einem Weihnachtstag erwarten kann, die Gans ist fett und saftig wie von einer richtigen Gänsemagd gemästet, die Bratkartoffeln haben außen eine knusprige Kruste und sind innen weich wie Wolken. »Das Apfelmus ist wirklich gut«, sagt Gordon, und die Witwe erwidert: »Es ist aus unseren eigenen Äpfeln.«

Gordon trägt den flambierten Pudding herein, der Feuer speit wie ein Drache, und die Witwe nimmt eine silberne Sauciere und fragt: »Also – wer möchte Buttersauce mit Rum?«

Als wir so gestopft voll sind wie Weihnachtsgänse, spielen wir eine ruhige Runde Rommé im Wohnzimmer, im Hintergrund ertönen Weihnachtslieder von einer Schallplatte, die die Witwe hervorgekramt hat. Als unser Abendessen etwas verdaut ist, spielen wir noch eine lautstarke Runde Teufelsroulett und anschließend eine lustige Runde Charade, bei der sich Eliza als besonders talentiert erweist. Jemand sollte Mrs. Baxter holen, das ist genau die Art Weihnachten, die ihr gefallen würde.

Draußen ist es dunkel, aber im Haus strahlt alles ein eigenes inneres Licht aus – die Weihnachtssterne der Witwe, das polierte Mahagoni des Tisches, das Lametta und die Weihnachtskarten, die Stechpalmenzweige mit den roten Beeren, der Mistelzweig, der am Kronleuchter der Witwe hängt und unter dem Gordon Eliza im Augenblick so leidenschaftlich küßt, daß die Witwe sich nicht zurückhalten kann und mißbilligende Laute von sich gibt.

Dann ist es Zeit, wieder etwas zu essen, und da ist auch schon die Witwe mit einem großen Holztablett mit Mince Pies und Weihnachtskuchen, Truthahnsandwiches und Selleriestangen in dem Sellerieglas mit der Gravur. Wir sitzen um den Kamin und essen, und dann sagt Gordon: »Laßt uns was singen, was, Vin?« Und wir singen laut »Early One Morning«, »Polly-Wolly-Doodle« und »What Shall We Do With the Drunken Sailor?«, von dem ich (wundersamerweise) den vollständigen Text weiß.

Dann bringen wir Gordon dazu, »Sweet Lass of Richmond Hill« zu singen, und er singt wunderschön, und er schließt »Scarlet Ribbons« an, was wiederum Eliza Tränen in die Augen treibt. Wir beenden die Gesangseinlage mit »One Fish Ball« und »Some Folks Do«, und sogar Vinny ist geneigt, das fidele, fidele Herz anzufeuern, das Tag und Nacht lacht. Das ist die reine Wunscherfüllung. Wir sind eine ideale Familie. Wir sind eine glückliche Familie. Ich erlebe den perfekten Plot, aber wie wird die Sache ausgehen?

Ist das alles wahr? Oder stelle ich es mir bloß vor? Und was wäre der Unterschied? Wenn ich mir einen weihnachtlich gedeckten Tisch vorstelle, der unter gemästeten Gänsen und flambiertem Pudding ächzt, warum ist er dann nicht so real wie ein wirklicher Tisch? Worin unterscheidet sich ein phantasiertes Weihnachten von einem erinnerten?

Wir haben gerade eine neue Runde mit Mince Pies und der nächsten Kanne Tee eröffnet, als draußen ein Auto hupt. Eliza zieht den Vorhang am Fenster beiseite und sagt (zu mir): *Es ist für dich, Liebes, dein Freund.*

Mein Freund – was für ein wunderbares Wort. Aber wer ist mein Freund? »Da ist ja Malcolm«, sagt Gordon, geht auf ihn zu und schüttelt ihm die Hand, nachdem Vinny ihm die Tür geöffnet hat. »Frohe Weihnachten, Malcolm!«

»Frohe Weihnachten, Sir«, sagt Malcolm Lovat, schreitet durchs Zimmer und wünscht allen frohe Weihnachten. Er wird rot, als Eliza sagt, *Frohe Weihnachten, mein Lieber* und ihn auf den Mund küßt, aber Gordon lacht und sagt: »Das mußt du meiner Frau nachsehen, Malcolm, sie hat nämlich das Flirten erfunden. Wir versuchen sie dazu zu überreden, es patentieren zu lassen, damit könnten wir eine Menge Geld verdienen!«

Das ist nicht fair, Liebling, sagt Eliza, *wir haben unter dem Mistelzweig gestanden – und da ist es erlaubt.*

Wie lange kann das so weitergehen? Was, wenn es ewig dauern würde?

Wir werden offenbar Malcolms Eltern einen Besuch abstatten.

»Auch deiner Mutter?« frage ich vorsichtig und versuche zu verhindern, daß mein Wissen um die Vergangenheit diese großartige Gegenwart umwölkt.

»Natürlich.« Er grinst. »Sie ist schließlich ein Elternteil von mir.«

»Und es geht ihr gut?«

»Hervorragend.«

Vielleicht ist niemand auf der Welt tot oder dabei zu sterben? Vielleicht sind alle lebendig und gesund – und glücklich, denke ich, während ich Malcolm in den Flur folge. Vielleicht gibt es keine Krankheiten oder Hungersnöte oder Kriege. Ein Chor von *Auf Wiedersehen!* hallt hinter uns wider, und ich bleibe abrupt in der Haustür stehen – natürlich! Das ist der Himmel. Ich bin gestorben, und jetzt bin ich im Himmel. Ich bin bei dem Autounfall umgekommen – ebenso wie Malcolm, und wir sind im Himmel, wo unsere Familien auf uns gewartet haben – aber das heißt, daß alle tot sind. Sind alle gestorben? Alle auf der ganzen Welt? Vielleicht ist dies der Jüngste Tag und die namenlosen Toten – diejenigen, die im Wasser ertranken und im Feuer verbrannten – sind auferstanden und neu erschaffen aus dem Staub, der sie gewesen sind.

»Isobel?«

»Ja, ja, ich komme«, sage ich hastig und ziehe die Haustür hinter mir zu. Als ich ins Auto steige, blicke ich beunruhigt zurück zur Tür und zu dem wunderschönen, traumhaften Kranz aus Stechpalmenzweigen – was, wenn ich mich gerade aus dem

Himmel ausgeschlossen habe? Was für ein gräßlicher Gedanke. Aber der Motor läuft, mein attraktiver Freund wartet auf mich, und so fahren wir die Einfahrt entlang.

»Ich dachte«, sagt Malcolm und grinst (Malcolm ist fröhlicher und sorgloser, als er in der letzten Zeit gewesen ist, er wirkt wie ausgewechselt), »daß wir erst noch eine kleine Spritztour machen könnten? Damit wir ein bißchen Zeit für uns allein haben.« Meint er Sex? Zumindest muß er küssen meinen.

»Ja, warum nicht? Hört sich gut an.« Das ist ein Traum, ein sehr schöner, und warum soll ich nicht das Beste daraus machen?

Ich sehe kurz Audrey, die in Sithean am Fenster steht, sie hat ihr Haar wieder, eine Feuerwolke um ihren Kopf. In jedem Fenster, an dem wir vorbeikommen, strahlen die bunten Lichter eines Weihnachtsbaums. Wie merkwürdig, sich vorzustellen, daß alle Häuser in den Straßen der Bäume voll glücklicher, nicht-toter Menschen sind. Vielleicht erstehen auch die Truthähne und Gänse und Enten und Hühner auf den Weihnachtstafeln wieder auf, ihre Knochen kleben wieder zusammen, und ihr Fleisch wird ausgespien und findet zu neuer Form, und die Federn fliegen rückwärts und stecken in ihren Körpern wie Pfeile, und jeden Augenblick werden sie aus den Vorstadtfenstern in den Nachthimmel davonflattern.

»Isobel?«

»Hm?«

»Ich hab' grade gedacht, wir könnten uns doch im neuen Jahr verloben. Ich meine, ich weiß, daß ich noch Medizin studiere und so, und ich weiß, daß du erst sechzehn bist und daß du auf die Kunstakademie gehen willst – und ich will dir keinesfalls im Weg stehen, ich finde, daß Frauen mehr sein sollten als Hausfrauen, wenn sie das wollen, und ich würde jede Entscheidung respektieren, die du triffst ...« (Das hier ist eindeutig, ohne Schatten eines Zweifels, ein Traum.)

Es beginnt zu schneien, große Flockenwirbel prallen auf die Windschutzscheibe, als würde sie jemand aus einem Eimer schütten, wie Konfetti. Einen Moment mal, hier stimmt was nicht. »Einen Moment mal ...«
»Was ist?« Malcolm lacht.
»Fahren wir nach Boscrambe Woods?«
»Ja, warum?«
»Du bist wirklich Malcolm Lovat!« sage ich vorwurfsvoll. Er lacht schallend. »Ich bekenne mich schuldig«, sagt er, nimmt die Hände vom Lenkrad und hält sie über den Kopf.
»Hör auf damit!« schreie ich ihn an. »Hör auf, wir könnten einen Unfall bauen. Wir werden sowieso einen Unfall bauen. Verstehst du denn nicht? Halt an!«
»Okay, okay, nur keine Aufregung.« Er hört auf zu lachen und fragt leise: »Izzie, was ist los mit dir?« Aber es ist zu spät – ein anderes Auto schlittert den Hügel von Boscrambe Woods herunter, schleudert unkontrollierbar über das Eis. Die Scheinwerfer blenden mich wie ein Dutzend Sonnen. »Verdammt!« schreit Malcolm und stößt mich zur Wagentür, versucht, mich mit seinem Körper zu schützen, versucht, mich hinauszubugsieren, aber es ist zu spät, und das andere Auto prallt auf unseres mit einem explosiven Knall, gefolgt von einem infernalischen Kreischen und Knirschen von Metall, während es uns von der Straße und in den Graben schiebt.

Eine Lawine weißen Schnees scheint den Wagen einzuhüllen, und wir tauchen in eine weiße Welt der Stille, die Stille der absoluten Taubheit. Ich bin dazu verdammt, diese Erfahrung wieder und wieder machen zu müssen, jedesmal sind die Details anders, aber das Ende ist immer gleich.

Vielleicht ist das eine Prüfung, der ich unterzogen werde – vielleicht bin ich die Janet und Malcolm Lovat der Tam Lin. Vielleicht versucht die Königin des Elfenlandes – anstatt ihn in eine Schlange in meinen Armen zu verwandeln oder in einen Löwen oder in ein rotglühendes Stück Eisen –, mir ihren menschlichen Zehnten zu entringen, indem sie ihn ständig tötet. Wieder und wieder.

Aber es ist keine Zauberei. Scharen unsichtbarer Engel drängen sich am Schauplatz des Unfalls und warten ungeduldig. Malcolm Lovats Haut ist so weiß wie Schnee, seine Lippen sind blau wie Eis. Sie öffnen sich langsam, ein Loch im Eis, dem die einzig denkbaren Worte entschlüpfen. Tränen strömen über meine Wangen, gefrieren, kaum fließen sie aus den Augen, hängen an meinen Wangen wie Kronleuchtertropfen. »Hilf mir«, sagt er, weigert sich, still zu sein. »Hilf mir.« Aber ich kann ihm nicht helfen, die Geschichte muß immer, immer schlecht enden.

Ein Paar warmer Lippen küßt meinen eisigen Mund. Jemand küßt mich, aber dann überflutet mich eine kalte, kalte Welle und zieht mich hinunter, unter die dicke Schicht aus Eis und in die Wasserwelt darunter. Hier ist ein Eisberg so groß wie eine Kathedrale, dort liegen die seit langem verrotteten Wracks vom Packeis zerdrückter Schiffe. Schwärme silberner Fische schimmern und flimmern, und Wale so groß und stattlich wie Barkassen schwimmen als schwarze Schatten über mir.

Plötzlich tauche ich wieder auf, wie ein Korken durch ein Loch im Eis. Oben in der arktischen Welt schneit es, der graue Himmel ist voller Schnee. Frau Holle schüttelt die Betten aus, Eisbären tappen leise über das Eis, aber ich halte nicht an, ich steige höher, fliege über die Eiskappe am oberen Ende der Welt, höher und höher, befreit von der Schwerkraft, befreit von allem.

Ich umkreise die Weltkugel, ich suche die imaginären Ecken des runden Erdballs auf, die im Eis eingeschlossene Ödnis des Nordens, die Wälder Litauens, das große tibetische Hochland, die kalten Wüsten Asiens, die heißen Wüsten Arabiens, schwebe mit Hilfe der Thermik über die dampfenden Dschungel Afrikas, springe über das Südchinesische Meer wie ein fliegender Fisch, gleite über das endlose pazifische Blau, das die südliche Hemisphäre überflutet, jage dem Sonnenuntergang über den Bermudas nach, das Rückgrat der Anden hinunter, bis an das untere Ende der Welt, und dort ist mehr Eis, Eis so sauber und blau, daß es zu Beginn der Zeit gefroren sein muß, als alles neu war.

Aber ich entferne mich von der Erde, steige höher, hinauf in die tintenblaue Nacht, lasse die sich drehende Erde unter mir, einen blau-grünen Ball. Jetzt bin ich eine neue Konstellation am nächtlichen Himmel, erstrecke mich über die nördliche Hemisphäre, der Schütze auf meiner linken Schulter, der Skorpion auf meiner rechten – die Metamorphose eines weiteren glücklosen Mädchens in etwas Prächtiges und Seltsames. Gesegnete Isobel voll des Lichts, so hell wie eine Million Diamanten, bald werde ich mich in eine Supernova verwandeln und in glitzernde Teilchen explodieren und mich bis zu den Rändern des Universums ausbreiten. Ich bin so ekstatisch wie ein Erzengel – ich bin mein wahres Selbst. Für eine lange Zeit ...

... und dann beginnt etwas Dunkles und Schmerzhaftes mich auf die Erde zurückzuzerren. Ich schließe die Augen.

Als ich sie wieder öffne, befinde ich mich an einem furchterregenden Ort, mitten im tiefsten Wald. Mitten im Wald fühlt man sich nicht sehr wohl. Überhaupt nicht wohl. Zweige brechen unter dem Gewicht unsichtbarer Füße. Blätter rauschen wie die Flügel von Raubvögeln. Unsichtbare Klauen werden ausgefahren, Zentimeter von meiner Haut entfernt. Ich rieche die Fäulnis des Waldbodens und die Schwärze der Nacht. Ich weiß, daß ich nie den Weg aus dem Wald hinaus finden werde, den Pfad, der mich zurückführen wird zu den erleuchteten Fenstern des Dorfes; zum freundlichen Markt-Geplauder am Donnerstag; zu den um den Brunnen versammelten Dorfjungfrauen in ihren Kleidern, die kariert sind wie Tischtücher; zu den hübschen Bauernburschen in ledernen Wämsern; dem tapferen Jäger in seinem Sonntagsstaat aus grünem Samt und silbernen Schnallen; dem Geschnatter der Gänse, wenn die Gänsemagd sie den Hügel hinauftreibt.

Der einzige Weg, den ich finden werde, wird mich tiefer und tiefer in die Wildnis der Angst führen. Ich lege mich unter einen Baum und schließe die Augen. Blätter schweben herab und bedecken mein Gesicht. Kleine Tiere krabbeln herum, wühlen den Erdboden auf und begraben mich, verstecken mich vor den Schrecknissen des Waldes. Ich kann die Augen nicht öffnen, meine Lider sind die zugelöteten Bleideckel von Särgen, ich bin tief begraben im kalten Boden, Erde verstopft meine Nasenlöcher, sammelt sich in meinen Ohren, mein Mund ist voll saurer Krumen.

Etwas pickt an meiner Haut, jemand gräbt mich aus, zerrt mich aus meinem Erdgrab ans Licht. Menschen tauchen schemenhaft auf und verschwinden wieder, es scheinen Außerirdische zu sein, weiß und unscharf – Raumfahrer ohne Gesichter. Sie machen Experimente mit mir, stechen mich mit Nadeln, stecken Schläuche in mich hinein und ziehen sie wieder heraus, untersuchen mich, um meine Geheimnisse zu enthüllen. Sie sind besessen von meinem Namen. »Isobel, Isobel«, rufen sie mich leise, drängend – sie streicheln meine Backe, zwicken mich in die Haut auf meiner Hand, »Isobel, Isobel«, sie bewegen meine Zehen und klopfen auf mein Handgelenk, »Isobel, Isobel«. Sie versuchen, mich zu mir selbst zu machen, indem sie mich beim Namen nennen. Aber dann werde ich verschwinden. Ich lasse die Augen geschlossen. Fest.

Eines Tages nimmt einer von ihnen ein Gesicht an, ein menschliches Gesicht. Bald haben alle Gesichter, und dann verlieren sie ihr außerirdisches Wesen und werden zu blauweiß gestreiften Krankenschwestern mit Haube, zu ernsten Doktoren in weißen Kitteln und mit Stethoskopen. Sie werden scharf und verschwimmen wieder.

Mein Kopf schmerzt. Mein Kopf fühlt sich an, als hätte ihn

jemand mit der Fahrradpumpe aufgepumpt. Er pocht bedrohlich, jemand hat meine Schädeldecke weggeschnitten, mein Hirn herausgelöffelt und statt dessen ein Bündel verworrener und ausgefranster Nerven hineingetan, aber das kann ich niemandem sagen, weil ich der Fähigkeit zu sprechen beraubt bin. Ich will nicht in dieser metallischen Welt des Schmerzes bleiben, ich will zurück in die kalte Antarktis und mit den Meerjungfrauen und Robben spielen.

Und da ist Gordon, der sich über mich beugt, meine Hand hält und mir ins Ohr flüstert: »Isobel, Isobel.« Und Vinny, die stocksteif auf einem Krankenhausstuhl sitzt und ungeduldig fragt: »Geht's dir schon besser?« »Als in Ornung?« fragt Debbie und kneift besorgt die Augen zusammen, so daß sie fast verschwinden. Und Eunice und Mrs. Primrose mit Weintrauben und weißen Chrysanthemen – den Blumen des Todes. Mrs. Primrose sagt ängstlich: »Meinst du, daß sie uns hören kann?« Und Eunice antwortet: »Das Gehör setzt als letztes aus.« Und Carmen, die sich durch die Schachtel Malteser Bonbons kaut, die sie mir mitgebracht hat. Mrs. Baxter und Audrey, Mrs. Baxter tupft sich die Augen mit einem Papiertaschentuch von meinem Nachttisch ab, und Audrey sagt: »Ist schon in Ordnung, alles wird in Ordnung kommen, stimmt's, Izzie?« Und sie gibt mir einen Kuß auf die Stirn, ihr Atem duftet nach den Veilchenpastillen, die sie gegessen hat, und das Seil ihres Haars fällt auf die Bettdecke. Ich will mich nach Mr. Baxter erkundigen, ist er tot oder am Leben? Aber die Zunge in meinem Mund fühlt sich an wie ein aufgerollter Teppich, und ich kann nur ein Augenlid bewegen, das flattert und zittert.

»Izzie? Izzie?« sagt Charles, seine Miene merkwürdig feierlich, so daß ich am liebsten einen Witz erzählen würde, damit er sein Clownsgesicht aufsetzt.

*

»Na also.« Mrs. Baxter strahlt. »Du siehst schon viel besser aus!«

»Wo ist Mr. Baxter?« Mrs. Baxters Miene umwölkt sich, und sie reißt sich zusammen und sagt: »Er ist leider nicht mehr unter uns, Isobel.«

Aber wo ist er?

Langsam, langsam nimmt alles wieder Form an, wie in einem Kaleidoskop, das ruhig gehalten wird, wie ein Puzzle, das fertig ist. Die Lippen, die mich küßten, der Kuß, der sich so anfühlte wie der Kuß des Todes, war in Wirklichkeit der Kuß des Lebens.

Die ersten männlichen Lippen, die mich küßten, müssen die wiederbelebenden Lippen eines Sanitäters gewesen sein, der um mein Leben kämpfte. Die kosmische Reise, die ich gemacht habe, führte in die Welt des Komas.

Die Schmerzen haben jetzt nachgelassen, da ich mich in der weichen Mohnwelt des Morphiums befinde. Alles ist sehr weiß, die Laken, die Wände, die gestärkten Schürzen der Schwestern. In dem weißen Zimmer steht ein zweites weißes Bett, die Laken sind Schneefelder, in den Kopfkissen knirscht Eis. Am Rand meines Gesichtsfeldes sehe ich, daß jemand in dem Bett liegt. Schwestern kommen und gehen und reden mit der anderen Patientin, ihre Stimmen brausen laut auf und verebben. »Nur eine winzig kleine Operation«, sagt eine lächelnde Schwester, als stünde der Frau etwas besonders Erfreuliches bevor.

Von irgendwoher kenne ich die andere Patientin. Ich höre ihre Stimme, die seltsam und hypnotisierend klingt, sich einen Weg durch die weiße Watte bahnt, in die sie meinen gläsernen Körper gepackt haben. Ihre Stimme füllt die Intervalle aus zwischen den Visiten der Schwestern und der Ärzte, zwischen Besuchern und Schlaf.

Nach Tagen, möglicherweise Wochen, vielleicht sogar Jahren

merke ich, daß sie mir eine Geschichte erzählt. Sie ist meine persönliche Scheherazade, sie weiß alles, sie muß die Geschichtenerzählerin vom Ende der Welt sein. Aber wie fängt die Geschichte an? Sie beginnt, wie sie beginnen muß, sagt sie, mit der Ankunft des Babys –

VERGANGENHEIT

Der schöne Pfad

In dem Londoner Haus herrschte Geschäftigkeit wie in einem Bienenstock, während das Personal alles für die Rückkehr von Sir Edward und Lady de Breville aus dem Ausland vorbereitete. Sie kamen nicht allein, sondern mit ihrem Neugeborenen. Sir Edward de Breville hatte sein eigenes Kindermädchen vom Landsitz der Familie holen lassen. Obwohl Nanny ihren Ruhestand in der tiefsten Provinz genoß – der viele Klatsch und der Rhabarberwein –, folgte sie gern dem Ruf der Pflicht und schleppte sich aus Suffolk in die große Stadt, verlockt von einer Fahrkarte zweiter Klasse und der Gelegenheit, eine weitere Generation von de Brevilles zu prägen. Zudem war ihr eine vierköpfige Belegschaft versprochen worden – jemand für die Dreckarbeit, zwei junge und ein erfahrenes Kindermädchen –, die ihr unterstehen sollte, und sie freute sich darauf, im hohen Alter noch einmal ihre Fähigkeiten unter Beweis stellen zu können.

»So viele Leute für ein kleines Baby«, sagte das Zimmermädchen flüsternd zum Lakaien, »wenn man bedenkt, daß meine Mutter sechs Kinder ohne fremde Hilfe großgezogen hat.«

»Ach, aber die Reichen sind anders«, sagte der Lakai, »auf sie muß man viel mehr aufpassen.«

Die de Brevilles waren schon immer reich gewesen, seit sie im Zuge der Eroberung (durch Wilhelm) ins Land gekommen waren und ihnen vom Bastard (Eroberer und König) Ländereien links, rechts und in der Mitte geschenkt wurden für ihren Eifer bei der Unterwerfung der störrischen Engländer. Seitdem waren sie reicher und reicher geworden dank der riesigen landwirtschaftlich genutzten Flächen in Wiltshire, der Obstgärten in Kent, der Gerstenfelder in Fife, der Kohleminen in Yorkshire und der eleganten Häuserreihe in Mayfair.

Edward de Breville war der letzte seines Geschlechts. Neunundzwanzig Jahre alt, groß und gutaussehend, wie es ihm als erstgeborenem de-Breville-Sohn zustand. Da er ein verantwortungsbewußter Mann war, inspizierte er die Obstgärten und Kohleminen und behielt seine Aufseher im Auge. Die Reichen werden nicht reicher, indem sie sich nicht um ihr Geld kümmern. Zudem ein Kriegsheld, Befehlshaber von Männern, mit einer auffälligen langen Narbe auf der hübschen Wange, wo ihn ein deutsches Bajonett erwischt hatte. Ein Mann, der an den König und an das Vaterland glaubte, trotz allem, was er auf den Schlachtfeldern von Flandern gesehen hatte. Ein Mann, der an Kricket auf dörflichen Rasenflächen glaubte und an Demut in Gesellschaft von Männern des geistlichen Standes, auch wenn es sich um einfache Vikare handelte.

Und der begehrteste aller Junggesellen – wohlerzogene Mädchen schwärmten für ihn, Mädchen der Gesellschaft gaben vor, noch unschuldig zu sein, schnelle junge Dinger verlangsamten ihr Tempo und priesen ihre häuslichen Talente an. »So eine gute Partie«, flüsterten die älteren Damen der Gesellschaft wütend über Hummer in Aspik und Rotweingelee.

In der ersten Saison nach dem Großen Krieg war Edward de Breville der umworbenste Mann Londons. Welche der hübschen und weniger hübschen englischen Rosen aus guter Familie würde er sich zur Gemahlin erwählen? Er würde doch gewiß nicht jenseits des Atlantiks Ausschau halten unter den neureichen Töchtern von Zeitungsbaronen und Bankiers und ordinären Schiffsmillionären, unter Frauen, die alles dafür geben würden, um Herzogin zu werden?

Nein, das tat er nicht, aber Sir Edwards Blick schweifte ein wenig südlicher als New York oder Boston – an einen etwas exotischeren, ausländischeren Ort – und ließ sich von der einnehmenden Gestalt einer argentinischen Rindererbin, Irene Otalora, bezaubern. »Rindfleisch?« keuchten die älteren Damen der Gesellschaft entsetzt.

Sir Edward mußte nicht zu den Pampas reisen, um seine argentinische Braut zu finden, denn sie hatte eine französische Mutter und war sehr europäisch, verbrachte den Sommer in Deauville, wo Sir Edward sie entdeckte, als sie anmutig an einer *citron pressé* nippte. Sie heirateten ohne großes Aufsehen im Ausland, um zu vermeiden, daß man an ihrer katholischen Konfession Anstoß nahm.

Sir Edward sah am Abend ihres Hochzeitstages seiner Frau zu, wie sie ihre seidenen Kleider um ihre Knöchel fallen ließ wie Botticellis schaumgeborene Venus. Sie lockerte ihr langes schwarzes Haar, das sich bis zur Taille lockte, stieg aus ihren Kleidern und hob die Arme über den Kopf, um ihrem neuen Mann ihren Körper vorzuführen, und Sir Edward dachte an Salome und Jezabel und die Königin von Saba und dankte Gott für französische Schwiegermütter, die ihre Töchter so gut erzogen.

Und eine Sekunde lang sah Sir Edward unpassenderweise ein Zimmer voll eiskalter englischer Rosen vor sich, die stocksteif zwischen den bräutlichen Laken lagen, eine absolut unwillkommene Vision, die augenblicklich verbannt wurde vom Anblick seiner neuen Frau, die auf ihn zuglitt. Die grandenhafte Neigung ihres Kopfes, das kokette Lächeln, die vorspringenden Brüste mit den dunkelbraunen Aureolen, der feste Griff ihrer braunen Finger um seine Männlichkeit ... Sir Edward zerschmolz in seinem Flitterwochenbett und in seiner Flitterwochenfrau.

Und jetzt gab es die kleine Esme. »Ein sehr hübsches Kind«, lautete das Urteil der erfreuten Nanny. »Wir werden eine echte de Breville aus ihr machen.«

Jeden Tag suchte Lady de Breville das Kinderzimmer auf, gurrte ihr in Spitze gekleidetes Baby an und redete auf französisch erstklassigen Unsinn, während Nanny geduldig lächelte und darauf wartete, daß sie wieder ging, damit sie das Kind mit Haferschleim und Brühe füttern konnte. Lady de Breville ließ dem Baby im zarten Alter von ein paar Wochen Löcher in die Ohren stechen, und jetzt trug es winzige goldene Reifen in den kleinen braunen Ohren. Wie eine Zigeunerin, dachte Nanny, schaffte es jedoch, ihren Ekel für sich zu behalten. Schließlich war sie nur eine Dienstbotin.

Lange nachdem Nanny sie ins Bett gesteckt hätte, wurde die kleine Esme jeden Abend nach unten gebracht und im Salon Sir Edwards und Lady de Brevilles Dinnergästen vorgeführt, die paillettenbesetzt glitzerten und federngeschmückt flatterten und »Cocktails« tranken. Da sie Ausländerin war, dachte Nanny, wußte Lady Irene natürlich nicht, wie man mit Dienstboten umging. Nanny gefiel die patrizische Haltung nicht, die Lady Irene den Kindermädchen gegenüber einnahm. Sie gefiel ihr überhaupt nicht. Nanny begann, vor sich hin zu murren.

Lady Irene ließ sich ihr sinnliches Haar abschneiden und trug jetzt einen glänzenden androgynen Bubikopf, der nicht so recht zu ihrer wollüstigen lateinamerikanischen Figur paßte. Sie zeigte mehr Bein – und es war ein sehr wohlgeformtes Bein – als jede andere Londoner Gastgeberin und tanzte den Charleston so gut wie jede Revuetänzerin. Jetzt stach Sir Edward das herrische Naturell der Oberschicht von Buenos Aires ins Auge, und er begann sich zu fragen, ob diese Ehe wirklich eine so gute Idee gewesen war. Er betrachtete Mädchen wie Lady Cecily Markham oder Lady Diana de Vere mit ihrer blassen, sorgsam gepflegten Haut und ihren Hüften, die von vielen Ausritten zeugten, und bereute, daß er sie so entschieden zurückgewiesen hatte. Sie wären mit den Dienstboten so viel besser zurechtgekommen.

Nanny erklärte, daß es ihr sehr leid tue, aber wenn Sir Edward nichts dagegen hätte, würde sie gern nach Suffolk zurückkehren, sie wolle keinen Ärger machen, aber sie habe zu viele Meinungsverschiedenheiten mit Lady Irene – ausländische Sitten und so weiter –, sie kenne Sir Edward als Mann und als Junge, aber –

»Danke, Nanny«, unterbrach Sir Edward sie freundlich, »natürlich können Sie gehen.«

Was für ein Wonneproppen die kleine Esme doch war, Sir Edward stattete nun fast jeden Tag dem Kinderzimmer einen Besuch ab. Das zweite Kindermädchen – Margaret – war jetzt verantwortlich und machte seine Arbeit sehr gut. Sie war ein unauffälliges, religiöses Ding mit einer Menge moderner Ideen über frische Luft. Das Mädchen für die Dreckarbeit hatte sich den Knöchel gebrochen, als sie auf der nassen Straße ausrutschte, und wohnte bei ihrer Schwester, bis es ihr wieder besser ging. Es gab noch zwei weitere Kindermädchen, Mina und Agatha. Agatha war auf sehr englische Art hübsch, blonde Locken, haselnußbraune Augen, Stupsnase. Edwards Mutter, die ältere Lady de Breville, hatte stets auf strikte Regeln für den Verkehr mit den Dienstboten geachtet, er fand schlichtweg nicht statt.

»Das findet schlichtweg nicht statt«, murmelte Sir Edward in die blonden Locken, als er Agatha auf der hinteren Treppe festhielt und seine Hände in ihr williges Fleisch griffen. Sir Edward wollte eigentlich nicht so laut aufschreien, als er irgendwo unter den flanellenen Unterröcken des Kindermädchens dem Höhepunkt entgegenzitterte, und Agatha wollte eigentlich nicht so durchdringend quietschen, als das aristokratische Glied ihr plebejisches Hymen durchdrang – jedenfalls wollte keiner von beiden die Aufmerksamkeit der Hausherrin auf sich ziehen. Aber in Null Komma nichts herrschte auf der hinteren Treppe ein schrecklicher Aufruhr, und ein dunkler Racheengel scheuchte Sir Edward nach oben, außer Sichtweite der Dienstboten, nicht jedoch aus ihrer Hörweite, und schrie ihn mit polyglotter Sprachenvielfalt an, nannte Sir Edward einen verdammten *cochon loco*.

Im Stadthaus herrschte ein gewisses Chaos. Lady Irene zog sich für ein paar Wochen nach Paris zurück, um die Dinge zu überdenken. Sie hatte nicht die geringste Absicht, ihre Ehe zu beenden, aber Sir Edward sollte ein bißchen leiden, ein klein wenig Reue zeigen – eine Smaragdkette vielleicht oder ein Rennpferd. Agatha wurde ohne Zeugnis entlassen. Das Kindermädchen Margaret mußte sich mit einer schrecklichen Grippe ins Bett legen. Und Mina war verstimmt, weil sie so viel Arbeit hatte. »Wann habe ich zuletzt einen freien Tag gehabt?« fragte sie Esme, die gluckste und mit den kleinen Fäusten herumfuchtelte.

Mina war verliebt in einen der Lakaien, einen gefühllosen, unerfahrenen jungen Kerl namens Bradley. Mina war in letzter Zeit von Bradley zurückgewiesen worden. Minas Herz war am Brechen.

»Jetzt machen wir einen Spaziergang«, sagte Mina seufzend und trug Esme hinunter in die rückwärtige Eingangshalle, wo der riesige Kinderwagen stand. Mina, in ihrer farblosen Kindermädchenuniform, schob den Wagen durch die laubbedeckten Londoner Straßen, lenkte ihn durch das große schmiedeeiserne Tor in den Park, nahm Brot aus ihrer Tasche und fütterte die Enten damit, setzte sich auf eine Parkbank, sang ein kurzes Kinderlied, sah zu, wie eine schläfrige Esme widerstandslos einschlief, aß einen trockenen Keks und entdeckte auf der anderen Seite des Teiches Bradley – konnte das sein? Heute war sein freier Tag, soviel wußte sie – Mina wußte über jede einzelne Sekunde von Bradleys Tagesablauf Bescheid. Er hatte sie abgewiesen, sie benutzt und sie abgewiesen, ihr die Tugend geraubt und sie wie einen alten Lumpen fortgeworfen (Mina las eine Menge billiger Schundromane), aber Mina liebte ihn noch immer, ihr Herz würde für alle Zeit ihm gehören.

Quackquackquackquaaak! machten die Enten, als Mina abrupt aufstand, Kekskrümel verstreute und Tränen vergoß – *eine andere Frau* war bei ihm. Nicht irgendeine andere Frau, sondern Agatha, das in Ungnade gefallene Kindermädchen – eine Hure. Eine gefallene Frau. Die mit Bradley auf sehr vertrautem Fuße zu stehen schien. Seit wann stand sie mit Bradley auf so vertrautem Fuße? Mina marschierte los, um sich zu erkundigen, sich zu zanken, sich Bradley tränenüberströmt an die Brust zu werfen und ihn darum zu bitten, sie wieder zu mögen, oder wenn schon nicht zu mögen, ihr dann zumindest etwas Geld zukommen zu lassen, um ihr dabei zu helfen, die Schande großzuziehen, die er in ihren sauberen, runden Kindermädchenbauch gepflanzt hatte. Denn auch Mina war eine gefallene Frau. Was Mina und Bradley jedoch nicht wußten, war, daß auch Agatha eine Frucht in sich trug, Sir Edwards Baby. So viele vaterlose Babys konzentriert in einem Londoner Park. Baby Esme schlief weiterhin friedlich.

Wer kam jetzt des Wegs? Eine verschlissene Frau, übergewichtig und vor der Zeit gealtert. Ein schmuddeliger brauner Mantel, der nie modern gewesen war, ein großer Männerschirm, eine große Reisetasche. Das war Maude Potter, Frau des Herbert Potter, Angestellter einer Reederei. Die Potters hatten keine Familie, nur einander. Mrs. Potter waren vier Babys im Bauch gestorben, und sie war gerade aus einem Armenkrankenhaus entlassen worden, wo sie mit ihrem fünften Kind niedergekommen war, einem totgeborenen kleinen Mädchen. Mr. Potters Arbeitgeber hatte ihm nicht einmal den Vormittag freigegeben, damit er sie abholen und nach Hause begleiten konnte. In der großen Tasche befanden sich ihr Nachthemd und die Babysachen, die sie voll Hoffnung mitgenommen hatte. Aus ihren Brüsten tropfte Milch, ihr dicker leerer Bauch wabbelte, sie war vollkommen verwirrt, überlegte, ob sie sich in den Teich stürzen sollte.

Quackquackquack machten die Enten. Das ist aber eine Überraschung, dachte Maude Potter, ein großer schicker Kinderwagen wie für ein Kind der königlichen Familie. Maude Potter sah in den Kinderwagen. Und siehe da – ein Baby! Armes Baby, es mußte doch jemandem gehören? Sie schaute sich um, da, auf der anderen Seite des Teiches, standen zwei Frauen und ein Mann, eine von ihnen eindeutig ein Kindermädchen, sie schrien und kreischten sich an, bedienten sich einer Sprache, die keine anständige Person in den Mund nehmen würde. »Du Hure!« schrie Mina Agatha an. »Du Schlampe!« schrie Agatha zurück, während der Lakai sich unsichtbar zu machen versuchte. Solche Leute waren zweifelsohne nicht geeignet, die Verantwortung für ein Baby zu tragen. Armes Baby.

Das Baby ließ im Schlaf einen kleinen Jammerton verlauten. Maude Potter dachte, daß sie es kurz aus dem Wagen und auf den Arm nehmen sollte. Das Baby schlug die Augen auf und lächelte sie an. »Ach«, sagte Maude Potter. Ihre Brüste schmerzten, ihr Bauch zog sich zusammen. Dieses Baby gehört nicht wirklich zu jemandem, dachte sie, während sie es vorsichtig aus dem Wagen hob, vielleicht war es verlassen worden? Vielleicht hatte Gott selbst es in diesem Park abgestellt, um Herbert und ihr das Kind zu geben, das sie verdienten? (Maude war strenggläubig.) Ja, das Baby war auf die Welt gekommen wie ein herabgestürzter Engel. Oder, und jetzt geht mit Maude die Phantasie durch, ein geschenktes Kind, wie das kleine Däumelinchen, ein Geschenk der Hexe ... Nachthemden fielen aus der Tasche, um Platz zu machen, ein kleines Nest, eine Walnußschale ...

Mina konnte wegen der Tränen in ihren Augen kaum etwas sehen. Fast fiel sie in den Teich, als sie von Agatha und dem Lakaien fortmarschierte, mit hocherhobenem Kopf, um ihre Würde wiederzuerlangen. Sie würde nicht zurückblicken und sie Arm in Arm davongehen sehen, den Verführer und die gefallene Frau. Mina taumelte zurück zum Kinderwagen, löste die Bremse, ergriff den Bügel, spürte das gut abgefederte Schaukeln, schob ihn den Weg entlang – blieb wie angewurzelt stehen. Wischte sich ungläubig die Tränen aus den Augen –

KEIN BABY

– Mina blieb der Mund offen stehen, sie zerrte die Decken aus dem Kinderwagen, das Baby mußte sich irgendwo in seinen Tiefen verstecken. Mina warf die Kissen aus dem Wagen, hätte ihn auf den Kopf gestellt und geschüttelt, wäre er nicht so schwer gewesen. Minas Schreie klangen gräßlich, unirdisch, und sogar Agatha und Bradley wurde klar, daß sie ihre Ursache nicht in einem gebrochenen Herzen haben konnten, und sie liefen durch den Park zu ihr.

*

Herbert las am Tag, nachdem Maude das Baby ins Haus gebracht hatte, die Schlagzeile in der Zeitung: MILLIONENSCHWERES BABY ENTFÜHRT. Maude hatte ihm erzählt, daß sie das Baby verlassen in einem Park gefunden hatte, und er wollte es ihr glauben, er hatte weder das Spitzenkleidchen noch den noblen Kinderwagen, noch die Ohrringe (die Maude sehr zum Mißfallen des Babys sofort herausnahm) gesehen und war willens zu glauben, daß die bedauernswerte Maude eine gute Tat vollbracht hatte, indem sie das arme kleine Ding rettete, aber dann sah er die Schlagzeile und hatte ein komisches Gefühl in der Magengrube.

Er kaufte die Zeitung und las die Personenbeschreibung. »Vier Monate alt, dunkles Haar, dunkle Augen?« sagte er und wedelte mit der Zeitung vor Maudes Gesicht herum. »Ist das das Baby?« Sie überhörte ihn, schaukelte das Baby auf den Knien, sang ihm ein Liedchen vor. »Ist es das?« schrie er, und das Baby begann zu weinen.

»Vater«, sagte Maude leise und vorwurfsvoll, »erschreck Baby nicht.«

Maude lag im Bett, auf Kissen gestützt, das Baby saugte an ihrer Brust. Herbert wandte den Blick ab. »Gott war sehr gut zu uns«, sagte Maude und seufzte glücklich. »Wir brauchen einen Namen, Vater – wie sollen wir sie nennen? Violet Angela finde ich«, sagte sie, ohne eine Antwort abzuwarten. »Das ist ein wunderschöner Name für ein wunderschönes Kind.«

Herbert saß am Tisch, den Kopf in den Händen vergraben. Maude gluckste das Baby an, dessen Wiege keine Nußschale war, sondern die unterste Schublade einer Kommode. Herbert überlegte, ob er die Schublade nicht einfach zuschieben und das verdammte Baby vergessen sollte. Es hörte einfach nicht auf – Tag für Tag waren die Zeitungen voll vom »Breville-Baby«. Überall wurde das gleiche grobkörnige Foto von der Taufe des Kindes abgedruckt – ein entferntes Mitglied der königlichen Familie war als Taufpatin anwesend gewesen –, die Eltern des Babys waren so reich, so schön.

Es war zu spät, um sich zu stellen, sie steckten jetzt zu tief drin, sie würden für den Rest ihres Lebens ins Gefängnis wandern. Maude wäre am Boden zerstört. Es war zu spät, um das Baby zurückzubringen, Maude würde wahnsinnig werden, wenn man ihr das kleine Ding jetzt wegnähme. Herbert versuchte, es nicht ins Herz zu schließen, sagte sich, daß es nicht seines war, aber es hielt sein Herz bereits in seinen kleinen tolpatschigen Händen. »Die Brevilles können noch viele Kinder haben«, tat Maude die Sache ab. Herbert seufzte. »Die Nachbarn werden's merken. Du gehst nach neun Monaten ins Krankenhaus und kommst zwei Wochen später mit einem vier Monate alten Kind wieder raus –« Diese Rechnung war ein Alptraum für ihn.

»Wir ziehen um«, sagte Maude kurz angebunden. Nie zuvor hatte Herbert seine Frau so mächtig erlebt. Maude gab ihm die teure Wäsche des Babys, und er verbrannte sie in einem Feuer im Hinterhof.

*

»Hübsches kleines Ding ist das«, sagte Mrs. Reagan und beobachtete Violet Angela, die in einer Ecke des Zimmers mit Mrs. Reagans Tochter Beryl »Haus« spielte. Mrs. Reagan war gerade im Erdgeschoß des großen häßlichen Hauses eingezogen, in dem auch die Potters eine Wohnung gemietet hatten.

»Wie alt, haben Sie gesagt, ist sie?« fragte Mrs. Reagan, als ihr Maude eine Tasse Tee reichte.

»Drei – fast vier«, antwortete Maude stolz.

»Rechthaberisches kleines Ding ist das«, sagte Mrs. Reagan und warf einen zweifelnden Blick auf Violet Angela, die auf einem Stuhl saß und Beryl die ganze Arbeit in ihrem Phantasiehaus allein machen ließ. »Sie weiß, was sie will, unsere kleine Vi«, sagte Maude. »Gut, daß sie jetzt eine kleine Freundin im Haus hat.«

Violet Angela erbot sich, Mrs. Reagan ein Lied vorzusingen, das sie, wie Mrs. Reagan meinte, nett herunterlispelte. »Eine kleine Schauspielerin ist das«, sagte sie steif. Kinder, denen gestattet wurde, ihre Person in den Mittelpunkt zu stellen, waren nicht nach Mrs. Reagans Geschmack, aber jeder nach seiner Fasson.

Mrs. Reagan fragte sich insgeheim, wie zwei so langweilige mausgraue Menschen wie Maude und Herbert Potter so ein attraktives Kind zustande gebracht hatten. Sie war wie eine kleine Elfe voll quecksilbriger Energie, mit großen braunen Augen und dem Kopf voller rabenschwarzer Locken, auf die Mrs. Reagan ganz neidisch wurde, wenn sie daneben Beryls stumpf-braunen Bubikopf sah. Sie war die Sorte Kind, die eigentlich kein gutes Ende nehmen sollte, aber es wahrscheinlich doch schaffen würde.

»Hübsches kleines Ding ist das«, sagte Mr. Reagan, der nach einem schweren Arbeitstag seine Hosenträger abnahm. Mrs. Reagan stellte sich neben ihn ans Fenster, sah hinaus in den kümmerlichen Garten, in dem Beryl und Violet Angela und ein paar Nachbarsjungen wild jauchzend spielten. »Wie alt ist sie?« fragte Mr. Reagan seine Frau, die die Lippen schürzte und sagte: »Zu weit für ihr Alter, ein sehr frühreifes kleines Ding, acht Jahre alt, wie Beryl, wenn du es genau wissen willst.«

»Was für ein Spiel spielen sie?« fragte Mr. Reagan, ein verständnisloses Runzeln auf der Stirn.

»Weiß der Himmel«, sagte Mrs. Reagan.

Violet Angela fesselte Beryls Hände hinter dem Baum mit einem alten Stück Schnur, das sie im Schuppen gefunden hatten. »Du bist jetzt ein Menschenopfer«, sagte Violet Angela zu ihr. »Nein!« heulte Beryl. Violet Angela verachtete die kleine unscheinbare Beryl, sie war so schwach und dumm, sie wollte ihr vor Augen führen, wie dumm sie war, wollte, daß es ihr leid tat. Sie brachte ihr Gesicht ganz nahe an das von Beryl heran und sagte mit einer unheimlichen Stimme, die rauh und aufgeregt klang: »O doch, das bist du, weil ich ein böser Räuber bin und dein Herz herausreißen und es auffressen werde.«

»Mach mal langsam, Vi«, sagte einer der Jungen, dem Beryls atemloses Kreischen Angst einjagte. Violet Angela stampfte mit dem Fuß auf und drohte ihm mit der Faust. »Du bist *so* ein Feigling, Gilbert Boyd!« Gilbert warf sich in die Brust und sagte: »Na gut, ich sag dir was, Vi – wir verbrennen sie statt dessen wie eine Hexe.« Alle Jungen wollten von Violet Angela gemocht werden, keiner wollte vor ihr als Feigling dastehen. »Hör mit diesem albernen Blödsinn auf, Beryl«, sagte Violet Angela mürrisch.

»Jaa«, riefen die anderen Jungen im Chor und wurden immer aufgeregter. »Wer hat Streichhölzer?« fragte eine Stimme. »Hier«, sagte eine andere. Sie scharten sich um den Baum und schleppten dann begeistert altes Holz und Pappkartons für den Scheiterhaufen an. Violet Angela hielt die Streichhölzer hoch, damit Beryl sie sehen konnte. »Das«, zischte sie, »passiert mit Leuten, die dumm sind.« Die Jungen sangen wie Wilde, tanzten einen Kriegstanz um den Baum, Beryl begann laut zu schreien.

»Oswald!« rief Mrs. Reagan ihrem Mann zu. »Ich glaube, du gehst besser mal raus, es hört sich an, als ob unsere Beryl umgebracht wird.«

*

»Wechselbalg«, sagte Maude Potter laut zu sich selbst, während sie die wöchentliche Wäsche hinten im Waschhaus in die Schleuder legte. So was passierte, wenn man ein Kind aufnahm, ohne irgend etwas über es zu wissen. Womöglich war das Baby in seiner spitzenbesetzten Wäsche in dem Kinderwagen im Park abgestellt worden, um sie zum Narren zu halten. Als eine Art Falle.

Violet Angela war jetzt zwölf Jahre alt und ein bösartiges kleines Ding, das war sie wirklich. »Wir werden ihr nicht mehr Herr, Mutter«, sagte Herbert und schüttelte besorgt den Kopf. »So was passiert, wenn man nichts über die Vorgeschichte weiß, über die Eltern – sie mögen ja adlig gewesen sein, aber wer kennt schon ihren Charakter? Sie können Lügner, Mörder, Diebe gewesen sein – schau sie bloß an, die Polizei hat sie schon einmal heimgebracht, weil sie was gestohlen hat, und die Sache mit Beryl Reagan ... sie hätte umkommen können. Ich weiß nicht, wozu sie es mit ihrer aufreizenden Art noch bringen wird ... sie ist ein sündiges kleines Ding.«

Maude versuchte, die Sünde aus Violet Angela herauszuprügeln. »Es ist nur zu deinem Besten«, keuchte und schnaufte sie die Treppe mit »Vaters« Ledergürtel hinauf. Das kann doch nicht richtig sein, dachte Violet Angela. Von seinen eigenen Eltern halbtot geschlagen zu werden? Sollten sie einen nicht lieben und beschützen?

Mitten in der Nacht wälzte sich Herberts Walroßkörper zwischen die gestopften Laken in ihrem schmalen kleinen Bett. »Hör mal, Violet Angela«, flüsterte er heiser, während seine tintenfleckigen Finger stießen und zerrten, »das ist nur zu deinem Besten, und wenn du jemand ein Sterbenswörtchen davon erzählst, dann, das schwöre ich, wird Gott, der uns jetzt zusieht, dich umbringen.« Und um es ihr zu demonstrieren, umfaßten seine großen Hände ihren dünnen Hals, und als er spürte, wie zerbrechlich sie war, wie jung, sich vorstellte, daß ihre Vogelknochen brachen – da wurde Herbert überflutet von Scham über das, was er tat. Aber jetzt war es zu spät, sagte er sich, er hatte sich seine Fahrkarte in die Hölle schon gekauft, und ihre auch. Und schließlich war sie nicht seine Tochter. Er kaufte ihr tütenweise Bonbons, um es wiedergutzumachen.

Also wirklich, dachte Violet Angela, ich muß meinen richtigen Eltern gestohlen worden sein, ich bin nicht dafür bestimmt, bei diesen dummen langweiligen Menschen zu leben, ich bin dafür bestimmt, eine Prinzessin zu sein und teure Wäsche und schöne Kleider zu tragen und in einem Schloß oben auf einem Hügel zu wohnen mit *Hunderten* von Dienstboten. Es war einfach nicht gerecht.

*

Es war Mrs. Reagan, die die vierzehnjährige Violet Angela mit Mr. Reagan erwischte. Im Waschhaus. Mr. Reagan mochte sich aufregen und aufplustern, soviel er wollte, Mrs. Reagan wußte, was sie gesehen hatte.

»Warum, Vi? Warum nur?« jammerte Mrs. Potter poetisch. »Warum wurde uns so ein schreckliches Ungeheuer zum Kind gegeben?« Dabei übersah sie die Tatsache, daß Violet Angela nicht gegeben, sondern genommen worden war.

»Ich bin kein Ungeheuer«, höhnte Violet Angela. »Mr. Reagan hat mir Versprechungen gemacht.«

»Versprechungen?«

»Er hat mir hübsche Dinge versprochen«, beharrte Violet Angela. »Er hat gesagt, daß er mir schöne Sachen schenken würde, wenn ich ihn lasse.« Mrs. Potter schlug Violet Angela ins Gesicht, und Violet Angela schrie auf. »Und er hat auch nur getan, was er [sie deutete dramatisch auf Mr. Potter] seit Jahren tut!« Mr. Potter schlug Violet Angela auf die andere Backe. »Du kleine Lügnerin!«

»Du kleine Hure«, rief Mrs. Potter, und Violet Angela lief aus dem Zimmer, bevor sie zu Tode geprügelt wurde.

Sie sperrten Violet Angela in ihrem Zimmer ein. »Was sollen wir tun?« fragte Mr. Potter, am Wohnzimmertisch den Kopf in den Händen vergraben.

»Vielleicht sollten wir sie zurückgeben«, schlug Maude vor.

»Sie zurückgeben?« sagte Herbert und kratzte sich am Kopf.

»Den Leuten, von denen sie stammt – diesen Brevilles«, sagte Maude. »Sollen *die* sich doch mit ihren Boshaftigkeiten herumschlagen.«

»Wir haben nichts, was beweisen würde, wer sie ist«, sagte Herbert düster.

»Ich wollte doch nur ein nettes kleines Mädchen, das ich hübsch anziehen und mit dem ich ein bißchen angeben kann«, sagte Maude trübselig. »Und das ist jetzt der Dank dafür, daß wir sie aufgezogen haben.«

»Sie wird schlimm enden«, sagte Herbert und schüttelte den Kopf.

Sie waren alle verrückt danach, ihr Vater, Mr. Reagan, sogar Gilbert Boyd, der seiner Mutter eine mit Straß besetzte Haarnadel gestohlen hatte, nur damit er eines verregneten Samstagnachmittags in ihr herumstochern durfte. Sie gaben einem alles dafür, und wenn man sie dann ließ, warfen sie einem alle nur erdenklichen Schimpfnamen an den Kopf.

Seit Tagen war sie jetzt in ihrem Zimmer eingesperrt, das Essen wurde in regelmäßigen Abständen zur Tür hereingeschoben, als säße sie in einer Todeszelle. Wenn sie könnten, würden sie sie lieber in die Sklaverei verkaufen, als in Lohn und Brot zu geben. Es war einfach lächerlich. Immer wieder hielten sie ihr vor, was für eine schlechte Tochter sie sei, aber hatten sie denn wirklich keine Ahnung, was für schlechte Eltern sie gewesen waren? Sie konnte ihnen nicht verzeihen. Sie spürte die Striemen, dort wo Maude sie mit dem Gürtel geschlagen hatte. Sie wußte, daß das alles ein Ende haben mußte. Jetzt.

»Sie darf sich vorstellen, Mutter – für eine Stelle«, sagte Herbert aufgeregt, während sie Heringe, Brot und Butter zu Abend aßen. »Küchenmädchen – in einem großen Haus in Norfolk, was meinst du?«

»Ich meine, daß du sehr schlau bist, Herbert.«

»Wo ist sie?«

»Noch immer oben in ihrem Zimmer eingesperrt«, sagte Maude stolz. »Ich bring' ihr ihr Abendessen.«

Violet Angela nahm die Heringe vom Teller und schlug sie ihrer Mutter ins Gesicht, rannte dann so schnell sie konnte die Treppe hinunter und prallte gegen Herbert, der ihr unten den Weg blockierte. »Nicht so schnell, mein Fräulein!« knurrte er, als er sie zu fassen bekam, aber sie wand sich und riß sich los und sprintete zur Wohnungstür.

Aber sie war noch nicht fertig mit ihnen. Später, viel später, als alle Welt schlief, schlüpfte Violet Angela durch das rückwärtige Tor wieder herein, ging zum Schuppen, in dem die Geräte lagerten, und nahm eine schwere Axt zum Holzhacken. Auf Zehenspitzen schlich sie zu Maudes und Herberts Schlafzimmer hinauf. Sie lagen schlafend auf dem Rücken. Häßlich. Verletzlich. Maude schnarchte wie ein Landsknecht. Sie trug ein Haarnetz wie eine Haube, und ihre Zähne lagen auf dem Nachttisch. Speichel lief an Herberts silberstoppeligem Kinn herunter. Violet Angela stellte sich vor, wie sie die Axt hob und sie unter ihrem eigenen Gewicht niedersausen ließ, wie sie Herberts Kopf auf dem Kissen spaltete, ohne daß er aufwachte. Wie sein Hirn an die Wand und auf Maudes Gesicht spritzte. Wie Maude verschlafen aufwachte und angesichts des überall verspritzten Gehirns den Mund öffnete, um zu schreien, und Violet Angela ihren Schrei mit der Axt erstickte.

Sie konnte es tun, dachte Violet Angela, und spürte das Gewicht der Axt in ihren dünnen Armen, aber sie wollte nicht riskieren, ins Gefängnis zu müssen, nur weil sie sie umgebracht hatte. Statt dessen nahm sie das in der Teedose versteckte Mietgeld und legte die Axt ans Fußende des Bettes, damit sie ihnen einen Mordsschrecken einjagte, wenn sie aufwachten.

*

Es war derselbe Mann jeden Freitagnachmittag. Er bekam immer den gleichen Tisch, Tisch 2 am Fenster, auch wenn Hochbetrieb herrschte. »Wie schafft er das nur?« fragte Mavis und schrie auf, als sie sich am heißen Wasser verbrühte. »Drei Tee, drei Teekuchen, ein Obstkuchen, Tisch 16«, murmelte Deidre vor sich hin, als sie vorbeihastete. »Er sieht aus wie ein öliger Seelöwe.«

»Er is'n Gauner«, sagte Mavis, »das ist eine stadtbekannte Tatsache.« Es regnete junge Hunde »und verdammte Strippen«, sagte Deidre. Draußen war es grau und scheußlich, drinnen hell und dampfend, aber der Regen brachte Melancholie mit sich, wo immer er hinzog. »Keine Trinkgelder heute«, sagte Violet. »Drei Tee, ein Kaffee, zwei Schnecken, einen Plunder, ein Milchkaffee, Tisch 8.« Deidre fragte: »Möchtest du heute abend ins Kino gehen, Vi?« Der Mann an Tisch 2 machte eine kleine, nahezu unmerkliche Handbewegung in Violets Richtung.

»Nee, keine Lust, ich werd' ihn bedienen.«

»Wen?«

»Den Seelöwen.« Violet in Schwarz und Weiß, das weiße Spitzenhäubchen tief in die Stirn gezogen, mit dicken schwarzen Strümpfen, trippelte zu ihm. Violet sah etwas in den Augen des Seelöwen, wußte, daß es vielleicht gut für sie sein würde. Er war wirklich wie ein Seelöwe, tranig in seinem Mantel, irgendwie altmodisch. »Guten Tag, Sir, was darf ich Ihnen heute bringen?«

»Wie heißt du?«

»Violet.«

»Was für ein hübscher Name. Wie alt bist du?«

»Achtzehn, Sir«, log Violet ganz reizend. Sie war erst sechzehn.

»Man stelle sich vor«, sagte er lächelnd und hob eine kleine plumpe Hand und berührte ihren Unterarm. »Ich heiße Dickie Landers, Süße – hast du von mir gehört?« Und Violet sagte, »Ja, natürlich«, obwohl es nicht stimmte. »Wenn du hart arbeitest«, sagte er und schloß halb die trägen Augen, eher ein Salamander als eine Robbe, »dann werde ich dir ein sehr, sehr gutes Trinkgeld geben, meine Liebe.« Und ohne daß es irgend jemand sehen konnte, streckte er den Arm aus und fuhr ihr über den Oberschenkel, nur für den Fall, daß sie im unklaren darüber war, was er meinte. War sie nicht.

*

Dickie brachte Violet in einer Wohnung in Bayswater unter, es war nichts Schickes – ein Wohnzimmer, ein Schlafzimmer, eine Küche und ein eigenes WC, Gasbrenner in altmodischen Kaminen und ein Gasboiler über der Spüle. Er nannte sich »Unternehmer«, was bedeutete, soweit Violet es beurteilen konnte, daß er bei vielen Spielen mitmischte, und die meisten davon waren zwielichtig, so man ein Spiel zwielichtig nennen kann. Die meiste Zeit verbrachte er in der Bayswater-Wohnung, und er kaufte ihr jede Menge hübscher Sachen. Was machte das schon? dachte Violet. Man tat es für Bonbons, man tat es für ein neues Kleid, man tat es für ein Dach über dem Kopf. Und Dickie Landers war mächtig, er besorgte ihr sogar eine neue Identität, nachdem sie kurzfristig mit dem Gesetz in Konflikt geraten war.

»Das war eine Kleinigkeit«, sagte er, als er ihr ihre neue Geburtsurkunde überreichte.

»Wer bin ich jetzt?« fragte Violet. Eliza Jane Dennis.

»Es hat sie wirklich gegeben«, sagte Dickie Landers grinsend, »sie war ein kleines Mädchen, starb, bevor sie zwei Jahre alt war.«

Sie machte einen Fehler, wurde schwanger und konnte nichts dagegen tun, außer Gin zu trinken, heiße Bäder zu nehmen und vom Tisch zu springen. Dickie war wütend, schickte sie zu einem »Bekannten«, einem Chirurgen, dem man die Zulassung entzogen hatte, aber er war so schmierig, und seine Instrumente waren so schreckenerregend, daß Eliza entgegen ihrer sonstigen Art weiche Knie bekam und wieder ging, und vier Monate später mußte sie für die Folgen in Form eines kleinen Jungen geradestehen. Dickie schaffte ihn aus dem Krankenhaus, und als sie ihn fragte, was er mit dem Baby gemacht habe, zündete sich Dickie eine Zigarre an und lachte. »Hab' ihn dem Babyladen zurückverkauft, Süße«, sagte er, und als er Elizas Grimasse sah, tätschelte er ihre Hand, ziemlich unbeholfen, denn Dickie tat sich mit Gefühlen nicht leicht, und beruhigte sie: »Er ist jetzt bei einem sehr ehrenwerten Paar, einem Arzt, Dr. Lovat, und seiner Frau.«

Er führte sie aus – ins Theater (»Das bist du«, sagte er lachend, als sie *Pygmalion* sahen), in Nachtclubs, in Restaurants, sogar in die Oper. Dickie Landers kannte Gott und die Welt, vom hochrangigen Richter bis zum kleinen Kriminellen. Dickie selbst war ein Aristokrat unter den Kriminellen. Im West End gehörte ihm ein Club namens Hirondelle. Dort machte er seine »Geschäfte«, beugte sich über den Tisch und flüsterte in willige Ohren, rieb den schmierigen Daumen am Zeigefinger, um zu illustrieren, wovon er sprach, lehnte sich zurück, so daß sich das steife Hemd unter seinem Abendanzug spannte, und lachte lauthals.

Eliza saß auf einem Barhocker, trank Gin, lernte, wer wer war. Und was was war. Sie lernte alle möglichen Dinge zu tun, von denen nette Mädchen nichts wußten, die sie nicht geglaubt hätten, hätte man ihnen davon erzählt. »Aber schließlich bin ich kein nettes Mädchen, stimmt's?« sagte Eliza zu ihrem Spiegelbild.

Eliza war nicht mehr eins von Dickies Mädchen, sie war etwas Besonderes. »Du bist was Besonderes, Liebling«, sagte er lachend und verkaufte sie nur an seine besten Kunden (»erste Sahne«). Eliza lernte richtig zu sprechen, lernte von Filmen und von den Aristokraten, die in die Niederungen des Hirondelle herabstiegen, sich mit Halbkriminellen verbrüderten und wünschten, Daddy könnte sehen, wie gerissen sie waren.

»Ich hab dich doch erst zu einer Dame gemacht«, sagte Dickie Landers zu ihr, und Eliza lachte und erwiderte: »Liebling, du hast mich zu einem erstklassigen Flittchen gemacht, mehr nicht.«

»Wenn du meinst«, sagte Dickie und fuhr mit der Hand ihren Rücken hinauf.
»Ich bin wie dieser verdammte Krieg«, sagte Eliza seufzend, »alles fauler Zauber.«

*

Ein schönes Stadthaus in Knightsbridge (»erste Sahne«), der Besitzer für die Dauer des Krieges in Amerika. »Hab's gemietet, ganz offiziell und legal«, sagte Dickie. »Himmel, ich liebe diesen Krieg, weißt du das?« Dickie roch nach Geld. Eliza suchte zwei-, dreimal die Woche das Haus auf. Es war immer irgendein hohes Tier, ein englischer General, ein insgeheim auf Besuch weilender Amerikaner, ein französischer Offizier, ein polnischer Oberst. Dickie arbeitete für die Regierung und hielt das für einen großartigen Witz. »Du leistest deinen kleinen Kriegsbeitrag, so sehe ich es«, sagte Dickie zu ihr.

Eliza wurde dieses Lebens allmählich überdrüssig, sie wollte das Geld nicht aufgeben, aber sie wollte auch nicht ihr Leben lang die Beine dafür breit machen. Oder?

Manchmal, nicht sehr oft, wurden Gesichter vertraut. Ein Zwerg von Politiker, der nicht konnte, ein fetter Belgier, ein Admiral, der nur ihre Kleider anziehen wollte. Und da war auch ein englischer Oberst, Sir Edward de Breville, durch und durch Oberschicht, ein hohes Tier im Kriegskabinett (»Erste Sahne«, sagte Dickie, »tu, was er will«), er brachte ihr immer Strümpfe und Whisky mit und nannte sie seine schöne Schlampe. Er sagte, sie erinnere ihn an jemanden. »Das sagen sie alle, Liebling«, erwiderte Eliza und lachte. Er küßte ihr Ohr und sagte: »Wenn meine Frau tot wäre, was sie leider nicht ist, würde ich dich heiraten.« Sir Edward hatte keine Kinder außer »einem Bastard mit Kindermädchen«, für dessen Erziehung er zahlte. »Ich wette, du würdest mir einen Sohn und Erben schenken«, sagte er. Manchmal malte sich Eliza aus, wie sie Dickies Revolver nahm, zum Haus der de Brevilles in Suffolk fuhr und Lady Cecily in den Kopf schoß. Dann würde Sir Edward – sehr gutaussehend und sehr, sehr reich – sie vielleicht wirklich heiraten. Aber andererseits heirateten Gentlemen ihre Huren nur selten, und Dickie würde sie nie gehen lassen, sie war seine Gans, die goldene Eier legte, und wahrscheinlich würde er sie lieber umbringen als aufgeben. Das Leben war nicht gerecht, wirklich nicht.

*

Der Schutzraum war kalt und feucht und roch nach nasser Erde. Es war vollkommen dunkel. Zuerst dachte Eliza, daß sie die einzige Person hier wäre, und als sie ein leises Scharren hörte, war sie nicht sicher, ob es von einer Ratte oder von einem Menschen stammte. Sie klappte ihr Feuerzeug auf, das goldene mit dem Monogramm, das Dickie ihr geschenkt hatte, und im Schein der gelben Flamme sah sie einen Mann in Uniform, der sich in eine Ecke des Raums verkroch, die Mütze tief ins Gesicht gezogen. Eliza sagte, »Guten Abend«, und er antwortete murmelnd. In der Ferne detonierten Bomben. »Ich beiß' nicht, mein Lieber«, sagte sie und zündete sich eine Zigarette an. »Willst du eine?« »Danke«, sagte er heiser. »Warum so schüchtern, mein Lieber?« fragte Eliza, als er widerstrebend näher kam, um die angebotene Zigarette zu nehmen. Vermutlich war es von Regierungsseite aus verboten, in Luftschutzkellern zu flirten, aber sie hatte Spaß daran.

»Schon mal was von Frankensteins Monster gehört?« fragte er und nahm die Zigarette.

»Warum, ist es hier drin?« Sie lachte.

»Ja«, sagte der Mann und schob die Mütze aus der Stirn. Er wich vor der Flamme des Feuerzeugs zurück, als sie es vor sein Gesicht hielt. Eine Seite seines Gesichts war bläulich grau verfärbt und geschwollen, die glänzende Haut spannte sich über dem Fleisch. Das geschrumpfte Auge wurde vom Narbengewebe nach unten gezogen. »Bin abgeschossen worden«, entschuldigte er sich. Im flackernden Licht sah sie rötliches Haar, blaßgoldene Wimpern und rotgelbe Sommersprossen auf seiner unversehrten Haut. Er war noch eine Junge. Die Bomben detonierten näher, und der Junge sah aus, als würde er gleich in Tränen ausbrechen. Ganz behutsam, als wäre er ein wildes Tier, berührte Eliza ihn und streichelte die vernarbte Haut. Sie klappte das Feuerzeug zu und sagte: »In der Nacht sind alle Katzen grau, mein Lieber.«

Später, nachdem er sie gegen die Ziegelmauer des Luftschutzkellers gedrängt und sich stöhnend bei ihr bedankt hatte, übertönt vom Lärm der Bomben, die auf die Docks fielen, entschuldigte er sich wieder und wieder, weil sie weinte, und er sich »wie ein schrecklicher Scheißkerl« vorkam, und es tat ihm leid, weil er »es noch nie zuvor mit jemandem getan« hatte, und Eliza schluckte die Tränen hinunter und sagte: »Ist schon in Ordnung, ich auch nicht.« Weil es wirklich, dachte sie, wie ein erstes Mal war – zärtlich und liebevoll und, ja – genußvoll, ein Begriff, den sie normalerweise nicht damit verband. »Erste Sahne, Liebling«, flüsterte sie leise in sein Haar, als er fertig war.

»Wo bist du gewesen?« fragte Dickie, als sie hereinkam. »Ich dachte schon, die verdammten Bomben hätten dich erwischt.«
»Sei nicht albern, Liebling, hab' nur meinen kleinen Kriegsbeitrag geleistet.«

Mit einem Arm drückte der schlafende Dickie Eliza aufs Bett. Sie schob ihn beiseite, als sie sich vorbeugte, um nach der Schachtel mit den Zigaretten zu greifen. Sie setzte sich an die Kissen gelehnt auf. Das Zimmer wurde vom Mondlicht erhellt, dunkle silberne Schatten bewegten sich auf den Wänden, wenn sich die dünnen Vorhänge bauschten. Eliza tastete nach Streichhölzern. Ihr Feuerzeug hatte sie im Luftschutzkeller verloren. Es war Zeit, aus diesem schmutzigen Geschäft auszusteigen, eine normale Person zu werden. Sie wollte einen Mann, der sie liebte, sie beschützte, Kinder, die sie abgöttisch lieben konnte. Ein gewöhnliches Leben. Sie inhalierte tief und dachte an den häßlichen Jungen mit den Narben. Noch immer spürte sie seine kühlen Hände auf ihrer Haut, noch immer roch sie die feuchten Ziegel, noch immer fühlte sie seine flüssige Wärme in sich.

Sie war wach, als die Sirene losheulte. Sie war angezogen. Sie trug ein Kostüm, einen Mantel, einen Hut, ihr bestes Paar Schuhe. Aber mehr wollte sie nicht mitnehmen. Sie brauchte eine große Geste, wollte weggehen mit nichts weiter als den Kleidern, die sie auf dem Leib hatte. Deshalb waren es teure Sachen.

Sie zuckte zusammen, als die Sirene losging, aber dann dachte sie, daß es ihr, alles in allem, schnurzegal wäre, wenn sie von einer Bombe zerrissen würde. Dickie drehte sich um und sagte, »Verdammt noch mal«, aber es war bereits zu spät.

Das ganze Haus bebte, und dann noch einmal, diesmal noch heftiger. Der Krach war unglaublich, Eliza spürte, wie das Haus um sie herum einstürzte, sie konnte nicht mehr atmen, sie versuchte, sich die Lunge mit Luft zu füllen, aber alles, was sie einatmete, war Staub. Die Schockwelle der Detonation vibrierte in ihrer Brust, sie wußte, sie würde sterben –

– sie war nicht tot. Die Front des Hauses war verschwunden, und sie befand sich jetzt im Erdgeschoß, während sie gerade noch im zweiten Stock gewesen war. Weit weg, ganz hinten in ihrem Kopf, hörte Eliza Glocken läuten und Menschen schreien. Sie roch, daß es brannte. Jemand kam durch den Staub auf sie zu. Einen Augenblick lang stellte sie sich vor, daß es der häßliche rothaarige Junge war, der gekommen war, um sie zu retten, und sie lächelte. Aber er war es nicht, es war jemand anders. Er hob sie hoch und trug sie aus dem Haus hinaus, dort, wo die Mauer gewesen war, und stellte sie aufs Pflaster. »Alles in Ordnung?« fragte er besorgt. Eliza streckte eine Hand aus und fühlte den Stoff seines Royal-Air-Force-Überziehers. Er zog ihn aus und wickelte sie darin ein, sehr behutsam. »Mein Held«, sagte sie. Sie sah hinunter auf ihre Füße, sie hatte einen Schuh verloren. »Mein Schuh«, sagte sie ratlos, »ich habe meinen Schuh verloren.« Sie hatte davon gehört: um Haaresbreite dem Tod entronnen und besessen von vollkommen unwichtigen Dingen. Es war der Schock, sie stand unter Schock. »Ich hole ihn«, sagte er und ging davon wie in einem Traum. »Wirklich?« Sie lächelte. »Sie waren *so* teuer, mein Lieber.«

Ihr Retter verschwand wieder im Gebäude und kehrte mit dem Schuh zurück. Zwei Feuerwehrmänner trugen Dickie Landers heraus, und niemand jubelte. Er war mausetot. »Kannten Sie ihn?« fragte ihr Retter, nahm seine Fliegermütze ab und wischte sich über die Stirn. »Hab' ihn noch nie gesehen«, sagte sie. Er bot ihr seinen Arm an. »Darf ich Sie zu einer Tasse Tee einladen? Um die Ecke ist ein Café.« Es begann zu dämmern.

»Das Zeitalter der Ritterlichkeit ist lebendig und wohlauf«, sagte sie und lachte mit Tränen in den Augen, »und heißt?«

»Gordon, Gordon Fairfax.«

»Wunderbar«, murmelte Eliza.

✶

Und jetzt gab es da ein Problem. *Er* war das Problem. Eigentlich hatte sie ihn nie zum Liebhaber haben, hatte sie Gordon nie untreu werden wollen. Die Witwe und Vinny dachten natürlich, daß sie jeden Abend ausging, um Ehebruch zu begehen, aber das stimmte nicht, es war das erste Mal. Wirklich. Und es war ein großer Fehler, sie mußte es beenden. Sie mochte ihn nicht einmal. Er war kein netter Mensch, er war nicht … freundlich.

Es war wirklich nur ein Spiel, sie langweilte sich, und er war da, ganz in der Nähe, war versessen auf sie. Und Sex mit ihm war so ... dunkel, darin lag eine gewisse Anziehungskraft. Gordon war so ... gesund. Am Anfang war das ganz wunderbar gewesen, sie hatte ihn wirklich geliebt. So ein Held. Aber er konnte nicht für alle Zeiten ein Held bleiben. Um so schlimmer. Sie wurde ruhelos. Deswegen hatte sie sich einen Liebhaber genommen, ein bißchen Spaß, ein bißchen Macht. Und jetzt war es ein Spiel, das sie nicht mehr beenden konnte. Ihr war nicht klar gewesen, wie entflammt er war, wie besessen von ihr. Wie verrückt.

Er ließ sie nicht gehen. Sie konnte es Gordon nicht erzählen, konnte es niemandem erzählen. Sie wollte mit Gordon darüber sprechen, wollte, daß er auf sie aufpaßte, so wie er es immer tat. Sie erstickte, sie brauchte frische Luft. Vielleicht sollte sie sie einfach verlassen, weggehen und die ganze leidige Chose hinter sich lassen?

Sie liebte Gordon, wirklich, das tat sie, aber er ging ihr auf die Nerven. Er war ein so verdammt guter Mensch. Und er bewirkte, daß sie sich verdammt schlecht fühlte. Er folgte ihr überall hin.

Tief in ihrem Herzen glaubte sie, daß die einzige Person, die sie jemals wirklich geliebt hatte – abgesehen von Charles und Isobel, das verstand sich von selbst –, der rothaarige Junge mit den Narben im Luftschutzkeller gewesen war. Sie wußte nicht einmal seinen Namen, war nur eine halbe Stunde mit ihm zusammengewesen. Nicht einmal eine halbe Stunde. Sie hatte halb damit gerechnet, daß Charles mit Narbengewebe im Gesicht geboren würde, war erleichtert, daß es nicht so war. Eine unsichtbare Hand drückte ihr jedesmal das Herz zusammen, wenn sie an ihre Kinder dachte.

Die alte Hexe trieb sie in den Wahnsinn, das Paar Hexen, recht besehen. Es hieß immer nur, Gordon dies und Gordon das, sie mußten ausziehen, ihr eigenes Leben leben. Vielleicht sollte sie die alte Hexe umbringen, und Vinny dazu. Es war lächerlich. Sie wurde wirklich wahnsinnig.

*

Ein Picknick, es sind schließlich Ferien, und wir haben die ganze verdammte Woche nichts unternommen. Wir fahren mit dem Bus in die Stadt, holen Daddy mittags ab und überraschen ihn.

Gordon und Eliza stritten sich fürchterlich. Er ließ sie einfach nicht in Ruhe, folgte ihr in den Wald, als sie allein sein wollte.
»Du hast eine Affäre, stimmt's?« rief er, seine Worte hallten in der stillen Herbstluft wider. »Sei still«, sagte sie scharf, »die Kinder können uns hören. Laß mich in Ruhe.«
»Ich versteh' dich nicht, ich versteh' dich verdammt noch mal nicht.« Gordon weinte. Eliza haßte ihn, wenn er schwach war. Er drängte sie gegen einen Baum.
»Hör auf damit«, zischte sie ihn an.
»Warum sollte ich verdammt noch mal damit aufhören? Gib's zu, du hast eine Affäre.«
»Du tust mir weh. Gordon!« Er tat ihr wirklich weh, er hatte die Hände um ihren Hals gelegt, drückte ihr die Kehle zu, sie begann sich zu wehren, er jagte ihr Angst ein. »Gib's zu«, knurrte er, seine Stimme klang unnatürlich. Er ließ ihren Hals los. »Gib's zu, du hast mich betrogen, stimmt's? Und vor mir«, sagte er plötzlich, »gab es da viele Männer? Es gab eine Menge Männer, stimmt's?«
»Ja«, spuckte sie ihn an, »es waren Hunderte, keine Ahnung, wie viele!«
Er schlug sie ins Gesicht. »Lügnerin!« Und sie trat ihn mit dem Knie hart in den Schritt, so daß er keuchend und vornübergebeugt auf den Waldboden sank. Sofort tat es Eliza leid, sie reichte ihm die Hand, zog ihn hoch und sagte traurig: »Ach

Gordon, du bist so ein Dummkopf.« Sie wollte ihm alles erzählen, an seine Brust sinken, sich in seinen Armen geborgen fühlen, in dieser schrecklichen Welt Erlösung finden. Sie lehnte sich mit dem Rücken an den Baum und sagte ausdruckslos, ohne eine Spur von Gefühl: »Ich war eine Hure, eine gewöhnliche Hure, die dafür bezahlt wurde. Ich habe mit jedem gevögelt, der mich dafür bezahlt hat, Liebling.« Sie hörte ihre Stimme, wußte, daß es der falsche Tonfall war, konnte nichts dagegen tun, sie war so müde.

Gordon griff mit beiden Händen nach ihrem Haar und schlug ihren Kopf gegen den Baum. Sie fiel auf die Knie, auf einen Teppich goldener Blätter, und Gordon rannte zwischen den Bäumen davon, wild um sich schlagend wie ein wahnsinniger Jünger des großen Gottes Pan.

Eliza richtete sich mühsam auf. Ihr Kopf schmerzte entsetzlich. Ihr Hinterkopf war geprellt und wund. Sie hatte keine Uhr dabei, wußte nicht, wie spät es war. Ihr war kalt. Bald würde es dämmern. Sie hätten nicht so streiten sollen. Gordon würde bald zurückkommen und sie finden, wieder auf sie aufpassen, wie er es immer tat, seine Familie zusammensammeln und sie nach Hause bringen. Sie würde ihm von Herbert Potter und Mr. Reagan erzählen und von Dickie Landers, und von ihrem schrecklichen ehebrecherischen Liebhaber, der sie nicht gehen ließ.

Eliza begann zu weinen. Sie tat sich fürchterlich leid. Es wurde dunkel, und plötzlich hatte sie Angst. Sie rief Gordons Namen. Jemand näherte sich zwischen den Bäumen. »Gordon, Gott sei Dank.« Sie kämpfte sich auf die Beine. Aber es war nicht Gordon.

»Ach, du bist es«, sagte sie kalt und versuchte so zu tun, als hätte sie keine Angst. Aber sie hatte Angst. »Was tust *du* hier? Du bist mir gefolgt, nicht wahr? Das muß ein Ende haben –« Elizas Stimme wurde immer höher, Entsetzen kroch an ihr hinauf, kalter Schweiß brach ihr aus, er war wahnsinnig, ausgerastet.

Sie versuchte, sich zusammenzureißen, ihn zu beschwichtigen. »Komm, laß uns zurückgehen, den Weg suchen, laß uns vernünftig sein, Peter, Liebling – bitte ...« Eliza war nicht sehr gut im Bitten, sie wußte, daß es keinen Sinn hatte. Er hielt einen ihrer Schuhe in der Hand. Überrascht blickte sie zu ihren Füßen hinunter, sie hatte nur noch einen Schuh an. Er hob den Schuh mit dem sehr dünnen Absatz hoch, ihr Herz flatterte, versuchte aus dem Käfig ihrer Rippen zu entfliehen, ihr ganzer Körper war klamm, fühlte sich an, als ob er vor Angst den Betrieb einstellen wollte.

Ihre Beine wollten sich nicht bewegen, sie mußte weg, sie drehte sich um und begann zu laufen, aber er war über ihr, schlug mit dem Schuh auf ihren Hinterkopf ein. »Wenn ich dich nicht haben kann«, sagte er atemlos, »dann wird dich auch kein anderer haben, du verdammte Hure.« Sie schrie auf, fiel hin und begann, fortzukriechen. Sie sah sich um. Er zündete sich seine Pfeife an, ganz gelassen, als wäre er zu Hause in seinem Wohnzimmer. Eliza dachte, daß es damit vielleicht erledigt wäre, daß er seinem Zorn vielleicht Luft gemacht hätte und sie in Ruhe lassen würde. Sie kroch weiter, tiefer in den Wald.

Sie war unter einem Baum, kniete auf einem Teppich aus Laub und Eicheln. Ein goldenes Blatt schwebte an ihren Augen vorbei und streifte ihre Wange. Eliza setzte sich unter Mühen hin, den Rücken an den mächtigen Baumstamm gelehnt. Einen Augenblick lang sah sie ihn nicht, und als sie dachte, daß er gegangen sein mußte, trat er hinter einem Baum hervor. Die Aura des Wahnsinns um ihn herum war schwefelgelb, und er grinste wie ein Skelett. »Ich bin älter als du, verstehst du«, sagte er und lachte, »und ich weiß mehr.«

»Bitte«, flüsterte Eliza. Sie zitterte unkontrollierbar. Ihr war so kalt. »Bitte nicht.« Aber er griff nach ihrem Haar, riß ihren

Kopf nach vorn und begann erneut, mit dem Absatz des braunen Schuhs auf ihren Kopf einzuschlagen, ächzte vor Anstrengung. Wieder und wieder schlug er zu, lange nachdem die Bäume um sie herum verschwammen und Eliza in Schwärze abgeglitten war. Dann ging er fort, warf den Schuh weg wie ein altes Stück Papier.

Und das war das Ende von Eliza. Oder Violet oder Violet Angela oder der kleinen Lady Esme. Oder wer immer sie gewesen war.

Selbstverständlich war sie nicht wirklich die Tochter der de Brevilles. Nach der Hochzeit erklärte ein Arzt in Paris Lady Irene, daß sie nie würde Kinder kriegen können. Obwohl sie es damals noch nicht wußte, litt sie bereits an der Krankheit, an der sie später starb. Sir Edward war so vernarrt in seine neue Frau, und seine neue Frau war so niedergeschlagen bei dem Gedanken, kinderlos zu bleiben, daß er loszog und ihr ein Baby brachte. Wahrscheinlich hätte er es eines Tages bereut, daß er den Stammbaum der de Brevilles mit minderwertigem Blut verdorben hatte, aber soweit kam es nicht, es wurde ihm aus der Hand genommen, Esme wurde ihm aus der Hand genommen.

Er kaufte sie in Paris. Kinder kann man immer kaufen. Wahrscheinlich waren es Zigeuner –

GEGENWART

Diese lachende und grüne Welt

Ich spüre die Berührung von Lippen auf meiner Stirn und die Laute von jemandem, der in mein Ohr flüstert, so leise, daß ich die Worte kaum höre – *Schlaf jetzt, mein Liebling.*
Wieder eine Halluzination.
Ich wache aus einem schweren drogenbedingten Schlaf auf.
»Wo ist die Frau aus dem anderen Bett?«
»Wer?« fragt die braunhaarige Schwester zerstreut, sie ist mit einer Spritze beschäftigt, die sie gleich in mich hineinstoßen wird.
»Die Frau aus dem anderen Bett.« Das Bett ist ordentlich gemacht und leer.
Die Schwester legt die Stirn in Falten. »In dem Bett war niemand.«
»Ich habe gesehen, wie Sie bei ihr Fieber gemessen und mit ihr geredet haben.«
»Ich?« Die Schwester lacht.

Von meinem Bett aus sehe ich die obersten Äste eines Baumes, die sich im Wind bewegen. An den Ästen befinden sich frische Blätter. Ist es schon Frühling? Wie lange war ich in der Unterwelt?

»Der wievielte ist heute?« frage ich die rothaarige Schwester. Sie runzelt die Stirn. »Der dreiundzwanzigste April, glaube ich.«

»Der dreiundzwanzigste April?« Habe ich wirklich so viel Zeit verloren? »Wirklich?«

»Ich weiß«, sagt sie lächelnd, »wir waren ein paar Wochen außer Gefecht gesetzt.« Sie füllt den Wasserkrug auf meinem Nachttisch auf, streicht die Decke glatt, sieht sich mein Krankenblatt an und sagt: »Genau – du bist am ersten April eingeliefert worden, du bist jetzt über drei Wochen hier.«

»Am ersten April?« wiederhole ich verwirrt, aber sie ist gegangen, und ich schlafe wieder ein. Ich glaube, ich hole den ganzen Schlaf nach, den ich über die Jahre versäumt habe. Vielleicht verwandle ich mich auch in eine Katze.

Als ich aufwache, studiert ein Assistenzarzt mein Krankenblatt und versucht dreinzublicken, als wüßte er, was er tut. Er lächelt mich aufmunternd an, als er merkt, daß ich wach bin. »Was für ein Jahr haben wir?« murmele ich – irgendwie eine altbekannte Frage. Er wirkt etwas beunruhigt. »1960.«

»Der dreiundzwanzigste April 1960?«

»Ja.«

Es passiert also immer noch. Oder? Ich schlafe ein, ich kann meine Augen einfach nicht offenhalten.

»Wie bin ich hierhergekommen?« frage ich eine Schwester, als sie mir das Mittagessen bringt.

»Mit dem Krankenwagen.«

Eunice und Carmen besuchen mich. »Du siehst schon viel besser aus«, sagt Eunice und studiert mein Krankenblatt, als ob sie etwas davon verstehen würde.

»Wie bin ich hierhergekommen, Eunice? Was ist passiert?«

»Ein Baum ist auf dich gefallen.«

»Ein Baum ist auf mich gefallen?«

»Der alte Holunderbaum neben eurer Hintertür, er war ver-

fault, und dein Vater hat ihn gefällt. Er ist irgendwie in die falsche Richtung gefallen. Es war ziemlich windig.«
»Es war an deinem Geburtstag«, fügt Carmen mitfühlend hinzu und zieht an einer Schokoladenzigarette.
»Sie haben gedacht, du würdest sterben«, fährt Eunice fort, »sie mußten dir den Kuß des Lebens geben.«
»Besser als den Kuß des Todes«, sagt Carmen und nickt weise.
»Ein Sanitäter?«
»Nein, Debbie.«
»Debbie?«
»Debbie.«

Audrey setzt sich neben mein Bett und grüßt mich mit ihrem wunderschönen Neumondlächeln. »Mr. Baxter?« frage ich sie, und das Lächeln verschwindet hinter einer Wolke. Mr. Baxter wurde nicht von Mrs. Baxter umgebracht, er hat sich selbst umgebracht, indem er sich mit seinem alten Armeerevolver die Schädeldecke weggeblasen hat. Der gerichtlichen Untersuchung zufolge litt er unter Depressionen wegen seiner bevorstehenden Pensionierung. Audrey und Mrs. Baxter fanden seine Leiche in seinem Arbeitszimmer und geben, wie nicht anders zu erwarten, nur zurückhaltend Auskunft.
Mr. Rice andererseits ist in dieser alternativen Version der Ereignisse noch bei uns, ebenso Dog (»Eines Tages saß er vor der Tür«, sagt Charles. Soviel stimmt also überein). Das Baby jedoch existiert nicht. Wohin ist es verschwunden? (Woher kam es?)

Hilary und Richard sind so lebendig wie eh und je, Gott sei Dank, und Malcolm Lovat auch. Aber, o weh, er ist nicht da – er ist mit seinem Wagen in die Zukunft aufgebrochen. Hat die Universität und sein Zuhause verlassen und ist verschwunden. »Wohin?«

Eunice zuckt die Achseln. »Keine Ahnung. Die Polizei sagt, so was passiert ständig. Leute verschwinden einfach aus ihrem Leben.« So ist es.

Es ist, als ob die Wirklichkeit dieselbe wäre und ... doch nicht dieselbe. Es war also mein Hirn, das mir im Koma diese Streiche gespielt hat und nicht die Zeit? Ja, sagt der Neurologe. Obwohl ich – wie Vinny mich freundlich informiert – viele Symptome einer Fliegenpilzvergiftung aufweise, insbesondere die Halluzinationen und den totengleichen Schlaf. Merkwürdig komisch, wie Mrs. Baxter sagen würde.

Ich vermute, daß die Wirklichkeit etwas ähnlich Relatives ist wie die Zeit. Vielleicht gibt es mehr als eine Version der Wirklichkeit – was man sieht, hängt vom Standpunkt des Betrachters ab. Zum Beispiel Mr. Baxters Tod, vielleicht gibt es andere Versionen davon. Man stelle sich vor –

Es war nicht ihre Periode. Audrey hatte ihre Periode seit, einen Moment, denkt Mrs. Baxter, seit drei Monaten nicht mehr gehabt. Mrs. Baxter meinte, daß es vielleicht daran lag, daß Audrey so dünn war und so bläßlich, eigentlich noch ein kleines Mädchen. Das sagte der Arzt. Eine Spätentwicklerin. Da kommt es zu Unregelmäßigkeiten.

Und dann fand sie sie schmerzgekrümmt in einer Ecke ihres Zimmers, wie ein elendes kleines Tier, das sich soweit wie möglich vom Schmerz zurückziehen will. Man sah nicht, daß es ein Baby war, es war lediglich das blutige Knäuel einer Fehlgeburt im dritten Monat. Mrs. Baxter kannte sich da aus. Sie hatte mehr als nur ein Baby in diesem Stadium verloren. Audrey war das einzige Kind, das sie behalten hatte, und jetzt hatte ihr Daddy das angetan.

Zuerst konnte es Mrs. Baxter nicht glauben, wie konnte Daddy so etwas tun? Aber dann sagte etwas in ihr, eine leise Stimme, ein winziges Flüstern – ja, das ist genau, was Daddy tun würde.

Am liebsten hätte sich Mrs. Baxter mitten auf dem Marktplatz von Glebelands die Kehle durchgeschnitten, damit alle Welt sehen konnte, daß sie dabei versagt hatte, die arme kleine Audrey zu beschützen, was für eine schlechte Mutter sie gewesen war. Aber als Mutter war sie nicht so schlecht gewesen wie er als Vater.

Audrey liegt jetzt im Bett wie ein kleines Kind, mit warmen Decken und Wärmflaschen und Aspirin, und Mrs. Baxter ist in der Küche und macht Daddys Abendessen. Sein Leibgericht – Pilzsuppe. Sie kocht Daddys Suppe mit großer Sorgfalt, schneidet die Zwiebel in Monde und rührt sie wieder und wieder in der schäumenden gelben Butter. Der Geruch nach Zwiebeln und Butter erfüllt die Küche, zieht durch die offene Tür hinaus in den Aprilgarten. Vom Herd aus sieht sie den Fliederbusch vor dem Fenster, die lila Rispen hängen naß und schwer herab von einem morgendlichen Regenschauer.

Als die neumondförmigen Zwiebeln weich und golden sind, fügt Mrs. Baxter die Pilze hinzu, kleine gezüchtete Knöpfe, die sie geputzt und geviertelt hat. Nachdem sie sie in der Butter gewendet hat, fügt sie die großen flachen Waldchampignons hinzu, die in einer Ecke der Wiese um die Lady Oak herum wachsen, sie sehen aus wie große Teller mit Lamellen, sind dunkelbraun wie Erde. Sie rührt die fleischigen Scheiben, bis sie ein wenig weich sind, und dann gibt sie die olivfarbenen Pilze hinein, die auch auf der Wiese wachsen, aber viel, viel seltener sind – ein Leckerbissen für Daddy, denn das ist Mrs. Baxter ganz spezielles Rezept für Pilzsuppe.

Während sie rührt und rührt, denkt Mrs. Baxter an Audrey, die oben in ihrem Kinderbettchen liegt, und sie denkt an Daddy, der in dieses Bett schleicht. Dann gießt sie etwas Wasser in die Pfanne, nicht zuviel, und salzt mit Tränen und würzt mit Pfeffer. Dann legt sie den Deckel darauf, und läßt die Suppe köcheln.

Als die Suppe gar ist, püriert Mrs. Baxter sie portionsweise im Mixeraufsatz ihrer Kenwood-Küchenmaschine und gießt sie in einen hübschen sauberen Topf. Dann, als die ganze Suppe püriert und sämig ist, fügt sie etwas Sherry (»nur ein winziges Tröpfchen«) und einen Viertelliter Sahne hinzu. Anschließend läßt sie sie auf dem Herd stehen, damit sie warm bleibt. Es ist eine so besondere Suppe, daß Mrs. Baxter Croûtons macht, knusprige goldene Würfel, die sie zusammen mit einer Handvoll Petersilie auf der Schüssel mit Suppe verstreut.

»Mm«, sagt Mr. Baxter, als er in die Küche kommt und die Fahrradklammern von seinen Hosenbeinen zieht, »das riecht gut.« Mrs. Baxter, die an Komplimente von Mr. Baxter nicht gewöhnt ist, errötet.

Mr. Baxter schmeckt die Suppe. Er ißt allein am Eßzimmertisch und hört dabei die Sechs-Uhr-Nachrichten im Radio. Nach der Suppe serviert ihm Mrs. Baxter Lammkoteletts mit Kartoffelbrei und Erbsen in Minzsauce, und als Nachttisch gibt es einen goldenen, dampfenden Pudding in einem See aus gelber Eiercreme.

»Warum ißt du nichts?« fragt er sie, und sie sagt, daß sie den ganzen Tag mal wieder Kopfweh gehabt habe, ihr ziemlich »mulmig im Bauch« sei und sie später einen Bissen zu sich nehmen werde. Daddy zeigt keinerlei Mitgefühl, legt nicht einmal Interesse an den Tag.

Mrs. Baxter trägt etwas Pudding und Eiercreme in Audreys Schlafzimmer hinauf und füttert sie damit, wie sie es getan hat, als Audrey noch ein Baby war. Dann gibt sie ihr ein Glas mit heißer Milch und zwei von ihren Schlaftabletten.

Mittlerweile wird es dunkel, und Mr. Baxter ist hinaufgegangen in sein Arbeitszimmer, um Noten zu vergeben.

Mrs. Baxter wäscht alle Töpfe und Pfannen, schrubbt sie mit Scheuerpulver und Stahlwolle und putzt die Küche, wischt alles mit heißem Wasser und Ata ab. Dann stellt sie der Katze eine Untertasse mit Milch hin, setzt sich an den Küchentisch und trinkt ein Täßchen.

Jetzt hört sie Mr. Baxter oben qualvoll stöhnen, er übergibt sich (»spuckt«) in der Toilette. Sie denkt, daß sie noch eine Tasse Tee trinken könnte, bevor sie hinaufgeht und nach ihm sieht. Es geht ihm nicht sehr gut – er windet sich unter Schmerzen auf dem Boden seines Arbeitszimmers, sein Gesicht schrecklich verfärbt, seine Muskeln verkrampft. Er lallt etwas Unverständliches, und Mrs. Baxter kniet sich auf den Teppich, um ihn besser hören zu können. »Was ist, Daddy?« Er scheint wissen zu wollen, was mit ihm geschehen sei, und Mrs. Baxter erklärt, ganz leise, daß die Knollenblätterpilze jetzt wohl wirken müßten. Mr. Baxter wird sich nicht mehr erholen, gegen Mrs. Baxters Spezialsuppe ist kein Kraut gewachsen, und deswegen nimmt sie seinen gut geölten Armeerevolver aus dem Geheimfach in seinem Schreibtisch und erlöst ihn von seinem Elend. Ebenso erging es ihrem alten Kater, der Tierarzt mußte ihn einschläfern, nachdem er Rattengift gefressen hatte. Mrs. Baxter hat immer vermutet, daß es Daddy war, der das Rattengift gestreut hatte.

Der Revolver macht einen Mordslärm, der Schuß hallt in den Straßen der Bäume wider. Mrs. Baxter wischt ihn sauber ab und steckt ihn in Daddys Hand, bevor sie ihn auf den Boden fallen läßt. Die arme Audrey ist aus ihrem schweren Schlaf erwacht, kommt ins Zimmer und sieht Daddy in einer Lache seines eigenen Blutes liegen. Sie zuckt nicht einmal zusammen.

Trevor Randall, der junge Polizist, der als erster am Schauplatz des Geschehens eintrifft, ist bei Mr. Baxter zur Schule gegangen. Mr. Baxter hat Trevor oft mit seinem Riemen geschlagen, und Trevor hegt keine freundlichen Gefühle für ihn. »Selbstmord also«, sagt er.

»Selbstmord«, sagt der Gerichtsmediziner. Es war so offensichtlich, daß Mr. Baxter gestorben war, weil er den Kopf verloren hatte, daß sich nie jemand den Inhalt seines Magens ansah. Es war das Walten richtiger, echter Gerechtigkeit.

*

»Der Schuh?« frage ich Charles. Die Haarlocke? Das Taschentuch? Er schüttelt traurig den Kopf. »Schön wär's, Iz.«
Wunschdenken. Ich bin von meiner eigenen Phantasie hereingelegt worden. Von ungezügelter Phantasie, der weder von Ursache noch von Wirkung Einhalt geboten wurde. Aber wie sonst könnten wir dafür sorgen, daß alles gut wird? Oder Erlösung finden? Oder richtige echte Gerechtigkeit? Aber dann greift Charles in seine Brusttasche und überreicht mir lächelnd –
»Die Puderdose?« Ich behandle sie ehrfürchtig, drücke die blau-goldene Austernschale der Erinnerung auf und finde den perlrosa Puder. Charles reißt sie mir aus der Hand, als meine Tränen den Puder zu befeuchten beginnen. Vermutlich wird es kaum möglich sein, unsere Mutter aus so mageren Überbleibseln zu rekonstruieren.

Mir geht es wie Alice, die aufwacht und feststellen muß, daß sie das Land hinter den Spiegeln nur geträumt hat. Es ist schwer zu glauben, daß alle diese Dinge, die so wirklich schienen, nicht passiert sind. Sie fühlten sich damals real an, und sie tun es jetzt. Der Schein kann sehr täuschen.

*

Im Mai komme ich nach Hause. Im Juni fühle ich mich fast wieder ganz normal. Was immer das ist. Allerdings bin ich nach wie vor ein bißchen verwirrt von den unterschiedlichen Versionen der Realität. Dog zum Beispiel ist hoch erfreut, mich zu sehen, und er ist praktisch derselbe Hund wie zuvor, aber nicht ganz (doG vielleicht). Seine braunen Augen sind jetzt blau, und sein Schwanz ist kürzer.

Und die Produktion von *Ein Sommernachtstraum* der Lythe Players soll wie geplant über die Bühne gehen, aber Debbie spielt jetzt aus irgendeinem Grund Hermia und nicht Helena, nur ein paar Buchstaben Unterschied und fast die gleiche Funktion für die Handlung, aber trotzdem rätselhaft. Es sind diese kleinen Unterschiede, die mich am meisten verwirren, es ist, als hätte ich ständig Déjà-vu-Erlebnisse.

*

Debbie steht am Herd und wartet darauf, daß die Milch für ihren abendlichen Kakao aufkocht. Kurz zuvor ist sie von einer Probe zurückgekehrt. (Ich frage mich, ob sie im Wald von Arden eine weitere alptraumhafte Erfahrung machen wird.) In der derzeitigen Version der Geschichte zeigt Debbie keine großen Anzeichen von Wahnsinn, ihre Schwierigkeiten mit der Identität naher Verwandter reichen nicht weiter, als Vinny hinter ihrem Rücken finster anzublicken und zu fragen: »Was glaubt sie eigentlich, wer sie ist?«

Sie hat die Stirn leicht gerunzelt. Seit sie mir das Leben gerettet hat, empfinde ich ihr gegenüber anders, es ist, als ob ich ihr jetzt, weil sie mich ins Leben zurückgeholt hat, erlauben kann, eine mütterliche Rolle zu spielen. Das Stirnrunzeln wird stärker. »Was ist los, Debbie?«

Sie wendet sich mir zu, und die Milch kocht über. Ich ziehe den Topf vom Herd und schalte das Gas aus. Debbie hält ihren Bauch umklammert und keucht. »Was ist los?« frage ich sie drängender. »Hast du Schmerzen?« Sie nickt und verzieht das Gesicht. Ich schiebe sie ins Wohnzimmer, wo sie sich schwer aufs Sofa fallen läßt.

»Himmel, das war schrecklich«, sagt sie.

»Aber jetzt ist wieder alles in Ordnung? Soll ich Gordon holen?«

»Nein, nein, sei nicht albern«, sagt sie, »mir geht's gut, ich hab' nur –« Sie bricht ab und schreit leise auf, preßt die Hände auf den Bauch. »Ich ruf' den Doktor«, sage ich hastig. Sie reißt die Augen so weit auf, daß sie nahezu groß sind, holt tief Luft und erstickt fast an dem Wort: »Nein!«

»Nein?«
»Nein«, ächzt sie, »zu spät.«
»Zu spät wofür?« Aber sie kniet auf dem Teppich und macht seltsame Gesten in meine Richtung, und ich rufe nach Vinny. »Irgendwas stimmt nicht mit Debbie«, sage ich zu ihr, »hol den Doktor!« Debbie schreit wieder, kein hoher Laut, sondern eher ein Stöhnen, das von einem primitiven Ort kommt, von dem sie nicht wußte, daß er in ihr existiert.

Sie hat recht, es ist zu spät, der Kopf des Babys schaut schon raus. »Verdammt noch mal«, sagt Vinny knapp. »Woher kommt denn das?«

Vinny, eher die Hebamme aus der Hölle als Königin Mab, gesellt sich zu Debbie auf den Boden, während ich davonstürze und Wasser aufsetze, weil das, wie wir alle wissen, von einem erwartet wird.

Debbie ächzt und schnauft und keucht und wirft Vinny beinahe um vor Anstrengung, dieses unerwartete Kind zur Welt zu bringen. Dog steht dabei, den Kopf zur Seite geneigt, um Interesse auszudrücken, die Ohren aufgestellt, um zu signalisieren, daß er bereit ist, zu helfen, wenn Not am Mann ist.

Vinny trägt mit Debbie ein Scharmützel aus, damit sie sich flach hinlegt, aber Debbie schreit »Darauf kannst du lange warten!« zwischen zwei besonders heftigen Wehen, und dann schießt plötzlich das Baby heraus und wird – zu ihrer nie enden wollenden Verblüffung – von Vinny aufgefangen. Vinny schreit als erste, noch vor dem Baby, und Debbie bittet ziemlich gelassen um ihre Schneiderschere und schneidet mit einem zuversichtlichen *Schnippschnapp* das Baby von sich los. »Kocht das Wasser schon?« fragt sie mich ungeduldig. »Ich brauche dringend eine Tasse Tee.«

»Deine Schwester«, sagt Vinny, von diesem emotionalen Trauma ganz zärtlich gestimmt, und händigt mir das Stückchen Baby aus, das jetzt in ein Handtuch gewickelt ist.

»Deine Schwester«, sage ich zu Charles, der in diesem Augenblick von der Arbeit nach Hause kommt und mir das Baby automatisch abnimmt, dann läßt er es allerdings beinahe fallen. »Schwester?« fragt er vollkommen verdattert. Debbie kichert, Vinny zündet sich eine Zigarette an, und ich muß es ihm erklären. Gordon kommt von der Arbeit nach Hause, und Charles übergibt ihm das Paket. »Deine Tochter«, sagt er. Gordon bleibt der Mund offen stehen. »Meine was?« Und ich springe auf und erläutere ihm, daß nicht ich es bin, geschrumpft und in der Zeit zurückversetzt, sondern daß es sich um eine völlig neue Überraschungs-Fairfax handelt. »Einfach so?« murmelt er verwundert.

Dem Baby sprießt bereits ein weicher rotgoldener Flaum auf der »Fontanelle«, sage ich kenntnisreich zu Charles.

»Schau dir das an«, sagt Debbie, »sie hat Charles' Haar. Jemand in eurer Familie muß rothaarig gewesen sein, ich frag' mich nur, wer.«

»Es muß ein rezessives Gen sein«, sagt Gordon leise, als ob ihn diese Vorstellung irgendwie traurig machen würde.

Abgesehen von dem roten Haar gibt es wenig Ähnlichkeiten zwischen diesem Baby und dem prototypischen Türschwellen-Baby. Wir nennen das Baby Renee.

*

Zum zweitenmal in diesem Jahr erlebe ich den Tag vor der Sommersonnenwende. Es ist ein schöner heißer Tag, und ich nehme ein Buch mit zur Lady Oak und setze mich in den gesprenkelten grünen Schatten des Baumes, und Dog läuft einen Marathon auf der Wiese, bleibt nur stehen, um die dampfenden frischen Pferdeäpfel zu inspizieren, die Hilary hinterlassen hat (oder vielmehr ihr Pferd).

Bald falle ich in dem grünen Schatten in einen angenehmen, sommerlich leichten Schlaf. Langsam wache ich wieder auf und blicke hinauf zu dem Geflecht aus grünem Laub über meinem

Kopf und den gelegentlichen Blitzen aus Sonnenlicht, horche auf das Summen der Bienen und Insekten. Der Augenblick ist zeitlos – ich könnte irgendwo in den letzten fünfhundert Jahren sein, ich weiß es erst, als ich mich aufsetze und Antennen, Kamine, Dächer, Bäume sehe und Wäsche, die auf der Leine flattert, und das Geräusch der Rasenmäher und Automotoren höre. Es ist so angenehm, wieder ich selbst zu sein, befreit vom Wahnsinn der Phantasie.

Ich stehe auf. Wenn ich genau hinschaue, kann ich auf dem Baumstamm die berühmten Initialen »WS« erkennen. Ich umarme die Lady Oak wie einen Liebhaber, spüre ihre Rinde, ihr Alter, ihre Kraft. Ich schließe die Augen und küsse die verblaßten Buchstaben. Was, wenn wirklich Shakespeare seinen Namen hier eingeritzt hat? Was, wenn wir beide diesen Baum berührt, umarmt, bewundert haben?

Ich rufe Dog, wir müssen los – bevor der König der Elfen und seine Königin auf der Wiese auftauchen. »Hallo, Isobel«, sagt Mr. Primrose, der mit dem Eselskopf unter dem Arm auf mich zuschreitet, »willst du dir die Aufführung ansehen?« Oh, die närrischen Sterblichen!

Ich sehe mir *Ein Sommernachtstraum* aus sicherer Entfernung, von meinem offenen Schlafzimmerfenster aus, an. Von hier aus, im sanften, milden, mittsommerlichen Licht, könnte man fast meinen, daß es sich um eine andere Produktion handelt. Die erneut zum Leben erwachte Audrey wurde überredet, die Rolle der Titania zu spielen, und mit ihrem wunderschönen Haar, befreit von Gummibändern und Mr. Baxter, sieht sie durch und durch aus wie die Elfenkönigin. Man könnte fast glauben, man wäre in der Vergangenheit. Die Kostüme wirken authentisch, und der Text ist nur ein Gemurmel im Wind.

Auf der Wiese haben sich genug Menschen für eine Runde »Krocket mit Menschen« eingefunden, und ich schätze, sie sind alle in der richtigen Stimmung. Endlich.

Die Sonne, die hinter der Lady Oak untergeht, taucht das Grün in Gold. Es ist ideal. Nicht real. Ich seufze und wende mich ab.

Dort ist er. Er liegt auf meinem Bett, beobachtet mich, eine Augenbraue spöttisch, ja zynisch in die Höhe gezogen, und lächelt schief. Ich kenne ihn. Ich habe ihn schon immer gekannt. Hundeaugen und kastanienbraunes Haar. Noch nicht kahlköpfig, etwas schmierig. Lederstiefel. Wams und Kniehose aus ziemlich schmuddligem Leinen. Ich gehe zum Bett und setze mich auf die Kante, neben seine ausgestreckte Gestalt. Es ist sehr warm in diesem Zimmer unter dem Dachfirst. Es liegt etwas Eigenartiges in der Luft ... wie Magie, aber unwirklicher.

Ich habe nur eine Frage an ihn. »Es geht tatsächlich immer um den Tod, stimmt's?« sage ich zu ihm. Er kaut auf einem Grashalm. Eine Ringeltaube gurrt leise auf den Drachenschuppen-Schindeln über unseren Köpfen. Er wirft den Kopf zurück und lacht. Sein Atem riecht nach Süßholz, und er antwortet nicht, streckt lediglich eine Hand nach mir aus. »Und ums Ende der Welt und das diebische Voranschreiten der Zeit?« frage ich beharrlich weiter, aber er zuckt nur die Achseln.

Wenn ich seine Hand nehme, werde ich dann für immer die Grenze der Zeit überschreiten? Sein Unterarm ist muskulös und männlich, mit kastanienbraunen Härchen überzogen. Seine Fingernägel sind schmutzig.

Zu hören sind nur schillernde Elfenflügeln, die in der dunklen Luft flattern, und das Kehren winziger Elfenbesen, die unser Haus putzen. Ich nehme seine Hand. Ich lasse zu, daß er mich neben sich niederzieht. Ich lasse zu, daß er mich küßt. Er schmeckt nach Gewürznelken. Wir verschmelzen, und die Zeit bricht zusammen.

Nur die Phantasie kann das Unmögliche in sich aufnehmen – den Berg aus Gold, den feuerspeienden Drachen, den glücklichen Ausgang.

VERGANGENHEIT

Die Ursünde

Zum erstenmal sah ich Robert Kavanagh, als er auf meiner Hochzeit tanzte. Er trug ein grünes Wams aus Samt und einen Gürtel mit silberner Schnalle. Für einen Iren tanzte er gut, und er hatte wohlgeformte Waden. »Mein Förster hält sich für einen Gentleman«, sagte mein mir frisch angetrauter Gatte.

Die Fackeln brannten hell im großen Saal des neuerbauten Hauses meines Gemahls, und neben dem Geruch nach Fett und gebratenem Ochsen hielt sich noch der Duft von frisch geschlagenem Kiefernholz. Sir Francis scheute keine Kosten für seine Hochzeit – gebratene Schwäne und Kiebitzbrüste, juwelengleiche Sülzen und Eiercremes, so glatt und bleich wie die Wange von Lady Margaret. Mein Mann aß allein fast ein ganzes Spanferkel und behauptete, daß es schmecke wie ein frischgebratenes Baby. Solcherart Mann war er.

Jeder mußte das Kleinod bewundern, das er mir als Hochzeitsgeschenk überreichte – aber trotz des vielen Goldes und der zahllosen Smaragde stellte es den Totentanz dar und war, wenn Ihr mich fragt, kein so gefälliges Schmuckstück, wie man es seiner Braut am Tag der Hochzeit zu schenken pflegt. Ich wurde freilich ebenso begutachtet von seinem kriecherischen Gefolge wie sein Tand und sein Talmi. Er führte mich der versammelten Gesellschaft vor, hob eine Strähne meines Haars und beobachtete mich, die schmalen Lippen zu einem Lächeln verzerrt.

»Eine Schottische«, sagte er, als wäre ich ein eingefangenes wildes Geschöpf, und ich verbesserte ihn, denn so nennt man bei uns den Nieselregen.

In unserer Hochzeitsnacht begann ich zu verstehen, welcherart Mann ich geheiratet hatte. Aber davon will ich nicht sprechen, nur soviel, daß er sich auf mehr Kniffe verstand als der Teufel höchstselbst. Und auf noch ein paar mehr. Und da begriff ich auch, welche Sorte Männer er an seinem kleinen Hofe um sich scharte, je verdorbener und lasterhafter sie waren, um so besser gefielen sie meinem Gebieter. Sie fügten sich seinen Launen und schmeichelten ihm, bis er einer aufgeblasenen Kröte glich.

Und Lady Margaret ... Sir Francis behauptete, Lady Margaret sei sein Mündel, aber es gab kein Dokument, das selbiges belegte, kein Papier, das ihre Herkunft bezeugte. Er behauptete, sie sei der Bastard seines toten Bruders Thomas, aber Gerüchte wollten, daß sie sein eigenes unrechtmäßiges Kind sei. Gerüchte wollten obendrein (in jenem gottverlassenen Land gab es der Gerüchte viele), daß sein Verhältnis zu ihr nicht das eines Schutzherrn wäre.

Nichts war dort, wie ich dachte, daß es wäre.

Ich fand meinen Gebieter und sein sogenanntes Mündel in Umständen vor, die nicht auf Blutsverwandtschaft schließen ließen, außer es wäre in diesem Land Sitte, daß »Onkel« und »Nichte« so vertraut miteinander verkehrten. Ich hielt Lady Margaret für ein durchtriebenes Ding, sie sah mir nie in die Augen, machte nur artig den Knicks und sagte »Ja, Mylady« und »Nein, Mylady« zu mir. Aber ich urteilte hart über sie, denn sie war kaum sechzehn, noch ein Kind, und sie war ebenso eine Gefangene wie ich.

Sie hatte einen Hauslehrer, als wäre sie königlicher Abstammung, sie sprach drei Sprachen und sang sehr schön. Der Hauslehrer von Lady Margaret, ein Master Shakespeare, schrieb ein

Epithalamion für Sir Francis, lauter Schmeicheleien für meinen Gebieter, solcherart war sein Charakter. Diese Leute waren keine geeignete Gesellschaft für eine Frau.

Zum erstenmal begegneten wir uns, als ich eines Morgens im Frühling im Wald spazierenging. Er saß auf seinem schwarzen Pony, machte den Weg frei und stieg ab, damit ich vorbeikonnte, neigte den Kopf fast bis zum Knie, und ich erinnerte mich daran, daß er sich für einen Gentleman hielt. Er sagte nichts, aber im Vorübergehen sah ich, daß mein guter Jagdhund Finn, ein überaus kluges Tier, nicht aufhören wollte, vor Master Kavanagh mit dem Schwanz zu wedeln, welcherart er seiner Billigung Ausdruck verlieh.

Ich trat unangekündigt in das Schlafzimmer von Lady Margaret – ich argwöhnte, meinen Gemahl in ihren Armen vorzufinden – und sah statt dessen Lady Margarets nackten Rücken – schmal und zerbrechlich wie der eines Rehs, Rippenbögen und Wirbelknochen, der Rücken eines jungen Mädchens – über und über bedeckt wie eine Karte der Welt mit großen dunklen Kontinenten – hier und dort gelb und lila schattiert. Sie bedeckte sich hastig, aber ich hatte meine Bestürzung bereits zum Ausdruck gebracht.

Wer hatte diese schändlichen Male hinterlassen? Aber ich mußte nicht fragen, mein Herz kannte die Antwort. »Mylord hat die abscheulichsten und widernatürlichsten Launen«, flüsterte sie. Ich ermahnte meinen Mann, der wie immer betrunken war, daß sie nicht seine Hündin sei, die man auspeitschen könne. Zur Antwort stieß er mich durchs Zimmer.

Zum erstenmal sprachen wir im Wald miteinander. Ich kannte ihn gut mittlerweile, oft hatten sich unsere Wege in dem großen Wald gekreuzt, jedesmal verneigte er sich tief und sagte kein Wort, so daß ich mich zu fragen begann, ob er vielleicht stumm sei. Aber er war ein Mann weniger Worte, im Gegensatz zu unserem Master Shakespeare, der schnatterte wie eine Gans. Master Kavanagh hatte diesen Blick, als ob er niemandes Diener sei. Es entging mir nicht.

Ich war oft im Wald, es war der einzige Ort im Reich meines Mannes, an dem Frieden herrschte, denn Frieden war nicht zu finden in dem Pfuhl, der das Haus meines Gebieters war. Dort war ich nicht Herrin, dort regierte der König des Lasters. Im Wald konnte ich mir vorstellen, daß ich die Herrin aller Bäume sei, sie neigten gehorsam die Äste, raschelten mit den Blättern und murmelten Treueschwüre.

»Mylady wird sich erkälten«, sagte er und erschreckte mich halb zu Tode, denn ich hatte nicht gesehen, wie er sich vorsichtig näherte, und mein Hund Finn schlief, statt zu wachen. Aber Master Kavanagh war kein Feind. Er runzelte die Stirn in Verwirrung, als könnte er nicht verstehen, warum die Herrin von so viel sich mit so wenig zufriedengab – und es stimmte, ich war kein Bild des Glücks, wie ich unter einer großen Eiche in der Kälte und im Nieselregen auf dem Boden saß. In einen dicken wollenen Umhang gehüllt und nur mit meinem nassen Hund zur Gesellschaft war mein Los wahrhaftig nicht besser als das eines Dienstmädchens. Und zum erstenmal berührte ich ihn, als er mir seine braune Hand mit den alten Schwielen und den frischen Blasen reichte und sagte: »Mylady, bitte, erhebt Euch vom kalten Boden.«

Ich wünschte, mein Gebieter hätte mich mit seinen Augen betrachtet.

Lady Margaret trug ein Kind unter dem Herzen. Alle konnten es sehen. Nach dem Vater brauchten wir nicht zu fragen. Wie war Lady Margaret in diese Lasterhöhle gekommen? Sie könne sich nicht erinnern, sie sei noch ein kleines Kind gewesen, sagte sie. All die Jahre hatte ihr keine Mutter, keine Schwester, keine Freundin, niemand, der sie tröstete, zur Seite gestanden. Die

Kindheit war ihr gestohlen worden. »Mylord hat mich, seit ich ein Kind war«, sagte sie. Sie meinte, auf jede nur erdenkliche Weise.

Ihre Wange war bleich. Ihr Hauslehrer heuchelte Gleichgültigkeit, denn er war das Schoßhündchen meines Gebieters, aber er war nicht bar jeglichen christlichen Gefühls. »Lady Margaret ist schrecklich blaß«, sagte er zu mir, als er mich im dunklen Flur aufhielt, und ich erwiderte: »Ach, so durchsichtig wie Glas.« Ich wußte, daß er ihr zugeneigt war, ich hatte die zärtlichen Blicke gesehen, die er ihr zuwarf, wenn er sich unbeobachtet wähnte.

Im Flur brannten keine Fackeln, es herrschte Dunkelheit, eine einzige Talgkerze flackerte ungestüm im Zug. Der Wind war an diesem verfluchten Ort zu Hause. Im schwachen Lichtschein war das Gesicht des armen Shakespeare mit Kratern und Löchern übersät wie der Mond. Ich sah seine Schädelknochen. Ich sah die Träne, die in seinem Auge glitzerte, und erinnerte ihn daran, daß er sich so schlecht wie alle Männer im Gefolge meines Mannes benommen hatte. Aber er hielt mich am Ärmel fest und ließ mich nicht gehen, und ich mußte ihn trösten und ihm versprechen, daß ich auf sie aufpassen würde.

Zum erstenmal sah ich ihn nackt in der Hitze jenes Sommers, als Lady Margaret dick wurde und mein Gebieter immer düsterer, und das Haus, das im Winter so kalt war, vor Hitze kochte.

Ich saß unter einem großen Baum, verscheuchte mit der Hand die Fliegen, döste in der Hitze, als mich ein Geräusch von Schlägen aus meinem Schlummer weckte, und ich trat leise auf den moosbewachsenen Pfad und sah Master Kavanagh bei der Arbeit, er fällte einen Baum, den ein heftiger Wintersturm halb entwurzelt hatte. Er hatte das lederne Wams abgelegt, ebenso das Hemd, und ich betrachtete voll Bewunderung die weiche braune Haut seines Rückens, die von Schweiß bedeckt war wie von Tau, und die schwarzen Locken, die sich feucht an seinen Nacken schmiegten. Und viel mehr. Einen Augenblick konnte ich an nichts anderes denken als daran, wie er sich anfühlen würde, wenn ich meine Hand ausstreckte und über seine Haut führe.

Bar jeder Scham folgte ich Master Kavanagh tiefer in den Wald, und als er den Weg verließ, tat ich es ebenfalls, und als er sich des Restes seiner Kleidung entledigte, hätte es eine Menge mehr als Willensstärke gebraucht, um nicht hinzusehen, als er in den kühlen schwarzen Teich sprang, in dem die Schwertlilien schwankten und die Frösche erschraken.

Er wußte, daß ich da war, denn er war ein Mann, der den Tritt der Hirsche und Hasen hörte, der die Blätter sich entfalten und den Kuckuck schlafen hörte, aber er wandte sich nicht um – denn er war ein Gentleman, man vergesse es nicht –, sondern fuhr fort, sich zur Schau zu stellen. Und ich war sehr angetan von dem, was ich sah. Sir Francis war keine Augenweide, er hatte weder Fleisch auf den Knochen noch Haare auf dem Kopf, und sein Atem stank, mehr noch seine Winde. Nackt sind wir vor Gott alle gleich, heißt es, aber Master Kavanagh schien mir von edlerer Gestalt als mein Gemahl.

Ich sah meinem Sohn zu, ein kränkliches Kind mit Mylord Francis' dünnem schlechtem Blut, der auf der Wiese Ringe warf. Vielleicht hatte mein Mann mit Lady Margaret etwas Kräftigeres gezeugt. Sie saß weinend neben dem Fischweiher und ihr dicker Bauch bebte vor Kummer. Mein Gebieter hatte sie in ein Kloster befohlen.

Ich sah ihn in der Küche, als ich dorthin ging, um mit der Köchin zu sprechen, denn in der Küche, wenn auch sonst nirgendwo, galt mein Wort etwas. Er saß an dem großen gescheuerten Tisch und aß Brot und Käse. Im Haus ward er selten gesehen, er hatte seine eigene einfache Kate im Wald, wo das

Wild, so hieß es, zu seiner Tür kam und ihm aus der Hand fraß. Aber das war vielleicht auch nur ein Gerücht.

Ich errötete. Er errötete. Wir erröteten. Die Köchin war voller Mißbilligung. »Manieren«, sagte sie zu ihm und schlug ihn auf den Hinterkopf, und er stand schwankend auf, lachte, verneigte sich und sagte: »Mylady?«

Nie zuvor war ich so tief im Wald gewesen, nie zuvor auf diesem Pfad gegangen. Obwohl ich wußte, wohin er führte. Er führte in große Gefahr. Er führte zu dem kleinen Haus mitten im Wald. Die Waldwege waren mit Laub bedeckt wie mit Gold.

Das Feuer war erloschen, und die Asche war kalt. Auf dem Tisch lagen ein halber altbackener Laib Brot, ein verwelkter Apfel und eine heruntergebrannte Kerze. Es sah aus wie ein Stilleben dessen, was uns allen widerfahren wird, wenn wir mit dem Tod tanzen und unser Schritt endlich innehält. Ich zitterte in der Kälte.

Aber dann sprang sein kleiner Hund über die Schwelle, und er stand in der Tür, eine Silhouette vor dem blauen Oktoberhimmel.

Er verneigte sich nicht. Ich dachte, er würde sagen, daß ich nicht hier sein sollte, aber er sagte nichts, betrat nur sein Haus, als wäre es das eines Fremden, bedächtig, beklommen, wie ein halb gezähmtes wildes Tier. So daß ich ihn ermuntern und ihm meine Hand reichen mußte. Und so kam er näher und stand vor mir, so nahe wie nie zuvor, so nahe, daß ich die Stoppeln auf seinem frisch rasierten Kinn sehen konnte, das Grün seiner Augen, den haselnußbraunen Fleck, der wie Gold schimmerte.

»Nun, Master Kavanagh«, sagte ich etwas streng, denn meine Nerven waren etwas ausgefranst, »hier sind wir.«

»Hier sind wir in der Tat, Mylady«, sagte er, und das war ein langer Satz für ihn. Und er trat einen Schritt näher, so daß er ganz nahe bei mir war, und ich tat einen Schritt rückwärts, und so tanzten wir eine Weile, bis ich nicht mehr weitergehen konnte, denn ich stand nun am Tisch. Ich spürte die Hitze seines Körpers, sah, wie spitz sein Eckzahn war, und den schönen Schwung seiner Oberlippe.

Als erstes fiel die heruntergebrannte Kerze vernehmlich zu Boden, dann rollte der verwelkte Apfel in die Ecke des Zimmers. Und nur der Himmel weiß, was mit dem Laib Brot geschah. Dann fiel kein Wort mehr, zu hören waren nur noch das erlesene Stöhnen und das schreckliche Seufzen, die solch heftige Wonnen begleiten.

Lady Margaret weilte nicht länger unter uns. Sie hatte sich an einem Apfelbaum in Mylords Obstgarten mit einem Seil aus dem Stall erhängt. Ein Gärtner fand sie baumelnd wie einen gemeinen Schurken im ersten Licht des Morgens, das Kind tot in ihrem Bauch. Ich schloß mich in meinem Zimmer ein und weinte bitterlich den ganzen Vormittag und ließ niemanden herein, bis Master Shakespeare mich erweichte, der an meine Tür klopfte, um mir mitzuteilen, daß er uns verlassen würde, und ich antwortete, daß er meinetwegen zur Hölle fahren könne, aber schließlich öffnete ich ihm die Tür. Er küßte mir die Hand und sagte, daß ihn nun nichts mehr in Fairfax Manor halte, und ich erwiderte, er tue gut daran, denn in diesem verfluchten Haus gebe es für niemanden von uns eine Zukunft.

Er zog von dannen mit den Schauspielern, die bei uns gewesen waren und über deren Worte unsere arme Lady Margaret noch vor kurzem gelacht und geweint hatte. Die Schauspieler kannten Master Shakespeare aus seinem früheren Leben, und immer hieß es »unser Will« dies und »unser Will« das, und er war überglücklich, sich ihren Wagen anschließen zu können. Ich wünschte ihm Glück, obwohl er ein flatterhafter Mann war. Er hatte Frau und Kinder verlassen, und jetzt verließ er uns. »Ihr solltet es ebenso halten, Madam«, flüsterte er, als er meine Hand mit den Lippen berührte, und ich nickte und lächelte, denn mein Mann hatte das Zimmer betreten.

In der Nacht, als wir aufbrachen, mußte ich durch den Wald zu seiner kleinen Hütte gehen, und oftmals erschrak ich zu Tode, nicht vor den Dingen, die ich sah, sondern vor den Dingen, die ich nicht sah.

Wir ritten auf seinem schwarzen Pony, denn die Stallknechte hätten sich gewundert, wenn ich meine schöne gescheckte Stute hätte satteln lassen. Es schmerzte mich mehr, meinen Apfelschimmel zurückzulassen, als meinen Sohn aufzugeben, denn er war das Abbild seines Vaters, nur schwächer. In meinem Bauch trug ich bereits Robert Kavanaghs Kind, und mir lag daran, nichts von meinem Manne mitzunehmen. Nur meinen Hund. Denn es war ein sehr guter Hund.

Im Schutz der Nacht brachen wir auf, aber mein Mann war schlau und folgte uns und hätte uns mit seinen Pfeilen getötet, aber er war nicht der gute Schütze, für den er sich hielt. Er mußte sich statt dessen mit einem schönen dicken Reh zufriedengeben.

Ich riß mir sein nicht so gefälliges Kleinod vom Hals und warf es zwischen die Bäume, und ich spürte, wie Master Kavanagh ein wenig zusammenzuckte, denn das Schmuckstück hätte uns den Weg ins Ungewisse bezahlt, aber es war mir gleich. Und zum letztenmal sah ich Mylord Francis, als er im Laub herumkroch und nach seinem wertvollen Tand suchte. Ich hätte auch meine schönen seidenen Kleider ausgezogen und wäre nackt wie Eva von ihm gegangen, aber die Blätter fielen bereits von den Bäumen, und ich wollte nicht in der Kälte erfrieren.

Robert Kavanagh legte die Arme um mich, und wir ritten eilig unseres Wegs, die Hunde liefen voraus. Er war mir Obdach und Schutz, er war stark wie eine mächtige Eiche und sanftmütig wie mein Hund. Kennet Ihr die ganze leidvolle Geschichte meines Lebens, Ihr hättet mich mit Eurem Segen auf die Reise geschickt. Ein heftiges Glücksgefühl überkam mich in diesem Moment, als wäre mir der Anblick des Paradieses zuteil geworden.

»Und wohin führt uns der Weg, Master Kavanagh?« fragte ich ihn, als wir den nördlichen Rand des Waldes erreichten. Und er wandte sich im Sattel um, lächelte mich an, entblößte dabei seine guten Zähne, und erwiderte: »In die Zukunft, Mylady, wir reiten in die Zukunft.«

ZUKUNFT

Die Straßen der Bäume

Der Kreisel der Zeit dreht sich weiter. Die Welt wird älter. Die Menschen leben ihr Leben, jedes Leben füllt die gesamte ihm verfügbare Zeit und verbraucht doch – im großen kosmischen Maßstab gesehen – weniger Zeit als ein einmaliges Ticken der Uhr.

Audrey war eine der ersten Frauen, die in der Kirche von England ordiniert wurden. Sie heiratete einen bärtigen Lehrer und bekam drei Kinder. Ihre Gemeinde lag in einer vernachlässigten Gegend von Liverpool, wo sie gelegentlich ein wenig Gutes tat (wahrscheinlich können wir nicht auf mehr hoffen). Alle drei Kinder sahen als Säuglinge aus wie Variationen von Ardens fiktivem Türschwellen-Baby. Vielleicht war jenes Baby so etwas wie ein ideales Baby.

Audrey wurde zur Mystikerin und Anhängerin des Universalismus, sie glaubte, daß jeder Mann, jede Frau und jedes Kind, jedes Tier und jede Pflanze ein verehrungswürdiges Beispiel der Einheitlichkeit der Schöpfung seien. Und damit, so müssen wir annehmen, hatte sie recht.

Carmen, im sechsten Monat schwanger, starb 1962 zusammen mit Bash bei einem Autounfall.

Eunice heiratete einen Ingenieur, bekam jedoch nie ihre zwei Kinder. Sie arbeitete als Geologin für eine Ölgesellschaft, grub sich tief in die Erdgeschichte, aber dann nahm ihr Leben eine völlig unerwartete Wendung, und sie wurde Unterhausabgeordnete für die Liberaldemokraten. Sie starb im Alter von zweiundfünfzig an Lungenkrebs, und ihre Beerdigung war eine erstaunlich warmherzige und großzügige Angelegenheit. Ich vermisse sie.

Hilary wurde Anwältin, heiratete einen Arzt, brachte zwei Kinder zur Welt, ließ sich von dem Arzt scheiden, heiratete einen Journalisten, setzte ein weiteres Kind in die Welt (das mit einer leichten geistigen Behinderung geboren wurde), machte eine Kanzlei auf, ließ sich von dem Journalisten scheiden, wurde zu einem menschlichen Wesen. Wurde meine Freundin.

Den Göttern, die auf die Erde herniederblicken, mag unser Leben so einfach erscheinen.

Charles ging nach Amerika und landete an der Westküste, wo er billige Science-fiction-Filme drehte, die von den Kritikern geschmäht wurden und hoffnungslose Kassenflops waren, aber im Lauf der Zeit erlangte er Kultstatus, und als er über sechzig war, fanden ständig Retrospektiven seines Werkes statt, er war häufiger Teilnehmer von Talk-Shows und hielt Gastvorträge, und es wurde sogar eine kleine Fernsehserie über sein Leben produziert. Charles heiratete eine Reihe blonder Schönheiten und hatte schöne blonde Kinder und genoß sein Leben in vollen Zügen.

Debbie und Gordon verbrachten den Rest ihres Lebens miteinander und waren glücklich. Ihr Baby, Renee, meine Schwester, wuchs zu einer vollkommen normalen, fröhlichen Person heran und wurde schließlich Chefsekretärin in Hilarys Kanzlei.

Auch über Malcolm Lovat kann ich etwas erzählen. Nachdem er in seine Zukunft davongefahren war, reiste er kreuz und quer durch Europa. In Paris arbeitete er als Pförtner in einem Krankenhaus, eine Zeitlang wohnte er in Hamburg, in Westberlin lebte er mit einer Frau zusammen, und dann zog er nach

Korfu, wo er sich ein Jahr lang in einer Künstlerkommune aufhielt. Irgendwann kehrte er nach England zurück und tauchte in die Londoner Musikszene ab, wurde Manager einer Band aus Hull, es waren Teenager mit guten Zähnen und viel Haar und minimalem musikalischem Talent, die es zu Weltruhm brachten. Zu dieser Zeit neigte Malcolm zu wilden Alkohol- und Drogenexzessen.

Ich traf ihn 1967 in einem Pub in Fulham, er war sturzbetrunken und morbid, nichtsdestotrotz, als er vorschlug, daß ich die Nacht bei ihm verbringen sollte, tat ich es, weil es 1967 war, und 1967 schlief ich mit jedem.

Natürlich war er jetzt völlig anders – vermutlich war er zu der Person geworden, die er früher hatte verstecken müssen.

Im Bett, in seiner schwindelerregend unordentlichen Gartenwohnung in Chelsea, waren seine Glieder aus Marmor, sein Fleisch war Eis. Sex mit Malcolm Lovat war wie ein Totentanz. »Ich wollte dich schon immer«, flüsterte er, »ich wußte nur nicht, wie ich es dir sagen sollte.« Selbstverständlich war es jetzt zu spät. »Wir sind uns so ähnlich«, sagte er seufzend. Aber ich glaube, das stimmte nicht, nicht wirklich.

Sechs Monate später starb er unter so erbärmlichen Umständen, daß die gerichtliche Untersuchung zu einer *cause célèbre* wurde. Danach trug ich ihn mit mir herum, an einem kleinen geheimen Ort in mir (im Herzen, wo ich auch meine Mutter aufbewahre). Nur weil man sie nicht sehen kann, heißt das nicht, daß sie nicht doch da sind.

Vinny überdauerte das Jahrhundert, überlebte Gordon und Debbie, blieb in Arden, wo sie von einer Reihe von Haushaltshilfen unterstützt wurde. Sie feierte die Jahrtausendwende und hundert Jahre Vinny, indem sie sich in eine Katze verwandelte – in eine kleine Schildpattkatze, die in die Nacht verschwand. Aller Wahrscheinlichkeit nach. Gegen Ende pflegte ich sie und blieb irgendwie. Schließlich und endlich war es mein Haus.

Damals war ich schon erfolgreich – ich schrieb historische Romane (unter meinem eigenen Namen – ein angemessener Name), und Arden war ein guter Ort zum Arbeiten. Aus dem Eßzimmer machte ich ein Arbeitszimmer, und ich heuerte einen Mann an, der den Garten auf Vordermann brachte und die Hecken schnitt, so daß ich die Lady Oak sehen konnte. Der Baum machte es nicht lange ins einundzwanzigste Jahrhundert, er fiel einer Art finaler Fäulnis zum Opfer. Ich sah zu, wie sie ihn fällten, sie hackten ihn allerdings nicht einfach um, sondern schnitten zuerst alle Äste ab und sägten dann mit riesigen kreischenden Kettensägen durch den Stamm. Ich sah ihm beim Sterben zu und weinte.

Meine Tochter, Imogen, kam und blieb und schloß sich dann einem Stamm selbsternannter Baummenschen an, die in Boscrambe Woods campierten und gegen die Bauunternehmen kämpften, die die Umgehungsstraße um Glebelands bauen wollten. Manchmal fuhr ich zu ihnen hinaus, brachte Essenspakete, Videokameras, E-Mail-Ausdrucke, alles, was sie wollten. Als sich der Tag der entscheidenden Schlacht näherte, lag ich nachts im Bett und machte mir Sorgen wegen meines luftigen Kindes, das hoch oben in Bäumen lebte, über Netze kletterte und in Gurten hing wie ein schmuddeliger Peter Pan. Sie wurde mehrmals verhaftet, auf Bewährung wieder entlassen, und als sie gegen die Auflagen verstieß, mußte sie für eine Weile ins Gefängnis.

Zu diesem Zeitpunkt hatten sich die Unternehmer einen Weg gebahnt und fällten eines Nachmittags Bäume, die seit Hunderten von Jahren dort standen. Nicht lange nachdem sie begonnen hatten, die Bäume wegzuschaffen, sah jemand einen langen Knochen aus der Erde in einer Baggerschaufel ragen. Die Pathologen bargen schließlich fast ein ganzes Skelett an einer Stelle, die früher einmal mitten im tiefsten Wald gewesen sein mußte. Eine Frau, die vor langer Zeit gestorben war, sagten sie, vor zu langer Zeit, um noch feststellen zu können, woran, alles außer den Knochen war verwest, und Füchse hatten sich an dem Körper gütlich getan. Man stelle sich vor – kleine Tiere, die das Fleisch fressen, an den Knochen zerren, die Lider geschlossen gegen vorbeischwebendes Laub.

Hilary, die eine Affäre mit einem der Pathologen hatte, erzählte mir, daß an einem Finger noch ein goldener Ring steckte. Sie sagte, der Ring sei mit Diamanten und Smaragden besetzt und trage die Inschrift *»Für EF in Liebe, G«*, und das habe sie irgendwie sehr traurig gestimmt.

Ich glaube, meine Mutter hatte so einen Ring, aber ich wußte, daß sie nicht die vergessene Leiche im Wald sein konnte, denn ich dachte nie an sie als an jemanden, der tot war, und außerdem war sie mir vor nicht allzu langer Zeit erschienen. Ich stand in der Schlange bei Tesco, und da war diese Frau vor mir – Ende Zwanzig, tadellos gekleidet mit einem Tweed-Kostüm, eng geschnitten und mit Gürtel in der Taille, hochhackige Schuhe, Strümpfe mit Naht, das schwarze Haar zu einem französischen Zopf geflochten und Make-up wie eine Schauspielerin. Sie zahlte gerade, und ich wollte eine Plastiktüte mit Obst auf das Förderband legen, als die Tüte plötzlich platzte und überall das Obst herumkullerte. Wir bückten uns beide, um die Äpfel einzusammeln – Red Delicious, gewachst und poliert, so daß sie ganz unecht aussahen. Ich war der Frau so nahe, daß ich ihren Erwachsenengeruch riechen konnte – *Arpège* und Tabak. Mein eigener Geruch. Sie richtete sich auf, etwas wacklig auf den Absätzen, reichte mir den letzten Apfel und sagte: *Hier, meine Liebe.*

Und dann war sie verschwunden, und ich wußte, daß es keinen Sinn gehabt hätte, dem Mädchen an der Kasse irgend etwas über sie zu erzählen, denn manche Dinge verstehen nur wir selbst.

Auch andere verlorene Dinge wurden gefunden – das Fairfax-Kleinod, nach dem so lange gesucht worden war, wurde nicht weit von der Leiche der unbekannten Frau entdeckt und bekam den Ehrenplatz im Museum von Glebelands.

Als ich nach Vinnys Tod aufräumte, fand ich eine ganze Schachtel mit Fotos – Fotos nicht nur von der Witwe, ihrer Familie und ihren Vorfahren, sondern von Charles und Gordon und mir – und Eliza, eine Schatztruhe voll Eliza. Eine Eliza, die für immer jung war, für immer schön, die in die Sonne blinzelte oder im Garten lachte. Ich weinte tagelang über meiner neu gefundenen Mutter. Obwohl die Fotos sie in gewisser Weise noch unerreichbarer und geheimnisvoller machten, war es trotzdem eine Erleichterung, handfeste Beweise ihrer Existenz in dieser Welt in Händen zu halten.

Die Zeit schritt diebisch voran Richtung Ewigkeit. Imogen wurde Mutter, und so wurde ich Großmutter. Mrs. Baxter nahm ein mysteriöses Ende, die einzige Person, die wirklich verschwand – indem sie, so hieß es, eines Tages auf einen grünen Hügel zuging und nicht mehr gesehen ward. Manche behaupteten, daß sie sich in dem Moment, als sie im Hügel verschwand, in die Königin der Elfen verwandelte und ein Kleid aus feinstem Grün und eine Krone aus glitzerndem Gold trug. Aber das war nur ein Gerücht.

Die Welt drehte sich weiter. So viele Geschichten zu erzählen, so wenig Zeit.

*

Wie endet die Welt? Im Feuer? Mit einem großen Stern, der vom Himmel fällt? Man stelle sich vor – der Komet Wermut, der mit 64000 Stundenkilometern auf seinem apokalyptischen Weg zur Erde durch den nächtlichen Himmel rast und brennt wie eine Milliarde Sonnen, während er fällt. Näher und näher kommt. Die Zerstörung, die folgen muß – der Hagel und das

Feuer, vermischt mit Blut, das heftige Erdbeben, dort, wo er einschlägt, der hundertfünfzig Kilometer breite Krater, die zu Staub gemahlenen Felsen, das Donnern und Blitzen, das geschmolzene, in die Atmosphäre geschleuderte und wieder herabregnende Gestein, der dritte Teil der Bäume und das ganze grüne Gras verbrannt, der große Berg, der lodernd ins Meer stürzt, das Meer, das sich in Blut verwandelt, während sich der Schutt des Aufpralls über den Himmel verteilt, die Sonne und die Atmosphäre verdunkelt, den Mond und alle Sterne auslöscht. Man stelle sich das vor.

Oder im Eis? Kein Kataklysmus, sondern langsamer Zerfall, die Sterne brennen aus, die schwarzen Löcher saugen alles um sich herum auf, und der langsame Totentanz der Schwerkraft dehnt das elastische Universum weiter und weiter aus. Eine Schlammlawine subatomarer Partikel. Eine Waschküche.

Oder im Grün? Man stelle sich den Wald am Ende der Zeit vor. Ein großer grüner Ozean des Friedens. Ein Aufruhr aus Bäumen; Birken, Kiefern und Espen, Feldulmen und Bergulmen, Haselnußsträucher, Eichen und Stechpalmen, Vogelkirschen, Holzapfelbäume und Weißbuchen, Eschen und Buchen und Feldahorne. Schlehdorn und Schneeball und, um alles geschlungen, Efeu, Mistel und das blasse Geißblatt, in dem die Haselmaus nistet.

Der Wald wird voller Blumen sein, Schneeglöckchen und Schlüsselblumen, Glockenblumen und Himmelsschlüssel mit Perlen in den Ohren. Waldmeister und Ruprechtskraut werden wachsen, Akeleien, Aronstab, Knöterich und der herzblättrige Baldrian, Großes Hexenkraut und Hohe Schlüsselblume, Stiefmütterchen und Gemeiner Hundszahn.

Auf dem Waldboden werden die Insekten harte Arbeit leisten – Schnellkäfer und Raubfliegen, Rüsselkäfer und Hornissen, Nacktschnecken und Schnecken, Spinnen und geduldige

Regenwürmer. Und das unsichtbare Leben, Amöben und Bakterien, die aufräumen und wiederverwerten.

Das Geräusch der Welt ist jetzt Vogelgezwitscher – der fröhliche Diskant der Misteldrossel, die den Frühling ankündigt, der Buchfink, der vor Freude singt, das wunderbare Geträller der Laubsänger. Amseln und Rotkehlchen, sanfte Waldtauben und bunte Fliegenschnäpper, Waldohreulen und Buntspechte, ihnen gehört jetzt die Welt.

Und auch den Wühlmäusen und Dachsen, den Eichhörnchen und Fledermäusen, den Igeln und dem Wild und den kleinen Füchsen, die, ungestört von Mensch und Hund, spielen.

Und schließlich kommen die Wölfe zurück.

Hier und da flackern im grünen und goldenen, sonnendurchfluteten Wald der zierliche Große Schillerfalter auf, der Weiße Admiral und der Große Permutterfalter. Weiches Moos und farniges Grün, das Aufplatschen von Kröten und Fröschen, die von kühlen Lichtungen in dunkle Teiche springen. In den Bäumen spinnt die Singdrossel dreimal den Faden ihres Liedes. Maiglöckchen und Tüpfelfarn drängen sich im Schatten. Der winzige Zaunkönig hüpft von Ast zu Ast, und der Trauermantel küßt die Walderdbeere und den wilden Thymian. Es duftet nach süßen Moschusrosen und schottischen Zaunrosen.

Der Herbst muß kommen. *Et in arcadia ego.* Surreale Pilzlandschaften sprießen – Ziegenlippe, Schwefelkopf und Krause Glucke, Stinkmorchel und Hexenröhrling. Alles ist Schimmel. Die Gelbe Baumflechte wächst auf morschen Koniferen, und Birnenstäublinge bemächtigen sich der Eichenstümpfe. Die letzten schwarzen Albatrosse und Abendsegler fliegen durch die Nacht. Das leise *Uuu-huu* der Eulen verklingt. Die Blätter fallen, schweben herab wie Federn. Es wird Nacht.

Kälter und kälter. Eines Tages singt der letzte Vogel seinen kaum vernehmlichen Abschiedsgruß und fällt herab wie ein Stein. An einem anderen Tag fällt das letzte Blatt, und keine Knospen treiben nach. Am Anfang war das Wort, aber am Ende ist nur noch Schweigen.

Ich bin die Geschichtenerzählerin am Ende der Zeit. Ich weiß, wie sie endet. Sie endet so.

> Ach, siehst du nicht den breiten Pfad,
> der vorbeiführt am Lilienteich?
> O das ist der Weg der Niedertracht,
> Doch für manche der Weg ins Himmelreich.
>
> Und siehst du nicht den schmalen Pfad,
> der mit Dickicht und Dornen quält?
> O das ist der Weg der Rechtschaffenheit
> Den kaum einer sich auserwählt.
>
> Und siehst du nicht den schönen Pfad,
> sich den grünen Hügel hinaufwinden?
> O das ist der Weg nach Elfenland,
> Wo du und ich uns werden finden.

Aus »Thomas the Rhymer«, anonym

Spielanleitung und Abbildung wurden dem Buch *The Home Entertainer* von Sid Hedges entnommen. Trotz intensiver Bemühungen war es nicht möglich, den Rechteinhaber zu finden. Wir bitten diesen, sich an den Verlag zu wenden.

Ein gutes Spiel für eine Party

Ein Spiel, das wenig körperlichen Einsatz erfordert, aber für viel Gelächter sorgt, ist »Krocket mit Menschen«. Eine große Anzahl Personen kann teilnehmen, und keinerlei Erfahrung ist vonnöten.

Als erstes müssen die »Tore« aufgestellt werden – auf ungefähr die gleiche Art wie beim richtigen Krocket auf der Spielfläche verteilt. Jedes Tor besteht aus zwei Personen, die einander gegenüberstehen, sich bei den Händen halten, die Hände heben und so einen Bogen bilden, unter dem eine andere Person hindurchgehen kann. Das Tor muß nicht für die gesamte Dauer des Spiels in dieser Position verharren; es reicht völlig aus, daß diese Stellung eingenommen wird, wann immer ein Spieler hindurchwill.

Jeder »Ball« ist eine Person mit verbundenen Augen, die sich nur bewegt, wenn es ihr befohlen wird.

Schließlich gibt es noch die »Spieler«, von denen jeder mit einem Ball spielt.

Das Spiel erfolgt soweit wie möglich nach den Regeln des normalen Krockets. Jeder Spieler darf abwechselnd einmal »schlagen«, ein zweiter Schlag steht ihm zu, wenn der Ball durch ein Tor geht oder einen anderen Ball trifft.

Zu Spielbeginn führt der erste Spieler seinen Ball auf die Ausgangslinie, stellt sich hinter ihn, ergreift seinen Arm und richtet ihn auf das erste Tor aus – das der Ball natürlich nicht sehen kann. Dann sagt der Spieler »Los«, und der Ball geht vorwärts, bis sein Besitzer »Halt« ruft. Wenn der Ball durch ein Tor gegangen ist, darf der Spieler ein zweites Mal schlagen; wenn nicht, ist der nächste Spieler an der Reihe.

Jeder Ball muß immer geradeaus gehen und sofort stehenbleiben, wenn er dazu aufgefordert wird. Stoßen zwei Bälle zusammen, bleibt derjenige, der getroffen wird, wo er ist, der andere wird ein zweites Mal geschlagen und darf weitergehen. Die Spieler dürfen nicht mit ihren Bällen sprechen, so lange sich diese bewegen, außer um sie anzuhalten, ebensowenig dürfen sie sie berühren oder sonstwie dirigieren.

Derjenige Spieler hat gewonnen, der seinen Ball in der richtigen Reihenfolge durch alle Tore schlägt und ihn zurück zur Ausgangslinie oder zu einem Pfahl mitten auf dem Spielfeld lotst.

Interesse und Spaß werden gesteigert, wenn jeder Spieler und sein oder ihr Ball farblich eindeutig gekennzeichnet sind – mit einem Band oder einem Hut oder einer Rosette –, so daß offensichtlich ist, wer zusammengehört.

Tore dürfen sich nicht von der Stelle bewegen und auf sie zukommenden Bällen keinerlei Hinweise auf ihren Standort geben. Nach einer Runde tauschen Spieler und Bälle die Rollen.

»Krocket mit Menschen« – jeweils zwei Spieler halten sich an den Händen und bilden Tore. Andere Spieler, denen die Augen verbunden werden, sind Bälle.

Inhalt

ANFANG

Die Straßen der Bäume 9

GEGENWART

Etwas Sonderbares 21
Was ist los? 57

VERGANGENHEIT

Den halben Tag geschlossen 91

GEGENWART

Blätter aus Licht 140

VERGANGENHEIT

Zurückgebliebene Menschen 170

GEGENWART

Experimente mit Außerirdischen 215

VERGANGENHEIT

Die Früchte dieses Landes 244

GEGENWART

Experimente mit Außerirdischen (Fortsetzung) 254
Die Kunst, sich erfolgreich zu amüsieren 255
Zeit totschlagen 279

GEGENWART

Vielleicht ... gibt es eine andere Welt, aber es ist diese ... 298

VERGANGENHEIT

Der schöne Pfad 313

GEGENWART

Diese lachende und grüne Welt 343

VERGANGENHEIT

Die Ursünde 356

ZUKUNFT

Die Straßen der Bäume 366

Ein gutes Spiel für eine Party 377